Hochebene
Die Ebenen
Stadt der Königin (Taratanir)
DACRA
Tempelinsel
Äquator
N
W
O
S

Die Schatten von Valoria
Spiel der Macht (Band 1)
In Vorbereitung:
Spiel der Ehre (Band 2)
Spiel der Liebe (Band 3)

MIX
Papier aus verantwortungsvollen Quellen
FSC® C014496

Originalverlag: Farrar Straus Giroux Books for Young Readers
Originaltitel: The Winner's Curse
Umschlaggestaltung und -typografie: formlabor
Umschlagabbildungen: shutterstock.com © Richard Peterson/Sofiaworld/Kamil Hayek
Aus dem Englischen von Barbara Imgrund
Lektorat: Julia Reuter
Herstellung: Gunta Lauck
Satz: Pinkuin Satz und Datentechnik, Berlin
Lithografie: Margit Dittes, Hamburg
Druck und Bindung: GGP Media GmbH, Pößneck
ISBN: 978-3-551-58388-8
Printed in Germany

MARIE RUTKOSKI

SPIEL DER MACHT

Aus dem Englischen von Barbara Imgrund

CARLSEN

WIEDER FÜR THOMAS

1

Hätte sie sich doch nur nicht in Versuchung führen lassen.

Das dachte Kestrel, als sie das Silber der Seeleute auf dem behelfsmäßigen Spieltisch einstrich, der in einer Ecke des Markts aufgestellt worden war.

»Geht nicht«, bat einer der Seeleute.

»Bleibt doch noch«, bekräftigte ein anderer, aber Kestrel zog die Samtbörse zu, die sie am Handgelenk trug. Die Sonne stand bereits tief und tauchte alles in ein karamellfarbenes Licht – was bedeutete, dass sie lange genug Karten gespielt hatte, um von jemandem bemerkt zu werden, der von Bedeutung war.

Jemandem, der es ihrem Vater berichten würde.

Dabei waren Karten gar nicht ihr Lieblingsspiel. Das Silber würde sie nicht einmal ansatzweise für ihr Seidenkleid entschädigen, das sie sich an der roh gezimmerten Kiste aufgerissen hatte, welche ihr als Hocker diente. Aber Seeleute waren viel bessere Gegenspieler als der durchschnittliche Aristokrat. Sie spielten mit wüsten Tricks, fluchten, wenn sie verloren, fluchten, wenn sie gewannen, und pressten selbst einem Freund noch den letzten Silberling ab. Und sie schummelten. Kestrel mochte es ganz besonders, wenn sie schummelten. Das machte es nicht ganz so leicht, sie zu schlagen.

Sie lächelte und ging. Dann schwand ihr Lächeln. Diese Stunde des prickelnden Abenteuers würde sie teuer zu stehen kommen. Es war nicht das Kartenspiel, das ihren Vater in Rage bringen würde, und auch nicht die Gesellschaft, in die sie sich begeben hatte. Nein, General Trajan würde wissen wollen, warum seine Tochter sich allein auf dem Markt herumtrieb.

Andere Leute fragten sich das ebenfalls. Sie sah es an ihren Augen, während sie sich durch die Verkaufsstände schlängelte. Dort wurden Gewürze in geöffneten Säcken feilgeboten, und ihr Duft vermischte sich mit der salzigen Brise, die vom nahen Hafen heranwehte. Kestrel konnte sich die Worte denken, die die Leute nicht einmal zu flüstern wagten, als sie vorbeiging. Denn natürlich sagten sie nichts. Sie wussten, wer sie war.

Wo war die Begleitung von Lady Kestrel?

Und wenn sich offenbar schon niemand von ihren Freunden oder ihrer Familie gefunden hatte, um sie auf den Markt zu begleiten – wo war ihre Sklavin?

Was die Sklavin anging, so hatte sie sie in ihrer Villa zurückgelassen. Kestrel brauchte sie nicht.

Was den Verbleib ihrer Begleitung anging, so stellte sie sich dieselbe Frage.

Jess war davongeschlendert, um all die angebotenen Waren zu begutachten. Wie eine von Nektar trunkene Biene war sie von Stand zu Stand geflattert – das war das Letzte, was Kestrel von ihr gesehen hatte. In der Sommersonne hatte ihr hellblondes Haar fast weiß gewirkt. Theoretisch konnte Jess sich genauso viel Ärger einhandeln wie Kestrel. Einem jungen valorianischen Mädchen, das nicht dem Militär angehörte, war es nicht erlaubt, sich allein in der Öffentlichkeit zu bewegen. Aber Jess' Eltern liebten sie abgöttisch und hielten es nicht annähernd so genau mit Zucht und Ordnung wie der ranghöchste General der valorianischen Armee.

Kestrel suchte die Stände nach ihrer Freundin ab, und endlich erhaschte sie einen Blick auf ein Paar blonde Zöpfe, die nach der neuesten Mode geflochten waren. Jess sprach gerade mit einer

Schmuckverkäuferin, von deren Hand ein Paar Ohrringe herabbaumelte. In den durchsichtigen goldenen Hängern fing sich das Licht.

Kestrel ging auf sie zu.

»Topas«, sagte die betagte Frau gerade zu Jess. »Er wird Eure schönen braunen Augen erstrahlen lassen. Nur zehn Silberlinge.«

Um den Mund der Schmuckverkäuferin lag ein harter Zug. Kestrel begegnete dem grauäugigen Blick der Frau und sah, dass ihre faltige Haut von der jahrelangen Arbeit im Freien gebräunt war. Sie war eine Herrani, aber ein Brandmal an ihrem Handgelenk bekundete, dass sie keine Sklavin mehr war. Kestrel grübelte, wie sie sich die Freiheit wohl verdient haben mochte. Sklaven, die von ihren Herren freigelassen wurden, waren selten.

Jess blickte auf. »Oh, Kestrel«, flüsterte sie. »Sind diese Ohrringe nicht zauberhaft?«

Vielleicht hätte Kestrel nicht widersprochen, wenn das Gewicht der Silberlinge in der Samtbörse nicht an ihrem Handgelenk gezerrt hätte. Vielleicht hätte Kestrel vor ihrer Antwort nachgedacht, wenn sie dieses Zerren nicht auch furchtsam in ihrem Herzen gespürt hätte. Stattdessen platzte sie heraus mit dem, was ganz offensichtlich die Wahrheit war: »Das ist kein Topas. Das ist Glas.«

Plötzlich trat Stille ein wie eine riesige Luftblase. Sie breitete sich aus, wurde dünn und durchsichtig. Die Leute um sie her lauschten mit einem Mal. Die Ohrringe zitterten in der Luft.

Weil die knochigen Finger der Schmuckverkäuferin zitterten.

Weil Kestrel sie soeben beschuldigt hatte, eine Valorianerin betrügen zu wollen.

Was würde jetzt geschehen? Was würde mit jeder beliebigen Herrani geschehen, die in der Situation dieser Frau war? Was würde die Menge zu sehen bekommen?

Ein Offizier der Stadtwache, der hinzugerufen wurde. Unschuldsbeteuerungen, denen niemand Gehör schenkte. Alte Hände, die man an die Geißelsäule fesselte. Peitschenhiebe, bis Blut den Staub des Markts dunkel färbte.

»Lass mich mal sehen«, sagte Kestrel mit herrischer Stimme, da sie zufällig sehr gut darin war, herrisch zu sein. Sie griff nach den Ohrringen und tat so, als würde sie sie eingehend prüfen. »Ach, da habe ich mich offenbar geirrt. Das ist ja wirklich Topas.«

»Nehmt sie als Geschenk«, flüsterte die Schmuckverkäuferin.

»Wir sind nicht arm. Wir haben Geschenke von jemandem wie dir nicht nötig.« Kestrel legte ein paar Münzen auf den Verkaufstisch. Die stille Blase zerplatzte, und die Marktbesucher kehrten zu ihren Verhandlungen um die Waren zurück, auf die ihr begehrlicher Blick gefallen war.

Kestrel reichte die Ohrringe an Jess weiter und ging mit ihr davon.

Im Gehen untersuchte Jess einen der Ohrringe und ließ ihn wie eine winzige Glocke hin und her schwingen. »Sie sind also wirklich echt?«

»Nein.«

»Woher weißt du das?«

»Sie haben keinerlei Eintrübung«, antwortete Kestrel. »Keinerlei Makel. Zehn Silberlinge wären zu billig für Topase dieser Qualität.«

Jess hätte nun einwenden können, dass zehn Silberlinge zu teuer für Glas seien. Aber sie erwiderte nur: »Die Herrani würden sagen, dass der Gott der Lügen dich lieben muss, weil du die Dinge so klar siehst.«

Kestrel fielen die gequälten grauen Augen der Frau ein. »Die Herrani erzählen zu viele Geschichten.« Sie waren Träumer. Ihr Vater sagte immer, dass sie deshalb so leicht zu unterwerfen gewesen waren.

»Jeder liebt Geschichten«, sagte Jess.

Kestrel blieb stehen, um ihrer Freundin die Ohrringe aus der

Hand zu nehmen und sie ihr anzulegen. »Dann trag sie zur nächsten Abendgesellschaft. Erzähl allen, du hättest eine unverschämte Summe dafür gezahlt, und sie werden glauben, dass sie echt sind. Ist es nicht das, worum es bei Geschichten geht – die Wahrheit wie Lüge aussehen zu lassen und Lüge wie die Wahrheit?«

Jess lächelte und drehte den Kopf hin und her, sodass die Ohrringe leise klingelten. »Und? Bin ich nicht hübsch?«

»Dummerchen. Das weißt du doch.«

Jess übernahm die Führung und schlüpfte an einem Verkaufstisch mit Messingschalen voller Färbepulver vorbei. »Jetzt bin ich an der Reihe, dir etwas zu kaufen«, sagte sie.

»Ich habe doch alles, was ich brauche.«

»Du klingst schon wie eine alte Frau! Man könnte meinen, du wärst siebzig und nicht siebzehn.«

Die Menge wurde nun dichter. Überall sah man die Goldtöne der Valorianer, deren Haar und Haut und Augen honigfarben bis hellbraun leuchteten. Die vereinzelten dunklen Schöpfe gehörten gut gekleideten Haussklaven, die mit ihren Herren gekommen waren und sich dicht bei ihnen hielten.

»Schau doch nicht so betroffen«, sagte Jess. »Komm, ich finde etwas, das dich wieder aufheitert. Ein Armband vielleicht?«

Aber das erinnerte Kestrel nur an die Schmuckverkäuferin. »Wir sollten heimgehen.«

»Musiknoten?«

Kestrel zögerte.

»Aha«, sagte Jess und ergriff Kestrels Hand. »Nicht loslassen.«

Es war ein altes Spiel. Kestrel schloss die Augen und ließ sich blind von Jess ziehen. Ihre Freundin lachte, und dann lachte auch Kestrel, wie sie es schon vor Jahren getan hatte, als sie sich kennengelernt hatten.

Der General war allmählich ungeduldig geworden, weil Kestrel so lange trauerte. »Deine Mutter ist jetzt seit einem halben Jahr tot«, hatte er gesagt. »Das ist lange genug.« Schließlich hatte er einen Senator aus einer benachbarten Villa gebeten, seine ebenfalls achtjährige Tochter zu Besuch mitzubringen. Die Männer gingen ins Haus, den Mädchen sagten sie, sie sollten draußen bleiben. »Spielt etwas«, hatte der General befohlen.

Jess hatte Kestrel, die gar nicht auf sie achtete, die Ohren vollgeschnattert. Endlich hatte Jess aufgehört. »Mach die Augen zu«, hatte sie gesagt.

Neugierig hatte Kestrel es getan.

Jess hatte ihre Hand gepackt. »Nicht loslassen!« Sie liefen rutschend, stolpernd und lachend kreuz und quer über den Rasen des Generals.

So war es jetzt wieder, nur dass sie sich mitten im Getümmel befanden.

Jess wurde langsamer. Dann blieb sie stehen und machte »Oh«.

Kestrel öffnete die Augen.

Die Mädchen standen vor einer hüfthohen hölzernen Absperrung, von der aus man in eine Grube hinabblickte. »*Hierher* hast du mich gebracht?«

»Das wollte ich nicht«, erwiderte Jess. »Ich habe mich vom Hut einer Frau ablenken lassen – wusstest du, dass Hüte jetzt wieder in Mode sind? – und bin ihr nachgegangen, um ihn besser sehen zu können, und dann ...«

»... hast du uns zum Sklavenmarkt geführt.« Die Menge war hinter ihnen stehen geblieben; sie war laut und aufgekratzt und voller Erwartung. Die Versteigerung würde bald beginnen.

Kestrel wich zurück. Sie hörte einen erstickten Fluch, als sie jemandem mit dem Absatz auf die Zehen trat.

»Jetzt kommen wir hier sowieso nicht mehr weg«, sagte Jess. »Wir können genauso gut bleiben, bis die Auktion zu Ende ist.«

Hunderte Valorianer hatten sich vor der Absperrung versammelt, die einen weiten Halbkreis absteckte. Jeder in der Menge trug Seide und einen Dolch an der Hüfte, auch wenn einige – wie Jess – diesen mehr als schmückendes Beiwerk denn als Waffe betrachteten.

Die Grube unter ihnen war bis auf einen großen Holzblock leer.

»Wenigstens haben wir einen guten Ausblick.« Jess zuckte die Achseln.

Kestrel wusste, dass Jess verstand, warum sie öffentlich bekundet hatte, die gläsernen Ohrringe seien aus Topas. Jess verstand, warum sie sie gekauft hatte. Doch ihr Achselzucken erinnerte Kestrel daran, dass es gewisse Dinge gab, über die sie nicht miteinander sprechen konnten.

»Ah«, machte die Frau mit dem spitzen Kinn neben Kestrel. »Endlich.« Sie kniff die Augen zusammen und blickte in die Grube hinab, zu dem stämmigen Mann, der nun dort unten in die Mitte ging. Er war ein Herrani. Er hatte das charakteristische dunkle Haar, obschon seine Haut blass war, weil er kein allzu schweres Leben hatte – zweifellos dank derselben Günstlingswirtschaft, die ihm auch diese Arbeit eingebracht hatte. Er hatte gelernt, wie man die valorianischen Eroberer bei Laune hielt.

Der Auktionator blieb vor dem Holzblock stehen.

»Zeig uns zuerst ein Mädchen«, rief die Frau neben Kestrel. Ihre Stimme war laut und träge.

Viele Stimmen erhoben sich nun, und jede rief, was sie sehen wollte. Kestrel fiel das Atmen auf einmal schwer.

»Ein Mädchen!«, schrie die Frau mit dem spitzen Kinn wieder, diesmal noch lauter.

Der Auktionator, der bisher mit den Händen gewedelt hatte, als wollte er die Rufe und die Aufregung zusammenraffen, hielt inne, als die Forderung der Frau trotz des Lärms zu ihm herandrang. Er sah zu ihr, dann zu Kestrel. Etwas wie Überraschung schien sich auf seinem Gesicht abzuzeichnen. Kestrel nahm an, sie hätte es sich nur eingebildet, weil sein Blick zu Jess weiterwanderte und dann das ganze Halbrund aus Valorianern hinter der Absperrung über ihm abtastete.

Er hob die Hand. Stille trat ein. »Ich habe da etwas ganz Besonderes für Euch.«

Die Grube war so gebaut, dass selbst ein Flüstern weit trug, und der Auktionator verstand sein Handwerk. Seine leise Stimme sorgte dafür, dass alle aufhorchten und sich vorbeugten.

Er winkte zu einem niedrigen, überdachten Unterstand hinüber, der nach allen Seiten hin offen war und sich am hinteren Ende der Grube befand. Dann schnippte er einmal, zweimal mit den Fingern, und etwas regte sich in dem Pferch drüben.

Ein junger Mann trat heraus.

Ein Murmeln lief durch die Menge. Die Verwirrung wuchs, als der Sklave sich langsam über den gelben Sand näherte. Er stieg auf den Holzblock.

Das war ganz und gar nichts Besonderes.

»Neunzehn Jahre alt und in bester Verfassung.« Der Auktionator klopfte dem Sklaven auf den Rücken. »Der hier«, sagte er, »würde sich perfekt im Haus machen.«

Gelächter wurde laut. Die Valorianer stießen einander an und lobten den Auktionator. Er wusste, wie er sie unterhalten musste.

Der Sklave war schlechte Ware. Kestrel fand, dass er wie ein Grobian aussah. Ein dunkler Bluterguss an der Wange wies auf einen Kampf hin und darauf, dass er schwer zu bändigen sein würde. Seine nackten Arme waren muskulös, was der Menge nur bestätigte, dass er am besten für jemanden arbeiten sollte, der immer eine Peitsche zur Hand hatte. Vielleicht hätte man ihn in einem anderen Leben für die Arbeit im Haus heranziehen können. Sein Haar war braun und hell genug, um einigen Valorianern zu gefallen, und während Kestrel sein Gesicht aus der Ferne nicht gut erkennen konnte, lag Stolz in seiner Haltung. Doch seine Haut war gebräunt von harter Arbeit im Freien, und sicher würde er auch zu dieser Art Arbeit zurückkehren. Vielleicht kaufte ihn jemand, der einen Hafenarbeiter oder einen Maurer brauchte.

Trotzdem trieb der Auktionator seinen Spaß weiter. »Er könnte bei Tisch bedienen.«

Wieder Gelächter.

»Oder Euer Leibdiener werden.«

Die Valorianer hielten sich die Seite und machten dem Auktionator Zeichen, er möge doch bitte, bitte aufhören, es war zu lustig.

»Ich will gehen«, sagte Kestrel zu Jess, die so tat, als hätte sie nichts gehört.

»Na gut, na gut.« Der Auktionator grinste. »Der Bursche hat wirklich seine Qualitäten. Bei meiner Ehre«, fügte er hinzu und legte die Hand aufs Herz, und die Menge prustete schon wieder los, denn es war allseits bekannt, dass es so etwas wie Herrani-Ehre nicht gab. »Dieser Sklave wurde zum Schmied ausgebildet. Er wäre für einen Soldaten geeignet, besonders für einen Offizier mit eigener Leibgarde und Waffen, die gepflegt werden müssen.«

Interessiertes Gemurmel kam auf. Herrani-Schmiede waren selten. Wenn Kestrels Vater hier gewesen wäre, hätte er wahrscheinlich mitgeboten. Seine Leibgarde beschwerte sich schon seit Langem über die Arbeit des städtischen Schmieds.

»Sollen wir mit der Versteigerung beginnen?«, fragte der Auktionator. »Fünf Piaster. Höre ich fünf Bronzepiaster für den Jungen? Meine Damen und Herren, für so kleines Geld könntet Ihr einen Schmied nicht einmal *mieten.*«

»Fünf«, rief jemand.

»Sechs.«

Und das Bieten begann ernsthaft.

Die Leiber in Kestrels Rücken hätten ebenso gut aus Stein sein können. Sie konnte sich nicht bewegen. Sie konnte die Gesichter der Leute nicht sehen. Sie konnte Jess' Aufmerksamkeit nicht auf sich ziehen und auch nicht in den strahlenden Himmel schauen. All das waren Gründe, beschloss sie, warum es unmöglich war, den Sklaven *nicht* anzuschauen.

»Ach, kommt schon«, sagte der Auktionator. »Er ist mindestens zehn wert!«

Die Schultern des Sklaven spannten sich an. Das Bieten ging weiter.

Kestrel schloss die Augen. Als das aktuelle Gebot bei fünfundzwanzig Piastern stand, fragte Jess: »Kestrel, bist du krank?«

»Ja.«

»Wir gehen, sobald es vorbei ist. Es dauert nicht mehr lange.«

Die Versteigerung geriet ins Stocken, und es sah ganz danach aus, als würde der Sklave für fünfundzwanzig Piaster verkauft werden – ein erbärmlicher Preis und gerade so viel, wie jemand für einen Menschen zu zahlen bereit war, der so schwer schuften würde, dass er bald nicht mehr zu gebrauchen war.

»Meine lieben Valorianer«, sagte der Auktionator. »Etwas habe ich noch vergessen. Seid Ihr sicher, dass er keinen prächtigen Haussklaven abgeben würde? Dieser Kerl hier kann nämlich singen.«

Kestrel öffnete die Augen.

»Stellt euch nur vor: Musik zum Abendessen. Wie entzückt wären Eure Gäste!« Der Auktionator blickte zu dem Sklaven empor, der erhobenen Hauptes auf dem Holzblock stand. »Los. Sing für sie!«

Erst jetzt rührte sich der Sklave. Fast unmerklich, und er erstarrte sofort wieder, aber Jess hielt hörbar den Atem an, als rechnete sie – wie Kestrel – damit, dass dort unten gleich ein Kampf ausbrechen würde.

Der Auktionator zischte dem Sklaven etwas in schnell gesprochenem Herrani zu. Zu leise, als dass Kestrel es hätte verstehen können.

Der Sklave antwortete in seiner Sprache. Seine Stimme war tief: »Nein.«

Vielleicht wusste er nichts von der Akustik in der Grube. Vielleicht war es ihm auch gleichgültig oder es beunruhigte ihn nicht, dass unter den Valorianern jemand genug Herrani sprechen könnte, um ihn zu verstehen. Egal. Die Versteigerung war vorüber. Niemand sonst würde ihn jetzt noch wollen. Wahrscheinlich bedauerte die Person, die fünfundzwanzig Piaster hatte geben wollen, bereits, auf jemanden geboten zu haben, der so störrisch war, dass er nicht einmal seinesgleichen gehorchte.

Doch seine Weigerung berührte Kestrel. Die versteinerte Haltung seiner Schultern erinnerte sie daran, wie sie selbst sich fühlte, wenn ihr Vater etwas von ihr verlangte, das sie ihm nicht geben konnte.

Der Auktionator war außer sich. Er hätte den Verkauf abschließen oder zumindest zum Schein noch nach einem höheren Gebot fragen sollen. Aber er stand einfach nur da, die Fäuste geballt an den Seiten, und überlegte wahrscheinlich, wie er den jungen Mann bestrafen konnte – bevor er ihn seinem Elend überlassen würde, künftig in einem Steinbruch oder in der Hitze einer Schmiede zu schuften.

Kestrels Hand hatte sich von ganz allein bewegt. »Ein Silberling«, rief sie.

Der Auktionator drehte sich um. Er suchte die Menge ab. Als er Kestrel entdeckte, zauberte ein Lächeln eine verschlagene Freude auf sein Gesicht. »Ah«, machte er. »Da ist ja doch jemand, der etwas von Wert versteht.«

»Kestrel.« Jess zupfte an ihrem Ärmel. »Was tust du?«

Die Stimme des Auktionators ertönte: »Zum Ersten, zum Zweiten –«

»Zwölf Silberlinge!«, rief ein Mann, der auf der anderen Seite des Halbkreises, Kestrel gegenüber, an der Absperrung lehnte.

Dem Auktionator fiel die Kinnlade herunter. »Zwölf?«

»Dreizehn!«, ertönte das nächste Gebot.

Kestrel zuckte innerlich zusammen. Wenn sie schon hatte bieten müssen – warum überhaupt? –, dann doch nicht so hoch. Alle, die sich um die Grube drängten, blickten auf sie: die Tochter des Generals, ein Vögelchen aus gutem Hause, das von einem ehrenwerten Anwesen zum nächsten flatterte. Sie dachten wohl –

»Vierzehn!«

Sie dachten wohl, dass der Sklave den Preis wert sein musste, wenn *sie* ihn wollte. Es musste einen Grund geben, ihn ebenfalls zu wollen.

»Fünfzehn!«

Und das äußerst delikate Geheimnis um das Warum ließ ein Gebot auf das nächste folgen.

Der Sklave starrte sie nun an, was kein Wunder war, denn sie war es gewesen, die diesen Wahnsinn entfesselt hatte. Kestrel spürte innerlich ein Pendel zwischen Schicksalsergebenheit und Entscheidungsfreiheit hin- und herschwingen.

Sie hob die Hand. »Ich biete zwanzig Silberlinge.«

»Gütiger Himmel, Mädchen«, sagte die Frau mit dem spitzen Kinn zu ihrer Linken. »Lasst es gut sein. Warum bietet Ihr auf ihn? Weil er singt? Höchstens schmutzige Herrani-Trinklieder.«

Kestrel würdigte sie ebenso wenig eines Blickes wie Jess, obwohl sie spürte, dass ihre Freundin die Hände rang. Kestrels Blick hielt dem des Sklaven stand.

»Fünfundzwanzig!«, rief eine Frau von hinten.

Dieser Preis überstieg den Inhalt von Kestrels Samtbörse. Der Auktionator sah aus, als könnte er es kaum fassen. Die Gebote schraubten sich höher und höher, und jeder Rufer stachelte den nächsten an, bis es so wirkte, als würde ein Pfeil mit einem Seil daran in die Menge geschossen, um sie alle aneinanderzufesseln und in der Aufregung immer fester zusammenzuziehen.

Kestrels Stimme klang ausdruckslos, als sie sagte: »Fünfzig Silberlinge.«

Die plötzlich eintretende, fassungslose Stille tat ihren Ohren weh. Jess schnappte nach Luft.

»Verkauft!«, schrie der Auktionator. Sein Gesicht war verzerrt vor Freude. »An Lady Kestrel, für fünfzig Silberlinge!« Er zerrte den Sklaven vom Block, und da erst musste dieser den Blick von Kestrel wenden. Er sah so eindringlich in den Sand, als stünde dort seine Zukunft zu lesen, bis der Auktionator ihn in Richtung Pferch stieß.

Kestrel holte bebend Luft. Ihre Knochen fühlten sich watteweich an. Was hatte sie getan?

Jess schob ihr stützend eine Hand unter den Ellbogen. »Du bist wirklich krank.«

»Und jetzt ziemlich mittellos, würde ich sagen.« Die Frau mit dem spitzen Kinn kicherte. »Sieht so aus, als würde hier jemand unter dem Fluch des Gewinners leiden.«

Kestrel wandte sich ihr zu. »Was meint Ihr damit?«

»Ihr geht nicht oft auf Auktionen, oder? Der Fluch des Gewinners bedeutet, dass man sich bei einer Versteigerung zwar durchsetzt, aber zu einem horrenden Preis.«

Die Menge verlief sich. Schon brachte der Auktionator jemand anderen heraus, doch die Aufregung, die die Valorianer an die Grube gefesselt hatte, hatte sich gelöst. Der Weg war nun frei, Kestrel konnte gehen – sie konnte sich nur nicht bewegen.

»Ich verstehe das nicht«, sagte Jess.

Kestrel ging es nicht anders. Was hatte sie sich nur dabei gedacht? Was hatte sie beweisen wollen?

Nichts, sagte sie sich. Mit dem Rücken zur Grube zwang sie ihren Fuß dazu, den ersten Schritt zu machen, weg von dem, was sie getan hatte.

Überhaupt nichts.

2

Der Wartebereich hinter dem Pferch lag unter freiem Himmel und ging auf die Straße hinaus. Es stank nach ungewaschenen Leibern. Jess blieb in der Nähe und ließ keinen Blick von der Eisentür, die in die gegenüberliegende Mauer eingelassen war. Kestrel versuchte, es ihr nicht gleichzutun. Sie war zum ersten Mal hier. Haussklaven kaufte normalerweise ihr Vater oder der Haushofmeister ihrer Familie, dem die Sklaven unterstanden.

Der Auktionator wartete neben einigen bequemen Stühlen, die für die valorianischen Kunden aufgestellt worden waren. »Ah.« Er strahlte, als er Kestrel sah. »Die Gewinnerin! Ich hoffte, hier zu sein, bevor Ihr eintreffen würdet. Ich habe die Grube verlassen, so schnell ich konnte.«

»Begrüßt du deine Kunden immer persönlich?« Sie war überrascht von seiner Beflissenheit.

»Ja, die guten schon.«

Kestrel fragte sich, wie viel man wohl durch das winzige vergitterte Fenster der Eisentür hören konnte.

»Sonst überlasse ich die Abwicklung meiner Assistentin«, fuhr der Mann fort. »Sie ist gerade in der Grube und versucht, Zwillinge an den Mann zu bringen.« Er verdrehte die Augen angesichts der Schwierigkeit, Geschwister gemeinsam zu verkaufen. »Na ja« – er zuckte die Achseln – »vielleicht will ja jemand ein Pärchen haben.«

Zwei Valorianer betraten den Wartebereich, ein Ehepaar. Der

Auktionator lächelte, bat sie, Platz zu nehmen, und erklärte, er werde gleich für sie da sein. Jess flüsterte Kestrel ins Ohr, dass der Mann und die Frau, die sich nun auf zwei niedrigen Stühlen in einer Ecke niederließen, Freunde ihrer Eltern seien. Ob es Kestrel etwas ausmache, wenn sie sie begrüßen ging?

»Nein«, sagte Kestrel. »Es macht mir nichts aus.« Sie konnte es Jess nicht verübeln, dass ihr die unangenehmen Einzelheiten eines Menschenkaufs nicht behagten, selbst wenn jede Stunde ihres Tages von diesem Geschäft geprägt war – von dem Moment an, da eine Sklavin ihr das Morgenbad einließ, bis ihr eine andere vor dem Zubettgehen das Haar löste.

Nachdem Jess sich zu dem Paar gesellt hatte, sah Kestrel den Auktionator vielsagend an. Er nickte. Dann zog er einen großen Schlüssel aus seiner Tasche, ging hinüber zur Tür, um sie aufzuschließen, und trat ein. »Du«, hörte Kestrel ihn auf Herrani blaffen. »Es ist Zeit.«

Es raschelte, und der Auktionator kehrte zurück. Der Sklave folgte ihm.

Er hob den Blick und begegnete dem von Kestrel. Seine Augen waren von einem klaren, kühlen Grau.

Sie schrak zusammen. Diese Farbe war bei einem Herrani durchaus zu erwarten gewesen, und so dachte Kestrel, dass es der dunkelviolette Bluterguss auf seiner Wange sein musste, der seinen Augen einen so unheimlichen Ausdruck verlieh. Ihr war nicht wohl unter seinem Blick. Dann schlug er die Augen nieder. Er sah zu Boden, sodass sein Gesicht von seinem langen Haar verdeckt wurde. Es war noch immer zur Hälfte geschwollen von dem Kampf. Oder der Züchtigung.

Er schien alles um ihn her mit absoluter Gleichgültigkeit aufzunehmen. Kestrel existierte gar nicht, ebenso wenig wie der Auktionator oder er selbst.

Der Auktionator schloss die Eisentür wieder ab. »Und nun ...« Er klatschte einmal in die Hände. »Die Kleinigkeit der Bezahlung.«

Sie überreichte ihm ihre Geldbörse. »Ich habe vierundzwanzig Silberlinge.«

Der Auktionator zögerte; er wirkte verunsichert. »Vierundzwanzig ist nicht fünfzig, Herrin.«

»Ich werde meinen Haushofmeister später mit dem Rest zu dir schicken.«

»Oh, aber was, wenn er sich verläuft?«

»Ich bin General Trajans Tochter.«

Er lächelte. »Ich weiß.«

»Die volle Summe bereitet uns keine Schwierigkeiten«, fuhr Kestrel fort. »Ich habe einfach nur beschlossen, heute keine fünfzig Silberlinge mit mir herumzutragen. Mein Wort ist gut genug.«

»Sicher.« Er sagte nicht, dass Kestrel ja später zurückkehren könne, um ihren Einkauf abzuholen und die Summe zu bezahlen. Und Kestrel erwähnte weder die Wut, die ihm anzusehen gewesen war, als der Sklave sich ihm widersetzt hatte, noch ihren Verdacht, dass er sich dafür würde rächen wollen. Die Wahrscheinlichkeit, dass er es tun würde, wuchs mit jedem Augenblick, den der Sklave noch hier verbrachte.

Kestrel sah dem Auktionator beim Denken zu. Er konnte darauf bestehen, dass sie später wiederkam, damit allerdings riskieren, dass er sie beleidigte, und die gesamte Summe verlieren. Oder er konnte nicht einmal die Hälfte der fünfzig Silberlinge einstreichen und den Rest vielleicht niemals erhalten.

Aber er war gerissen. »Darf ich Euch mit Eurem Einkauf nach Hause begleiten? Ich würde gern sehen, dass Schmied sicher ankommt. Euer Haushofmeister kann sich dann um die Bezahlung kümmern.«

Sie warf einen Blick auf den Sklaven. Er hatte bei seinem Namen geblinzelt, den Kopf jedoch nicht gehoben. »Gut«, sagte sie zu dem Auktionator.

Sie ging hinüber zu Jess und fragte den Mann und die Frau, ob sie ihre Freundin nach Hause begleiten würden.

»Natürlich«, antwortete der Mann – Senator Nicon, fiel Kestrel ein. »Aber was ist mit Euch?«

Sie wies mit dem Kopf über die Schulter auf die beiden Männer hinter ihr. »Sie werden mit mir kommen.«

Jess wusste, dass ein Herrani-Auktionator und ein Sklave keine salonfähige Begleitung waren. Auch Kestrel wusste das, und da packte sie wie aus heiterem Himmel Ärger über ihre Situation – eine Situation, die sie selbst heraufbeschworen hatte. Die Regeln, die ihre Welt beherrschten, machten sie krank.

Jess fragte: »Bist du sicher?«

»Ja.«

Das Ehepaar zog die Augenbrauen hoch, beschloss aber offensichtlich, dass es mit der Situation nichts zu schaffen hatte – den Klatsch, den es später darüber verbreiten würde, einmal ausgenommen.

Kestrel verließ den Sklavenmarkt mit dem Auktionator und Schmied im Schlepptau.

Sie schritt rasch durch die angrenzenden Viertel, die diesen schmuddeligen Teil der Stadt vom vornehmen Parkviertel trennten. Das Raster der Straßen war geordnet, rechtwinklig, von valorianischer Hand angelegt. Sie kannte den Weg und doch hatte sie das sonderbare Gefühl, in die Irre zu gehen. Heute erschien ihr alles fremd. Als sie durch das Soldatenquartier kamen, zwischen dessen dicht gedrängten Unterkünften sie als Kind immer herumgelaufen war, sah sie vor ihrem geistigen Auge Soldaten, die sich ihr in den Weg stellten.

Doch natürlich würden all diese bewaffneten Männer und Frauen sterben, um sie zu beschützen, und sie erwarteten von ihr, eine der Ihren zu werden. Kestrel musste nur den Wünschen ihres Vaters entsprechen und der Armee beitreten.

Als die Straßen sich zu verändern begannen, in Richtungen liefen, die unlogisch wirkten, und sich wie Wasserläufe dahinschlängelten, war Kestrel erleichtert. Bäume breiteten ihr grünes Blätterdach über ihr aus. Sie konnte Brunnen hinter steinernen Mauern plätschern hören.

Sie gelangte an eine massive Eisentür. Eine der Wachen ihres Vaters spähte durch das Sichtfenster und riss die Tür auf.

Kestrel richtete weder an den Mann noch an die anderen Wachposten ein Wort, und auch sie sagten nichts zu ihr. Sie übernahm die Führung über das weitläufige Anwesen. Der Auktionator und der Sklave folgten ihr.

Sie war zu Hause. Aber die Schritte hinter ihr auf den Steinplatten des Wegs erinnerten Kestrel daran, dass es nicht immer ihr Zuhause gewesen war. Dieses Anwesen war ebenso wie das gesamte Parkviertel von den Herrani errichtet worden, die es nur anders genannt hatten, als es noch ihnen gehörte.

Sie trat auf den Rasen. Die beiden Männer folgten ihr, und das Geräusch ihrer Schritte wurde nun durch das Gras gedämpft.

Ein gelber Vogel flog zwitschernd zwischen den Bäumen hindurch. Kestrel lauschte, bis das Lied verklang. Sie ging weiter auf die Villa zu.

Das Geräusch, das ihre Sandalen auf dem Marmorboden des Wegs verursachten, hallte sachte von den Wänden wider, die mit herumtollenden Fabelwesen, Blumen und ihr unbekannten Göttern bemalt waren. Ihre Schritte vermischten sich mit dem Plätschern von Wasser, das einem flachen, in den Boden eingelassenen Becken entsprang.

»Ein schönes Haus«, sagte der Auktionator.

Sie warf ihm einen aufmerksamen Blick zu, obwohl sie keine Bitterkeit in seiner Stimme hörte. Sie forschte nach einem Anzeichen, dass er dieses Haus kannte, dass er es vor dem Herranischen Krieg schon einmal aufgesucht hatte – als geehrter Gast, Freund oder gar als Familienmitglied. Doch es war eine törichte Vermutung. Die Villen im Parkviertel hatten adeligen Herrani gehört, und wenn der Auktionator zu ihnen gezählt hätte, wäre er nicht bei dieser Art von Arbeit gelandet. Er wäre Haussklave geworden, vielleicht sogar der Hauslehrer valorianischer Kinder. Falls der Auktionator dieses Haus tatsächlich kannte, dann weil er schon einmal Sklaven für ihren Vater hierhergebracht hatte.

Sie zögerte, Schmied anzuschauen. Als sie es dennoch tat, wollte er ihren Blick nicht erwidern.

Die Haushälterin kam durch den langen Gang, der auf der anderen Seite des Brunnens begann, auf sie zu. Kestrel schickte sie mit dem Auftrag wieder weg, den Haushofmeister zu bitten, mit sechsundzwanzig Silberlingen herzukommen. Als er eintraf, waren seine blonden Augenbrauen zusammengezogen und seine Hände umschlossen mit festem Griff eine kleine Kassette. Harmans Griff wurde noch fester, als er den Auktionator und den Sklaven sah.

Kestrel öffnete die Kassette und zählte dem Auktionator Geld in die ausgestreckte Hand. Er steckte das Silber ein, dann leerte er ihre Börse aus, die er mitgebracht hatte. Mit einer leichten Verbeugung reichte er ihr den schlaffen Beutel zurück. »Es war mir ein großes Vergnügen, mit Euch Geschäfte zu machen.« Er wandte sich zum Gehen.

Sie sagte: »Es wäre besser gewesen, wenn er keine frischen Verletzungen aufweisen würde.«

Der Blick des Auktionators huschte zu dem Sklaven und über seine Lumpenkleider, seine schmutzigen, von Narben übersäten Arme. »Ihr dürft ihn gern untersuchen, Herrin«, sagte er gedehnt.

Kestrel runzelte die Stirn. Ihr behagte die Vorstellung nicht, jemanden zu untersuchen, schon gar nicht *ihn*. Aber bevor sie eine Antwort herausbrachte, war der Auktionator schon gegangen.

»Wie viel?«, wollte Harman wissen. »Wie viel hat er gekostet – alles in allem?«

Sie sagte es ihm.

Er holte tief Luft. »Euer Vater –«

»Ich werde es meinem Vater selbst erzählen.«

»So, und was soll ich mit ihm anstellen?«

Kestrel sah auf den Sklaven. Er hatte sich nicht gerührt und stand noch immer auf derselben schwarzen Fliese, als wäre es der Holzblock. Er hatte dem gesamten Gespräch keinerlei Beachtung geschenkt und das Valorianisch ausgeblendet, das er wahrscheinlich gar nicht wirklich verstand. Sein Blick ruhte auf einer gemalten Nachtigall, die die gegenüberliegende Wand zierte. »Das ist Schmied«, sagte Kestrel zu dem Haushofmeister.

Harmans Anspannung ließ ein wenig nach. »Ein Hufschmied?« Sklaven wurden manchmal von ihren Herren nach ihrer Arbeit benannt. »Den könnten wir gebrauchen. Ich werde ihn in die Schmiede schicken.«

»Warte. Ich bin mir nicht sicher, ob ich ihn dort haben will.« Sie wandte sich auf Herrani an Schmied: »Singst du?«

Da sah er sie an, und Kestrel erkannte denselben Ausdruck in seinen Augen wie zuvor im Wartebereich. Seine grauen Augen waren eisig. »Nein.«

Schmied hatte in ihrer Sprache geantwortet. Sein Akzent war nur schwach.

Er wandte sich ab. Das dunkle Haar fiel ihm ins Gesicht und verschleierte sein Profil.

Kestrel bohrte die Nägel in die Handflächen. »Sorge dafür, dass er ein Bad nimmt«, befahl sie Harman mit einer Stimme, von der sie hoffte, dass sie eher bestimmt denn frustriert klang. »Und gib ihm angemessene Kleidung.«

Sie entfernte sich durch den Gang, blieb aber noch einmal stehen. Ein paar weitere Worte entschlüpften ihr: »Und schneidet ihm das Haar.«

Kestrel spürte die Kälte von Schmieds Blick in ihrem Rücken, während sie sich zurückzog. Jetzt war es leicht, diesem Ausdruck in seinen Augen einen Namen zu geben.

Verachtung.

3

Kestrel wusste nicht, was sie sagen sollte.

Ihr Vater hatte einen heißen Tag hinter sich, an dem er Soldaten gedrillt hatte, und deshalb ein erfrischendes Bad genommen. Nun goss er Wasser in seinen Wein. Der dritte Gang wurde serviert: mit Rosinen und zerstoßenen Mandeln gefülltes Hühnchen. Es schmeckte irgendwie trocken

»Hast du geübt?«, fragte er.

»Nein.«

Seine großen Hände hielten mitten in der Bewegung inne.

»Ich hole es nach«, sagte sie. »Später.« Sie trank aus ihrem Pokal und fuhr dann mit dem Daumen darüber. Das Glas war rauchig grün und fein geblasen. Sie hatten es zusammen mit dem Haus übernommen. »Wie sind die neuen Soldaten?«

»Noch grün hinter den Ohren, aber gar nicht so übel.« Er zuckte die Achseln. »Und wir brauchen sie.«

Kestrel nickte. Die Valorianer hatten schon immer gegen Barbaren zu kämpfen gehabt, die in die Grenzgebiete einfielen, und da das Imperium in den vergangenen fünf Jahren gewachsen war, waren derlei Übergriffe häufiger geworden. Die herranische Halbinsel bedrohten sie nicht, aber General Trajan musste oft Bataillone ausbilden, um sie anschließend an die äußersten Grenzen des Imperiums zu entsenden.

Er spießte eine glasierte Karotte auf seine Gabel. Kestrel blickte auf das silberne Essbesteck, dessen Zinken im Kerzenlicht schimmerten. Es war eine Herrani-Erfindung, die schon vor langer Zeit von ihrer eigenen Kultur übernommen worden war. Darüber konnte man als Valorianer leicht vergessen, dass man jemals mit den Fingern gegessen hatte.

»Ich dachte, du warst heute Nachmittag mit Jess auf dem Markt«, sagte er. »Warum isst sie nicht mit uns zu Abend?«

»Sie hat mich nicht nach Hause begleitet.«

Er setzte die Gabel ab. »Wer hat es dann getan?«

»Vater, ich habe heute fünfzig Silberlinge ausgegeben.«

Er machte eine wegwerfende Handbewegung, um ihr zu bedeuten, dass diese Summe keine Rolle spielte. Seine Stimme war ganz ruhig: »Wenn du schon wieder allein durch die Stadt gegangen bist –«

»Bin ich nicht.« Sie erzählte ihm, wer bei ihr gewesen war und warum.

Der General rieb sich die Stirn und kniff die Augen zusammen. »*Das* war deine Begleitung?«

»Ich brauche keine Begleitung.«

»Du würdest keine brauchen, wenn du beim Militär wärest.«

Und da waren sie wieder beim Thema und rührten an den wunden Punkt eines alten Streits. »Ich werde niemals Soldatin«, sagte sie.

»Das hast du bereits deutlich gemacht.«

»Wenn eine Frau für das Imperium kämpfen und sterben kann, warum kann sie dann nicht allein irgendwohin gehen?«

»Darum geht es ja nicht. Eine Soldatin hat ihre Stärke schon bewiesen und braucht keinen Schutz mehr.«

»Genauso wenig wie ich.«

Der General legte die Hände flach auf den Tisch. Als ein Mädchen erschien, um die Teller abzuräumen, fuhr er sie an, sie solle verschwinden.

»Du glaubst doch nicht im Ernst, dass Jess mich beschützen könnte«, fuhr Kestrel fort.

»Frauen, die keine Soldatinnen sind, haben nicht allein unterwegs zu sein. Das ist so Brauch.«

»Unsere Bräuche sind absurd. Wir Valorianer sind stolz darauf, mit wenig Essen überleben zu können, wenn wir müssen, aber ein Abendessen mit weniger als sieben Gängen ist eine Beleidigung. Ich kämpfe ganz gut, doch wenn ich keine Soldatin bin, ist es so, als hätte es all die Jahre voller Kampfübungen gar nicht gegeben.«

Ihr Vater sah sie fest an. »Deine militärische Stärke lag noch nie im Kampf.«

Was nur eine andere Formulierung dafür war, dass sie eine miserable Kämpferin war.

Sanfter fuhr er fort: »Du bist Strategin.«

Kestrel zuckte die Achseln.

Ihr Vater fragte: »Wer hat denn vorgeschlagen, dass ich die barbarischen Dacrer in die Berge locken soll, als sie die Imperiumsgrenze im Osten angegriffen haben?«

Alles, was sie damals getan hatte, war, das Offensichtliche auszusprechen. Es war klar gewesen, dass die Barbaren blind auf ihre Reiterei bauten. Ebenso klar war gewesen, dass in den trockenen Bergen im Osten Pferde nicht genug Wasser finden würden. Wenn jemand Stratege war, dann ihr Vater. Genau jetzt setzte er aus strategischen Gründen Schmeichelei ein, um zu bekommen, was er wollte.

»Stell dir vor, von welch großem Nutzen es für das Imperium wäre, wenn du wirklich mit mir zusammenarbeiten würdest«, sagte er. »Und wenn du dein Talent dazu gebrauchen würdest, das Imperium zu sichern, anstatt die Logik von Bräuchen, die unsere Gesellschaft ordnen, infrage zu stellen.«

»Unsere Bräuche sind Lügen.« Kestrels Finger umklammerten den zarten Stiel ihres Pokals.

Der Blick ihres Vaters fiel auf ihre weißen Knöchel. Er griff nach ihrer Hand. Ruhig, fest meinte er: »Es sind nicht meine Regeln. Es sind die des Imperiums. Kämpfe für es, und du bekommst deine Unabhängigkeit. Tu es nicht und nimm Einschränkungen hin. Wie auch immer, lebe nach unseren Gesetzen.« Er hob den Zeigefinger. »Und beschwere dich nicht.«

Dann würde sie gar nichts mehr sagen, beschloss Kestrel. Sie entriss ihm ihre Hand und stand auf. Ihr fiel ein, wie der Sklave Schweigen als Waffe eingesetzt hatte. Man hatte um ihn gefeilscht, ihn herumgeschubst, an ihm gezerrt, ihn beäugt. Er würde gebadet, geschoren, angekleidet werden. Und doch hatte er sich geweigert, alles aufzugeben.

Kestrel erkannte Stärke, wenn sie sie sah.

Das galt auch für ihren Vater. Er sah sie an und kniff seine hellbraunen Augen zusammen.

Sie verließ den Speiseraum und stahl sich durch den Nordflügel der Villa, bis sie eine Doppeltür erreichte. Sie öffnete sie und ertastete sich den Weg durch den dunklen Innenraum bis zu einem silbernen Kästchen und einer Öllampe. Ihre Finger waren vertraut mit diesem Ritual. Es war kein Problem, die Lampe blind anzuzünden. Sie konnte auch blind spielen, aber sie wollte es nicht riskieren, einen falschen Ton zu spielen. Nicht heute Abend, nicht wenn sie schon tagsüber den falschen Ton und die falschen Entscheidungen getroffen hatte.

Sie ging um das Klavier in der Mitte des Raums herum, wobei sie mit der Handfläche über seine ebene, polierte Oberfläche fuhr. Das Instrument war eines der wenigen Dinge, die ihre Familie aus der Hauptstadt mitgebracht hatte. Es hatte ihrer Mutter gehört.

Kestrel öffnete mehrere Glastüren, die auf den Garten hinausgingen. Sie atmete die Nacht ein und sammelte die Luft in ihren Lungen.

Sie roch Jasmin. Vor ihrem geistigen Auge sah sie die winzige Blume im Dunkeln blühen, jedes Blütenblatt steif und spitz zulaufend und vollkommen. Wieder dachte sie an den Sklaven und wusste nicht, warum.

Sie blickte auf ihre verräterische Hand, die, die sich in die Luft gestreckt hatte, um den Blick des Auktionators auf sich zu ziehen.

Kestrel schüttelte den Kopf. Sie wollte nicht mehr an den Sklaven denken.

Sie setzte sich vor die Reihe von schwarzen und weißen Tasten des Instruments; es waren fast hundert.

Dies war nicht die Art von Übung, die ihr Vater im Sinn gehabt hatte. Er hatte ihre täglichen Einheiten mit dem Hauptmann seiner Wache gemeint. Nun, sie wollte sich nicht im Kampf mit Nadeln üben und ebenso wenig mit allem anderen, was ihr Vater für sinnvoll erachtete.

Ihre Finger ruhten auf den Tasten. Sie drückte leicht, noch nicht fest genug, damit die Hämmer im Innern die Metallsaiten anschlagen konnten.

Sie holte tief Luft und begann dann zu spielen.

4

Sie hatte ihn vergessen.

Drei Tage waren vergangen, und die Herrin des Hauses schien gar nicht mehr zu wissen, dass sie zu den 48 Dienstboten des Generals einen weiteren Sklaven gekauft hatte.

Der Sklave war sich nicht sicher, ob er darüber erleichtert sein sollte.

Die ersten beiden Tage waren ein Segen gewesen. Er konnte sich nicht daran erinnern, wann man ihm zum letzten Mal erlaubt hatte, auf der faulen Haut zu liegen. Das Bad war wunderbar heiß gewesen, und die Seife hatte ihn erstaunt in den Dampf stieren lassen. Sie schäumte mehr als jede andere, die er in den vergangenen Jahren benutzt hatte.

Danach fühlte sich seine Haut wie neu an, und obwohl er den Kopf starr gehalten hatte, während ihm ein anderer Herrani-Sklave das Haar schnitt, und sich immer noch Locken, die nun nicht mehr da waren, aus dem Gesicht strich, fand er schon am zweiten Tag, dass es ihm kaum noch etwas ausmachte. Er sah nun klar auf seine Welt.

Am dritten Tag kam der Haushofmeister ihn holen.

Der Sklave war auf dem Anwesen umhergelaufen, da er keine Befehle bekam. Der Zutritt zum Haus war verboten, aber er war zufrieden damit, es von außen zu betrachten. Er zählte die Unmengen von Fenstern und Türen. Er legte sich ins warme Gras, das seine

Füße kitzelte, und freute sich, dass seine Hände nicht zu schwielig geworden waren, um den Widerstand der grünen Halme zu spüren. Das Ocker der Mauern glänzte im Licht und verblasste dann. Er prägte sich ein, in welchen Räumen es im Haus zu welcher Tageszeit dunkel wurde. Er sah in die Orangenbäume hinauf. Manchmal schlief er.

Die anderen Sklaven bemühten sich nach Kräften, ihn nicht zu beachten. Zuerst warfen sie ihm Blicke zu, die von Groll über Verwirrung bis hin zu Neid reichten. Er konnte sich nicht dazu durchringen, sich etwas daraus zu machen. Sobald er in die Sklavenunterkünfte geführt worden war – sie lagen in einem Gebäude, das fast genauso wie die Stallungen aussah –, hatte er die Hackordnung der Herrani begriffen, die sich in den Diensten des Generals befanden. Er stand ganz unten.

Er aß sein Brot wie die anderen auch und zuckte die Achseln, wenn er gefragt wurde, warum ihm keine Arbeit aufgetragen worden war. Er antwortete auf direkte Fragen. Meistens jedoch hörte er nur zu.

Am dritten Tag legte er im Geiste eine Karte von den Außengebäuden an: den Sklavenunterkünften, den Stallungen, den Kasernen der Leibgarde des Generals, der Schmiede, den kleinen Lagerschuppen, einem Häuschen in der Nähe des Gartens. Das Anwesen war sehr weitläufig, besonders wenn man bedachte, dass es noch immer in der Stadt lag. Der Sklave hatte sich glücklich geschätzt, dass ihm so viele freie Stunden zur Verfügung standen, um es zu erkunden.

Nun saß er in einiger Höhe auf einem sanften Hügel am Obstgarten, sodass er den Haushofmeister von der Villa aus auf ihn zukommen sah, lange bevor dieser ihn erreichte. Das gefiel dem Sklaven. Es bestätigte den Verdacht, den er hegte: dass das Gut von General Trajan nicht leicht zu verteidigen sein würde, wenn man es nur richtig angriff. Das Anwesen war wahrscheinlich deshalb dem General übertragen worden, weil es das größte und schönste in der ganzen Stadt war und außerdem ideal für das Unterhalten von Leibwächtern und Pferden. Doch die baumbestandenen Hänge, die das Haus umgaben, würden Feinden Vorteile bieten. Der Sklave fragte sich, ob der General dies wirklich nicht erkannte. Andererseits wussten die Valorianer ja gar nicht, wie es war, in ihrem eigenen Heim überfallen zu werden.

Der Sklave verbot sich weitere Gedanken. Sie drohten seine Vergangenheit aufzuwühlen. Er zwang seinen Geist, wie gefrorene Erde zu werden: hart und öde.

Er beobachtete den Haushofmeister, der den Hügel heraufschnaufte. Dieser war einer der wenigen valorianischen Diener – wie die Haushälterin –, deren Stellung zu wichtig war, um sie einem Herrani zu übertragen. Der Sklave vermutete, dass der Haushofmeister gut bezahlt wurde. Gut gekleidet war er jedenfalls, und zwar in die golddurchwirkten Stoffe, die die Valorianer bevorzugten. Das lichte Haar des Mannes flatterte in der Brise. Im Näherkommen hörte der Sklave, wie er auf Valorianisch etwas murmelte, und wusste, dass er der Grund für den Groll des Haushofmeisters war.

»Du«, sagte der in schwerfälligem Herrani. »Da du sein, du fauler Nichtsnutz.«

Der Sklave erinnerte sich an den Namen des Mannes – Harman –, benutzte ihn aber nicht. Er sagte gar nichts, ließ es nur geschehen, dass Harman seinem Ärger Luft machte. Es erheiterte ihn zu hören, wie der Mann seine Muttersprache verunstaltete. Der Akzent des Haushofmeisters war aber auch zu komisch, seine Grammatik noch schlimmer. Unschlagbar war nur sein Vokabular an Beleidigungen.

»Du kommen.« Harman wedelte mit der Hand, um ihm zu bedeuten, dass er ihm folgen sollte.

Der Sklave begriff rasch, dass er zur Schmiede geführt wurde.

Eine Herrani wartete davor. Er erkannte sie, obwohl er sie nur zu den Mahlzeiten und abends sah. Sie hieß Lirah und arbeitete im Haus. Sie war hübsch. Jünger als er, wahrscheinlich zu jung, um sich noch an den Krieg zu erinnern.

Harman begann, Valorianisch mit ihr zu sprechen. Der Sklave versuchte, geduldig zu bleiben, während Lirah für ihn übersetzte.

»Lady Kestrel soll nicht damit behelligt werden, dir eine Aufgabe zuzuteilen, und so habe ich –« Sie wurde rot. »Ich meine, er« – sie wies mit dem Kopf auf Harman – »hat beschlossen, dir Arbeit zu geben. Normalerweise kümmert sich die Leibgarde des Generals selbst um die Reparatur ihrer Waffen, und man bezahlt einen valorianischen Schmied aus der Stadt dafür, dass er neue Waffen schmiedet.«

Der Sklave nickte. Es gab gute Gründe, warum die Valorianer nur wenige Herrani-Schmiede ausbildeten. Man musste sich nur einmal in der Schmiede umsehen, um das zu verstehen. Wer die schweren Werkzeuge sah, erriet, welche Kraft für ihre Handhabung nötig war.

»Das wirst ab jetzt du tun«, fuhr Lirah fort. »Solange du dich als nützlich erweist.«

Harman nahm das Schweigen, das eintrat, als Einladung, erneut das Wort zu ergreifen. Lira übersetzte. »Heute wirst du Hufeisen schmieden.«

»Hufeisen?« Das war zu leicht.

Lirah lächelte ihm mitfühlend zu. Sie sprach mit ihren eigenen Worten, ohne Harmans gestelzte Worte zu wiederholen. »Sie stellen dich auf die Probe. Du sollst bis Sonnenuntergang so viele Hufeisen schmieden, wie du kannst. Kannst du auch ein Pferd beschlagen?«

»Ja.«

Lirah schien diese Antwort um seinetwillen zu bedauern. Sie gab sie an den Haushofmeister weiter, der daraufhin sagte: »Dann wird er das morgen tun. Jedes Pferd im Stall braucht neue Hufeisen.« Er schnaubte. »Wir werden ja sehen, wie diese Kreatur mit den anderen auskommt.«

Vor dem Krieg hatten die Valorianer die Herrani bewundert, sogar beneidet – ja, beneidet. Danach schien es, als wäre der Bann gebrochen oder als hätte man sie mit einem neuen belegt. Der Sklave hatte es nie ganz glauben können. Irgendwie war »Kreatur« möglich geworden. Irgendwie beschrieb das Wort *ihn.* Diese Entdeckung war zehn Jahre alt, und doch musste er sie jeden Tag erneut machen. Sie hätte sich durch die Wiederholung abnutzen sollen. Stattdessen war er wund von ihrem Stachel, der ihn noch immer überraschend traf. Ihm kam vor heruntergeschlucktem Zorn die Galle hoch.

Der freundliche, geübte Ausdruck auf Lirahs Gesicht war noch immer da. Sie deutete auf den Kohleverschlag, die Kienspäne und die Haufen von Roh- und Alteisen. Der Haushofmeister stellte eine Schachtel mit Schwefelhölzern auf den Amboss. Dann gingen beide davon.

Der Sklave sah sich in der Schmiede um und überlegte, ob er die Probe bestehen oder durchfallen sollte.

Er seufzte und entfachte das Feuer.

✦

Es war vorbei mit der Muße. An seinem ersten Tag in der Schmiede fertigte der Sklave über fünfzig Hufeisen an – genug, um fleißig und geschickt zu wirken, aber nicht genug, um aufzufallen. Am folgenden Tag beschlug er alle Pferde, selbst die, die bereits neue Hufeisen trugen. Der Stallbursche warnte ihn, dass einige Pferde gefährlich werden könnten, vor allem die Hengste des Generals. Aber der Sklave hatte keinerlei Schwierigkeiten mit ihnen. Er sorgte allerdings dafür, dass er den ganzen Tag mit seinem Auftrag beschäftigt war. Er mochte es, dem leisen Wiehern der Pferde zu lauschen und ihren sanften, warmen Atem zu spüren. Außerdem waren die Stallungen ein geeigneter Ort, um Neuigkeiten aufzuschnappen – zumindest wären sie das gewesen, wenn ein Soldat gekommen wäre, um ein Pferd zu reiten.

Oder wenn das Mädchen gekommen wäre.

Der Sklave galt bald als guter Einkauf. Lady Kestrel habe ein gutes Auge, sagte Harman widerwillig, und der Sklave bekam mehrere Waffen zur Reparatur, ebenso wie Aufträge für das Schmieden neuer Waffen.

In der Abenddämmerung, wenn der Sklave von der Schmiede über das Anwesen zu seiner Unterkunft lief, erstrahlte die Villa von Licht. Es herrschte Ausgangssperre und Schlafenszeit für die Sklaven, aber die rastlosen Valorianer würden noch lange nicht zu Bett gehen. Sie übten, mit wenig Schlaf auszukommen, vielleicht mit sechs Stunden pro Nacht – oder weniger, wenn nötig. Unter anderem war es das gewesen, was ihnen geholfen hatte, den Krieg zu gewinnen.

Der Sklave war der Erste, der sich auf der Pritsche ausstreckte. Jeden Abend versuchte er, die Ereignisse des Tages noch einmal durchzugehen und nützliche Informationen daraus zu ziehen. Aber alles, was er erlebt hatte, war harte Arbeit.

Erschöpft schloss er die Augen. Er fragte sich, ob die beiden Tage des Müßiggangs sich nicht doch noch als Unglück herausstellen würden. In dieser Zeit hatte er ganz vergessen, wer er war. Sie spielte seinem Kopf Streiche.

Und manchmal, wenn er schon hinüberdämmerte, meinte er, Musik zu hören.

5

Normalerweise empfand Kestrel ihr Zuhause als einen Ort, in dem es vor Leere hallte, weil der Großteil der Räume, obwohl sie schön waren, nicht bewohnt war. Auch auf dem Außengelände war es meist ruhig, es gab nur leise Geräusche: das Kratzen einer Hacke im Garten, das ferne Trappeln von Pferdehufen von der Koppel weit hinter dem Haus, das Seufzen der Bäume. Normalerweise genoss es Kestrel, wie dieser Ort und diese Ruhe ihre Sinne schärften.

Seit Kurzem jedoch fand sie zu Hause keinen Frieden. Sie sonderte sich mit ihrer Musik ab, aber dann spielte sie nur schwierige Stücke mit Noten, die sich dicht aneinanderdrängten, und ihre Finger jagten über die Tasten. Das Üben laugte sie aus. Die Steifheit war nebensächlich und saß nur an bestimmten Stellen – in ihren Handgelenken, im unteren Rücken –, aber wenn sie nicht spielte, konnte sie das Stechen und Zwicken nicht ignorieren. Jeden Morgen schwor sie sich wieder, dass sie das Klavierspiel langsam angehen lassen würde. Aber in der Abenddämmerung, nachdem sie stundenlang das Gefühl gehabt hatte, als würde sie ersticken – nein, eher, als würde sie sich in ihrem eigenen Haus *vergraben* –, rang sie der Musik doch wieder ein anspruchsvolles Stück ab.

Eines Nachmittags, vielleicht acht Tage nach der Auktion, kam eine Nachricht von Jess. Kestrel öffnete sie schnell, froh über die Abwechslung. In ihrer typischen Schnörkelschrift und kurzen, ungeduldigen Sätzen fragte Jess, warum Kestrel sich vor ihr versteckte. Werde sie Jess heute bitte besuchen kommen? Kestrels Rat, was zum Picknick von Lady Faris anzuziehen wäre, sei vonnöten. Jess fügte ein Postskriptum hinzu: einen Satz in kleinerer Schrift, mit eng stehenden, eilig hingeworfenen Buchstaben, was anzeigte, dass sie sich einen Wink mit dem Zaunpfahl nicht verkneifen konnte, auch wenn sie gleichzeitig Sorge hatte, Kestrel damit zu verärgern: *Übrigens hat mein Bruder nach dir gefragt.*

Kestrel griff nach ihren Reitstiefeln.

Während sie ihre Gemächer durchmaß, erhaschte sie durch ein Fenster einen Blick auf das strohgedeckte Häuschen in der Nähe des Gartens.

Kestrel blieb stehen, sodass die Lederstiefel in ihren Händen gegen ihren Oberschenkel stießen. Das Häuschen war nicht sehr weit entfernt von den Sklavenunterkünften, die sich am Rande des Gesichtsfeldes im Fenster andeuteten. Sie spürte ein unangenehmes Ziehen.

Natürlich. Kestrel wandte den Blick von den Sklavenunterkünften ab und fasste Enais Häuschen ins Auge. Sie hatte ihre alte Kinderfrau schon einige Tage nicht mehr gesehen. Kein Wunder, dass der Ausblick sie bekümmerte, zeigte er doch das hübsche Häuschen, das auf Kestrels Wunsch hin für die Frau, die sie aufgezogen hatte, errichtet worden war. Nun, sie würde Enai auf dem Weg zu den Stallungen einen Besuch abstatten.

Aber als sie endlich ihre Stiefel zugeschnürt hatte und auf dem Weg nach unten war, hatte der Haushofmeister bereits dank der eifrigen Gerüchteküche im Haus erfahren, dass Kestrel ausgehen wollte. Harman lauerte ihr an der Tür zum Salon auf.

»Ihr reitet aus, Herrin?«

Sie streifte einen Handschuh über. »Wie du siehst.«

»Ihr braucht Euch nicht um eine Begleitung zu kümmern.« Fingerschnippend gab er einem älteren Herrani, der den Boden schrubbte, Zeichen. »Der hier wird genügen.«

Kestrel atmete langsam aus. »Ich *reite* zu Jess.«

»Ich bin sicher, dass er reiten kann«, erwiderte Harman, obwohl sie beide sehr gut wussten, dass das nicht besonders wahrscheinlich war. Reiten wurde den Sklaven nicht beigebracht. Entweder hatten sie es vor dem Krieg gelernt, oder sie würden es nie lernen. »Wenn nicht«, sagte Harman, »dann könnt Ihr zusammen die Kutsche nehmen. Der General wird gern zwei Kutschpferde entbehren, damit Ihr angemessene Begleitung habt.«

Kestrel nickte kaum wahrnehmbar. Sie wandte sich zum Gehen.

»Herrin, noch eines ...«

Kestrel wusste, was dieses eine sein würde, konnte ihm aber nicht den Mund verbieten, denn sonst hätte sie zugegeben, dass sie es wusste, und wünschte, sie wüsste es nicht.

»Eine Woche ist vergangen, seitdem Ihr diesen jungen Sklaven gekauft habt«, sagte der Haushofmeister. »Ihr habt noch keine Anweisung erteilt, wie er einzusetzen ist.«

»Ich habe es vergessen«, log Kestrel.

»Natürlich. Ihr habt Wichtigeres zu tun. Dennoch war ich mir sicher, es könne nicht Eure Absicht sein, dass er auf der faulen Haut liegt und nichts tut. Deshalb habe ich ihn als Hufschmied für die Pferde eingesetzt. Er macht seine Sache gut. Meinen Glückwunsch, Lady Kestrel. Ihr habt einen hervorragenden Blick für gute Herrani-Sklaven.«

Sie sah ihn an.

Wie um sich zu verteidigen, sagte er: »Ich habe ihn nur in der Schmiede eingesetzt, weil er dafür geeignet war.«

Sie blickte zur Tür. Sobald sie sie öffnete, würde sie nur noch Bäume sehen. Von diesem Teil des Hauses aus konnte man nichts Beunruhigendes entdecken. »Eine gute Entscheidung«, bestätigte sie. »Tu mit ihm, was du für richtig hältst.«

Kestrel trat ins Freie, und ihr Begleiter folgte ihr wortlos.

Sie machte allerdings nicht bei dem Häuschen halt, sondern begab sich unverzüglich zu den Stallungen. Der alte Herrani-Stallbursche war wie immer dort. Sonst niemand. Kestrel ging zu ihrem Pferd, einem grobknochigen Tier, das für den Krieg gezüchtet und vom General für sie ausgewählt worden war. Sie streichelte seine Nase.

Als sie Schritte hinter sich hörte – jemand betrat den Stall –, drehte sie sich um. Zwei Soldaten gingen zu dem Stallburschen und trugen ihm auf, ihre Pferde zu satteln. Kestrel sah an ihnen vorbei zu dem Herrani-Sklaven, den Harman zu ihrem Begleiter erkoren hatte; er wartete geduldig an der Tür.

Sie hatte nicht die Absicht, Zeit zu verschwenden und herauszufinden, ob er reiten konnte. Sie wollte jetzt los. Wenn sie bei Jess waren, würde sie ihn in die Küche schicken, damit sie ihn bis zur Rückfahrt nicht mehr sehen musste.

»Richte als Erstes meine Kutsche her«, befahl sie dem Stallburschen, während sie den Soldaten einen streitlustigen Blick zuwarf. Sie gingen nicht darauf ein, waren aber sichtbar verärgert. Es war ihr gleichgültig. Sie musste weg von hier, je eher, desto besser.

✦

»Das hier?«

Kestrel sah von dem niedrigen Diwan hoch, auf dem sie saß. Er war übersät mit Kleidern.

»Kestrel«, mahnte Jess. »Nun pass doch auf!«

Kestrel blinzelte. Ein schwarzhaariges Mädchen, Jess' Sklavin, war gerade dabei, eine Schärpe um die Hüfte ihrer Herrin zu binden; die geblümten Röcke bauschten sich darunter. Kestrel fragte: »Hast du dieses Kleid nicht schon anprobiert?«

»Nein.« Jess riss der Sklavin die Schärpe aus der Hand und warf sie auf den seidenen Haufen neben Kestrel. »Du findest es scheußlich, oder?«

»Nein«, antwortete Kestrel, aber Jess wand sich bereits aus dem Kleid, während ihre Sklavin hastig die Knöpfe öffnete, bevor sie abreißen konnten. Rosafarbene Röcke landeten auf Kestrels Schoß.

»Was wirst *du* denn anziehen?« Jess stand nur noch in ihrem Unterkleid da. »Das Picknick von Lady Faris ist *das* Ereignis des Sommers. Du musst mindestens umwerfend aussehen.«

»Das sollte für Kestrel kein Problem sein«, sagte ein gepflegter, modisch gekleideter Mann. Er lehnte in der Tür, die er aufgezogen hatte, ohne dass sie es gehört hatten. Jess' Bruder lächelte Kestrel an.

Kestrel lächelte zurück, schnitt dabei aber eine Fratze. Sie wusste, dass seine übertriebene Art zu kokettieren dieser Tage unter jungen valorianischen Männern schwer angesagt war und nicht allzu ernst genommen werden sollte. Sie wusste ebenfalls, dass das hier – diese Kleideranprobe, Ronans ungefährliche Komplimente – der Grund war, weshalb sie gekommen war: Sie hoffte, dass ihr Kopf zu beschäftigt mit alldem sein würde, um noch selbstständig denken zu können.

Er durchquerte den Raum, schob Kleider vom Diwan auf den Boden und setzte sich neben Kestrel. Die schwarzhaarige Sklavin gab sich geschlagen und bückte sich, um die Kleidungsstücke aufzuheben.

Kestrel spürte das plötzliche Verlangen, eine scharfe Bemerkung zu machen, war sich aber nicht sicher, zu wem. Dann wehten Musikfetzen vom Gang draußen herein und retteten sie davor, alle im Raum in Verlegenheit zu bringen, sie selbst eingeschlossen.

»Die Senest-Nocturne«, sagte sie, als sie die Melodie erkannte.

Ronan lehnte seinen blonden Kopf an die üppige Holzschnitzerei am Kopfteil des Diwans. Er ließ sich gegen die weiche Rückseite sinken und streckte die Stiefel aus. Dann sah er zu Kestrel auf. »Ich habe Olen gesagt, dass er sie spielen soll«, erklärte er mit Hinweis auf ihren alten Herrani-Musiker. »Ich weiß, dass sie eines deiner Lieblingsstücke ist.«

Kestrel lauschte. Die Noten wurden gewissenhaft gespielt, aber das Tempo stimmte nicht. Als eine schwierige Stelle kam, spannte sie sich an und war nicht überrascht, dass sie misslang.

»Ich könnte spielen«, bot sie an.

Bruder und Schwester wechselten einen Blick. »Ein andermal«, sagte Ronan. »Unsere Eltern sind zu Hause.«

»Sie werden es gar nicht bemerken.«

»Du hast zu viel Talent.« Er legte eine Hand auf ihre. »Das werden sie bemerken.«

Kestrel entzog ihm ihre Hand. Unbeeindruckt griff Ronan nach einem vereinzelten Band, das zwischen ihnen lag, und spielte damit, indem er den Stoff um seine weißen Finger wand. »Sag mal«, begann er wieder. »Was höre ich da von einem kostspieligen Kauf auf der Versteigerung? Alle reden darüber.«

»Zumindest *haben* sie darüber geredet«, sagte Jess, »bis zu dem Zweikampf zwischen den Trenex-Cousins.«

»Auf Leben und Tod?«, fragte Kestrel. Zweikämpfe waren vom Imperator verboten worden, aber dieser Brauch war zu etabliert, um sich so leicht ausmerzen zu lassen. Üblicherweise sahen die Behörden so lange darüber hinweg, wie niemand zu Tode kam. Und selbst dann war die einzige Konsequenz eine Geldstrafe.

»Nein«, erwiderte Jess aufgeregt. »Aber es ist Blut geflossen.«

»Erzähl mir alles.«

Jess holte Luft, um den neuesten Klatsch und Tratsch zum Besten zu geben, aber Ronan hob den Finger, um den er das Band gewickelt hatte, und deutete auf Kestrel. »Du«, sagte er, »wechselst das Thema. Mach schon. Erklär mir das Geheimnis, das du dir fünfzig Silberlinge hast kosten lassen.«

»Da ist kein Geheimnis.« Sie beschloss, einen vernünftigen Grund anzugeben, der nichts damit zu tun hatte, warum sie den Sklaven wirklich gekauft hatte.

Aber warum *hatte* sie ihn gekauft?

Aus Mitleid vielleicht. Aus diesem seltsamen Gefühl der Verbundenheit.

Oder war es nichts anderes als schlichte, beschämende Besitzgier gewesen?

»Der Sklave ist Schmied«, antwortete Kestrel. »Mein Vater hat eine eigene Leibgarde. Wir brauchten jemanden, der die Waffen instand hält.«

»So hat ihn auch der Auktionator angepriesen«, fiel Jess ein, während sie in ein anderes Kleid stieg. »Der Sklave hat einfach perfekt in Kestrels Haushalt gepasst.«

Ronan zog die Augenbrauen hoch. »Für fünfzig Silberlinge?«

»Was kümmert's mich?« Kestrel wollte das Gespräch beenden. »Ich bin reich genug.« Sie berührte Ronans Ärmel. »Und wie viel« – sie rieb die Seide zwischen den Fingern – »hat *das* gekostet?«

Ronan, dessen aufwendig besticktes Hemd sicher mindestens genauso viel gekostet hatte wie der Sklave, räumte ein, dass sie durchaus recht haben könnte.

»Er wird länger leben als dieses Hemd.« Kestrel ließ den Stoff wieder los. »Ich würde sagen, dass ich ein gutes Geschäft gemacht habe.«

»Stimmt schon«, sagte Ronan. Er sah enttäuscht aus, auch wenn Kestrel nicht sagten konnte, ob es deshalb war, weil sie ihre Hand weggenommen hatte oder weil sich ihr Geheimnis als nur wenig geheimnisvoll herausgestellt hatte. Sie hätte Letzteres vorgezogen. Sie wollte den Sklaven vergessen – und sie wollte, dass es auch alle anderen taten.

»Da wir gerade von Kleidern sprechen«, ließ Jess sich wieder vernehmen. »Wir haben immer noch nicht entschieden, was ich anziehen soll.«

»Was ist damit?« Kestrel war froh, einen Vorwand zu haben, um vom Diwan aufzustehen, und ging quer durch das Ankleidezimmer. Sie zog ein Kleid hervor, dessen Ärmel aus einem offenen Schrank lugte. Sie hielt es hoch und besah sich das helle Lila. Sie fuhr mit der Hand unter den Ärmel, ließ sie wieder fallen und bewunderte den silbrigen Schimmer. »Der Stoff ist wunderschön.«

»Kestrel, bist du verrückt?« Jess riss die Augen auf. Ronan lachte, und Kestrel begriff, dass er dachte, sie hätte einen Witz gemacht.

»Ich weiß nicht, warum ich dieses Kleid überhaupt habe«, fuhr Jess fort. »Die Farbe ist so aus der Mode. Es ist ja praktisch grau!«

Kestrel warf Jess einen erschrockenen Blick zu, doch sie sah nicht das Gesicht ihrer Freundin. Sie sah nur die Erinnerung an die verbitterten, schönen Augen des Sklaven.

6

Der Sklave zog einen rot glühenden Streifen Metall aus dem Feuer und legte ihn auf den Amboss. Während er ihn mit einer Zange festhielt, bearbeitete er ihn mit dem Hammer, um ihn in eine flache und ebenmäßige Form zu bringen. Rasch, bevor der Streifen abkühlen konnte, setzte er ihn auf das Horn des Ambosses und schlug auf ihn ein, bis er sich zum Halbkreis bog. Er rief sich ins Gedächtnis, dass auch er sich würde beugen müssen. Er musste die Form annehmen, die von ihm hier im Haus des Generals erwartet wurde, oder er würde nie erreichen, was er sich wünschte.

Als er fertig war, legte er die Hufeisen in eine Holzkiste. Er betrachtete das letzte Eisen und fuhr mit dem Finger über die Reihe von Löchern, durch die Nägel in den Huf des Pferdes getrieben werden konnten. Das Hufeisen war auf seine ganz eigene Art vollkommen. Widerstandsfähig.

Und sobald es an den Huf genagelt war, kaum noch zu sehen.

Er brachte die Hufeisen zu den Stallungen. Das Mädchen war dort.

Sie stand bei einem der Kriegspferde. Sie war mit der Kutsche zurückgekehrt, sah aber so aus, als hätte sie vor auszureiten, denn sie trug Stiefel. Der Sklave hielt Abstand und legte die Hufeisen dort ab, wo sich das restliche Sattel- und Zaumzeug befand. Doch dann kam sie mit dem Pferd am Zügel näher.

Sie zögerte, auch wenn er keinen Grund sah, warum sie das tun sollte. »Ich mache mir Sorgen, dass Javelin ein Hufeisen verlieren könnte«, sagte sie auf Herrani. »Bitte sieh ihn dir an.«

Ihr Ton war höflich, aber das »bitte« knirschte. Es war eine Lüge, es sollte vortäuschen, dass ihre Worte kein Befehl waren. Es war eine glänzende Schicht Farbe auf einem Gefängnis.

Und er hörte ihre Stimme nicht gern, denn sie beherrschte seine Sprache zu gut. Es klang, als hätte ein Muttersprachler sie ihr beigebracht. Es verunsicherte ihn. Er konzentrierte sich auf das einzige valorianische Wort. »Javelin«, wiederholte er. Er ließ sich den Namen des Pferdes auf der Zunge zergehen.

»Das ist eine Waffe«, sagte sie. »Wie ein Speer.«

»Ich weiß«, erwiderte er und bereute es sofort. Niemand – vor allem nicht sie oder der General – sollte wissen, dass er auch nur das kleinste bisschen Valorianisch verstand.

Aber sie horchte nicht auf. Sie war zu beschäftigt damit, dem Pferd über den Hals zu streicheln.

Und warum sollte ihr überhaupt irgendetwas auffallen, das ein Sklave sagte?

Das Pferd schmiegte sich an sie wie ein übergroßes Kätzchen. »Ich habe ihm den Namen gegeben, als ich noch jung war«, murmelte sie.

Er sah sie an. »Ihr *seid* jung.«

»Jung genug, um meinen Vater beeindrucken zu wollen.« Wehmut stand in ihrem Gesicht zu lesen.

Achselzuckend hob er eine Schulter. Seine Antwort verbarg, was ihm gerade klar geworden war: dass sie ihm etwas mitgeteilt hatte, das wie ein Geheimnis klang. »Der Name passt zu ihm«, sagte er, obwohl das große Tier viel zu anhänglich dafür wirkte.

Sie wandte den Blick von dem Pferd ab und sah ihn an. »*Deiner* passt nicht zu dir. Schmied.«

Vielleicht war es die Überraschung. Oder ihr fehlender Akzent.

Später würde er sich einreden, dass er es getan hatte, weil er sich sicher war, dass sie ihm gleich einen neuen Namen geben würde, wie es die Valorianer manchmal bei ihren Sklaven machten. Wenn das passierte, würde er bestimmt etwas Dummes sagen oder tun, und dann wären all seine Pläne ruiniert.

Aber um ehrlich zu sein, wusste er nicht, warum er es sagte. »Schmied hat mich mein erster Sklavenhalter genannt. Aber das ist nicht mein Name. Ich heiße Arin.«

7

Der General war ein viel beschäftigter Mann, aber nicht so beschäftigt, dass er es nicht merkte, wenn Kestrel sich über seine Wünsche hinwegsetzte. Seit dem Tag der Versteigerung fühlte sich Kestrel beobachtet. Sie achtete peinlich darauf, zu ihren Übungseinheiten mit Rax, dem Hauptmann der väterlichen Leibgarde, zu erscheinen.

Nicht, dass es Rax etwas ausgemacht hätte, wenn sie nicht in dem Übungsraum neben den Unterkünften der Garde aufgetaucht wäre. Als sie noch klein und ganz versessen darauf gewesen war, sich zu beweisen, war Rax auf seine ganz eigene Art freundlich geblieben. Er stellte lediglich fest, dass sie kaum Talent zum Kämpfen hatte. Er lächelte über ihre Anstrengungen und sorgte dafür, dass sie die Waffen, die ein Soldat führen können sollte, einigermaßen beherrschte.

Aber während die Jahre vergingen, verging ihm auch die Geduld. Kestrel wurde nachlässig. Sie ließ beim Fechten die Deckung außer Acht. Ihre Augen behielten ihren träumerischen Ausdruck, selbst wenn er Befehle schrie. Mit gesenktem Kopf, als lauschte sie Worten, die er nicht hören konnte, schoss sie ihre Pfeile meilenweit daneben.

Kestrel erinnerte sich an seinen wachsenden Argwohn. Seine Ermahnungen, sie solle aufhören, ihre Hände zu schützen. Sie hielt das Übungsschwert wie ein rohes Ei, schreckte zurück, wenn sie Gefahr lief, dass Rax' Attacke ihre Finger treffen könnte, und steckte Hiebe ein, die sie umgebracht hätten, wenn sein Schwert aus Stahl und nicht aus Holz gewesen wäre.

Eines Tages – sie war fünfzehn – schlug er ihren Schild beiseite und drosch ihr mit der flachen Klinge auf die Finger. Sie fiel auf die Knie. Sie spürte, wie sie vor Schmerz und Angst leichenblass wurde, und wusste, dass sie nicht hätte in Tränen ausbrechen sollen, nicht hätte ihre Finger an der Brust bergen sollen, nicht hätte sich niederkauern sollen, um ihre Hände vor weiteren Angriffen zu schützen. Sie hätte nicht bestätigen sollen, was Rax bereits wusste.

Er ging zum General und sagte, dass er sich selbst einen Musikanten auf dem Markt kaufen könne, wenn er einen haben wolle.

Kestrels Vater verbot ihr das Klavierspiel. Aber eine ihrer wenigen militärischen Stärken bestand darin, dass sie ohne Schlaf auskam. Darin konnte sie es mit dem General aufnehmen. Sobald also die Schwellung in ihrer linken Hand zurückgegangen war und Enai den steifen Verband entfernt hatte, der die Finger schiente, begann Kestrel nachts zu spielen.

Sie wurde erwischt.

Sie wusste noch, dass sie ihrem Vater nachgelaufen war, an seinen Armen, seinem Ellbogen, seinen Kleidern gezogen hatte, während er mitten in der Nacht zu den Unterkünften gegangen war, um einen Morgenstern zu holen. Er ignorierte ihr Flehen.

Er hätte das Klavier leicht zerstören können. Es war zu groß und sie zu klein, als dass sie sich der Keule hätte in den Weg stellen können. Wenn sie sich schützend vor die Tasten gestellt hätte, hätte er den Korpus zertrümmert. Er hätte die Hämmer zerschlagen, die Saiten.

»Ich hasse dich«, hatte sie zu ihm gesagt, »und meine Mutter würde es auch tun.«

Es war nicht ihre jämmerliche Stimme gewesen, hatte Kestrel später gedacht. Es waren nicht ihre Tränen gewesen. Er hatte erwachsene Männer und Frauen schon wegen Schlimmerem weinen sehen. Das war nicht der Grund, warum er die Keule hatte fallen lassen.

Aber noch immer wusste Kestrel nicht, ob er das Instrument aus Liebe zu ihr oder aus Liebe zu einer Toten verschont hatte.

»Was soll's denn heute sein?«, fragte Rax gedehnt von seiner Bank am anderen Ende des Übungsraums. Er fuhr sich mit der Hand über das graue Haar und dann übers Gesicht, als könnte er seine offensichtliche Langeweile wegwischen.

Kestrel wollte ihm antworten, doch stattdessen ertappte sie sich dabei, wie sie die Gemälde an den Wänden betrachtete, obwohl sie sie längst kannte. Sie zeigten Mädchen und Jungen, die über Stiere sprangen. Es waren valorianische Gemälde, wie auch dieses Gebäude von Valorianern errichtet worden war. Blondes, rötliches, sogar kastanienbraunes Haar flatterte hinter den gemalten Gestalten her, während sie über die Hörner der Stiere flogen, mit den Händen auf dem Rücken der Tiere landeten und sich über ihren Hinterteilen überschlugen. Dies war ein Initiationsritual, und bevor es durch dasselbe Gesetz verboten worden war, das auch die Zweikämpfe unterband, hatten alle Valorianer es absolvieren müssen, sobald sie vierzehn Jahre alt waren. Auch Kestrel. Sie erinnerte sich gut an diesen Tag. Ihr Vater war stolz auf sie gewesen. Er hatte ihr jedes Geburtstagsgeschenk in Aussicht gestellt, das sie sich nur wünschte.

Kestrel fragte sich, ob der Sklave – Arin – die Gemälde gesehen hatte und was er wohl über sie dachte.

Rax seufzte. »Ihr braucht nicht zu üben, wie man dasteht und vor sich hin starrt. Das könnt Ihr schon ziemlich gut.«

»Nadeln.« Sie verdrängte den Gedanken an den Sklaven. »Arbeiten wir an Nadeln.«

»Welch Überraschung.« Er sagte nicht, dass sie das gestern bereits getan hatten und vorgestern und am Tag davor auch. Nadeln war die einzige Technik, bei der er es überhaupt ertragen konnte zuzusehen, wie sie versuchte, sie zu vervollkommnen.

Rax hob mit beiden Händen ein Breitschwert hoch, während

sie die kleinen Messer an ihre Waden, an Hüften und Unterarme schnallte. Jede der stumpfen Übungsklingen passte leicht in ihre Handfläche. Nadeln waren die einzigen Waffen, die sie vergessen ließen, dass es Waffen waren.

Rax wehrte träge die erste ab, die quer durch den Raum aus ihren Fingern geflogen kam. Seine Klinge schlug ihre im freien Flug weg. Aber sie hatte noch mehr. Und wenn es zum Nahkampf kam – wofür Rax stets sorgte –, würde sie ihn vielleicht sogar bezwingen können.

✦

Sie konnte es nicht. Kestrel humpelte über den Rasen zu Enais Haus.

An ihrem vierzehnten Geburtstag hatte Kestrel ihren Vater um die Freilassung der Frau gebeten. Nach dem Gesetz gehörten Sklaven dem Oberhaupt eines Haushalts. Enai war Kestrels Kinderfrau, aber des Generals Eigentum.

Er war nicht erfreut über die Bitte gewesen. Doch er hatte Kestrel ja alles, was sie wollte, versprochen.

Und obwohl Kestrel nun dankbar war, dass Enai sich dafür entschieden hatte, in der Villa zu bleiben, dass sie also heute hier war, als Kestrel verschwitzt und niedergeschlagen an ihre Tür klopfte, erinnerte sie sich daran, wie ihr Glück zerstoben war, als sie Enai von ihrem Geburtstagsgeschenk erzählt hatte. Die Herrani hatte sie entgeistert angestarrt.

»Frei?« Enai hatte sich ans Handgelenk gefasst, dorthin, wo man das Brandmal anbringen würde.

»Ja. Bist du nicht … froh? Ich dachte, dass du dir das wünschst.«

Enais Hände fielen in ihren Schoß. »Wo soll ich denn hingehen?«

Da erkannte Kestrel, was Enai erkannte: die Schwierigkeiten einer alten Herrani, die allein – wenn auch frei – in ihrem unterjochten Land lebte. Wo würde sie schlafen? Wie sollte sie genug zum Essen verdienen, und wer sollte sie anstellen, da doch Herrani niemanden anstellen konnten und Valorianer Sklaven hatten?

Kestrel verwendete etwas von dem Erbe, das ihre Mutter ihr vermacht hatte, um das Häuschen bauen zu lassen.

Heute schaute Enai finster drein, als sie die Tür öffnete. »Wo bist du gewesen? Ich scheine nicht sehr wichtig für dich zu sein, wenn du mich so lange mit Missachtung strafst.«

»Es tut mir leid.«

Enais Gesicht wurde weicher, und sie steckte dem Mädchen eine seiner zotteligen Haarsträhnen hinters Ohr. »Du bist ja ein trauriger Anblick. Komm herein, Kind.«

Ein kleines Kochfeuer brannte in der Herdstelle. Kestrel sank auf einen Stuhl, der davorstand, und als Enai wissen wollte, ob sie hungrig sei, und ein Nein zur Antwort erhielt, warf die Herrani Kestrel einen fragenden Blick zu. »Was ist los? Du bist doch bestimmt inzwischen daran gewöhnt, von Rax geschlagen zu werden.«

»Ich habe Angst, dir etwas zu sagen.«

Enai winkte ab, als wäre das Unsinn. »Habe ich nicht immer deine Geheimnisse für mich behalten?«

»Es ist kein Geheimnis. Praktisch alle wissen es.« Was sie als Nächstes sagte, klang klein für etwas so Großes. »Ich bin vor über einer Woche mit Jess auf den Markt gegangen. Zu einer Versteigerung.«

Enais Miene wurde wachsam.

»Ach, Enai«, sagte Kestrel. »Ich habe einen Fehler gemacht.«

8

Arin war zufrieden. Man gab weitere Waffen und Reparaturen bei ihm in Auftrag, und er nahm das Ausbleiben von Beschwerden zum Zeichen, dass man seine Arbeit zu schätzen wusste. Obwohl der Haushofmeister immer wieder mehr Hufeisen verlangte, als notwendig sein konnten – nicht einmal in so großen Stallungen wie denen des Generals –, hatte Arin nichts gegen diese stumpfe und leichte Arbeit. Sie betäubte den Geist. Er hatte das Gefühl, dass sein Kopf mit Schnee gefüllt war.

Als er für die Sklaven des Generals kein Fremder mehr war, sprachen sie während der Mahlzeiten mehr mit ihm und achteten weniger sorgfältig auf ihre Wortwahl. Er wurde ein so gewohnter Anblick in den Stallungen, dass die Soldaten ihn bald ignorierten. Er belauschte Berichte von Ausbildungslagern außerhalb der Stadt. Während er mit weißen Knöcheln das Zaumzeug eines Pferdes umfasste, hörte er ehrfürchtige Erzählungen über die Geschehnisse von vor zehn Jahren mit an, als der General – damals noch Leutnant – von den Bergen der herranischen Halbinsel bis zu ihrer Hafenstadt eine Schneise der Verwüstung geschlagen und den Krieg gegen die Herrani beendet hatte.

Arin lockerte die Finger und fuhr mit seiner Arbeit fort.

Einmal, beim Abendessen, saß Lirah neben ihm. Sie war schüchtern und warf ihm lange neugierige Seitenblicke zu, bevor sie fragte: »Was warst du vor dem Krieg?«

Er zog die Augenbrauen hoch. »Was warst *du*?«

Lirahs Gesicht verdüsterte sich. »Ich weiß es nicht mehr.«

Arin log ebenfalls. »Ich auch nicht.«

✦

Er hielt sich an die Regeln.

Andere Sklaven wären auf dem Weg durch den Orangenhain zwischen der Schmiede und den Unterkünften vielleicht versucht gewesen, sich eine Frucht vom Baum zu pflücken. Sie eilig zu schälen, die helle Schale im Boden zu vergraben und die Orange zu verspeisen. Manchmal, wenn Arin sein Brot und seinen Eintopf aß, dachte er daran. Wenn er zwischen den Bäumen hindurchging, war es fast unerträglich. Der Zitrusduft trocknete seine Kehle aus. Aber er ließ die Finger von den Früchten. Er sah weg und ging weiter.

Arin war sich nicht sicher, welchen Gott er beleidigt hatte. Vielleicht den Gott des Lachens. Einen, der eitlen, grausamen Sinnes war, der sich Arins beispiellos gute Führung besah, lächelte und beschloss, dass es nicht immer so bleiben konnte.

Es dämmerte schon fast, und Arin war auf dem Rückweg von den Stallungen zu den Sklavenunterkünften, als er es hörte.

Musik. Er blieb stehen. Sein erster Gedanke war, dass die Träume, die er fast jede Nacht hatte, nun wohl aus seinem Kopf quollen. Dann, als die Töne immer weiter durch das Rauschen der Bäume und das Zirpen der Grillen herandrangen, begriff er, dass es echt war.

Es kam aus der Villa. Arins Füße folgten der Musik, bevor sein Kopf es ihm verbieten konnte, und als seinem Kopf klar wurde, was geschah, war auch er schon verzaubert.

Die Töne erklangen rasch und klar. Sie rangen auf wunderschöne

Weise miteinander, wie Gegenströmungen im Meer. Dann brachen sie ab.

Arin sah hoch. Er hatte eine kleine Lichtung zwischen den Bäumen erreicht. Der Himmel färbte sich purpurn.

Die Ausgangssperre nahte.

Er war fast wieder bei Sinnen, hatte sich schon fast wieder umgedreht, als sich ein paar tiefe Töne durch die Luft stahlen. Die Musik kam nun in langsamen Anschlägen, in einer anderen Tonart. Eine Nocturne. Arin bewegte sich auf den Garten zu. Dahinter erstrahlten die Glastüren im Erdgeschoss vor Licht.

Der Zeitpunkt der Ausgangssperre war gekommen, und es scherte ihn nicht.

Er sah, wer da spielte. Ihre Gesichtszüge waren erleuchtet. Sie runzelte leicht die Stirn, lehnte sich geradezu in eine anschwellende Kadenz hinein und tupfte ein paar hohe Töne über die melancholische Melodie.

Die Nacht war angebrochen. Arin fragte sich, ob sie den Blick heben würde, machte sich aber keine Sorgen, dass er im Schatten des Gartens gesehen werden konnte.

Er kannte das Gesetz dieser Dinge: Menschen an hell erleuchteten Orten können nicht ins Dunkel sehen.

9

Wieder einmal hielt der Haushofmeister Kestrel auf, bevor sie die Villa verlassen konnte. »Ihr geht in die Stadt?«, fragte er und vertrat ihr die Gartentür. »Vergesst nicht, Herrin, Ihr brauchte eine –«

»Begleitung.«

»Der General hat mir Befehle erteilt.«

Kestrel beschloss, Harman genauso zu reizen, wie er sie reizte. »Dann schick nach dem Schmied.«

»Warum?«

»Damit er mich begleitet.«

Er wollte schon lächeln, da begriff er, dass sie es ernst meinte. »Er ist nicht geeignet dafür.«

Das wusste sie.

»Er ist maulfaul«, sagte Harman. »Widerspenstig. Ich habe gehört, dass er gestern Abend die Ausgangssperre missachtet hat.«

Es war ihr egal.

»Er sieht einfach nicht angemessen aus.«

»Sorge dafür, dass er's tut«, entgegnete sie.

»Lady Kestrel, er macht nichts als Schwierigkeiten. Ihr seid zu unerfahren, um das zu sehen. Ihr seht nicht, was genau vor euren Augen ist.«

»Nicht? Ich sehe dich. Ich sehe jemanden, der unserem Hufschmied in den beiden Wochen, die er hier ist, befohlen hat, Hunderte Hufeisen anzufertigen – und das, obwohl sein Hauptnutzen für uns darin liegt, Waffen zu schmieden, und obwohl nur ein Bruchteil dieser Hufeisen in den Stallungen zu finden ist. Was ich nicht sehe, ist, wohin die restlichen Hufeisen verschwunden sind. Ich könnte mir vorstellen, dass ich sie auf dem Markt finde, wo sie für einen hübschen Gewinn verkauft werden. Ich könnte sie eingetauscht finden in eine Taschenuhr, die zweifellos sehr hübsch ist.«

Harmans Hand wanderte zu der goldenen Uhrkette, die in seiner Westentasche verschwand.

»Tu, was ich sage, Harman, oder du wirst es bereuen.«

✦

Kestrel hätte Arin in die Küche schicken können, sobald sie in Jess' Haus angekommen waren. In geschlossenen Räumen brauchte sie offiziell keine Begleitung mehr. Aber sie wies ihn an, im Salon zu bleiben, während sie und Jess dort saßen, kalten Osmanthustee tranken und Hibiskustörtchen mit geschälten Orangen aßen. Arin stand steif an der Wand am anderen Ende des Raums, wo das Dunkelblau seiner Kleidung mit dem Vorhang dahinter verschmolz. Dennoch fand sie es schwer, ihn zu ignorieren.

Man hatte ihn gekleidet, wie die Gesellschaft es erwartete. Der Kragen seines Hemdes reichte hoch, wie es für die herranische Aristokratie vor dem Krieg typisch gewesen war. Alle männlichen Hausssklaven trugen diese Kragen. Doch wenn sie klug waren, trugen sie darüber hinaus nicht auch noch Feindseligkeit zur Schau.

Wenigstens verbargen die langen Ärmel seine Muskeln und Narben, die von einem Jahrzehnt harter Arbeit sprachen. Das war eine Erleichterung. Dennoch dachte Kestrel, dass der Sklave mehr als nur das verbarg. Sie beobachtete ihn aus den Augenwinkeln. Sie hatte eine Theorie.

»Die Trenex-Cousins haben schon wieder Streit«, sagte Jess und begann, von der jüngsten Fehde zu erzählen.

Arin wirkte gelangweilt. Natürlich, eben so wie jemand, der die valorianische Unterhaltung nicht verstand. Und doch argwöhnte Kestrel, dass er genauso ausgesehen hätte, wenn er dem Gespräch hätte folgen können.

Was, wie sie glaubte, der Fall war.

»Ich schwöre«, fuhr Jess fort, während sie an den Ohrringen nestelte, die ihr Kestrel an jenem Tag auf dem Markt gekauft hatte. »Es ist nur eine Frage der Zeit, bevor einer der Cousins tot ist und der andere den Preis dafür bezahlen muss.«

Kestrel fiel das eine Wort ein, das Arin auf Valorianisch zu ihr gesagt hatte: *nein.* Sein Akzent war kaum zu hören gewesen. Er hatte auch die Übersetzung von Javelins Namen gekannt. Vielleicht war das gar nicht so ungewöhnlich – Arin war Schmied und hatte wahrscheinlich schon einige jener Wurfspeere, die man *Javeline* nannte, für Valorianer angefertigt. Ihrer Meinung nach war es dennoch seltsam, dass er dieses Wort kannte.

Tatsächlich gab ihr die *Leichtigkeit* zu denken, mit der er es verstanden hatte.

»Ich kann nicht glauben, dass das Picknick von Lady Faris schon in wenigen Tagen ist!«, plapperte Jess weiter. »Du kommst eine Stunde vorher zu uns und fährst in unserer Kutsche mit, ja? Ronan hat gesagt, dass ich dich fragen soll.«

Kestrel stellte sich vor, wie eine Fahrt mit Ronan im beengten Raum einer Kutsche verlaufen würde. »Ich glaube, es ist am besten, wenn wir getrennt fahren.«

»Nur weil du nichts für ein bisschen Spaß übrighast!« Jess zögerte, dann sagte sie: »Kestrel, könntest du versuchen, auf dem Picknick ein bisschen ... normaler zu sein?«

»Normaler?«

»Na ja, weißt du, alle halten dich für ein bisschen exzentrisch.«

Ja, das wusste Kestrel.

»Natürlich *lieben* die Leute dich, wirklich. Aber als du deine Kinderfrau freigelassen hast, gab es Gerede. Man hätte es wieder vergessen, aber du setzt ja immer noch etwas obendrauf. Deine Musik ist ein offenes Geheimnis ... Nicht, dass sie wirklich falsch wäre.«

Sie hatten dieses Gespräch schon mehrfach geführt. Das Problem war Kestrels Hingabe. Wenn sie nur gelegentlich gespielt hätte – so wie ihre Mutter –, wäre es niemandem aufgefallen. Und wenn die Herrani vor dem Krieg Musik nicht so hoch geschätzt hätten, hätte das ebenfalls etwas geändert. Aber in den Augen der valorianischen Gesellschaft war Musik ein Vergnügen, das man genoss und nicht selbst erschuf, und vielen kam es gar nicht in den Sinn, dass Genießen und Erschaffen dasselbe sein konnte.

Jess sprach noch immer. »... und dann auch noch die Versteigerung –« Sie warf einen unsicheren Blick zu Arin.

Das tat Kestrel auch. Sein Gesicht war teilnahmslos, aber doch irgendwie wachsamer.

»Ist es dir peinlich, meine Freundin zu sein?«, fragte Kestrel.

»Wie kannst du das nur denken?« Jess sah ernsthaft gekränkt aus und Kestrel bedauerte ihre Frage. Sie war nicht gerechtfertigt, besonders da Jess sie eben noch eingeladen hatte, zusammen mit ihr und ihrer Familie an dem Picknick teilzunehmen.

»Ich werde es versuchen«, sagte Kestrel.

Jess war erleichtert. Sie gab sich alle Mühe, die Spannung zu vertreiben, indem sie in allen Einzelheiten vorhersagte, welches Essen auf dem Fest gereicht werden würde und welche verliebten Paare sich wahrscheinlich anstößig verhalten würden. »Alle gut aussehenden jungen Männer werden da sein.«

»Hmm«, machte Kestrel und drehte ihr Glas auf dem Tisch einmal um seine Achse.

»Habe ich dir erzählt, dass Faris auf dem Picknick zum ersten Mal ihren Sohn zeigen wird?«

»Was?« Kestrels Hand erstarrte.

»Natürlich. Der Kleine ist jetzt sechs Monate alt, und das Wetter soll herrlich werden. Es ist die perfekte Gelegenheit, ihn in die Gesellschaft einzuführen. Warum überrascht dich das?«

Kestrel zuckte die Achseln. »Es ist mutig.«

»Ich wüsste nicht, warum.«

»Weil der Vater des Kindes nicht Faris' Ehemann ist.«

»Nicht?«, flüsterte Jess in gespieltem Entsetzen. »Woher weißt du das?«

»Ich weiß es nicht, jedenfalls nicht ganz genau. Aber ich habe Faris neulich zu Hause besucht und den Kleinen gesehen. Er ist viel zu hübsch. Er sieht Faris' älteren Kindern kein bisschen ähnlich. Tatsächlich« – Kestrel tippte mit dem Finger gegen das Glas – »falls es stimmt, ist so ein Vorgehen die beste Methode, diesen Umstand zu verbergen. Niemand würde glauben, dass eine Dame der Gesellschaft ein uneheliches Kind so schamlos auf dem größten Fest des Jahres präsentiert.«

Jess riss den Mund auf, dann lachte sie. »Kestrel, der Gott der Lügen muss dich lieben!«

Kestrel spürte das scharfe Luftholen am anderen Ende des Raums mehr, als dass sie es hörte.

»Was habt Ihr gesagt?«, flüsterte Arin auf Valorianisch und starrte zu Jess herüber.

Sie sah unsicher zwischen ihm und Kestrel hin und her. »Der Gott der Lügen. Der Herrani-Gott. Valorianer haben keine Götter, weißt du.«

»Natürlich habt Ihr keine Götter. Ihr habt ja auch keine Seelen.«

Kestrel stand auf. Er war ein paar Schritte auf die beiden Mädchen zugegangen. Ihr fiel ein, wie der Auktionator dem Sklaven zu singen befohlen hatte und dessen Wut ihm praktisch aus allen Poren geströmt war. »Das reicht«, sagte sie.

»Mein Gott soll Euch *lieben*?« Arin kniff seine grauen Augen zusammen. Seine Brust hob sich schwer. Dann rang er seinen Zorn nieder, tief hinab in sein Innerstes. Er hielt Kestrels Blick stand. Sie sah es ihm an: Er war sich bewusst, dass er verraten hatte, wie gut er ihre Sprache tatsächlich verstand. Mit bemüht ausdrucksloser Stimme fragte er Jess: »Woher wollt Ihr wissen, dass er sie liebt?«

Kestrel wollte etwas sagen, doch Arin hob die Hand, um sie zum Schweigen zu bringen. Erschrocken sagte Jess: »Kestrel?«

»Sagt es mir«, forderte Arin.

»Na ja ...« Jess versuchte ein Lachen. »Er muss es ganz einfach tun, oder? Kestrel sieht die Wahrheit so klar.«

Sein Mund wurde hart. »Das bezweifle ich.«

»Kestrel, er ist *dein* Eigentum. Willst du nichts unternehmen?«

Diese Worte lähmten sie, anstatt sie zum Handeln zu veranlassen.

»Ihr denkt, dass Ihr die Wahrheit seht«, sagte er auf Herrani zu Kestrel, »weil die Leute Euch das glauben lassen. Meint Ihr, dass ein Herrani es wagen wird zu leugnen, wenn Ihr ihn der Lüge bezichtigt?«

Ein schrecklicher Gedanke durchfuhr sie. Sie spürte, wie ihr eisig das Blut aus dem Gesicht wich. »Jess, deine Ohrringe, bitte.«

»Was?« Jess war nun vollends verwirrt.

»Leih sie mir. Bitte. Ich gebe sie dir zurück.«

Jess nahm die Ohrringe ab und legte sie in Kestrels ausgestreckte Hand. Die Glasanhänger schimmerten golden. Waren sie wirklich aus Glas oder nicht? Die Herrani-Verkäuferin hatte beteuert, es wären Topase, bevor Kestrels Anschuldigungen sie dazu gebracht hatten, klein beizugeben und ihre Behauptung zurückzunehmen.

Kestrel hatte mehr bezahlt, als Glas wert gewesen wäre, aber nicht annähernd so viel, wie echter Schmuck gekostet hätte. Vielleicht waren es tatsächlich echte Topase, und die Verkäuferin war zu verängstigt gewesen, auf der Wahrheit zu beharren.

Kestrel bebte vor Scham. Es war mucksmäuschenstill im Raum. Jess nestelte an den Spitzenmanschetten ihrer Ärmel, und Arin wirkte schadenfroh, dass seine Worte ins Schwarze getroffen hatten.

»Wir gehen«, sagte Kestrel zu ihm.

Er machte keine Anstalten zu protestieren, doch sie wusste, dass er keine Angst davor hatte, sie könnte ihn bestrafen. Weil er sich nun sicher wähnte, dass sie es niemals tun würde.

✦

Kestrel stürzte aus der Kutsche und trat in den Laden des angesehensten valorianischen Juweliers in der ganzen Stadt. Arin folgte ihr.

»Ich will wissen, ob sie echt sind.« Kestrel ließ die Ohrringe mit einem leisen Klingeln auf den Verkaufstisch vor dem Juwelier fallen.

»Topas?«, fragte er.

Es fiel ihr schwer zu sprechen. »Um das herauszufinden, bin ich hier.«

Der Juwelier betrachtete die Steine durch eine Lupe, dann sagte er: »Schwer zu sagen. Ich würde sie gern mit Steinen vergleichen, von denen ich weiß, dass sie echt sind. Das könnte eine Weile dauern.«

»Lasst Euch Zeit.«

»Herrin.« Arin richtete in seiner Sprache das Wort an sie. Seine Stimme war höflich, als hätte sein Gefühlsausbruch im Salon nie stattgefunden. »Darf ich auf den Markt gehen?«

Sie warf ihm einen Blick zu. Es war eine ungewöhnliche Bitte, und er konnte nicht viel Hoffnung haben, dass sie sie ihm gewähren würde, vor allem nicht nach seinem Verhalten vorhin.

»Ihr befindet Euch drinnen«, sagte er, »und braucht deshalb im Moment keine Begleitung. Ich würde gern einen Freund besuchen.«

»Einen Freund?«

»Ja, ich habe tatsächlich Freunde.« Er fügte hinzu: »Ich werde zurückkehren. Oder meint Ihr, ich würde weit kommen, wenn ich weglaufen wollte?«

Das Gesetz äußerte sich unmissverständlich über eingefangene Ausreißer. Man schnitt ihnen die Ohren und die Nase ab. Entstellungen dieser Art beeinträchtigten die Arbeitsfähigkeit eines Sklaven nicht.

Kestrel stellte fest, dass sie den Anblick von Arins Gesicht nicht länger ertragen konnte. Sie hoffte fast, dass er weglaufen würde, dass es ihm gelingen würde zu entkommen und dass sie ihn nie wiedersah.

»Nimm das hier.« Sie zog einen Ring vom Finger, auf dem die Krallen eines Vogels eingraviert waren. »Man wird dir Fragen stellen, wenn du ohne das Freiheitsmal oder mein Siegel allein unterwegs bist.«

Dann entließ sie ihn.

✦

Arin wollte ihr helles Haar gestutzt und unter ein Arbeitstuch gezwängt sehen. Er wollte sie im Gefängnis sehen und den Schlüssel dazu haben. Er konnte fast seine kalte Last spüren. Die Tatsache, dass nicht sie es gewesen war, die die Gunst seines Gottes für sich beansprucht hatte, vermochte nicht, seinen Groll zu mäßigen.

Ein Verkäufer auf dem Markt pries lautstark seine Waren an. Der

Lärm bohrte sich in den schwarzen Strudel von Arins Gedanken und brachte sie zum Stillstand. Er hatte ein Ziel. Er musste zum Auktionshaus. Und er musste einen klaren Kopf bewahren.

Nichts durfte jetzt seine Gemütslage trüben, nicht einmal dieser bittere Geschmack in seinem Mund. Er hielt sein Gesicht in die Sonne und atmete den Staub der Marktluft ein. Sie roch sogar noch frischer als der Orangenhain des Generals, denn er konnte wenigstens so tun, als wäre er frei, während er sie atmete. Im Gehen dachte er an die Dinge, die er im Salon erfahren hatte. Er tastete sie gedanklich ab, nahm ihre Form und Größe wahr, als handelte es sich um Perlen auf einer Schnur.

Bei einer bestimmten Tatsache verweilte er einen Augenblick lang: Seine neue Herrin hatte eine Sklavin freigelassen. Arin ließ diese Information auf die Schnur in seinem Kopf gleiten, sodass sie klackernd gegen die anderen Perlen stieß und verstummte. Sie hatte keine Bedeutung für ihn.

In der vergangenen Stunde war viel vorgefallen, was er nicht verstand. Er hatte keine Ahnung, warum das Mädchen besorgt gewirkt hatte, während sie die Ohrringe umklammert hielt. Alles, was er wusste, war, dass er irgendwie die Oberhand gewonnen hatte – wenn auch nicht, ohne dafür zu bezahlen. Sie würde ab jetzt vorsichtig mit dem sein, was sie in seiner Hörweite auf Valorianisch sagte.

Arin wurde nur einmal unterwegs aufgehalten, doch der Soldat erlaubte ihm weiterzugehen. Er brauchte nicht lange bis zum Auktionshaus, wo er nach Preller fragte, der selbst so großen Gefallen an seinem valorianischen Spitznamen fand, dass niemand mehr wusste, wie er vor dem Krieg geheißen hatte. »Preller ist der perfekte Name für einen Auktionator«, pflegte er zu sagen.

Preller kam mit großen Schritten in den Warteraum. Als er Arin sah, grinste er. Das boshafte Aufblitzen seiner Zähne erinnerte Arin an das, was der Auktionator vor vielen Menschen zu verbergen suchte. Preller war klein und zudem untersetzt, er gab sich gern entspannt und nahm eine lässige Körperhaltung ein. Wenige hätten gedacht, dass er ein Kämpfer war. So lange, bis er lächelte.

»Wie hast du das geschafft?« Preller zeichnete mit der Hand Arins Umrisse nach, so wie er vor ihm stand: gut gekleidet und ohne Begleitung.

»Schlechtes Gewissen, glaube ich.«

»Gut für dich.« Der Auktionator winkte ihn zur Zelle hinüber. Sie gingen hinein und öffneten dort eine schmale Tür. Sie war den Blicken der Valorianer verborgen, die draußen etwa auf ihre Einkäufe warteten. Arin und Preller standen in der Dunkelheit des fensterlosen Raums, bis der Auktionator eine Lampe anzündete.

»Wir können nicht damit rechnen, dass du noch mal so eine Gelegenheit bekommst«, sagte Preller. »Du erzählst mir also besser alles, und zwar schnell.«

Arin berichtete von den vergangenen beiden Wochen. Er beschrieb den Lageplan der Generalsvilla und zeichnete mithilfe eines Kohlestummels und eines Papierfetzens, die Preller ihm in die Hand drückte, eine grobe Karte. Er skizzierte das Anwesen samt seinen Außengebäuden und gab an, wo das Gelände hügelig war und wo flach. »Ich war nur ein einziges Mal im Haus.«

»Meinst du, du kannst das ändern?«

»Vielleicht.«

»Was hast du über die Unternehmungen des Generals in Erfahrung gebracht?«

»Nichts Ungewöhnliches. Übungseinheiten außerhalb der Stadtmauer. Er ist selten zu Hause, aber auch nie weit entfernt.«

»Und das Mädchen?«

»Sie folgt Einladungen. Sie tratscht.« Arin beschloss zu verschweigen, dass ihre Bemerkungen über den kleinen Sohn von Lady

Faris einen gewissen Scharfsinn verraten hatten. Ebenso wenig erwähnte er, dass ihr Gesicht keinerlei Überraschung gezeigt hatte, als er Valorianisch sprach.

»Redet sie über ihren Vater?«

Ob das Gespräch in den Stallungen zählte? Nicht für Preller. Arin schüttelte den Kopf. »Sie redet nie übers Militär.«

»Das heißt nicht, dass sie es nicht noch tun wird. Wenn der General einen Plan hat, dann schließt dieser Plan sie vielleicht ein. Alle Welt weiß, wie sehr er sich wünscht, dass sie der Armee beitritt.«

Arin wollte es nicht sagen. Doch es rutschte ihm heraus und klang wie ein Vorwurf: »Du hättest mir sagen sollen, dass sie Musikerin ist.«

Preller sah ihn mit zusammengekniffenen Augen an. »Es war nicht wichtig.«

»Wichtig genug, dass du versucht hast, mich als Sänger zu verkaufen.«

»Dem Gott des Glücks sei Dank, dass ich es getan habe. Sie ist nicht auf den Kauf eines Hufschmieds angesprungen. Weißt du, wie lange ich schon versuche, jemanden in dieses Haus einzuschleusen? Du hättest fast alles ruiniert mit deinem kindischen Trotz. Ich habe dich vorgewarnt, wie es in der Grube werden würde. Ich habe dir doch nur befohlen, für die Menge zu singen. Du hättest einfach nur gehorchen müssen.«

»Du bist nicht mein Herr.«

Preller fuhr Arin durchs kurze Haar. »Natürlich nicht. Junge, ich verspreche dir: Wenn ich dich das nächste Mal als Spion in ein Anwesen der valorianischen Oberschicht einschleuse, erzähle ich dir, was die Dame des Hauses am liebsten hat.«

Arin verdrehte die Augen. Er wandte sich zum Gehen.

»He«, sagte Preller. »Was ist mit meinen Waffen?«

»Ich arbeite daran.«

✦

Aus dem Augenwinkel sah Kestrel, wie Arin gerade noch rechtzeitig den Laden des Juweliers betrat, um den alten Mann sagen zu hören: »Es tut mir leid, Herrin, aber sie sind falsch. Nur ein paar hübsche Glasscherben.«

Kestrel atmete erleichtert auf.

»Kein Grund zur Enttäuschung«, sagte der Juwelier. »Ihr könnt Euren Freundinnen erzählen, dass es Topase sind. Niemand wird es merken.«

Später, in der Kutsche, sagte sie zu Arin: »Ich will, dass du mir die Wahrheit sagst.«

Er schien blass zu werden. »Die Wahrheit?«

Sie blinzelte. Dann begriff sie das Missverständnis. Es versetzte ihr einen gekränkten Stich: Arin glaubte, dass sie die Art Herrin war, die im Privatleben ihres Sklaven herumschnüffelte und Einzelheiten über sein Treffen mit einem Freund wissen wollte. Sie musterte ihn. Dabei machte er eine sonderbare Geste, indem er die Hand an die Schläfe hob, als wollte er etwas Unsichtbares von dort zurückstreichen. »Ich will nichts Privates wissen«, sagte sie. »Deine Geheimnisse gehören dir.«

»Ihr wollt also, dass ich Euch von anderen Sklaven berichte«, entgegnete er ausdruckslos. »Dass ich Euch ihre Verfehlungen melde. Dass ich es Euch sage, wenn jemand Brot aus der Speisekammer stiehlt oder eine Orange aus dem Garten. Das werde ich nicht tun.«

»Das ist es nicht, worum ich dich bitten will.« Kestrel wog ihre Worte sorgfältig ab, bevor sie weitersprach. »Du hattest recht. Die Leute sagen mir, was ich ihrer Meinung nach hören will. Ich hoffe, dass du mir gegenüber nicht mit der Wahrheit hinterm Berg hältst, so, wie du es in Jess' Salon getan hast. Ich würde gern wissen, wie du die Dinge wirklich siehst.«

Langsam sagte er: »Das wäre wertvoll für Euch. Meine Ehrlichkeit.«

»Ja.«

Schweigen trat ein. Dann sagte er: »Ich würde vielleicht freier sprechen, wenn ich mich freier bewegen könnte.«

Kestrel hörte den Handel aus seinen Worten heraus. »Dafür kann ich sorgen.«

»Ich will die Vorrechte eines Haussklaven.«

»Du hast sie.«

»Und das Recht, allein in die Stadt zu gehen. Nur ab und zu.«

»Um deinen Freund zu treffen.«

»Meine Liebste, um genau zu sein.«

Kestrel zögerte. »Nun gut«, sagte sie dann.

10

»Oh, nein.« Kestrel lächelte quer über den Spieltisch. Sie und die anderen drei Biss-und-Stich-Spieler saßen auf der Terrasse, gut sichtbar für alle Gäste von Lady Faris, die über den Rasen schlenderten. »Das wollt Ihr nicht wirklich tun«, sagte sie zu dem jungen Mann, der ihr gegenübersaß.

Lord Irex' Finger verharrte auf der blanken Rückseite des Spielsteins, den er eben gesetzt hatte, bereit, ihn umzudrehen und die Gravur auf der unteren Seite zu zeigen. Er kniff den Mund zusammen. Dann verzog er ihn zu einem spöttischen Lächeln.

Ronan sah von seiner Ecke des Spieltischs zu Kestrel. Auch er kannte Irex' skrupelloses Wesen, und sie beide wussten, dass es Irex gute Dienste erwies, zumindest im Zweikampf. Er hatte das letzte Frühlingsturnier gewonnen, eine Veranstaltung, die jedes Jahr abgehalten wurde, um die Waffenfähigkeit der Valorianer zu zeigen, die noch nicht dem Militär beigetreten waren.

»Ich würde auf sie hören, wenn ich an Eurer Stelle wäre«, sagte Ronan, während er träge seine elfenbeinernen Spielsteine mischte. Benix, der vierte Spieler, behielt seine Gedanken lieber für sich. Keiner von ihnen ahnte, dass Irex auf Kestrel zugegangen war, nachdem er den Frühlingspreis entgegengenommen hatte. Auf dem anschließenden Fest des Statthalters hatte Irex sie in eine Wandnische gedrängt. Seine Augen waren fast schwarz gewesen und schmierig vor Arroganz. Kestrel war ihm lachend entwischt.

»Ich bin sicher, dass Ihr Euch sehr über Euer Paar Füchse freut«, sagte sie jetzt zu ihm. »Aber Ihr werdet schon mehr bieten müssen.«

»Ich habe meinen Spielstein gesetzt«, entgegnete Irex kalt. »Ich kann ihn nicht zurücknehmen.«

»Ich gestatte es Euch. Nur dieses eine Mal.«

»Ihr *wollt*, dass ich ihn zurücknehme.«

»Ach. Ihr seid also auch der Meinung, dass ich weiß, welchen Stein Ihr spielen wollt.«

Benix verlagerte sein Gewicht auf Lady Faris' zierlichem Stuhl. Er ächzte. »Dreht den verdammten Stein um, Irex. Und du, Kestrel, hör auf, mit ihm zu spielen.«

»Ich gebe ihm doch nur einen freundlichen Rat.«

Benix schnaubte.

Kestrel beobachtete, wie Irex sie beobachtete und wie sein Ärger wuchs, als könnte er sich nicht entscheiden, ob Kestrels Worte eine Lüge waren, die gut gemeinte Wahrheit oder eine Wahrheit, von der sie hoffte, dass er sie als Lüge einschätzte. Er drehte den Stein um: ein Fuchs.

»So ein Pech«, sagte Kestrel und drehte ihrerseits einen von ihren Spielsteinen um. Eine dritte Biene gesellte sich zu ihren anderen beiden Steinen. Sie schaufelte die vier Goldmünzen des Einsatzes auf ihre Seite des Tisches. »Seht Ihr, Irex? Ich hatte wirklich nur Euer Bestes im Sinn.«

Benix stieß hörbar die Luft aus. Er lehnte sich in seinem protestierenden Stuhl zurück, zuckte die Achseln und wirkte wie das vollkommene Abbild heiterer Resignation. Er hielt den Kopf gesenkt, während er die Biss-und-Stich-Steine mischte, aber Kestrel sah, dass er Irex einen wachsamen Blick zuwarf. Auch Benix war die Wut nicht entgangen, die Irex' Gesicht in Stein verwandelt hatte.

Irex schob den Stuhl vom Tisch zurück. Er stolzierte über die geflieste Terrasse zum Rasen, auf dem die höchsten Mitglieder der valorianischen Gesellschaft lustwandelten.

»Das war nicht notwendig«, sagte Benix zu Kestrel.

»Doch«, erwiderte sie. »Er ist lästig. Es macht mir nichts aus, sein Geld zu nehmen, aber ich kann seine Gesellschaft nicht ertragen.«

»Hättest du nicht einen Gedanken an mich verschwenden können, bevor du ihn verjagt hast? Vielleicht hätte ich auch gern Gelegenheit gehabt, sein Gold zu gewinnen.«

»Lord Irex kann es verschmerzen«, fügte Ronan hinzu.

»Ich mag schlechte Verlierer nicht«, bemerkte Kestrel. »Deshalb spiele ich ja auch gegen euch beide.«

Benix knurrte.

»Sie ist teuflisch«, pflichtete Ronan ihm gut gelaunt bei.

»Warum spielst du dann gegen sie?«

»Es macht mir Freude, gegen Kestrel zu verlieren. Ich werde ihr alles geben, was sie haben will.«

»Während ich die Hoffnung nicht aufgebe, dass ich eines Tages noch gewinnen werde«, sagte Benix und tätschelte freundlich Kestrels Hand.

»Ja, ja«, nickte Kestrel. »Ihr seid schöne Schmeichler. Und jetzt setzt.«

»Uns fehlt der vierte Spieler«, wandte Benix ein. Biss und Stich wurde zu zweit oder zu viert gespielt.

Ganz gegen ihren Willen sah Kestrel zu Arin, der nicht allzu weit entfernt stand und auf den Garten oder das Haus dahinter blickte. Von seinem Platz aus hätte er Irex' oder Ronans Spielsteine sehen können, nicht aber ihre. Sie fragte sich, was er von der Partie gehalten hätte – wenn er sich die Mühe gemacht hätte, dem Spiel zu folgen.

Möglicherweise spürte er ihren Blick, denn Arin sah zu ihr. Seine Augen waren ruhig, desinteressiert. Sie konnte nichts darin lesen.

»Dann ist unser Spiel wohl vorbei«, sagte sie fröhlich zu den beiden Herren. »Sollen wir zu den anderen gehen?«

Ronan ließ das Gold in ihren Beutel gleiten und streifte das Zugband über ihr Handgelenk. Er nestelte überflüssigerweise an dem breiten Stoffband herum, bis es flach und ohne Falten zu werfen, auf Kestrels Haut lag. Dann bot er ihr den Arm an, und sie nahm ihn. Ihre Hand ruhte auf der kühlen Seide seines Ärmels. Benix schloss sich ihnen an, und gemeinsam gingen die drei auf das murmelnde Herz des Festes zu. Kestrel wusste mehr, als sie es sah, dass Arin seinen Platz verließ und ihnen folgte. Wie der Schatten des Zeigers auf einer Sonnenuhr.

Es war genau das, was er tun sollte als ihr Begleiter auf Lady Faris' Picknick, und doch hatte sie das unangenehme Gefühl, verfolgt zu werden.

Sie schob diesen Gedanken beiseite. Er war dem Unbehagen infolge des Spiels mit Irex geschuldet, das noch immer nachklang. Nun, das Benehmen dieses jungen Mannes war nicht ihr Fehler. Er war vorgeprescht, wo es nicht erwünscht gewesen war. Inzwischen wirkte er versöhnt, da er jetzt zu Füßen der hübschen Töchter von Senator Nicon sowie von Jess saß. Rosa, Rot und Orange waren die Modefarben der Saison, und die Röcke der Frauen bauschten sich vor Tüll. Der Rasen von Lady Faris sah aus, als ob das Gras die Wolken des Sonnenuntergangs auf die Erde heruntergelockt und dort festgebunden hätte.

Kestrel führte Ronan dorthin, wo die Gastgeberin saß und Zitronenwasser nippte, während ihr kleiner Sohn neben ihr auf dem Rasen unter dem wachsamen Blick einer Sklavin herumkrabbelte. Einige junge Männer lagerten um Faris herum, und im Näherkommen verglich Kestrel das pausbäckige Gesicht des Kleinen mit jedem der Günstlinge seiner Mutter auf der Suche nach einer Übereinstimmung.

»... natürlich ist es unglaublich schockierend und ein Skandal«, sagte Faris gerade.

Kestrels Neugier war geweckt. Ein Skandal? Wenn es um Liebesdinge ging, würde Faris in Kestrels Wertschätzung steigen. Nur eine Frau mit Nerven aus Stahl konnte über die Fehltritte anderer Leute tratschen, während ihr eigener glucksend mit seinen kleinen Fäustchen Grashalme ausriss.

»Ich liebe Skandale«, sagte Ronan, als er, Kestrel und Benix sich niederließen.

»Das solltest du auch«, gab Benix zurück. »Du verursachst sie ja immer.«

»Nicht die, die ich mir am meisten wünsche.« Ronan lächelte Kestrel zu.

Faris stieß ihn mit ihrem Fächer an der Schulter an, eine Geste, die wie eine Maßregelung aussehen sollte. Doch alle im Kreis wussten, dass sie eine Ermunterung war, das geistreich-kokette Geplänkel fortzusetzen, das dieses Fest erst zum Erfolg machen würde – vorausgesetzt, die Galanterien galten seiner Gastgeberin.

Ronan pries umgehend Faris' tief ausgeschnittenes Kleid mit den geschlitzten Ärmeln. Er bewunderte das juwelenbesetzte Heft ihres Dolches, den sie über der Schärpe trug wie alle Damen der Gesellschaft.

Kestrel hörte zu. Einmal mehr sah sie, dass die Komplimente ihres Freundes nichts weiter als kunstreich und künstlich waren. Sie waren papierne Schwäne, schlau gefaltet, sodass sie einige Augenblicke lang durch die Luft segeln konnten. Nicht länger. Kestrel spürte in sich etwas weniger werden. Sie wusste allerdings nicht, ob dieses Etwas Anspannung war, die sich in Erleichterung auflöste, oder Erwartung, die in Enttäuschung umschlug.

Sie pflückte eine Blume und hielt sie dem Kleinen hin. Er packte sie und besah sich voll dunkeläugiger Ehrfurcht die Blütenblätter, während sie in seinem Fäustchen zerknickten. Er lächelte und in seiner linken Wange erschien ein Grübchen.

Ronans Schmeicheleien forderten die anwesenden jungen Herren zum Wettstreit heraus, sodass Kestrel einige Zeit warten musste, bis das Gespräch wieder zum Wesentlichen zurückkehren konnte: dem Skandal.

»Ihr Herren lenkt mich nur ab!«, protestierte Faris. »Wollt ihr meine Neuigkeiten denn gar nicht hören?«

»Ich schon«, sagte Kestrel, während sie dem Kleinen eine weitere Blume überreichte.

»Das solltet Ihr auch. Euer Vater wird nicht begeistert sein.«

Kestrel blickte von dem Kind auf und sah, dass Arin in Hörweite war und ein interessiertes Gesicht machte.

»Was hat mein Vater damit zu tun?« Sie hielt es für unmöglich, dass er in eine Romanze verwickelt sein sollte. »Er ist nicht einmal in der Stadt. Er leitet eine Truppenübung einen Tagesritt von hier.«

»Mag sein. Aber wenn General Trajan zurückkehrt, wird Senator Andrax einen hohen Preis zahlen müssen.«

»Wofür?«

»Na, dafür, dass er fässerweise Schwarzpulver an die Barbaren im Osten verkauft hat.«

Es trat verblüffte Stille ein.

»Andrax hat Waffen an die Feinde des Imperiums verkauft?«, fragte Benix.

»Er behauptet, dass die Fässer gestohlen wurden. Aber ich frage euch: Wie kann das sein? Sie befanden sich unter seiner Aufsicht. Und jetzt sind sie nicht mehr da. Alle Welt weiß, dass Andrax sich gern Schmiergeld in die Taschen stopft. Was sollte ihn davon abhalten, illegale Geschäfte mit den Barbaren zu machen?«

»Da habt Ihr recht«, meinte Kestrel. »Mein Vater wird fuchsteufelswild sein.«

Lady Faris begann begeistert aufzulisten, welche Strafen den Senator möglicherweise erwarteten. Er saß im Gefängnis, bis man in der Hauptstadt um Anweisungen ersucht hatte. »Mein Ehemann hat sich selbst zum Imperator aufgemacht, um die Sache mit ihm zu besprechen. Oh, was wird nur mit Andrax geschehen? Eine Hinrichtung, was meint ihr? Das Mindeste ist ja wohl die Verbannung in die Tundra im Norden!« Faris' Zirkel an Bewunderern stimmte ein und heckte so wüste Strafen aus, dass sie schon wieder zum Lachen waren. Nur Ronan beobachtete stumm, wie Faris' Kleiner auf Kestrels Schoß kletterte und auf ihren Ärmel sabberte.

Kestrel hielt das Kind fest, den Blick auf sein feines weißes Haar geheftet, das in der leichten Brise wie eine Pusteblume flog. Doch sie sah es gar nicht richtig. Ihr graute vor der Rückkehr ihres Vaters. Sie wusste, was diese Neuigkeit für sie bedeuten würde. Er würde entsetzt über den Verrat des Senators sein und die Neuigkeit dazu nutzen, Kestrel die Notwendigkeit begreiflich zu machen, dass das Imperium neue, loyale Soldaten brauchte. Der Druck auf sie würde zunehmen. Sie bekam keine Luft mehr.

»Du machst das gut«, sagte Ronan.

»Was?«

Er bückte sich, um dem Kind über den Kopf zu streichen. »Mutter sein.«

»Was soll das heißen?«

Ronan sah verlegen aus. Dann antwortete er geistesgegenwärtig: »Nichts, wenn du es nicht gern hörst.« Er sah zu Benix, Faris und den anderen. Sie sprachen gerade über Daumenschrauben und Henkersschlingen. »Es sollte nichts heißen. Ich nehme es zurück.«

Kestrel setzte das Kind neben Faris aufs Gras zurück. »Du kannst es nicht zurücknehmen.«

»Nur dieses eine Mal«, wiederholte er ihre Worte vorhin am Spieltisch.

Sie stand auf und ging davon.

Er folgte ihr. »Komm schon, Kestrel. Ich habe nur die Wahrheit gesagt.«

Sie hatten den Schatten eines dichten Gehölzes aus Laranbäumen betreten, deren Blätter blutrot waren. Sie würden bald abfallen.

»Es ist nicht so, dass ich mir nicht wünschen würde, eines Tages ein Kind zu haben«, sagte Kestrel.

Sichtlich erleichtert erwiderte Ronan: »Gut. Das Imperium braucht neues Leben.«

So war es. Sie wusste das. Während sich das valorianische Imperium über den Kontinent ausbreitete, stand es vor der Herausforderung, zu erhalten, was es errungen hatte. Die Lösung lag in militärischem Geschick und der Vermehrung der valorianischen Bevölkerung, weshalb der Imperator jede Aktivität unterband, die unnötig valorianisches Leben gefährdete – etwa Zweikämpfe und die Stierspringerspiele, die früher als Initiationsritual fungiert hatten. Die Heirat im Alter von zwanzig Jahren war verpflichtend für jeden, der nicht Soldat wurde.

»Es ist nur –« Kestrel nahm einen zweiten Anlauf: »Ronan, ich sitze in der Falle – zwischen dem, was mein Vater will, und –«

Er streckte ihr abwehrend die Handflächen entgegen. »*Ich* versuche nicht, dich in eine Falle zu locken. Ich bin dein Freund.«

»Ich weiß. Aber wenn man nur zwei Möglichkeiten hat – Militär oder Ehe –, fragt man sich da nicht, ob es nicht noch eine dritte, eine vierte oder sogar noch mehr Möglichkeiten gibt?«

»Du hast viele Möglichkeiten. Das Gesetz besagt, dass du in drei Jahren heiraten musst, aber nicht, wen. In jedem Fall ist ja noch Zeit.« Er stupste sie mit der Schulter an wie ein Kind, das einen gespielten Kampf provozieren will. »Zeit genug, dich von der richtigen Wahl zu überzeugen.«

»Benix natürlich.« Sie lachte.

»Benix.« Ronan machte eine Faust und schüttelte sie gen Himmel. »Benix!«, rief er. »Ich fordere dich zum Zweikampf heraus! Wo bist du, du großer Ochse?« Ronan stürmte mit der übertriebenen Gebärde eines Komödienschauspielers von dannen.

Kestrel lächelte, während sie ihm nachsah. Vielleicht versteckte sich hinter seinen Koketterien etwas Echtes. Es war schwer, sich der Gefühle anderer Leute sicher zu sein. Ein Gespräch mit Ronan war wie eine Partie Biss und Stich, in der Kestrel nicht sagen konnte, ob die Wahrheit wie eine Lüge wirkte oder eine Lüge wie die Wahrheit.

Wenn es wahr war, was dann?

Sie blieb stehen und spürte dem Lächeln in sich nach. Die Frage, die sie sich selbst gestellt hatte, blieb unbeantwortet.

Jemand – ein Mann – näherte sich von hinten und schlang ihr einen Arm um die Hüfte.

Keine Koketterie. Aggression.

Kestrel wich zur Seite aus und fuhr herum, während sie ihren Dolch aus der Scheide riss.

Irex. Auch sein Dolch war gezückt.

»Ein Kampf, Kestrel?« Seine Haltung war lässig. Er spielte nicht besonders gut Biss und Stich, aber er war geschickter im Umgang mit Waffen als sie.

»Nicht hier«, sagte sie steif.

»Nein, nicht hier.« Seine Stimme war sanft. »Aber überall sonst, wenn Ihr wollt.«

»Was, denkt Ihr, macht Ihr da genau, Irex?«

»Das eben meint Ihr? Ach, ich weiß nicht. Vielleicht wollte ich mich als Langfinger versuchen.« Sein Tonfall war unanständig zweideutig.

Kestrel ließ den Dolch zurück in die Scheide gleiten. »Diebstahl ist der einzige Weg, wie Ihr an mein Gold kommen werdet.« Sie verließ die Deckung der Bäume und sah mit bebender Dankbarkeit, dass das Fest noch im Gange war, dass das leise Klirren von Porzellan und Besteck noch immer über den Gesprächen zu hören war und dass niemand etwas bemerkt hatte.

Niemand außer Arin. Er wartete auf sie. Sie spürte ein unangenehmes Gefühl aufblitzen – Verlegenheit vielleicht, da sie sich fragte, wie viel er an diesem Nachmittag mitgehört hatte. Bestürzung darüber, dass er womöglich den Wortwechsel mit Irex beobachtet und missverstanden haben könnte. Oder trieb sie etwas anderes um? Vielleicht der Gedanke, dass Arin sehr gut wusste, was zwischen den Bäumen vorgefallen war, und nichts unternommen hatte, um ihr zu helfen.

Es war nicht seine Aufgabe, sich einzumischen, rief sie sich selbst zur Ordnung. Sie hatte seine Hilfe nicht gebraucht.

»Wir gehen«, sagte sie zu ihm.

✦

Sie ließ ihre schlechte Laune in der Stille der Kutsche gären. Schließlich konnte sie den Teufelskreis ihrer Gedanken nicht mehr ertragen, die immer wieder zu Irex und ihrer eigenen dummen Entscheidung zurückkehrten, ihn bei Biss und Stich zu demütigen. »Und?«, fragte sie Arin.

Er saß ihr in der Kutsche gegenüber, hob aber den Blick nicht, um dem ihren zu begegnen. Er studierte seine Hände. »Und was?«

»Was denkst du?«

»Worüber?«

»Über das Fest. Über alles. Über unseren Handel, von dem du wenigstens so tun könntest, als würdest du ihn aufrechterhalten.«

»Ihr wollt über das Fest tratschen.« Er wirkte müde.

»Ich will, dass du mit mir *sprichst*.«

Da sah er sie an. Sie bemerkte, dass sie die Seide ihres Rocks mit der Faust gepackt hatte, und ließ los. »Ich weiß zum Beispiel, dass du das Gespräch über Senator Andrax mit angehört hast. Findest du, dass er Folter verdient hat? Den Tod?«

»Er hat verdient, was er bekommt«, erwiderte er.

Kestrel gab es auf. Sie widmete sich wieder ihrer Wut.

»Das ist es doch gar nicht, was Euch stört.« Arin klang widerstrebend, fast ungläubig, als könnte er nicht fassen, dass diese Worte gerade aus seinem Mund kamen.

Kestrel wartete.

Er sagte: »Dieser Mann ist ein Dreckskerl.«

Es war klar, wen er meinte. Es war klar, dass kein Sklave jemals so von einem Valorianer reden sollte. Aber es war magisch, die Worte laut ausgesprochen zu hören. Kestrel verbiss sich ein Lachen. »Und ich bin eine dumme Kuh.« Sie presste sich die kalten Hände auf die Stirn. »Ich wusste, wie er ist. Ich hätte nie Biss und Stich mit ihm spielen dürfen. Oder ich hätte ihn zumindest gewinnen lassen sollen.«

Arins Mundwinkel zuckten. »Mir hat's gefallen, ihm beim Verlieren zuzusehen.«

Wieder trat Stille ein, und Kestrel wusste – obwohl sie sich getröstet fühlte –, dass Arin das ganze Ausmaß dieses Nachmittags begriffen hatte. Er hatte wohl tatsächlich bei den Laranbäumen gewartet und sie und Irex belauscht. Wäre er weiter untätig geblieben, wenn etwas passiert wäre?

»Kannst du Biss und Stich spielen?«, fragte sie.

»Vielleicht.«

»Entweder du kannst es oder du kannst es nicht.«

»Ob ich es kann oder nicht, ist nicht wichtig.«

Sie gab einen ungeduldigen Laut von sich. »Weil?«

Im Spätnachmittagslicht blitzten seine Zähne auf. »Weil Ihr nicht gegen *mich* spielen wollen würdet.«

11

Als der General heimkam und die Neuigkeiten über Senator Andrax hörte, nahm er sich nicht einmal die Zeit, den Schmutz der vergangenen Tage abzuwaschen. Er stieg wieder auf sein Pferd und lenkte es Richtung Gefängnis.

Es war Nachmittag, als er in die Villa zurückkehrte. Kestrel, die in einem ihrer Zimmer sein Pferd gehört hatte, ging die Treppe hinunter und sah ihn an dem kleinen Wasserbecken an der Zufahrt hocken. Er spritzte sich Wasser ins Gesicht und benetzte auch sein Haar, das von getrocknetem Schweiß ganz spröde war.

»Was passiert jetzt mit dem Senator?«, fragte Kestrel.

»Der Imperator ist kein Freund der Todesstrafe, aber ich glaube, dass er in diesem Fall eine Ausnahme machen wird.«

»Vielleicht wurden die Fässer mit dem Schwarzpulver ja wirklich gestohlen, wie Andrax behauptet.«

»Außer mir war er der Einzige, der einen Schlüssel zu dieser Rüstkammer besaß, und es gibt keine Spuren eines Einbruchs. Ich hatte meinen Schlüssel bei mir und war drei Tage weg.«

»Die Fässer könnten noch in der Stadt sein. Ich nehme an, man hat angeordnet, dass die Schiffe im Hafen bleiben und durchsucht werden?«

Ihr Vater zuckte zusammen. »Du denkst an Dinge, die die Regierung vor zwei Tagen hätte tun sollen.« Er zögerte und sagte dann: »Kestrel –«

»Ich weiß, was du sagen willst.« Deshalb hatte sie ihrem Vater gegenüber den Verrat des Senators angesprochen: Sie hatte nicht darauf warten wollen, dass ihr Vater ihn als Waffe gegen sie ins Feld führte. »Das Imperium braucht Leute wie mich.«

Er zog die Augenbrauen hoch. »Du wirst es also tun? Zum Militär gehen?«

»Nein. Ich habe einen Vorschlag. Du behauptest doch, dass ich einen Sinn für Kriegsführung habe.«

Langsam erwiderte er: »Du weißt, wie du bekommst, was du willst.«

»Und trotzdem konzentriert sich meine militärische Ausbildung schon seit Jahren auf das rein Körperliche, und das einzige Ergebnis besteht darin, dass ich eine halbwegs passable Kämpferin geworden bin.« Kestrel sah Irex vor ihrem geistigen Auge, wie er vor ihr gestanden und den Dolch so natürlich gehalten hatte, als wäre er seiner Hand entwachsen. »Das reicht nicht. Du solltest mich in Geschichte unterrichten. Wir sollten mögliche Schlachtszenarien durchspielen und die Vor- und Nachteile einer Schlachtordnung durchsprechen. In der Zwischenzeit werde ich unvoreingenommen darüber nachdenken, ob ich für das Imperium kämpfen will.«

Kleine Falten kräuselten sich um seine hellbraunen Augen, doch er presste seinen Mund zu einer strengen Linie zusammen. »Hm.«

»Mein Vorschlag gefällt dir nicht?«

»Ich denke nur darüber nach, was er mich kosten wird.«

Kestrel machte sich bereit. Jetzt kam der schwierige Teil. »Meine Übungseinheiten mit Rax hören auf. Er weiß so gut wie ich, dass ich so weit gekommen bin, wie ich kommen konnte. Wir verschwenden seine Zeit.«

Der General schüttelte den Kopf. »Kestrel –«

»Und *du* wirst aufhören, mich zum Eintritt in die Armee zu drängen. Ob ich Soldatin werde, entscheide ich.«

Der General rieb die feuchten Handflächen aneinander, doch seine Hände waren noch immer schmutzig. Das Wasser, das herabtropfte, war braun. »Hier ist mein Gegenangebot: Du wirst Strategie bei mir lernen, soweit es meine Zeit erlaubt. Deine Übungseinheiten mit Rax gehen weiter, aber nur einmal in der Woche. Und du wirst dich bis zum Frühling entscheiden.«

»Ich muss mich erst entscheiden, wenn ich zwanzig bin.«

»Kestrel, es ist besser für uns beide, wenn wir wissen, woran wir sind.«

Sie wollte ihm schon beipflichten, da hob er einen Finger. »Wenn du dich nicht für das Leben entscheidest, das ich führe«, sagte er, »wirst du im Frühling heiraten.«

»Das ist eine Falle.«

»Nein, es ist eine Wette. Eine Wette, dass du deine Unabhängigkeit zu sehr liebst, um nicht an meiner Seite zu kämpfen.«

»Ich hoffe, dass dir selbst die Ironie daran klar ist.«

Er lächelte.

Kestrel fuhr fort: »Du hörst auf zu versuchen, mich zu überreden? Keine Vorträge mehr?«

»Keine Vorträge mehr.«

»Ich werde Klavier spielen, wann ich will. Du wirst kein Wort darüber verlieren.«

Sein Lächeln wurde schmallippiger. »Gut.«

»Und« – sie stockte – »wenn ich heirate, dann jemanden, den ich mir selbst ausgesucht habe.«

»Natürlich. Jeder Valorianer aus unserem Umfeld ist geeignet.«

Das war in Ordnung, beschloss sie. »Einverstanden.«

Der General tätschelte ihre Wange mit seiner feuchten Hand. »Braves Mädchen.«

✦

Kestrel lief den Gang entlang. In der Nacht vor der Rückkehr ihres Vaters hatte sie wach gelegen und hinter ihren geschlossenen Lidern wieder die drei Bienen-Spielsteine, Irex' Messer und ihr eigenes gesehen. Sie hatte darüber nachgedacht, wie stark sie sich in der einen Situation und wie schwach in der anderen gefühlt hatte. Sie hatte ihr Leben als eine Partie Biss und Stich gesehen. Sie glaubte, eine klare Strategie zu erkennen.

Aber sie hatte vergessen, dass es ihr Vater war, der ihr das Spiel beigebracht hatte. Kestrel hatte das Gefühl, dass sie gerade einen sehr schlechten Handel eingegangen war.

Sie ging an der Bibliothek vorbei. Dann blieb sie stehen und kehrte zu der geöffneten Tür zurück. Zwei Haussklavinnen waren drinnen und wischten Staub. Sie unterbrachen sich, als sie Kestrels Schritte hörten, und blickten sie an – nein, beäugten sie, als stünden ihr all ihre Fehler ins Gesicht geschrieben.

Lirah, ein hübsches Mädchen mit grünlichen Augen, sagte: »Herrin –«

»Weißt du, wo Schmied ist?« Kestrel wusste selbst nicht, warum sie Arins Zweitnamen benutzte. Dann erst ging ihr auf, dass sie seinen richtigen Namen noch niemandem verraten hatte.

»In der Schmiede«, erwiderte Lirah. »Aber –«

Kestrel wandte sich um und ging Richtung Garten.

✦

Sie hatte vermutlich ein wenig Ablenkung gesucht. Aber als sie das Klirren von Metall auf Metall hörte und sah, wie Arin einen Stahlrohling mithilfe eines Werkzeugs über den Amboss zog und mit einem anderen Werkzeug daraufschlug, wusste Kestrel, dass sie am falschen Ort war.

»Ja?«, sagte er mit dem Rücken zu ihr. Sein Arbeitshemd war schweißgetränkt. Seine Hände waren voller Ruß. Er ließ die Schwertklinge zum Abkühlen auf dem Amboss liegen und trat ans Feuer, um einen weiteren Rohling darüber zu erhitzen. Der Lichtschein umflackerte sein Profil.

Sie bemühte sich um eine normale Stimme. »Ich dachte, wir könnten ein Spiel spielen.«

Er zog die dunklen Brauen zusammen.

»Biss und Stich«, sagte Kestrel. Fester fügte sie hinzu: »Du hast angedeutet, dass du es beherrschst.«

Er nahm eine Zange, um das Feuer zu schüren. »Stimmt.«

»Du hast angedeutet, dass du mich schlagen kannst.«

»Ich habe angedeutet, dass es keinen Grund gibt, warum eine Valorianerin mit einem Herrani spielen wollte.«

»Nein, du hast dich sehr vorsichtig ausgedrückt, sodass man das, was du gesagt hast, in diese Richtung auslegen konnte. Aber das war es nicht, was du gemeint hast.«

Da drehte er sich zu ihr um und verschränkte die Arme vor der Brust. »Ich habe keine Zeit für Spiele.« Unter den Nägeln und der Nagelhaut seiner Finger saß schwarzer Kohlestaub. »Ich habe zu arbeiten.«

»Nicht, wenn ich es nicht sage.«

Er wandte sich ab. »Ich bringe gern zu Ende, was ich anfange.«

Sie wollte schon gehen. Sie wollte ihn dem Lärm und der Hitze überlassen. Sie wollte nichts mehr sagen. Stattdessen ertappte sich Kestrel dabei, wie sie ihn provozierte. »Du kannst mir sowieso nicht das Wasser reichen.«

Er warf ihr jenen Blick zu, den sie schon so gut kannte – verhaltene Verachtung. Aber diesmal lachte er dabei. »Wo, schlagt Ihr vor, sollen wir spielen?« Er machte eine ausladende Geste in Richtung Schmiede. »Hier?«

»In meinen Gemächern.«

»In Euren Gemächern.« Arin schüttelte ungläubig den Kopf.

»In meinem Wohnzimmer«, sagte sie. »Oder im Salon«, fügte sie hinzu, obwohl es ihr missfiel, mit ihm Biss und Stich an einem Ort zu spielen, der dem Rest des Haushalts frei zugänglich war.

Er lehnte sich nachdenklich an den Amboss. »Euer Wohnzimmer wird ausreichen. Ich komme, wenn ich dieses Schwert fertiggestellt habe. Schließlich habe ich jetzt Hausprivilegien. Dann kann ich ebenso gut Gebrauch davon machen.« Arin wollte noch etwas hinzufügen, hielt aber dann inne, während sein Blick über ihr Gesicht wanderte. Ihr wurde unbehaglich zumute.

Sie begriff, dass er starrte. Er starrte sie an.

»Ihr habt Schmutz im Gesicht«, sagte er kurz angebunden.

Dann ging er wieder an die Arbeit.

Später, im Badezimmer, sah Kestrel es auch. Sobald sie den Spiegel so neigte, dass er das schräg einfallende, bernsteinfarbene Licht des Spätnachmittags einfing, sah sie, was er gesehen hatte, ebenso wie Lirah, die versucht hatte, es ihr zu sagen. Eine schwache Schmutzspur führte von ihrem Wangenknochen hinab, dunkelte auf ihrer Wange und reichte bis zum Kiefer. Es war ein Handabdruck. Es war der Abdruck von ihres Vaters sandiger Hand, mit dem er den Handel zwischen ihnen besiegelt hatte.

12

Arin hatte ein Bad genommen, er trug Hauskleider, und als Kestrel ihn in der Tür stehen sah, waren seine Schultern entspannt. Ohne dass sie ihn hereingebeten hätte, schlenderte er in den Raum, zog den zweiten Stuhl an den Tisch, an dem Kestrel wartete, und setzte sich. Er legte die Arme in lässiger Pose ab und lehnte sich in dem mit Brokat bespannten Stuhl zurück, als würde er ihm gehören. Er sah aus, dachte Kestrel, als wäre er zu Hause.

Aber auch in der Schmiede hatte er so gewirkt. Kestrel wandte den Blick ab und häufte die Spielsteine auf. Ihr kam in den Sinn, dass Arin die Gabe hatte, sich in ganz verschiedenen Umgebungen wohlzufühlen. Sie fragte sich, wie sie wohl in seiner Welt zurechtkommen würde.

Er sagte: »Das hier ist kein Wohnzimmer.«

»Ach?« Kestrel mischte die Spielsteine. »Du scheinst es aber ganz wohnlich zu finden.«

Er verzog leicht den Mund. »Es ist ein Schreibzimmer. Oder« – er nahm seine sechs Spielsteine – »zumindest war es das einmal.«

Kestrel nahm ihre Biss-und-Stich-Steine auf. Sie beschloss, keine Neugier zu zeigen. Sie würde sich nicht ablenken lassen. Sie legte ihre Spielsteine verdeckt auf den Tisch.

»Wartet«, sagte er. »Was ist der Einsatz?«

Sie hatte gründlich darüber nachgedacht. Sie zog eine kleine Holzschachtel aus der Rocktasche und stellte sie auf den Tisch.

Arin nahm sie in die Hand, schüttelte sie und lauschte dem leisen Klappern ihres Inhalts. »Schwefelhölzer.« Er warf die Schachtel auf den Tisch zurück. »Kein sehr hoher Einsatz.«

Aber was war schon ein geeigneter Einsatz für einen Sklaven, der nichts zu verspielen hatte? Diese Frage hatte Kestrel beschäftigt, seitdem sie das Spiel vorgeschlagen hatte. Sie zuckte die Achseln und sagte: »Vielleicht habe ich Angst zu verlieren.« Sie teilte die Schwefelhölzer gleichmäßig unter ihnen auf.

»Hmm«, machte er, und dann setzten sie beide.

Arin platzierte seine Steine so, dass er ihre Gravur sehen konnte, ohne sie Kestrel zu zeigen. Sein Blick huschte rasch zu ihnen, dann nahm er seine luxuriöse Umgebung in Augenschein. Sie ärgerte sich darüber – weil sie seiner Miene nichts entnehmen konnte, aber auch, weil er den Ehrenmann gab, indem er den Blick abwandte, sodass sie ihre Steine studieren konnte, ohne sich zu verraten. Als bräuchte sie diesen Vorteil.

»Woher weißt du das?«, fragte sie.

»Woher weiß ich was?«, gab er zurück.

»Dass das hier ein Schreibzimmer war. Ich habe noch nie von so etwas gehört.« Sie begann, ihre eigenen Spielsteine zu platzieren. Erst als sie die Gravuren sah, fragte sie sich, ob Arin nur aus Höflichkeit den Blick abgewandt hatte oder ob er sie bewusst hatte provozieren wollen.

Erleichtert über ihre gute Hand, konzentrierte sie sich auf den ersten Zug. Ein Tiger (der höchste Spielstein), ein Wolf, eine Maus, ein Fuchs (kein schlechtes Trio bis auf die Maus) und ein Paar Skorpione. Sie mochte die Stich-Steine. Sie wurden oft unterschätzt.

Kestrel bemerkte, dass Arin mit der Antwort auf ihre Frage gewartet hatte. Er beobachtete sie.

»Ich erkenne es«, sagte er, »an der Lage dieses Raums innerhalb Eurer Gemächer, an den cremefarbenen Wänden und den Schwanenbildern. Hier hat eine Herrani-Dame ihre Briefe geschrieben oder Tagebuch geführt. Es ist ein Privatgemach. Ich sollte nicht hier sein.«

»Nun ja«, gab Kestrel unbehaglich zurück, »es ist ja nicht mehr, was es einmal war.«

Er spielte seinen ersten Spielstein aus: einen Wolf. Das bedeutete eine Möglichkeit weniger für sie, ihrer Hand einen weiteren Wolf hinzuzufügen. Sie deckte ihren Fuchs auf.

»Aber woher kennst du überhaupt solche Räume?«, wollte Kestrel wissen. »Warst du früher Haussklave?«

Seine Finger zuckten über der Rückseite eines Spielsteins. Kestrel hatte ihn nicht kränken wollen, sah aber, dass sie es getan hatte.

»Alle Häuser der herranischen Aristokratie hatten Schreibzimmer«, erwiderte er. »Das weiß doch jeder. Jeder Sklave könnte Euch sagen, was ich gesagt habe. Lirah könnte es, wenn Ihr sie fragt.«

Kestrel war nicht klar gewesen, dass er Lirah kannte – jedenfalls nicht so gut, dass er beiläufig ihren Namen fallen lassen konnte. Aber natürlich kannte er sie. Ihr fiel ein, wie rasch Lirah ihr vorhin hatte sagen können, wo Arin sich aufhielt. Das Mädchen hatte geantwortet, als hätte die Antwort bereits auf ihrer Zunge gebebt wie eine Libelle auf dem Wasser, lange bevor Kestrel die Frage gestellt hatte.

Kestrel und Arin spielten stumm, stießen Spielsteine ab, zogen neue und sprachen nur, um Einsätze zu machen.

Dann stockten Arins Hände. »Ihr habt die Seuche überlebt.«

»Oh.« Kestrel hatte nicht bemerkt, dass ihre weiten, geschlitzten Ärmel zurückgerutscht waren und ihre Arme entblößt hatten. Sie berührte die kurze Narbe über dem linken Ellbogen. »Ja. Viele Valorianer haben sich während der herranischen Kolonisierung angesteckt.«

»Die meisten Valorianer wurden aber nicht von einem Herrani geheilt.« Er starrte weiter auf die Narbe.

Kestrel zog die Ärmel zurück über ihre nackte Haut. Sie nahm ein Schwefelholz und drehte und wendete es zwischen ihren Fingern. »Ich war damals sieben. Ich erinnere mich nicht mehr an viel.«

»Ich bin mir sicher, dass Ihr trotzdem wisst, was passiert ist.«

Sie zögerte. »Es wird dir nicht gefallen.«

»Es ist nicht wichtig, ob es mir gefällt.«

Sie legte das Schwefelholz wieder hin. »Meine Familie war gerade hier eingetroffen. Mein Vater wurde nicht krank. Ich nehme an, dass er von Natur aus dagegen gefeit war. Er schien immer schon ... unverwundbar zu sein.«

Arins Gesicht wirkte nun angespannt.

»Aber meine Mutter und ich waren sehr krank. Ich weiß noch, dass ich neben ihr geschlafen habe. Ihre Haut war heiß. Man sagte den Sklaven, sie sollten uns trennen, damit mein Fieber nicht durch ihres stieg und umgekehrt, aber ich bin immer in ihrem Bett aufgewacht. Meinem Vater fiel auf, dass kein Herrani ernsthaft von der Seuche befallen wurde – wenn sie sie überhaupt bekamen, dann starben sie nicht daran. Er fand einen Herrani-Arzt.« Sie hätte es dabei belassen sollen. Doch Arins grauer Blick war unbeirrbar, und sie hatte das Gefühl, dass den Rest zu verschweigen eine Lüge wäre, die er ihr leicht ansehen würde. »Mein Vater hat zu dem Arzt gesagt, er solle uns heilen, sonst werde er sterben.«

»Und das hat der Arzt getan.« Arin klang angeekelt. »Aus Angst um sein Leben.«

»Nicht deshalb.« Kestrel blickte auf ihre Spielsteine. »Ich weiß nicht, warum. Vielleicht weil ich ein Kind war?« Kestrel schüttelte den Kopf. »Er hat mir in den Arm geschnitten, damit die Krankheit ausblutet. Ich nehme an, dass alle Herrani-Ärzte das getan haben, wenn du es an der Narbe erkennst. Er hat die Blutung gestillt. Die Wunde vernäht. Dann hat er das Messer gegen sich selbst gerichtet.«

Etwas flackerte in Arins Augen auf. Kestrel überlegte, ob er versuchte – wie sie selbst es oft beim Blick in den Spiegel tat –, sie sich als Kind vorzustellen, um herauszufinden, was an ihr es gewesen war, das der Arzt hatte retten wollen. »Und Eure Mutter?«, fragte er.

»Mein Vater hat versucht, ihr ebenfalls so einen Schnitt beizubringen, wie der Arzt es bei mir getan hatte. Daran erinnere ich mich. Da war so viel Blut. Sie ist gestorben.«

In der eintretenden Stille hörte Kestrel, wie ein fallendes Blatt an der Glasscheibe des Fensters entlangstrich, hinter dem sich der dunkler werdende Himmel abzeichnete. Es war noch warm, aber der Sommer ging allmählich seinem Ende entgegen.

»Spielt Eure Steine«, sagte Arin schroff.

Kestrel drehte sie um, doch sie konnte sich nicht darüber freuen, dass ihr der Sieg sicher war. Sie hatte vier Skorpione.

Arin deckte seine Spielsteine auf. Das Geräusch von Elfenbein, das gegen das Holz des Tischs klackerte, war unnatürlich laut.

Vier Vipern.

»Ich habe gewonnen«, sagte er und kehrte die Schwefelhölzer in seine Hand.

Kestrel starrte auf die Spielsteine und spürte, wie Taubheit durch ihre Glieder kroch. »Gut«, sagte sie. Sie musste sich räuspern. »Gut gespielt.«

Er lächelte trocken. »Ich habe Euch gewarnt.«

»Ja, das hast du.«

Er stand auf. »Ich glaube, ich suche das Weite, solange ich die Oberhand habe.«

»Bis zum nächsten Mal.« Kestrel stellte fest, dass sie ihm die Hand hingestreckt hatte. Er sah darauf und nahm sie dann in seine. Sie fühlte, wie die Taubheit verebbte, nur um von einer anderen Art von Überraschung ersetzt zu werden.

Er ließ ihre Hand los. »Ich habe zu tun.«

»Was denn zum Beispiel?« Sie bemühte sich um einen unbeschwerten Ton.

Er antwortete ebenso. »Zum Beispiel überlegen, was ich mit meinem plötzlichen Reichtum an Schwefelhölzern anfangen soll.« Er riss in gespieltem Entzücken die Augen weit auf, und Kestrel lächelte.

»Ich begleite dich hinaus«, sagte sie.

»Meint Ihr, ich könnte mich verirren? Oder etwas mitgehen lassen?«

Sie fühlte, wie ihr Blick hochmütig wurde. »Ich verlasse die Villa sowieso«, sagte sie, obwohl sie nichts dergleichen vorgehabt hatte, bevor die Worte aus ihrem Mund kamen.

Sie gingen schweigend durchs Haus, bis sie das Erdgeschoss erreichten. Kestrel sah, dass seine Schritte ins Stocken gerieten, fast unmerklich, als sie an der geschlossenen Tür vorbeikamen, die ihr Klavier verbarg.

Sie blieb stehen. »Was interessiert dich an diesem Raum?«

Der Blick, den er ihr zuwarf, war schneidend. »Am Musikzimmer interessiert mich nichts.«

Ihre Augen wurden zu schmalen Schlitzen, während sie zusah, wie er wegging.

13

Kestrels erste Lektion mit ihrem Vater fand in ihrer Bibliothek statt, einem dunklen Raum mit eingebauten Regalen, in denen sich schön gebundene Bücher Rücken an Rücken drängten. Nur einige waren in ihrer Sprache abgefasst – das Imperium blickte auf keine nennenswerte literarische Tradition zurück. Die meisten Bücher waren auf Herrani geschrieben, und wenn schon wenige Valorianer diese Sprache gut beherrschten, dann konnten noch weniger von ihnen sie lesen, denn man schrieb die Buchstaben in einer anderen Schrift. Dennoch hatten alle valorianischen Kolonisten die Bibliotheken, die sie erobert hatten, nicht angetastet. So sahen sie einfach besser aus.

Ihr Vater stand und sah aus dem Fenster. Er saß nicht gern. Kestrel machte es sich in einem Lesesessel gemütlich; sie wollte sich absichtlich abgrenzen.

Er sagte: »Das Projekt valorianisches Imperium hat vor vierundzwanzig Jahren mit der Eroberung der nördlichen Tundra begonnen.«

»Ein Gebiet, das leicht zu erobern war.« Kestrel konnte sich nicht mit dem Schwert vor dem General behaupten, aber zumindest konnte sie ihm zeigen, dass sie sich in Geschichte auskannte. »Die Bevölkerung war überschaubar. Die Leute lebten in verstreuten Stämmen und hausten in Zelten. Wir sind im Sommer eingefallen, und es gab auf beiden Seiten nur wenige Verluste. Es war ein Versuch, um herauszufinden, ob Valorias Nachbarn gegen unsere

Expansion Einspruch erheben würden. Und es war ein symbolischer Sieg, als Ermutigung für unser Volk. Aber in der Tundra ist Landwirtschaft nicht möglich, es gibt nur wenig Fleisch und wenige Sklaven. Sie ist größtenteils wertlos.«

»Wertlos?« Der General öffnete eine der Schubladen, die unter den Regalen an der Wand entlang angebracht waren, und zog eine Landkarte hervor. Er entrollte sie auf einem Tisch und beschwerte sie mit Gewichten aus Glas. Kestrel erhob sich und kam näher, um die Umrisse des Kontinents und der Herrschaftsgebiete des Imperiums zu betrachten.

»Vielleicht nicht *wertlos*«, räumte sie ein. Sie deutete auf die Tundra, einen dünnen Streifen Land, der sich über einen Großteil des nördlichen Imperiums erstreckte – bis das eiskalte Territorium im Osten breiter wurde und im nordöstlichen Zipfel des Imperiums nach Süden abbog. »Sie schirmt Valoria als natürliche Barriere gegen eine Invasion der Barbaren ab. Die Tundra ist kein gutes Land, um Krieg zu führen, zumal sie ja jetzt von uns verteidigt wird.«

»Ja. Aber die Tundra ist auch darüber hinaus von Wert für uns. Man sieht es nicht beim Blick auf die Karte. Es ist ein Staatsgeheimnis, Kestrel. Ich verlasse mich darauf, dass du es für dich behältst.«

»Natürlich.« Sie konnte nicht umhin, einen ränkevollen Kitzel ebenso wie Glück darüber zu empfinden, von ihrem Vater ins Vertrauen gezogen zu werden – auch wenn sie wusste, dass er genau das damit erreichen wollte.

»Schon lange vor unserem Angriff wurden Spione in die Tundra entsandt. Das tun wir bei jedem Territorium, das wir unterwerfen wollen; die Tundra bildete da keine Ausnahme. Aber was die Spione dort fanden, waren Minerale. Etwas Silber, das abgebaut wurde und unsere Kriege finanzieren hilft. Aber wichtiger sind die großen Vorkommen an Schwefel, einem der Hauptbestandteile von Schwarzpulver.«

Er lächelte, als er sah, dass ihre Augen groß wurden. Dann beschrieb er ihr in allen Einzelheiten die Vorbereitungen, die für den Einmarsch getroffen worden waren, die ersten Scharmützel und wie die Tundra schließlich von General Daran erstritten worden war – jenem General, der in Kestrels Vater einst einen vielversprechenden jungen Offizier gesehen und ihn in der Kriegskunst unterwiesen hatte.

Als ihr Vater geendet hatte, tippte Kestrel auf die herranische Halbinsel. »Erzähl mir vom Krieg gegen die Herrani.«

»Wir wollten das Gebiet annektieren, lange bevor ich es erobert habe. Sobald es mir gelungen war, waren die valorianischen Kolonisten ganz begierig auf ihr Stück vom Kuchen. Vor dem Krieg hatten die Herrani jahrzehntelang mit dem Reichtum ihres Landes, seinen Schätzen, seiner Schönheit und seinem fruchtbaren Boden geprotzt – kurz: mit seiner Vollkommenheit, nicht zuletzt deshalb, weil es ebenso gut eine Insel sein könnte.« Der General zeichnete mit dem Finger die Halbinsel nach, die fast von allen Seiten vom südlichen Meer umschlossen war, nur nicht dort, wo eine Bergkette sie vom Rest des Kontinents trennte. »Die Herrani haben uns nur als dumme, blutrünstige Wilde betrachtet. Sie mochten uns genug, um mit Luxusgütern beladene Schiffe zu den Küsten unseres Mutterlands zu schicken. Sie haben wohl nicht gedacht, dass jede Alabasterschale und jeder Sack Gewürze eine Versuchung für den Imperator sein könnte.«

Obwohl Kestrel das meiste bereits wusste, war ihr, als wäre die Geschichte, die sie kannte, eine roh gehauene Skulptur, und die Worte ihres Vaters wären die harten Schläge eines Meißels, der Einzelheiten aus dem Marmor herausarbeitete, bis Kestrel die wahre Form sehen konnte, die sich in dem Stein verbarg.

»Die Herrani glaubten, dass sie unantastbar seien«, sagte er. »Und sie hätten fast recht behalten. Sie beherrschten das Meer.

Ihre Kriegsflotte war viel besser gerüstet als unsere, sowohl was die Schiffe als auch was die Ausbildung betraf. Und selbst wenn unsere Flotte ihr ebenbürtig gewesen wäre, dann wäre die See dennoch gegen uns gewesen.«

»Die grünen Stürme«, erkannte Kestrel. Die Zeit der Stürme brach gerade an. Sie würde bis zum Frühling dauern und Sturmböen mit sich bringen, die entlang der Schifffahrtsrouten aus dem Nichts entstanden, gegen die Küsten prallten und den Himmel gespenstisch grün färbten.

»Eine Invasion von See her wäre Selbstmord gewesen. Von der Landseite aus war sie ganz und gar unmöglich. Es gab keinen Weg, auf dem man ein Heer durch die Berge hätte führen können. Es gab einen Pass, aber der war so eng, dass ein Heer sich hätte hindurchzwängen müssen, einer nach dem anderen, ganz langsam, sodass es ein Leichtes für die herranischen Streitkräfte gewesen wäre, uns Mann für Mann niederzumetzeln, bis keiner mehr übrig wäre.«

Kestrel wusste, was ihr Vater getan hatte, aber bis jetzt war ihr etwas nicht klar gewesen. »Du hattest das Schwarzpulver noch von der Eroberung der Tundra.«

»Ja. Wir haben es dazu verwendet, uns in den Bergen den Weg über den Pass freizusprengen, sodass das Heer siegreich in die Ebene einfallen konnte. Die Herrani waren auf einen Einmarsch von Land her nicht vorbereitet. Ihre Stärke lag auf See.

Und ihre Torheit lag in ihrer frühen Kapitulation. Natürlich konnten sie nur noch wenig ausrichten, als ich die Stadt eingenommen hatte. Doch sie hatten noch immer ihre Kriegsflotte: fast hundert wendige Schiffe mit Kanonen. Ich bezweifle, dass sie die Stadt hätten zurückerobern können. Die Seeleute hätten am Ende ja doch an Land kommen müssen, und sie waren uns zahlenmäßig unterlegen und konnten gegen unsere Reiterei nichts ausrichten. Aber ihre Schiffe hätten uns in die Enge treiben können, sie hätten uns wie

Piraten überfallen können. Sie hätten die valorianischen Gewässer mit Krieg überziehen und den Schaden, den sie dabei anrichteten, dazu nutzen können, bessere Kapitulationsbedingungen auszuhandeln. Und doch, ich hatte die Stadt und ihre Bewohner – und einen gewissen Ruf.«

Kestrel drehte sich um. Sie zog ein Buch mit herranischen Gedichten aus dem Regal und blätterte es durch. Ihr Vater blickte nicht mehr auf sie, sondern nur noch in die Vergangenheit.

»Die Herrani ergaben sich also«, fuhr er fort. »Sie wollten lieber in Sklaverei leben, als gar nicht zu leben. Sie gaben uns ihre Schiffe, und mit ihnen wurde aus unserer Flotte die größte der bekannten Welt. Jeder valorianische Soldat kann jetzt gut segeln. Ich habe dafür gesorgt, dass auch du es lernst.«

Kestrel fand den Abschnitt, nach dem sie suchte. Es war der Anfang eines Gesangs über eine Reise zu magischen Inseln, wo die Zeit keine Bedeutung hatte. Es war das Kommando an die Seeleute, das Schiff ins offene Wasser zu steuern. *Lenkt den Kiel in die Brecher,* las sie. *Stecht in See, in die salzige See.*

»Wir haben aus vielerlei Gründen gewonnen«, sagte ihr Vater, »und ich werde sie dir beibringen. Aber der wichtigste Grund ist simpel. Sie waren schwach. Wir nicht.«

Er nahm ihr das Buch aus der Hand und schlug es zu.

✦

Ihre Treffen mit dem General fanden nicht allzu häufig statt. Er hatte viel zu tun, und Kestrel war dankbar dafür. Zu leicht fühlte sie sich bei ihren Gesprächen zwischen Faszination und Abscheu hin- und hergerissen.

Blätter fielen von den Bäumen. Die Wärme des Sommers verschwand aus der Luft. Kestrel bemerkte es kaum, denn sie blieb im Haus, weil sie herausgefunden hatte, dass sie das meiste, was sie von ihrem Vater gelernt hatte, vergessen konnte, wenn sie Klavier spielte. Sie spielte fast jede freie Minute, jetzt, da sie es durfte. Die Musik gab ihr das Gefühl, eine Lampe in der Hand zu halten, die einen Lichtschein um sie her warf. Und während sie wusste, dass Menschen und Pflichten in der Dunkelheit dahinter lauerten, konnte sie sie doch nicht sehen. Die grelle Flamme dessen, was sie fühlte, während sie Klavier spielte, machte sie herrlich blind.

Bis zu dem Tag, da etwas im Musikzimmer auf sie wartete. Ein kleiner elfenbeinerner Spielstein balancierte auf der Taste des Klaviers, die sich genau in der Mitte befand. Er gehörte zu Biss und Stich und lag dort mit der Oberseite nach unten. Nur die blanke Seite war zu sehen.

Er erwartete sie wie eine Frage ... oder eine Einladung.

14

»Ich dachte schon, Ihr würdet nicht mit jemandem spielen, den Ihr nicht schlagen könnt«, sagte Arin.

Als Kestrel den Blick vom Klavier hob, sah sie ihn in der Tür stehen, die sie offen gelassen hatte. Ihr Blick wanderte weiter zu dem Biss-und-Stich-Spiel, das auf einem Tisch am Gartenfenster lag.

»Keineswegs«, erwiderte Kestrel. »Ich war nur beschäftigt.«

Er sah zum Klavier. »Das habe ich gehört.«

Kestrel ging hinüber zum Tisch und ließ sich daran nieder. »Ich bin überrascht von deiner Zimmerwahl.«

Er zögerte, und sie glaubte schon, er würde jede Verantwortung für die Wahl des Orts abstreiten und so tun, als hätte ein Geist den Spielstein auf dem Klavier hinterlassen. Dann schloss er die Tür hinter sich. Der Raum fühlte sich trotz seiner Größe auf einmal klein an. Arin durchquerte ihn und gesellte sich zu ihr an den Tisch. Er sagte: »Es hat mir in Euren Gemächern nicht gefallen.«

Sie beschloss, nicht beleidigt zu sein. Sie hatte ihn ja darum gebeten, ehrlich zu sein. Kestrel mischte die Spielsteine, aber als sie eine Schwefelholzschachtel auf den Tisch legte, sagte er: »Spielen wir um etwas anderes.«

Kestrel nahm die Hand nicht von der Schachtel. Wieder fragte sie sich, was er als Einsatz zu bieten haben könnte, und ihr fiel nichts ein.

Arin sagte: »Wenn ich gewinne, werde ich Euch eine Frage stellen, und Ihr werdet sie beantworten.«

Sie spürte ein nervöses Flattern im Bauch. »Ich könnte lügen. Das machen Leute nun einmal.«

»Ich bin bereit, das Risiko einzugehen.«

»Wenn das dein Einsatz ist, dann vermute ich, dass mein Preis derselbe sein würde.«

»*Falls* Ihr gewinnt.«

Sie konnte trotzdem noch nicht einwilligen. »Fragen und Antworten sind als Einsatz bei Biss und Stich ziemlich unüblich«, wandte sie gereizt ein.

»Während Schwefelhölzer der perfekte Einsatz sind und auch *so* spannend zu gewinnen oder zu verlieren.«

»Na gut.« Kestrel warf die Schachtel auf den Teppich, wo sie mit einem gedämpften Geräusch landete.

Arins Gesicht spiegelte weder Zufriedenheit noch Erheiterung oder sonst irgendetwas wider. Er zog einfach seine Hand. Sie tat es ihm nach. Sie spielten aufmerksam und konzentriert, und Kestrel war entschlossen zu gewinnen.

Sie tat es nicht.

Arin sagte: »Ich würde gern wissen, warum Ihr nicht schon Soldatin seid.«

Kestrel hätte nicht sagen können, mit welcher Frage sie gerechnet hatte, aber diese war es jedenfalls nicht gewesen. Die Frage rief ihr jahrelange Auseinandersetzungen in Erinnerung, die sie lieber vergessen hätte. Schnippisch antwortete sie: »Ich bin siebzehn. Ich muss mich dem Gesetz nach noch nicht verpflichten oder heiraten.«

Er lehnte sich in seinem Stuhl zurück, während er mit einem der Steine spielte, die ihm den Sieg eingetragen hatten. Er tippte mit der Schmalseite auf den Tisch, wirbelte den Spielstein zwischen den Fingern herum und tippte dann mit der anderen Seite auf den Tisch. »Das ist keine vollständige Antwort auf meine Frage.«

»Ich kann mich nicht daran erinnern, dass wir festgelegt haben, wie kurz oder lang diese Antworten sein sollen. Spielen wir weiter.«

»Wäret Ihr mit dieser Antwort zufrieden, wenn Ihr gewonnen hättet?«

Langsam erwiderte sie: »Das Militär ist das Leben meines Vaters. Nicht meines. Ich bin nicht einmal besonders geschickt im Kämpfen.«

»Wirklich?« Seine Überraschung wirkte echt.

»Oh, ich genüge den Anforderungen. Ich kann mich so gut wie die meisten Valorianer verteidigen, aber ich bin nicht gut im Kampf. Ich weiß, was es heißt, gut in etwas zu sein.«

Arin sah wieder zum Klavier hinüber.

»Und da ist auch noch meine Musik«, bestätigte Kestrel. »Ein Klavier ist nicht leicht zu transportieren. Ich könnte es wohl kaum mitnehmen, wenn man mich in die Schlacht schicken würde.«

»Musikmachen ist Sache von Sklaven«, sagte Arin. »Wie Kochen oder Putzen.«

Kestrel hörte Wut aus seinen Worten heraus. Sie lag wie der blanke Fels unter dem beiläufigen Plätschern seiner Stimme. »Das war nicht immer so.«

Arin schwieg, und obwohl Kestrel anfangs versucht hatte, seine Frage so kurz wie möglich zu beantworten, fühlte sie sich nun genötigt, den letzten Grund für ihren Widerstand gegen den General zu erklären. »Außerdem ... will ich nicht töten.« Arin runzelte die Stirn, deshalb lachte Kestrel, damit es harmloser klang. »Ich treibe meinen Vater in den Wahnsinn. Aber tun das nicht alle Töchter? Wir haben einen Waffenstillstand vereinbart. Ich habe eingewilligt, im Frühling entweder zum Militär zu gehen oder zu heiraten.«

Er hörte auf, den Spielstein zwischen den Fingern zu drehen. »Dann werdet Ihr also heiraten.«

»Ja. Aber wenigstens habe ich davor sechs Monate Frieden.«

Arin ließ den Spielstein auf den Tisch fallen. »Spielen wir noch eine Runde.«

Diesmal gewann Kestrel, und sie war selbst nicht darauf gefasst, wie aufgeregt ihr Blut über diesen Triumph rauschte.

Arin starrte auf die Spielsteine. Sein Mund war eine schmale Linie.

Tausend Fragen kamen Kestrel in den Sinn, schubsten und drängelten sich vor, um die erste Frage zu sein. Doch über die Frage, die ihr entschlüpfte, war sie ebenso überrascht, wie Arin es zu sein schien: »Warum hat man dich zum Hufschmied ausgebildet?«

Einen Augenblick lang dachte Kestrel, dass er nicht antworten würde. Er biss die Zähne zusammen. Dann sagte er: »Man hat mich ausgewählt, weil ich der letzte neunjährige Junge auf der ganzen Welt war, der sich zum Hufschmied geeignet hätte. Ich war dürr. Ich habe vor mich hin geträumt. Allein die Vorstellung hat mich erschreckt. Habt Ihr Euch schon mal die Werkzeuge in einer Schmiede angesehen? Den Hammer? Ihr würdet gut darüber nachdenken, welchem Sklaven Ihr die Erlaubnis gebt, ihn zu schwingen. Mein erster Sklavenhändler hat mich angeschaut und beschlossen, dass ich nicht der Typ bin, der im Zorn die Hand erhebt. Er hat mich ausgesucht.« Arins Lächeln war kalt. »Na, gefällt Euch Eure Antwort?«

Kestrel konnte nicht sprechen.

Arin schob seine Spielsteine weg. »Ich will in die Stadt gehen.«

Obwohl Kestrel es ihm erlaubt hatte und wusste, dass daran nichts auszusetzen war, wenn ein Sklave seine Liebste treffen wollte, hätte sie am liebsten Nein gesagt. »Schon so bald wieder?«, brachte sie schließlich heraus.

»Es ist einen Monat her.«

»Oh.« Kestrel sagte sich, dass ein Monat lang sein musste, wenn man die Person, die man liebte, die ganze Zeit nicht sehen konnte. »Natürlich. Geh.«

✦

»Ich habe etwa dreißig Waffen geschmiedet«, sagte Arin zum Auktionator. »Zumeist Dolche, geeignet für den Nahkampf. Ein paar Schwerter. Ich habe sie zu einem Bündel gefasst und werde sie heute Nacht, vier Stunden vor der Morgendämmerung, auf dem Anwesen des Generals über die südwestliche Mauer werfen. Sorge dafür, dass jemand auf der anderen Seite wartet.«

»Wird erledigt«, erwiderte Preller.

»Und es ist noch mehr zu erwarten. Was ist mit den Schwarzpulverfässern?«

»Sie sind an einem sicheren Ort.«

»Ich überlege, ob ich versuchen soll, Sklaven des Generals für unsere Sache anzuwerben. Sie könnten nützlich sein.«

Preller schüttelte den Kopf. »Es ist das Risiko nicht wert.«

»Wenn wir keine Leute in Senator Andrax' Haus hätten, wären wir nie in der Lage gewesen, das Schwarzpulver zu stehlen. Alles, was unser Mann noch tun musste, war, den Schlüssel seines Herrn an sich zu nehmen und ihn nachher wieder an seinen Platz zurückzulegen. Uns könnte eine ähnliche Gelegenheit im Haus des Generals entgehen.«

»Ich habe Nein gesagt.«

Arins Herz schien ihm aus der Brust springen zu wollen, so wütend war er. Aber er wusste, dass Preller recht hatte, und an seiner schlechten Laune war nicht der Auktionator schuld. Sondern er selbst. Oder sie. Er war sich nicht sicher, was ihn an dieser letzten Biss-und-Stich-Partie am meisten ärgerte: dass er ihr zugespielt hatte oder sie ihm.

»Was ist mit dem Mädchen?«, fragte Preller, und Arin wünschte sich, er hätte ihm jede andere Frage gestellt.

Arin zögerte, dann antwortete er: »Die Berichte über Lady Kestrels militärische Fähigkeiten sind übertrieben. Sie wird keine Probleme machen.«

✦

»Hier.« Kestrel reichte ihrer alten Amme einen kleinen Keramiktopf. »Sirup gegen deinen Husten.«

Enai seufzte, was nur einen weiteren Hustenanfall zur Folge hatte. Sie sank in die Kissen zurück, die Kestrel hinter ihren Schultern zurechtgestopft hatte, und richtete den Blick an die Decke des Häuschens. »Ich hasse den Herbst. Und den Gott der Gesundheit.«

Kestrel setzte sich auf die Bettkante. »Arme *Amma.*« Das war das Herrani-Wort für *Mutter.* »Soll ich dir eine Geschichte erzählen, wie du es immer getan hast, wenn ich krank war?«

»Nein. Ihr Valorianer seid schlechte Geschichtenerzähler. Ich weiß, was du sagen würdest: ›Wir haben gekämpft. Wir haben gewonnen. Ende.‹«

»Ich glaube, das kann ich besser.«

Enai schüttelte den Kopf. »Am besten findest du dich mit den Dingen ab, die du nicht ändern kannst, Kind.«

»Na gut, wenn es dir wieder besser geht, kommst du in die Villa, und ich spiele für dich.«

»Ja. Das gefällt mir immer.«

Kestrel stand auf. Sie ging in den beiden Zimmern des Häuschens umher, packte einen Korb mit Essen aus und räumte auf.

»Ich habe Schmied getroffen«, rief Enai.

Kestrels Hände erstarrten. Sie kehrte ins Schlafzimmer zurück. »Wo?«

»Was meinst du wohl? In den Sklavenunterkünften.«

»Ich dachte, du gehst nicht dorthin«, gab Kestrel zurück. »Du solltest überhaupt nicht hinausgehen, solange es dir nicht besser geht.«

»Reg dich nicht auf. Ich war vor ein paar Tagen dort, bevor ich krank wurde.«

»Und?«

Enai zuckte die Achseln. »Wir haben nicht viel geredet. Aber man scheint ihn zu mögen. Er hat einige Freunde.«

»Wen denn?«

»Er und der Stallknecht – der neue, ich vergesse ständig seinen Namen – kommen gut miteinander aus. Bei den Mahlzeiten sitzt Schmied normalerweise neben Lirah.«

Kestrel richtete ihre gesamte Aufmerksamkeit darauf, die Decke über Enais Brust zu einer ordentlichen Linie zu ziehen. Sie zupfte sie noch ordentlicher, während sie an Lirahs ovales Gesicht und ihre süße Stimme dachte. »Lirah ist nett. Es ist gut, wenn er mit ihr befreundet ist.«

Enai ergriff ihre Hand. »Ich weiß, dass du bereust, ihn gekauft zu haben, aber es gibt schlimmere Orte, an denen er sein könnte.«

Kestrel wurde klar, dass sie den Kauf gar nicht mehr bereute, und runzelte die Stirn. Was war aus ihr geworden, dass sie so dachte?

»Ich habe ihm Hausprivilegien verliehen«, sagte sie und wusste dabei, wie sehr es sich nach Verteidigung anhörte. »Er begleitet mich auch oft in die Stadt.«

Enai trank etwas von dem Sirup und verzog das Gesicht. »Ja, das habe ich von den anderen gehört. Redet man in der Gesellschaft über ihn?«

»Über wen?«

»Über Schmied. Redet man darüber, dass er deine Begleitung ist?«

»Nicht, dass ich wüsste. Es wurde ein bisschen über den Preis getratscht, den ich für ihn bezahlt habe, aber das ist jetzt vergessen.«

»Vielleicht. Aber ich möchte doch meinen, dass er trotzdem Aufmerksamkeit erregt.«

Kestrel musterte ihre alte Kinderfrau. »Enai, was versuchst du mir zu sagen? Warum sollten die Leute über ihn reden?«

Enai studierte den ziemlich unscheinbaren Siruptopf interessiert. Schließlich sagte sie: »Weil er so aussieht, wie er aussieht.«

»Oh.« Kestrel war erleichtert. »Sobald er Hauskleidung trägt, wirkt er nicht mehr so ungehobelt. Er macht sich gut.« Dieser Gedanke wollte andere Gedanken aufkommen lassen, aber sie schüttelte den Kopf. »Nein, ich glaube, er gibt niemandem Anlass, sich über sein Äußeres zu beschweren.«

Enai lenkte ein: »Du hast sicher recht.«

Doch Kestrel hatte das unbestimmte Gefühl, dass die Worte ihrer ehemaligen Kinderfrau weniger Zustimmung signalisierten denn die Entscheidung, Unausgesprochenes ungesagt zu lassen.

15

Enais Worte bereiteten Kestrel Kopfzerbrechen – aber nicht so sehr, dass sie irgendetwas geändert hätte. Sie nahm Arin weiter zu ihren Besuchen in der guten Gesellschaft mit. Sie hatte Freude an seinem scharfen Verstand – sogar an seiner scharfen Zunge. Dennoch musste sie zugeben, dass ihre Gespräche auf Herrani ein falsches Gefühl der Intimität entstehen ließen. Sie glaubte, dass die Sprache selbst schuld daran war – Herrani hatte sich immer vertrauter angefühlt als Valorianisch, wahrscheinlich deshalb, weil ihr Vater nach dem Tod ihrer Mutter wenig Zeit für sie gehabt hatte und es Enai gewesen war, die die Lücke gefüllt und Kestrel von ihren Tränen abgelenkt hatte, indem sie ihr das Herrani-Wort dafür beibrachte.

Kestrel musste sich selbst häufig daran erinnern, dass Arin ihre Sprache genauso gut konnte wie sie die seine. Manchmal, wenn sie einen Blick auf ihn erhaschte, wie er eine absurde Unterhaltung bei Tisch belauschte, fragte sie sich, warum er Valorianisch so vollkommen beherrschte. Wenige Sklaven taten das.

Nicht lange nach ihrer zweiten Partie Biss und Stich mit Arin besuchten sie Jess zu Hause.

»Kestrel!« Jess schloss sie in die Arme. »Du hast uns vernachlässigt.«

Jess wartete auf eine Erklärung, aber als Kestrel in Gedanken ihre Gründe durchging – die Strategielektionen mit ihrem Vater, das stundenlange Üben am Klavier und zwei Biss-und-Stich-Partien, die sie viel länger beschäftigt hatten, als sie eigentlich gedauert hatten –, erwiderte sie nur: »Na, jetzt bin ich ja hier.«

»Mit einer Entschuldigung, hoffe ich. Wenn nicht, werde ich mich fürchterlich rächen.«

»Ach?« Kestrel folgte Jess in den Salon. Sie hörte, wie Arins Schritte hinter ihnen leiser wurden, als er vom Marmorboden des Gangs auf den Teppichboden trat. »Muss ich jetzt Angst haben?«

»Ja. Wenn du mich nicht um Verzeihung bittest, werde ich nicht mit dir zur Schneiderin gehen, um Kleider für den Erstwinterball des Statthalters in Auftrag zu geben.«

Kestrel lachte. »Bis zum ersten Wintertag ist es noch eine Ewigkeit.«

»Aber bis zu deiner Entschuldigung hoffentlich nicht.«

»Es tut mir sehr, sehr leid, Jess.«

»Gut.« Jess' braune Augen glitzerten schelmisch. »Ich vergebe dir, unter der Bedingung, dass du mich dein Kleid aussuchen lässt.«

Kestrel warf ihr einen hilflosen Blick zu. Dann sah sie zu Arin, der an der Wand stand. Obwohl sein Gesicht ausdruckslos war, hatte sie den Eindruck, dass er sie auslachte.

»Du kleidest dich zu bescheiden, Kestrel.« Als Kestrel protestieren wollte, nahm Jess ihre Hand in ihre beiden Hände und schüttelte sie. »So. Abgemacht. Es ist beschlossen. Eine Valorianerin hält ihr Wort.«

Kestrel gab sich geschlagen und sank auf das Sofa neben Jess.

»Ronan wird es sehr bedauern, dass er dich verpasst hat«, sagte Jess.

»Ist er außer Haus?«

»Er stattet Lady Faris einen Besuch ab.«

Kestrel zog eine Augenbraue hoch. »Dann bin ich mir sicher, dass ihr Liebreiz sein Bedauern, mich verpasst zu haben, schon schmälern wird.«

»Erzähl mir nicht, dass du eifersüchtig bist. Du weißt, was Ronan für dich empfindet.«

Kestrel wurde Arins Gegenwart im Raum schlagartig bewusst. Als sie zu ihm blickte, erwartete sie die gelangweilte Miene, die er üblicherweise in Jess' Gesellschaft aufsetzte. Sie fehlte. Er wirkte merkwürdig aufmerksam. »Du darfst gehen«, sagte sie.

Es sah zunächst so aus, als wollte er nicht gehorchen. Dann drehte er sich auf dem Absatz um und schritt aus dem Raum.

Als sich die Tür hinter ihm geschlossen hatte, sagte Kestrel zu Jess: »Ronan und ich sind Freunde.«

Jess schnaubte ungeduldig.

»Und es gibt nur einen Grund, warum junge Männer von seinem Schlag Lady Faris besuchen«, fuhr Kestrel fort. Sie dachte an Lady Faris' Sohn und sein Grübchen, wenn er lächelte, und zog die Möglichkeit in Betracht, dass er Ronans Kind sein könnte. Sollte sie nicht Schwierigkeiten damit haben? Begrüßte sie Ronans Aufmerksamkeiten etwa nicht? Doch die Vorstellung, dass er ein Kind gezeugt haben könnte, strich oberflächlich über ihre Gedanken hinweg und tauchte dann lautlos ab, ohne dass sie hohe Wellen schlug.

Gut, wenn das sein Kind war, dann war es vor über einem Jahr empfangen worden. Und wenn Ronan jetzt bei Faris war, wie vielversprechend war es dann schon zwischen ihm und Kestrel?

»Faris ist berüchtigt«, sagte sie zu Jess. »Außerdem halt sich ihr Mann in der Hauptstadt auf.«

»Junge Männer besuchen sie, weil sie mit einem der einflussreichsten Männer der Stadt verheiratet ist und sie hoffen, dass Faris ihnen hilft, Senator zu werden.«

»Wie, meinst du, lässt sie sich wohl dafür bezahlen?«

Jess sah entrüstet aus.

»Warum sollte Ronan etwas gegen diese Bezahlung haben?«, fragte Kestrel weiter. »Faris ist eine schöne Frau.«

»Das würde er nie tun.«

»Jess, wenn du glaubst, mich davon überzeugen zu können, dass Ronan ein Unschuldslamm ist, das noch nie mit einer Frau zusammen war, dann hast du dich getäuscht.«

»Wenn du glaubst, dass Ronan Faris dir vorziehen könnte, bist du verrückt.« Jess schüttelte den Kopf. »Alles, was er will, ist ein Zeichen deiner Zuneigung. Er hat dir schon viele gegeben.«

»Bedeutungslose Komplimente.«

»Du willst es nicht begreifen. Findest du nicht, dass er gut aussieht?«

Kestrel konnte nicht leugnen, dass Ronan alles verkörperte, worauf sie nur hoffen konnte. Er machte eine gute Figur. Er war geistreich, gutmütig. Und er störte sich nicht an ihrer Musik.

Jess fuhr fort: »Wäre es nicht schön, wenn wir Schwestern würden?«

Kestrel streckte die Hand nach einem von Jess' glänzenden blonden Zöpfen aus. Sie zog ihn aus ihrer kunstvollen Hochfrisur und steckte ihn dann wieder hinein. »Das sind wir doch schon.«

»Richtige Schwestern.«

»Doch«, sagte Kestrel leise. »Das würde mir gefallen.« Sie hatte schon immer Teil von Jess' Familie sein wollen. Jess hatte den perfekten älteren Bruder und nachsichtige Eltern.

Jess gab einen begeisterten Laut von sich. Kestrel sah sie eindringlich an. »Wage ja nicht, es ihm zu erzählen.«

»Ich?«, fragte Jess unschuldig zurück.

✦

Später an diesem Tag saß Kestrel mit Arin im Musikzimmer. Sie legte ihre Spielsteine aus: ein Paar Wölfe und drei Mäuse.

Arin drehte seine eigenen mit einem ergebenen Seufzer um. Er hatte keine schlechte Hand, aber sie war nicht gut genug und unter seinem spielerischen Niveau. Er setzte sich kerzengerade hin, als müsste er sich körperlich für ihre Frage wappnen.

Kestrel studierte seine Steine. Sie war sich sicher, dass er sich besser als mit einem Paar Wespen hätte schlagen können. Sie dachte an die Spielsteine, die er in dieser Partie bereits gespielt hatte, und an die Leichtsinnigkeit, mit der er andere abgestoßen hatte. Wenn sie nicht gewusst hätte, wie ungern er gegen sie verlor, hätte sie den Verdacht gehabt, dass er das Handtuch warf.

Sie sagte: »Du scheinst nicht bei der Sache zu sein.«

»Ist das Eure Frage? Fragt Ihr mich, warum ich nicht bei der Sache bin?«

»Du gibst also zu, dass du es nicht bist.«

»Ihr *seid* teuflisch«, sagte er. Er benutzte dasselbe Wort wie Ronan damals auf Faris' Gartenfest. Doch dann, offenbar verärgert über seine eigenen Worte, fügte er hinzu: »Stellt Eure Frage.«

Sie hätte auf einer Antwort bestehen können, doch seine Abgelenktheit war ein weniger interessantes Mysterium als jenes, das in ihrem Kopf Gestalt annahm. Sie glaubte nicht, dass Arin der war, für den er sich ausgab. Er hatte den Körper von jemandem, der in harte Arbeit hineingeboren worden war, und doch konnte er ein valorianisches Spiel spielen – und gut dazu. Er sprach ihre Sprache wie jemand, der sie gewissenhaft gelernt hatte. Er kannte die Gewohnheiten einer herranischen Dame und die Anordnung ihrer Räume – oder er tat zumindest so, als ob er sie kannte. Er war entspannt und kundig mit ihrem Hengst umgegangen, und während das noch nichts heißen musste – er hatte Javelin ja nicht geritten –, wusste Kestrel doch, dass die Reitkunst bei den Herrani vor dem Krieg ein Privileg der Oberschicht gewesen war.

Kestrel glaubte, dass Arin jemand war, der tief gefallen war.

Sie konnte ihn nicht danach fragen, ob es stimmte. Sie erinnerte sich noch an seine wütende Antwort auf ihre Frage, warum er zum Schmied ausgebildet worden war, und dabei war die Frage unschuldig genug gewesen. Und doch hatte sie ihn verletzt.

Sie wollte ihn nicht verletzen.

»Woher kannst du Biss und Stich?«, fragte sie. »Das ist ein valorianisches Spiel.«

Er sah erleichtert aus. »Es gab einmal eine Zeit, in der die Herrani gern zu Eurem Land gesegelt sind. Wir mochten Euer Volk. Und wir haben immer die Künste bewundert. Unsere Seeleute haben Biss und Stich vor langer Zeit zu uns gebracht.«

»Biss und Stich ist ein Spiel, keine Kunst.«

Er verschränkte amüsiert die Arme vor der Brust. »Wenn Ihr das sagt.«

»Ich bin überrascht zu hören, dass die Herrani irgendetwas Valorianisches mochten. Ich dachte, ihr hättet uns immer für dumm und unzivilisiert gehalten.«

»Wilde Kreaturen«, murmelte er.

Kestrel war sich sicher, dass sie nicht richtig gehört hatte. »Was?«

»Nichts. Ja, Ihr wart vollkommen unkultiviert. Ihr habt mit den Händen gegessen. Eure Vorstellung von Unterhaltung war, zuzusehen, wer als Erster den anderen umbringen würde. Aber« – sein Blick begegnete dem ihren, dann sah er wieder weg – »Ihr wart auch für andere Dinge bekannt.«

»Welche? Was meinst du?«

Er schüttelte den Kopf. Wieder machte er diese seltsame Geste – er hob die Finger, um auf Höhe seiner Schläfe durch die Luft zu fahren. Dann faltete er die Hände, löste sie wieder und begann, die Spielsteine zu mischen. »Ihr habt zu viele Fragen gestellt. Wenn Ihr weiterfragen wollt, müsst Ihr es Euch verdienen.«

Jetzt ließ er kein Zeichen von Abgelenktheit mehr erkennen.

Während sie spielten, ignorierte er ihre Versuche, ihn zu provozieren oder zum Lachen zu bringen. »Ich habe Euch andere hinters Licht führen sehen«, sagte er. »Das wird Euch bei mir nicht gelingen.«

Er gewann. Kestrel wartete nervös und fragte sich dabei, ob er, wenn er verlor, sich genauso fühlte wie sie sich jetzt.

Seine Worte kamen stockend. »Würdet Ihr für mich Klavier spielen?«

»Für dich Klavier spielen?«

Arin zuckte zusammen. Mit festerer Stimme sagte er: »Ja. Etwas, das ich aussuche.«

»Es macht mir nichts aus. Es ist nur so ... ich werde selten darum gebeten.«

Er erhob sich vom Tisch, suchte in den Regalen an der Wand und kehrte mit einem Bündel Musiknoten zurück. Sie nahm es entgegen. »Es ist für Flöte«, sagte er. »Es wird Euch wahrscheinlich einige Zeit kosten, es für Klavier zu transponieren. Ich kann warten. Vielleicht nach unserem nächsten Spiel –«

Sie wedelte ungeduldig mit den Noten, um ihn zum Schweigen zu bringen. »Das ist nicht so schwer.«

Er nickte und setzte sich dann in den Stuhl, der am weitesten vom Klavier entfernt stand, an der Glastür zum Garten. Kestrel war froh um diesen Abstand. Sie ließ sich auf der Klavierbank nieder und blätterte die Noten durch. Titel und Notation waren auf Herrani verfasst und die Seiten schon ganz vergilbt vom Alter. Sie stellte die Noten auf den Notenständer des Klaviers und ließ sich mehr Zeit als nötig dafür, sie zu ordnen. Aufregung durchströmte ihre Finger, als hätten ihre Hände bereits zu spielen begonnen. Doch dabei schwang auch ein metallischer Hauch von Angst mit.

Sie wünschte sich, dass Arin nicht ausgerechnet ein Stück für Flöte ausgesucht hätte. Die Schönheit der Flöte lag in ihrer Einfachheit, ihrer Ähnlichkeit mit der menschlichen Stimme. Sie klang immer klar. Sie klang einsam. Das Klavier hingegen war ein Geflecht aus vielen verschiedenen Teilen, ein Schiff mit einer Takelage aus Saiten, einem Rumpf, den der Korpus bildete, und einem aufgestellten Deckel als Segel. Kestrel hatte schon immer gefunden, dass sich das Klavier nicht wie ein einzelnes Instrument anhörte, sondern wie ein Zwillingspaar, dessen tiefe und hohe Hälfte zusammenspielten oder auseinanderstrebten.

Flötenmusik, dachte sie enttäuscht und wollte Arin nicht ansehen.

Die ersten Töne gerieten ungelenk. Sie hielt inne, dann ließ sie die rechte Hand die Melodie übernehmen und begann, mit der Linken zu improvisieren und dunkle, volltönige Phrasen aus ihrem Kopf zu holen. Kestrel spürte, wie der Kontrapunkt Gestalt annahm. Sie vergaß die Schwierigkeit dessen, was sie tat, und spielte einfach.

Es war eine zarte, eindringliche Musik. Kestrel bedauerte es, als sie zu Ende war. Ihr Blick suchte Arin quer durch den Raum.

Sie wusste nicht, ob er ihr beim Spielen zugesehen hatte. Jetzt sah er sie nicht an. Sein Blick ging in den Garten, ohne dass er ihn wirklich wahrzunehmen schien. Seine Gesichtszüge waren weich geworden. Er wirkte anders, bemerkte Kestrel. Sie konnte nicht sagen, warum, aber er wirkte nun anders auf sie.

Dann schaute er zu ihr, und sie war so verwundert, dass ihre Hand zu einem disharmonischen Akkord auf die Tasten fiel.

Arin lächelte. Es war ein echtes Lächeln, das ihr verriet, dass jedes einzelne Lächeln, mit dem er sie bisher bedacht hatte, keines gewesen war. »Danke«, sagte er.

Kestrel spürte, wie sie rot wurde. Sie konzentrierte sich auf die Tasten und spielte etwas, irgendetwas. Eine einfache Tonfolge, die sie von der Tatsache ablenkte, dass sie sonst nicht so leicht rot wurde, schon gar nicht, wenn es keinen guten Grund dafür gab.

Aber sie ertappte ihre Finger dabei, wie sie eine Melodie für einen Tenor entwarfen. »Singst du wirklich nicht?«

»Nein.«

Sie dachte an die Klangfarbe seiner Stimme und ließ ihre Hände in die tieferen Oktaven gleiten. »Sicher?«

»Ja, Kestrel.«

Sie zog die Hände von den Tasten. »Schade«, sagte sie.

16

Als Kestrel eine Nachricht von Ronan erhielt, in der er sie einlud, mit ihm und Jess auf ihrem Anwesen auszureiten, fiel ihr etwas ein, das ihr Vater darüber gesagt hatte, wie man einen Feind beurteilte.

»Im Krieg hängt alles davon ab, was man über die Fähigkeiten und Vorteile des Gegners weiß«, hatte er doziert. »Ja, Glück spielt eine Rolle. Das Gelände ist entscheidend. Die Anzahl der Gegner. Aber wie man die Stärken des Feindes einschätzt, wird mit größerer Wahrscheinlichkeit als alles andere die Schlacht entscheiden.«

Arin war nicht Kestrels Feind, aber seit ihren Biss-und-Stich-Partien sah sie ihn als ebenbürtigen Gegner. Deshalb musste sie nun wieder an die Worte ihres Vaters denken. »Dein Gegner wird bis zum letzten Augenblick seinen Vorteil verbergen wollen. Setze Spione ein, wenn du kannst. Wenn du es nicht kannst, mit welcher List könntest du ihn dann dazu bringen, dir zu verraten, was du wissen willst?« Der General hatte sich die Frage gleich selbst beantwortet: »Pack ihn beim Stolz.«

Kestrel schickte einen Haussklaven zu Arin mit der Bitte, sie in den Stallungen zu treffen. Als er kam, war Javelin schon gesattelt, und Kestrel, gewandet für einen Ausritt, wartete neben ihm.

»Was wird das?«, fragte Arin. »Ich dachte, Ihr braucht eine Begleitung.«

»Die brauche ich auch. Such dir ein Pferd aus.«

Wachsam sagte er: »Wenn ich Euch begleiten soll, brauchen wir eine Kutsche.«

»Nicht, wenn du reiten kannst.«

»Das kann ich nicht.«

Sie saß auf. »Dann nehme ich an, dass du mir in der Kutsche folgen musst.«

»Ihr werdet Ärger bekommen, wenn Ihr allein reitet.«

Sie nahm die Zügel in die Hände.

»Wohin geht es?«, fragte Arin.

»Ronan hat mich zu einem Ausritt eingeladen«, antwortete sie und ließ Javelin leicht angaloppieren. Sie lenkte ihn aus dem Stall und verließ das Anwesen, nicht ohne den Wachen am Tor mitzuteilen, dass ihr ein Sklave folgen werde. »Wahrscheinlich«, fügte sie hinzu und trieb Javelin durchs Tor, bevor die Wachen Fragen stellen konnten. Sie lenkte Javelin auf einen der vielen Pferdepfade, die die Valorianer durch den Grüngürtel der Stadt gebahnt hatten, um schnellere Strecken für Reiter zu schaffen. Kestrel widerstand dem Drang, eine langsamere Gangart anzuschlagen. Stattdessen ließ sie Javelin noch schneller laufen und lauschte dem Getrappel der Hufe, unter denen die Schicht aus feuerfarbenem Laub über dem Boden zerstob.

Erst nach einer Weile hörte sie ein galoppierendes Pferd hinter sich. Sie zügelte Javelin und ließ ihn instinktiv wenden, um die staubumnebelten Umrisse von Pferd und Reiter auf sich zukommen zu sehen.

Arin drosselte das Tempo und schloss zu Kestrel auf. Die Pferde wieherten. Arin sah sie an, sah das Lächeln, das sie nicht verbergen konnte, und seine Miene spiegelte zu gleichen Teilen Missmut und Belustigung wider.

»Du bist ein schlechter Lügner«, sagte sie.

Er lachte.

Es fiel ihr schwer, ihn dabei anzuschauen, und so richtete sie den Blink auf seinen Hengst. »*Dieses* Pferd hast du dir ausgesucht?«

»Er ist der Beste«, erwiderte Arin ernst.

»Er gehört meinem Vater.«

»Dafür kann das Pferd ja nichts.«

Nun war es an Kestrel zu lachen.

»Kommt.« Arin ließ den Hengst angehen. »Wir sollten nicht zu spät kommen«, sagte er, und doch, ohne es abzusprechen, ritten sie langsamer, als auf diesem Pfad erlaubt war.

Kestrel zweifelte nicht mehr daran, dass Arin vor zehn Jahren eine Stellung innegehabt hatte, die der ihren sehr ähnelte: eine, die mit Reichtum, Annehmlichkeiten und Bildung einherging. Obschon sie sehr wohl wusste, dass sie sich nicht das Recht erspielt hatte, ihm eine Frage zu stellen, und ihre schleichende Sorge eigentlich nicht in Worte fassen wollte, ertrug Kestrel es nicht, zu schweigen. »War es *mein* Haus? Ich meine die Villa. Hast du vor dem Krieg dort gelebt?«

Er riss an den Zügeln. Sein Hengst kam sofort zum Stehen.

Als er sprach, klang Arins Stimme wie die Musik, die zu spielen er sie gebeten hatte. »Nein«, antwortete er. »Diese Familie ist tot.«

Sie ritten stumm weiter, bis Arin sagte: »Kestrel.«

Sie wartete, dann erst begriff sie, dass er nicht wirklich mit ihr redete. Er sprach einfach ihren Namen aus, dachte darüber nach, erforschte die Silben des valorianischen Wortes.

Sie sagte: »Ich hoffe, du willst jetzt nicht so tun, als wüsstest du nicht, was es bedeutet.«

Er warf ihr einen Blick von der Seite zu. »Jagdfalke.«

»Genau. Der perfekte Name für eine Kriegerin.«

»Nun ja.« Sein Lächeln war schwach, aber es war da. »Ich nehme an, keiner von uns beiden ist so geworden, wie man es von uns erwartet hat.«

✦

Ronan wartete im Stall seiner Familie. Er spielte mit seinen Handschuhen, während er zusah, wie Kestrel und Arin auf ihn zuritten.

»Ich dachte, du würdest die Kutsche nehmen«, sagte Ronan zu Kestrel.

»Um reiten zu gehen? Also wirklich, Ronan!«

»Aber deine Begleitung.« Sein Blick huschte zu Arin, der entspannt auf dem Hengst saß. »Ich hätte nicht gedacht, dass einer deiner Sklaven reiten kann.«

Kestrel beobachtete, wie Ronan an den einzelnen Fingern der Handschuhe zupfte. »Gibt es ein Problem?«

»Jetzt, da du hier bist, natürlich nicht.« Dennoch klang er angespannt.

»Denn wenn dir die Art nicht gefällt, wie ich hergekommen bin, dann kannst du mich bei der nächsten Einladung selbst zu Pferde abholen, mich anschließend zu deinem Anwesen begleiten, mich dann sicher nach Hause bringen und selbst wieder heimkehren.«

Er antwortete auf ihre Worte, als wären sie die reine Koketterie gewesen. »Es wäre mir ein Vergnügen. Und da wir gerade von Vergnügen sprechen, sollten wir gleich für eines sorgen.« Er stieg auf sein Pferd.

»Wo ist Jess?«

»Krank. Sie hat Kopfweh.«

Irgendwie bezweifelte Kestrel das. Sie sagte aber nichts und ließ Ronan aus dem Stall reiten und die Führung übernehmen. Sie wandte ihr Pferd um, um ihm zu folgen, und Arin tat es ihr gleich.

Ronan sah zurück, wobei ihm sein blondes Haar über die Schulter strich. »Du hast doch sicher nicht die Absicht, ihn mitreiten zu lassen.«

Arins Pferd, das bisher vollkommen ruhig gewesen war, begann zu tänzeln und zu scheuen. Es spürte offenbar die Anspannung, die Kestrel seinem Reiter nicht ansehen konnte, während sein Blick teilnahmslos auf ihr ruhte. Er musste warten, bis sie ihm Ronans Worte auf Herrani übersetzte, damit er so tun konnte, als wäre es nötig. »Warte hier«, sagte sie in seiner Sprache zu ihm. Er lenkte das Pferd zurück zum Stall.

»Du solltest deinen Begleiter wechseln«, sagte Ronan zu Kestrel, als Arin davonritt. »Der hier bleibt dir zu nah auf den Fersen.«

Kestrel fragte sich, wer diesen Ritt allein mit Ronan eingefädelt hatte, die Schwester oder der Bruder. Sie hätte auf Ronan getippt – der schließlich die Einladung geschickt hatte und auf keinerlei Widerstand gestoßen wäre, wenn er Jess gebeten hätte, um einiger vertraulicher Stunden mit Kestrel willen zu Hause zu bleiben. Doch Ronans ungewöhnlich schlechte Laune belehrte sie eines Besseren. Er benahm sich wie jemand, dessen kupplerische Schwester ihn gegen seinen Willen zu etwas genötigt hatte.

Der Tag, der ihr so schön erschienen war, wirkte nun nicht mehr so strahlend.

Doch als sie haltmachten, um sich unter einen Baum zu setzen, kehrte Ronans Lächeln zurück. Er öffnete die Satteltaschen und zauberte etwas zu essen hervor, rollte mit übertriebener Geste eine Picknickdecke aus, ließ sich darauf nieder und streckte seine langen Beine aus. Kestrel gesellte sich zu ihm. Er schenkte ein Glas Wein ein und hielt es ihr hin.

Sie hob eine Augenbraue. »Das ist ziemlich viel Wein für diese Tageszeit.«

»Ich hoffe, dass ich dich zum Trinken verführen kann, damit du Dinge sagst, die du bereuen wirst.«

Sie nippte, während sie zusah, wie er ein zweites Glas füllte. »Hast du nicht Angst um dich selbst?«

Er trank. »Warum sollte ich?«

»Vielleicht bist es ja du, der etwas verraten wird, das er eigentlich nicht verraten möchte. Ich habe gehört, dass du Lady Faris einen Besuch abgestattet hast.«

»Eifersüchtig, Kestrel?«

»Nein.«

»Schade.« Er seufzte. »Die traurige, langweilige Wahrheit ist, dass Faris den besten Klatsch kennt.«

»Den du weitererzählen wirst.«

Ronan stützte sich auf einen Ellbogen. »Nun, Senator Andrax wurde in die Hauptstadt verlegt, wo ihm der Prozess gemacht werden soll, weil er Schwarzpulver an unsere Feinde verkauft hat. Das Schwarzpulver wurde nicht gefunden, trotz allen Suchens – aber das ist wirklich keine Überraschung. Wahrscheinlich ist es schon vor langer Zeit im Osten verschwunden. Was sonst noch? Senator Linux' Tochter hatte ein Schäferstündchen mit einem Seemann an Bord eines der Schiffe im Hafen und wurde von ihren Eltern für den ganzen Herbst – wahrscheinlich auch den Winter – in ihren Gemächern weggeschlossen. Mein Freund Hanan hat sein Erbe verspielt – keine Sorge, Kestrel, er wird es zurückbekommen. Nur bitte, bitte spiele ein paar Monate lang nicht Biss und Stich mit ihm. Oh, und der Hauptmann der Stadtwache hat sich umgebracht. Aber das wusstest du ja schon.«

Sie hätte fast ihren Wein verschüttet. »Nein. Wann ist das denn passiert?«

»Vorgestern. Das hast du wirklich nicht gewusst? Na, dein Vater ist schon wieder weg, nehme ich an. Und du vergräbst dich zu oft in dieser Villa. Dass du nicht vor Langeweile verrückt wirst, kann ich nicht fassen.«

Kestrel hatte den Hauptmann gekannt. Oskar hatte schon in ihrem Haus zu Abend gegessen. Er war ein Freund ihres Vaters, und anders als die meisten seiner Freunde war er eine Frohnatur gewesen und gern gesehen bei ihnen.

»Es war ein Ehrenselbstmord«, fuhr Ronan fort, was bedeutete, dass sich der Hauptmann ins Schwert gestürzt hatte.

»Aber warum?«

Ronan zuckte die Achseln. »Der Druck in seiner Position?«

»Er war seit der Kolonisierung Hauptmann. Er war hervorragend darin und allgemein geachtet.«

»Dann vielleicht persönliche Probleme.« Ronan spreizte die Hände. »Wirklich, ich weiß es nicht, und ich wünschte, ich hätte dieses düstere Thema nicht angeschnitten. Dieser Tag läuft ganz und gar nicht so, wie ich gehofft hatte. Können wir bitte über etwas anderes als Selbstmord sprechen?«

✦

Auf dem Heimweg fragte Arin: »War Euer Ritt kein Vergnügen?«

Verwundert über seinen beißenden Ton blickte Kestrel auf. Sie wurde sich bewusst, dass sie gedankenverloren die Stirn gerunzelt hatte. »Oh, es war sehr nett. Mich treiben nur einige Neuigkeiten um.«

»Was für Neuigkeiten?«

»Der Hauptmann der Stadtwache hat sich das Leben genommen.«

»Seid Ihr deswegen traurig? Habt Ihr ihn gekannt?«

»Ja. Nein. Doch, ich kannte ihn, er war ein Freund meines Vaters. Aber nicht gut genug, um seinen Tod zu spüren.«

»Dann verstehe ich nicht, warum es Euch berühren sollte.«

»Es berührt die ganze Stadt. Es wird zwangsläufig Unruhe geben, wenn der Statthalter einen neuen Hauptmann ernennt, und der Übergang verläuft womöglich nicht glatt. Oskar hatte die Stadt und seine Wachen sehr gut im Griff. Das ist es allerdings nicht, was mich beunruhigt.« Kestrel schüttelte den Kopf. »Sein Selbstmord ist das zweite Vorkommnis in letzter Zeit, das keinen Sinn ergibt.«

»Was meint Ihr damit?«

»Senator Andrax. Er liebt Gold, sicher, aber nur weil es ihm Annehmlichkeiten erkauft. Gutes Essen, Kurtisanen. Er lässt sich gern bestechen: Es ist leichtes Geld. Er hat sich nie an einen Biss-und-Stich-Tisch mit mir gesetzt, solche Angst zu verlieren hat er. Wie könnte *er* alles aufs Spiel setzen, um Schwarzpulver an die Barbaren zu verkaufen?«

»Vielleicht gibt es eine Seite an ihm, die Ihr nie zu Gesicht bekommen habt. Aber es hat doch nichts mit dem Hauptmann zu tun.«

»*Außer*, dass beide Ereignisse sonderbar sind. Oskar hatte keinen Grund, Selbstmord zu begehen. Sogar der Imperator hat seine Leistungen als Hauptmann gelobt. Seine Wachen haben ihn bewundert. Er schien glücklich zu sein.«

»Und? Ihr wisst nicht alles. Menschen sind aus vielen Gründen unglücklich.« Arin klang ungeduldig, und sie hatte das Gefühl, dass sie nun nicht mehr über den Hauptmann sprachen. »Was wisst Ihr schon darüber, unglücklich zu sein?«, fragte er. »Warum glaubt Ihr, dass Ihr in die Herzen der Menschen sehen könnt?«

Er ließ sein Pferd angaloppieren, und Kestrel vergaß mit einem Schlag das Rätsel um den Senator und den Hauptmann, während sie damit beschäftigt war, Arin wieder einzuholen.

17

Kestrels Vater fand sich nicht so leicht mit dem Tod des Hauptmanns ab wie Ronan und Arin. Während der nächsten Unterrichtsstunde in der Bibliothek sprach Kestrel das Thema an und seine Stirn legte sich in tiefe Falten.

»Hatte Oskar Feinde?«, fragte sie.

»Jeder hat Feinde.«

»Vielleicht hat ihm jemand das Leben schwer gemacht.«

»Oder jemand hat ihn in sein Schwert fallen*lassen.*« Als der General ihre Überraschung sah, fuhr er fort: »Es ist nicht schwer, Mord wie einen Ehrenselbstmord aussehen zu lassen.«

»Daran hatte ich nicht gedacht«, sagte sie leise.

»Und was denkst du jetzt darüber?«

»Wenn es Mord war, wurde er vielleicht von jemandem umgebracht, der gute Aussichten darauf hatte, ihn als Hauptmann zu beerben.«

Ihr Vater legte ihr die Hand auf die Schulter. »Sein Tod ist vielleicht nur das, wonach er aussieht: ein Selbstmord. Aber ich werde unsere Besorgnis mit dem Statthalter besprechen. Über diese Angelegenheit muss man ein paar Gedanken verschwenden.«

✦

Nur hatte Kestrel wenige Gedanken zu verschwenden. Enais Zustand besserte sich nicht.

»Dein Husten macht mir allmählich Sorgen«, sagte sie zu ihrer alten Kinderfrau, als sie am Kaminfeuer in dem Häuschen saßen, das sie ihr hatte bauen lassen.

»Ich mag ihn eigentlich. Er verschafft mir Gesellschaft. Und er bringt dich dazu, mich öfter zu besuchen ... wenn du nicht gerade Biss und Stich spielst.«

Kestrel gefiel der betont unschuldige Ausdruck in Enais Gesicht nicht, ebenso wenig wie die Tatsache, dass es fast unmöglich war, etwas geheim zu halten, das in der Villa passierte. Und diese Partien waren geheim.

Kestrel erwiderte scharf: »Lass mich einen Arzt rufen.«

»Er wird mir nur sagen, dass ich alt bin.«

»Enai!«

»Ich will keinen Arzt sehen. Versuch nicht, *mich* herumzukommandieren.«

Das brachte Kestrel zum Schweigen. Sie beschloss, nicht weiter darauf zu bestehen. Schließlich war der fiebrige Glanz in Enais Augen schon lange verschwunden. Kestrel wechselte das Thema und erkundigte sich über etwas, das Arin gesagt hatte. Es war wie eine kleine Nadel in einem dunklen Winkel ihres Hirns, die unsichtbare Muster stach. »Haben die Herrani vor dem Krieg gern mit den Valorianern Handel getrieben?«

»O ja. Dein Volk hatte immer Gold für Herrani-Waren. Valoria war unser wichtigster Handelspartner im Ausland.«

»Aber waren wir auch für etwas anderes berühmt? Außer dafür, reich und unzivilisiert und ohne Manieren zu sein?«

Während Enai einen Schluck Tee trank, sah sie Kestrel über den Rand ihrer Tasse an. Kestrel wurde unbehaglich zumute und sie hoffte, Enai würde nicht wissen wollen, woher all diese Fragen kämen. Aber die Frau antwortete nur: »Ihr wart bekannt für eure Schönheit. Natürlich war das vor dem Krieg.«

»Ja«, sagte Kestrel leise. »Natürlich.«

✦

Durch das Fenster ihres Ankleidezimmers konnte Kestrel den Garten sehen. Eines Morgens – ihr Haar war noch nicht aufgesteckt – sah sie Arin und Lirah, die bei den Beeten mit dem Herbstgemüse miteinander sprachen. Arin trug Arbeitskleidung und stand mit dem Rücken zum Fenster, sodass Kestrel keine Möglichkeit hatte, seinen Gesichtsausdruck zu erkennen. Lirahs Miene hingegen war so klar wie der helle Tag.

Kestrel bemerkte, dass sie nah ans Fenster getreten war. Der kühle Zug von draußen fuhr über ihre Haut. Sie wich zurück. Sie war nicht besonders erpicht darauf, beim Spionieren erwischt zu werden. Sie zog ihre Samtrobe enger um sich und hob den Blick zum rosigen Himmel, doch noch immer hatte sie nur Lirahs unverhohlene Bewunderung vor Augen.

Sie setzte sich vor den Drehspiegel ihres Frisiertischs, fragte sich dann allerdings, warum sie sich törichterweise selbst anschaute. Ihr Spiegelbild bewies ihr nur ihren Missmut. Aber warum sollte sie sich überhaupt etwas aus dem machen, was sie im Garten gesehen hatte? Warum sollte sie das Gefühl haben, dass ihr Vertrauen irgendwie gebrochen worden war?

Ihr Spiegelbild runzelte die Stirn. Warum sollte sie *nicht* dieses Gefühl haben? Sie hatte die Verantwortung für das Wohlbefinden ihrer Sklaven. Es war unehrenhaft, wenn Arin Lirahs Aufmerksamkeiten zuließ, obwohl er doch eine Liebste hatte. Kestrel bezweifelte, dass Lirah von der Frau auf dem Markt wusste.

Sie versetzte dem Spiegel mit der Hand einen Stoß, sodass er sich so lange drehte, bis er mit Blick zur Wand zum Stillstand kam und sie auf seine blanke perlmutterne Rückseite starrte. Sie weigerte sich, weiter darüber nachzudenken. Sie würde keine dieser Herrinnen werden, die jede Bewegung ihrer Sklaven verfolgten und über sie tratschten, weil in ihrem eigenen Leben nichts Interessantes geschah.

Später an diesem Tag kam Arin ins Musikzimmer mit der Bitte, in die Stadt gehen zu dürfen. Kestrel gab sich besonders wohlwollend. Sie überreichte ihm ihren Siegelring und sagte, er solle sich so viel Zeit lassen, wie er wolle, sofern er bis zur Ausgangssperre zurück sei. Da es den Anschein hatte, dass er zögerte, ließ sie sich am Klavier nieder, um deutlich zu machen, dass er sich entfernen durfte. Dennoch begann sie erst zu spielen, als sie sich sicher war, dass er bereits die Villa verlassen hatte und ein gutes Stück entfernt war.

✦

Als Preller Arin sah, begrüßte er ihn nach Art der Herrani-Männer, indem er ihm kurz die Handfläche an die Wange drückte. Arin lächelte und tat es ihm gleich. Er kannte Preller seit Jahren, seitdem er ein Junge gewesen und vom ersten Sklavenhalter in den Besitz des zweiten gewechselt war. Sie waren sich in einem Steinbruch vor der Stadt begegnet. Arin erinnerte sich noch gut daran, wie alt alle durch den grauen Felsstaub ausgesehen hatten, der das Haar wie Puder überzog und die Haut austrocknete. Preller jedoch war auf eine fast boshafte Art voller Leben gewesen, und nachts in den Sklavenunterkünften war es keine Frage gewesen, wer ihrer aller Anführer war.

»Alles läuft gut«, sagte Preller jetzt. »In fast jedem Haushalt der

Stadt leben Herrani, die sich unserer Sache verschrieben haben – und jetzt sind sie dank dir auch noch bewaffnet.«

»Ich werde heute Nacht das letzte Bündel Waffen über die Mauer werfen. Ich bin mir nicht sicher, wie viele ich noch werde machen können«, erwiderte Arin. »Niemand weiß, was ich nebenbei tue, weil ich die Aufträge des Haushofmeisters immer rechtzeitig erledige. Aber wenn sich jemand entschließen sollte nachzukontrollieren, wird herauskommen, dass Eisen und Stahl fehlt.«

»Dann hör auf. Deine Stellung ist zu wichtig, um sie aufs Spiel zu setzen. Ich werde dafür sorgen, dass die Rüstkammer der Stadt überfallen wird, bevor der Nachfolger von Hauptmann Oskar eingesetzt ist.«

Preller hatte vor dem Krieg zur Stadtwache gehört. Er hatte einen Blick auf den zwölfjährigen Arin geworfen, ihn einen Welpen mit zu großen Pfoten genannt und gesagt: »Du wirst schon noch in sie hineinwachsen.« Jeden Abend nach der Ausgangssperre unterrichtete er Arin im Kampf. Arins Elend wurde erträglicher, obwohl es zum Teil wieder zurückkehrte, als Preller sich nach nur zwei Jahren Zwangsarbeit den Weg aus dem Steinbruch erschmeichelte und erschlich. Doch die Fertigkeiten, die Preller ihm beigebracht hatte, waren ihm geblieben.

»Du solltest die Rüstkammer überfallen lassen, *nachdem* der neue Hauptmann eingesetzt ist«, wandte Arin ein. »Wenn man dann entdeckt, dass Waffen fehlen, wird es so aussehen, als wäre er unfähig.«

»Gute Idee. In der Zwischenzeit werden du und ich uns weiter treffen. Wir müssen den richtigen Augenblick auf dem Anwesen des Generals abwarten. Du wirst ihn uns liefern.«

An diesem Punkt hätte Arin Preller davon berichten müssen, dass Kestrel begann, ein Muster in gewissen Ereignissen zu erkennen. Er hätte ihm verraten müssen, dass sie den Tod des Hauptmanns für merkwürdig hielt, auch wenn sie nicht wissen konnte, dass zwei

Sklaven des Hauptmanns ihn festgehalten hatten, während ein dritter mit dem Schwert des Mannes auf dem Boden kniete und auf den finalen Stoß wartete.

Arin hätte seinem Anführer irgendetwas sagen müssen. Aber er tat es nicht.

✦

Er hielt Abstand zur Villa. In Kestrels Anwesenheit war es zu leicht, einen Fehler zu machen.

Eines Tages kam Lirah zur Schmiede. Arin war sich sicher, dass man ihn rief, um Kestrel irgendwohin zu begleiten. Er spürte fast so etwas wie Furcht aufkommen.

»Enai würde dich gern sehen«, sagte Lirah.

Arin ließ den Hammer auf den Amboss sinken. »Warum?« Seine Begegnungen mit Enai waren bisher überschaubar geblieben, und es wäre ihm lieb gewesen, wenn sich daran nichts änderte. Die Augen dieser Frau waren zu scharf.

»Sie ist sehr krank.«

Arin dachte kurz nach, nickte dann und folgte Lirah aus der Schmiede.

Als sie das Häuschen betraten, drangen aus der geöffneten Tür zur Bettkammer Schlafgeräusche. Enai hustete, und Arin hörte, dass Flüssigkeit in ihrer Lunge war.

Das Husten ließ nach und ging in rasselnden Atem über.

»Man sollte einen Arzt holen«, sagte Arin zu Lirah.

»Lady Kestrel ist schon unterwegs. Sie war ganz durcheinander. Hoffentlich wird sie bald zurück sein.« Zögernd fuhr Lirah fort: »Ich würde gern mit dir hierbleiben, aber ich muss wieder ins Haus.« Arin bemerkte kaum, dass sie im Gehen seinen Arm berührte.

Er wollte Enai nicht wecken und sah sich in dem Häuschen um. Es war gemütlich und ordentlich. Der Boden knarrte nicht. Überall entdeckte er Annehmlichkeiten. Pantoffeln. Einen Stapel trockenes Holz. Arin ließ die Finger über den glatten Kaminsims gleiten, bis sie eine Porzellandose berührten. Er öffnete sie. Darin lag ein kleiner Zopf aus dunkelblondem Haar mit einem Anflug von Rot, der kreisförmig mit einem goldenen Faden zusammengebunden war.

Obwohl er wusste, dass er es nicht tun sollte, fuhr Arin mit der Fingerspitze über den Zopf.

»Das gehört dir nicht«, sagte eine Frauenstimme.

Er riss die Hand weg und drehte sich mit heißem Gesicht um. Durch die offene Schlafzimmertür starrte Enai ihn vom Bett aus an. »Tut mir leid.« Er drückte den Deckel wieder auf die Dose.

»Das bezweifle ich«, murmelte sie und befahl ihm dann, näher zu treten.

Arin folgte langsam ihrer Aufforderung. Er hatte das Gefühl, dass ihm dieses Gespräch nicht gefallen würde.

»Du verbringst viel Zeit mit Kestrel«, stellte Enai fest.

Er zuckte die Achseln. »Ich tue, was sie mir befiehlt.«

Enai hielt seinem Blick stand. Gegen seinen Willen sah er als Erster weg.

»Tu ihr nicht weh«, sagte die Frau.

Es war eine Sünde, ein Versprechen zu brechen, das man jemandem auf dem Sterbebett gegeben hatte.

Arin ging, ohne eines gegeben zu haben.

18

Nach Enais Tod saß Kestrel in ihren Gemächern und ihr fiel ein, wie ihre Amme ihr beigebracht hatte, einen Baum zu zeichnen, indem sie durch einen hohlen Federkiel Luft auf einen Tupfer Tinte auf einem Stück Papier blies. Kestrel sah das weiße Blatt. Sie spürte den Schmerz in ihren Lungen, sah, wie die schwarzen Äste sich ausbreiteten, und dachte, dass sich so ihr Kummer anfühlte: Er schlug Wurzeln in ihrem Körper und trieb immer neue Sprossen.

Sie hatte eine Mutter gehabt, und diese Mutter war tot. Dann hatte sie eine zweite Mutter gehabt, und auch sie war nun tot.

Das Tageslicht kam und ging und kam erneut, ohne dass Kestrel sich wirklich bewusst war, dass Zeit verstrich. Sie schob das Essen weg, das Sklaven ihr brachten. Sie weigerte sich, Briefe zu lesen. Sie konnte nicht einmal daran denken, Klavier zu spielen. Denn es war Enai gewesen, die sie dazu ermuntert hatte, weiter zu üben, nachdem damals ihre Mutter gestorben war. In der Erinnerung hörte sie wieder, wie Enai sagte, dass diese Melodie so hübsch sei und ob Kestrel sie noch einmal spielen könne. Diese Erinnerung wurde selbst zu einem Refrain: nachhallend, abschwellend und wieder zurückkehrend. Und dann sah Kestrel erneut Enais abgezehrtes Gesicht vor sich, das abgehustete Blut. Und sie wusste, dass sie schuld war, dass sie darauf hätte bestehen sollen, früher einen Arzt zu holen, und nun war Enai tot.

Es war später Nachmittag, sie saß allein in ihrem Frühstücksraum und starrte mit leerem Blick durchs Fenster auf das schlechte Wetter draußen, als sie rasche, entschlossene Schritte auf sich zukommen hörte.

»Hört auf zu weinen.« Arins Tonfall war schroff.

Kestrel tastete mit den Fingerspitzen über ihre Wange. Sie wurden feucht. »Du solltest nicht hier sein«, sagte sie heiser. Männer durften den Frühstücksraum nicht betreten.

»Das ist mir egal.« Er zog Kestrel hoch, und das Erschrecken darüber zwang sie, seinen Blick zu erwidern. Seine dunklen Augen waren groß und aufgewühlt.

Vor Wut. »Hört auf«, wiederholte er. »Hört auf, so zu tun, als würdet Ihr um jemanden trauern, der nicht von Eurem Blut war.«

Seine Hand lag eisern um ihr Handgelenk. Sie entzog es ihm, während die Härte seiner Worte ihr erneut die Tränen in die Augen trieb. »Ich habe sie geliebt«, flüsterte sie.

»Ihr habt sie geliebt, weil sie alles getan hat, was Ihr wolltet.«

»Das ist nicht wahr.«

»Sie hat *Euch* nicht geliebt. Sie hätte Euch nie lieben können. Wo ist ihre richtige Familie, Kestrel?«

Sie wusste es nicht. Sie hatte sich immer gefürchtet, danach zu fragen.

»Wo ist ihre Tochter? Ihre Enkel? Wenn sie Euch geliebt hat, dann, weil sie keine Wahl hatte und niemand sonst übrig war.«

»Hinaus«, herrschte sie ihn an, aber er war schon fort.

Das Licht wurde fahl. Der Himmel hinter dem Fenster färbte sich smaragdgrün. Es war der erste grüne Sturm des Jahres, und als Kestrel hörte, wie der Wind das Haus umtoste, wusste sie, dass Arin unrecht hatte. Er wollte sie nun schon seit Monaten bestrafen. Hatte sie ihn nicht gekauft? Gehörte er ihr nicht? Dies war seine Rache. Das war alles.

Die Regentropfen prasselten wie Nägel gegen die Fensterscheiben. Im Raum wurde es fast schwarz. Kestrel hörte in Gedanken noch einmal Arins Stimme und fühlte sich plötzlich innerlich wie gebrochen. Ihr ging auf, dass seine Worte durchaus einen wahren Kern hatten, auch wenn sie ihre eigenen Gefühle für Enai nicht in Zweifel zog.

Sie bemerkte nicht, dass er zurückkehrte. Der Sturm war laut und der Raum dunkel. Sie hielt erschrocken den Atem an, als sie ihn neben sich sah. Zum ersten Mal kam es ihr in den Sinn, dass sie vielleicht Angst vor ihm haben sollte.

Doch er zündete nur ein Schwefelholz an und hielt es an den Docht einer Lampe. Er war durchweicht vom Regen. Seine Haut glänzte.

Als ihre Blicke sich begegneten, zuckte er zusammen. »Kestrel.« Er seufzte und fuhr sich mit der Hand durch das tropfende Haar. »Ich hätte das nicht sagen sollen.«

»Du hast es so gemeint.«

»Ja, aber –« Arin sah müde und verwirrt aus. »Ich wäre auch wütend gewesen, wenn Ihr *nicht* um sie geweint hättet.« Er hob seine Hand aus dem Schatten, der ihn umgab, und einen ungewissen Moment lang dachte Kestrel, dass er sie berühren wollte. Aber er hielt ihr nur etwas in der geöffneten Hand hin. »Das war in ihrem Häuschen«, sagte er.

Es war ein Zopf aus Kestrels Haar. Sie nahm ihn behutsam an sich. Dennoch streifte ihr kleiner Finger seine feuchte Handfläche. Er ließ die Hand sofort sinken.

Sie betrachtete den Zopf, während sie den hellen Ring, zu dem er geflochten war, zwischen ihren Fingern drehte. Sie wusste, dass dieser Zopf nicht zwangsläufig zwischen ihrer Wahrheit und der von Arin entschied. Er war kein Beweis für Enais Liebe. Dennoch war er ein Trost.

»Ich sollte jetzt gehen«, sagte Arin, doch er rührte sich nicht.

Kestrel sah in sein Gesicht, das im Schein der Laterne leuchtete. Ihr wurde bewusst, wie nah sie ihm war – ihr nackter Fuß wurde nass, weil er sich auf demselben Stück Teppich befand wie Arin, der vor Regen triefte. Ein Schauer kroch ihren Rücken hoch.

Kestrel wich zurück. »Ja«, sagte sie. »Das solltest du.«

✦

Am nächsten Morgen kam ihr Vater mit großen Schritten in ihr Wohnzimmer und sagte: »Du hast dich jetzt lange genug zurückgezogen.« Er baute sich breitbeinig vor ihrem Stuhl auf. Diese Haltung nahm er oft ein, wenn er lieber auf und ab gegangen wäre. »Ich weiß, wie sehr du an deiner Kinderfrau gehangen hast, und das ist vermutlich nur verständlich. Aber du hast eine Übungseinheit mit Rax versäumt und eine mit mir, und ich habe dich nicht dazu erzogen, bei der kleinsten Schwierigkeit zusammenzubrechen.«

»Mir geht's gut, Vater.« Kestrel schenkte sich Tee nach.

Erst da sah er sie richtig an. Sie hatte sicherlich Augenringe, doch sie war tadellos gekleidet für einen Spätherbsttag in Gesellschaft.

»Na schön«, sagte er. »Gut. Denn ich habe nach Jess schicken lassen. Sie wartet unten im Salon.«

Kestrel stellte ihre Tasse auf die Untertasse und erhob sich, um ihre Freundin zu begrüßen.

»Kestrel.« Der General berührte sie an der Schulter. Als er wieder sprach, klang seine Stimme ungewohnt zögerlich. »Es ist die Pflicht jedes Kindes, seine Eltern zu überleben. Mein Beruf ist kein besonders sicherer. Mir wäre es lieb – Kestrel, wenn ich sterbe, trauere nicht um mich.«

Sie lächelte. »Du kannst mir keine Befehle erteilen«, entgegnete sie und küsste ihn auf die Wange.

✦

Jess war ganz in ihrem Element. Sie entführte Kestrel in ihrer Kutsche, die sie vor dem Haus des besten Schneiders der Stadt halten ließ. »Du hast es versprochen«, warnte sie, als sie aus der Kutsche stiegen.

Kestrel warf ihr einen Blick zu. »Ich habe versprochen, dass du den Stoff für mein Kleid aussuchen darfst.«

»Lügnerin. Ich darf alles aussuchen.«

»Na gut«, lenkte Kestrel ein, weil angesichts von Jess' Begeisterung ihre eigene Traurigkeit nachließ. Und wie viel Schaden konnte Jess schon anrichten?

Im Laden verwarf Jess mit einer entschiedenen Handbewegung die Stoffe, die Kestrel gewählt hätte, und skizzierte Entwürfe für die Schneiderin, bei denen Kestrels Augen groß wurden. »Jess. Es ist für einen Erst*winter*ball. Ich werde erfrieren. Darf ich bitte Ärmel haben?«

»Nein.«

»Und der Ausschnitt –«

»Sei still. Deine Meinung ist nicht gefragt.«

Kestrel gab es auf und stieg auf den Block, während die Schneiderin Stoff um sie her feststeckte und Jess ihr Anweisungen erteilte. Dann ließen die beiden jungen Frauen Kestrel allein und tauchten ein ins Stofflager, wo in den Regalen Stoffballen seidig glänzten. Jess flüsterte, die Schneiderin flüsterte zurück, und während Kestrel die Ohren spitzte, um ihre verschwörerischen Tuscheleien zu verstehen, schöpfte sie den Verdacht, dass Jess nicht ein, sondern zwei Kleider in Auftrag gab.

»Jess«, rief Kestrel, »hast du gerade gesagt, dass du das Abendkleid bestickt haben willst *und* dass das Ballkleid schlicht sein soll?«

»Natürlich. Du brauchst auch ein Abendkleid für das Fest bei Lord Irex.«

Eine Nadel bohrte sich in Kestrels Hüfte. »Er gibt ein Fest?«

»Das wird auch höchste Zeit. Er hofft, eines Tages Senator zu werden, deshalb muss er anfangen, sich der Gesellschaft von seiner besten Seite zu zeigen. Außerdem sind seine Eltern über den Winter in die Hauptstadt gereist. Er hat das Haus also für sich allein.«

»Ich gehe nicht hin«, sagte Kestrel kurz angebunden.

»Du *musst* hingehen.«

»Ich bin nicht eingeladen.«

»Natürlich bist du das. Du bist General Trajans Tochter, und wenn du eben zum ersten Mal von dem Fest gehört hast, dann nur deshalb, weil du seit mehr als einer Woche deine Post nicht mehr öffnest.«

Kestrel fiel ein, wie Irex ihr gedroht hatte. »Nein. Auf keinen Fall.«

»Aber warum?«

»Ich mag ihn nicht.«

»Was spielt das für eine Rolle? Es werden jede Menge Leute da sein, und sein Haus ist gewiss groß genug, dass du ihm aus dem Weg gehen kannst. Alle werden da sein. Wie wird das aussehen, wenn du nicht dabei bist?«

Kestrel dachte an Biss und Stich. Sie musste sich eingestehen, dass sie, wenn Irex' Einladung ein Spielstein wäre und nicht ein gefaltetes und versiegeltes Stück Papier, gelassen spielen würde.

Jess kam auf sie zu und ergriff Kestrels Hände. »Ich mag es nicht, dich traurig zu sehen. Begleite Ronan und mich, und wir werden dich von Irex fernhalten und zusammen mit dir über ihn lachen. Komm schon, Kestrel. Ich werde nicht aufgeben, bis du Ja sagst.«

19

Als das Kleid für Irex' Fest in Musselin eingehüllt und mit Zwirn verschnürt eintraf, war es Arin, der das Paket zu Kestrel brachte. Sie hatte ihn seit dem ersten grünen Sturm nicht mehr gesehen. An diesen Tag dachte sie nicht gern. Es war ihr Kummer um Enai, beschloss sie, an den sie nicht erinnert werden wollte. Sie lernte gerade, mit ihm zu leben. Sie war zu ihrer Musik zurückgekehrt und ließ sie, ihre Ausflüge und ihren Unterricht über die Tatsache, dass Enai nun tot war, wie einen Fluss strömen und ihre schartigen Kanten abschleifen.

Sie verbrachte wenig Zeit in der Villa. Sie schickte Arin keine Einladungen zu Biss und Stich. Wenn sie sich in der Gesellschaft zeigte, wählte sie andere Begleiter.

Als Arin in ihren Wohnraum trat, der in Wahrheit ein Schreibzimmer war, legte Kestrel ihr Buch neben sich auf den Diwan und drehte den Buchrücken weg, damit er den Titel nicht lesen konnte.

»Hmm«, machte Arin, während er das verpackte Kleid in den Händen wendete. »Was könnte das wohl sein?«

»Ich bin mir sicher, dass du es weißt.«

Er drückte mit den Fingern darauf herum. »Eine sehr weiche Waffe, denke ich.«

»Warum bringst du mir mein Kleid?«

»Ich habe Lirah damit gesehen und gefragt, ob ich es Euch bringen kann.«

»Und sie hat natürlich Ja gesagt.«

Bei ihrem Ton zog er die Augenbrauen hoch. »Sie war beschäftigt. Ich dachte, sie wäre froh, wenn sie eine Aufgabe weniger zu erledigen hätte.«

»Dann war das sehr nett von dir«, sagte Kestrel, obwohl sie ihrer Stimme etwas anderes anhörte und sich selbst darüber ärgerte.

Langsam fragte er: »Was meint Ihr damit?«

»Ich meine gar nichts.«

»Ihr habt mich gebeten, ehrlich zu Euch zu sein. Glaubt Ihr, dass ich es bisher war?«

Ihr fielen seine schroffen Worte während des Sturms ein. »Ja.«

»Darf ich Euch nicht um dasselbe bitten?«

Die Antwort war Nein, denn kein Sklave hatte sie um irgendetwas zu bitten. Die Antwort war Nein, denn das Recht, ihre geheimen Gedanken zu hören, konnte er sich nur bei Biss und Stich erstreiten. Aber Kestrel schluckte die plötzliche Aufwallung von Nervosität herunter und gestand sich ein, dass sie seine Ehrlichkeit zu schätzen wusste – und ihre eigene, wenn sie mit ihm zusammen war. Es war nichts falsch daran, die Wahrheit zu sagen. »Ich denke, dass du Lirah gegenüber nicht aufrichtig bist.«

Er zog die Brauen zusammen. »Ich verstehe nicht.«

»Es ist nicht aufrichtig von dir, Lirah zu ermutigen, wenn dein Herz woanders ist.«

Er holte geräuschvoll Luft. Kestrel dachte schon, er würde nun sagen, dass sie das nichts angehe – was ja stimmte. Aber dann sah sie, dass er nicht gekränkt war, nur überrascht. Er zog sich auf seine besitzergreifende, natürliche Art einen Stuhl heran, ließ sich darauf nieder und legte das Kleid auf den Knien ab. Er musterte sie. Sie zwang sich, nicht wegzusehen.

»Ich denke nicht so an Lirah.« Arin schüttelte den Kopf. »Ich denke überhaupt nicht klar. Ich muss vorsichtiger sein.«

Kestrel nahm an, dass sie das beruhigen sollte.

Arin schob das Paket auf den Diwan neben sie. »Ein neues Kleid bedeutet, dass ein Anlass, es zu tragen, bevorsteht.«

»Ja, ein Fest. Lord Irex ist der Gastgeber.«

Er runzelte die Stirn. »Und Ihr geht hin?«

Sie zuckte die Achseln.

»Braucht Ihr eine Begleitung?«

Kestrel hatte die Absicht zu verneinen, war aber irritiert von dem entschlossenen Zug um Arins Mund. Er wirkte fast ... beschützend. Sie war überrascht, Arin so zu sehen. Es verwirrte sie, und vielleicht sagte sie deshalb: »Ehrlich gesagt wäre ich froh um deine Gesellschaft.«

Sein Blick hielt dem ihren stand. Dann fiel er auf das Buch neben Kestrel. Bevor sie ihn davon abhalten konnte, nahm er es mit flinken Händen und las den Titel. Es war eine Geschichte des valorianischen Imperiums und seiner Kriege.

Arins Miene veränderte sich. Er legte das Buch zurück und ging.

✦

»Wohin fahren wir?« Arin blickte aus dem Kutschenfenster auf die Bäume des Parkviertels, die ihre nackten Äste schlank und veilchenfarben in die Abenddämmerung streckten.

Kestrel nestelte an ihren Röcken. »Arin. Du weißt, dass wir auf Irex' Fest gehen.«

»Ja«, gab er knapp zurück, ohne den Blick von den vorüberziehenden Bäumen zu wenden.

Besser, er sah die Bäume an und nicht sie. Das Samtkleid war von einem dunklen Rot. Die Röcke waren kunstvoll zerknittert in einem Muster, das mit gesticktem Goldlaub verziert war. Es rankte sich zum Mieder empor, wo es zusammenwuchs und das Licht reflektierte. Unübersehbar. Das Kleid machte sie unübersehbar. Kestrel ließ sich tiefer in ihre Ecke der Kutsche sinken und spürte, wie der Dolch gegen ihre Seite drückte. Dieser Abend bei Irex würde nicht einfach werden.

Arin schien dasselbe zu denken. Er hielt sich so steif auf dem Sitz ihr gegenüber, dass er wie aus Holz geschnitzt aussah. Spannung lag zwischen ihnen in der Luft.

Als Fackeln die Dunkelheit draußen erhellten und der Kutscher sich hinter anderen Fuhrwerken einreihte, die alle darauf warteten, auf die Zufahrt zu Irex' Villa einbiegen zu können, sagte Kestrel: »Vielleicht sollten wir umkehren.«

»Nein«, entgegnete Arin. »Ich will das Haus sehen.« Er öffnete die Kutschentür.

Sie schlugen schweigend den Weg zur Villa ein. Sie war zwar nicht so groß wie die von Kestrel, aber ebenfalls ein ehemaliges Herrani-Haus: elegant und geschmackvoll. Arin ließ sich hinter Kestrel zurückfallen, wie man es von Sklaven erwartete, aber sie fühlte sich unbehaglich dabei. Es war beunruhigend, ihn in der Nähe zu wissen und sein Gesicht nicht zu sehen.

Sie betraten das Haus zusammen mit anderen Gästen und kamen in den Empfangsraum, an dessen Wänden valorianische Waffen angebracht waren.

»Die gehören nicht hierher«, hörte sie Arin sagen. Als sie sich umdrehte, sah sie ihn erschrocken auf die Wände starren.

»Irex ist ein ausgezeichneter Kämpfer«, entgegnete Kestrel. »Und nicht gerade bescheiden.«

Arin sagte nichts mehr, daher schwieg auch Kestrel. Sie bereitete sich auf den Augenblick vor, wenn sie den Anfang der Schlange erreicht hätte und Irex für seine Gastfreundschaft würde danken müssen.

»Kestrel.« Irex nahm ihre Hand. »Ich dachte, Ihr würdet nicht kommen.«

»Warum denn nicht?«

Er zog sie näher. Obwohl sein Griff um ihre Hand schmerzte, ließ sie es geschehen. Die Leute drängten sich hinter ihr, und sie hielt es für wenig hilfreich, wenn sie Irex vor seinen Gästen bloßstellte. Er sagte: »Es sollte kein böses Blut zwischen uns geben.« Dabei lächelte er, und ein Grübchen kerbte sich in seine linke Wange ein. Es verlieh ihm ein sonderbar kindliches Aussehen, das mit dem unangenehmen Klang seiner Stimme kontrastierte. »Habt Ihr Euch nie gefragt, warum ich mit Euch Biss und Stich spielen wollte?«

»Weil Ihr mich schlagen wolltet. Aber das wird Euch nie gelingen.« Sie legte ihre freie Hand auf seine, die ihre andere Hand umklammerte. Die Geste musste auf jeden, der hinsah, freundlich wirken, doch Irex spürte, wie sie auf den Nerv drückte und seine Hand zwang, die ihre loszulassen. »Dies ist ein schönes Fest. Mein Dank an Euch ist ebenso groß wie die Ehrerbietung, die Ihr mir erwiesen habt.«

Das Lächeln entglitt ihm. Aber Lady Faris stand hinter Kestrel und Arin, begierig darauf, seine Aufmerksamkeit auf sich zu ziehen. So konnte Kestrel leicht beiseitetreten, damit die Frau an ihr vorbei zu Irex eilen und beteuern konnte, wie *bedauerlich* es sei, dass ihr Ehemann sie nicht habe begleiten können.

Ein Sklave in Dieneruniform reichte Kestrel ein Glas Wein und führte sie dann in einen offenen Wintergarten mit einem kleinen Springbrunnen und Treibhausblumen. Musikanten spielten verborgen hinter einem Wandschirm aus Ebenholz, während die Gäste einander begrüßten. Einige plauderten im Stehen, andere zogen sich zu leisen Gesprächen auf die Steinbänke rund um den Springbrunnen zurück.

Kestrel drehte sich zu Arin um.

Seine Augen waren wie betäubt vor Wut, er hatte die Fäuste geballt.

»Arin«, begann sie besorgt, doch sein Blick huschte davon, zum anderen Ende des Wintergartens. »Eure Freunde sind hier«, sagte er.

Sie folgte seinem Blick und entdeckte Jess und Ronan. Sie lachten über etwas, das Benix gesagt hatte.

»Schickt mich weg«, sagte Arin.

»Was?«, fragte sie, obwohl er tatsächlich der einzige Begleiter im Raum war. Die Sklaven, die sich den Weg durch die Menge bahnten, waren Irex' Diener.

»Geht zu Euren Freunden. Ich will hier nicht länger bleiben. Schickt mich in die Küche.«

Sie holte Luft und nickte dann. Er machte auf dem Absatz kehrt und war fort.

Sie fühlte sich sofort allein. Das hatte sie nicht erwartet. Aber als sie sich fragte, *was* sie erwartet hatte, stellte sich nur ein törichtes Bild ein, wie sie und Arin zusammen auf einer Bank saßen.

Kestrel blickte zu dem Glasdach empor, einer Pyramide aus violettem Himmel. Sie sah die scharfe Sichel des Mondes, und ihr fiel ein, was Enai einmal gesagt hatte: Es sei das Beste, sich einzugestehen, was man nicht ändern könne.

Sie ging quer durch den Raum, um ihre Freunde zu begrüßen.

✦

Kestrel aß wenig und trank noch weniger, obwohl Ronan, der zu ihrer Rechten saß, stets aufmerksam ihren Teller und ihr Glas nachfüllte. Sie war froh, als der letzte Gang serviert worden war und alle in den Ballsaal nebenan umzogen. Sie hatte schon begonnen, sich an der Tafel wie gefangen zu fühlen, und Ronans Konversation folgte einem Muster, das zu leicht vorauszusehen war. Weshalb sie es vorzog, Musik zu hören. Selbst in der Menge hatte sie ihre stille Freude an dem, was der Flötist zum Tanz aufspielte. Sie dachte, dass es Arin genauso gehen würde, wenn er hier wäre.

»Kestrel.« Ronan tippte ihren langen Ohrhänger an, sodass er in Schwingung geriet. »Du träumst ja. Was beschäftigt dich denn so?«

»Nichts«, antwortete sie und sah erleichtert, dass Benix mit großen Schritten auf sie zukam, um Ronan um Hilfe zu bitten.

»Die Raul-Zwillinge«, sagte Benix flehentlich, während sein Blick zu den Schwestern wanderte, die sich glichen wie ein Ei dem anderen. »Eine will nicht ohne die andere tanzen. Ronan, wenn du also nichts dagegen hast ...«

Ronan sah irritiert aus.

»Was?«, fragte Benix. Als er zwischen Ronan und Kestrel hin- und hersah, machte er eine wegwerfende Handbewegung. »Wir sind doch alte Freunde, wir drei. Kestrel kann dich einen Tanz lang entbehren.«

Natürlich konnte Kestrel das. Doch sie tat so, als wäre sie verärgert, und zwar auf eine Art, die sowohl nahelegte, dass es ihr egal war, als auch, dass es ihr nicht ganz egal war – während es ihr in Wahrheit rein gar nichts ausmachte. Sie teilte den beiden mit, dass sie und Jess sich in eine Ecke setzen würden, wo sie in Ruhe Klatsch und Tratsch frönen konnten.

»Nur *einen* Tanz«, sagte Ronan zu Benix, und sie gingen quer durch den Raum zu den Zwillingen. Der Tanz begann, aber Kestrel ging nicht los, um Jess zu suchen. Sie fand einen Stuhl im Schatten und setzte sich, um mit geschlossenen Augen der Flöte zu lauschen.

»Lady Kestrel?«, sagte eine unsichere Stimme.

Als Kestrel die Augen öffnete, sah sie ein Mädchen in der Uniform der Herrani-Diener vor sich. »Ja?«

»Würdet Ihr mir bitte folgen? Es gibt ein Problem mit Eurem Begleiter.«

Kestrel erhob sich. »Was ist denn los?«

»Er hat etwas gestohlen.«

Kestrel eilte aus dem Wintergarten und wünschte sich, das Mädchen möge sich etwas schneller durch die Gänge der Villa bewegen. Es musste ein Irrtum vorliegen. Arin war intelligent, viel zu schlau, um etwas so Gefährliches zu tun. Er musste doch wissen, was mit Herrani-Dieben geschah.

Das Mädchen führte Kestrel in die Bibliothek. Dort hatten sich einige Männer versammelt: zwei Senatoren, die Arin an den Armen festhielten, und Irex, dessen Miene schadenfroh wurde, als er Kestrel sah – so als hätte er soeben einen hohen Spielstein bei Biss und Stich gezogen. »Lady Kestrel«, sagte er, »was genau habt Ihr mir da ins Haus gebracht?«

Kestrel schaute zu Arin, der ihrem Blick auswich. »Er würde niemals stehlen.« Sie hörte etwas wie Verzweiflung in ihrer Stimme.

Irex musste es auch gehört haben. Er lächelte.

»Wir haben es gesehen«, sagte einer der Senatoren. »Er hat das in sein Hemd gesteckt.« Er wies mit dem Kopf auf ein Buch, das zu Boden gefallen war.

Nein. Diese Anschuldigung konnte nicht wahr sein. Kein Sklave würde die Peitschenstrafe riskieren, nicht für ein Buch. Kestrel fing sich wieder. »Darf ich?«, fragte sie Irex und wies mit dem Kopf auf das Buch am Boden.

Er wedelte zustimmend mit der Hand.

Kestrel bückte sich, um das Buch aufzuheben, und Arins Blick huschte kurz zu ihr.

Ihr stockte der Atem. Sein Gesicht war verzerrt vor Elend.

Sie betrachtete das geschlossene, in Leder gebundene Buch in ihren Händen. Sie erkannte es: Es war ein weitverbreiteter Band über die Dichtkunst der Herrani. Auch in ihrer Bibliothek stand ein Exemplar davon. Kestrel begriff nicht, sah nicht, was an diesem Buch das Risiko eines Diebstahls wert war – jedenfalls nicht hier, in Irex' Bibliothek, da doch ihre eigene Arins Zwecken viel besser gedient hätte.

Ein Verdacht flüsterte in ihrem Kopf. Ihr fiel Arins sonderbare Frage in der Kutsche wieder ein. *Wohin fahren wir?* Er hatte ungläubig geklungen. Und dabei hatte er ihr Ziel doch gekannt. Nun fragte sich Kestrel, ob er etwas in der vorüberziehenden Landschaft wiedererkannt hatte und sie nicht, und ob seine Frage weniger eine Frage denn die unwillkürliche Äußerung eines Menschen gewesen war, dem es wie Schuppen von den Augen gefallen war.

Sie schlug das Buch auf.

»Nicht«, sagte Arin. »Bitte.«

Doch sie hatte bereits die Widmung gelesen.

Für Arin, stand da, *in Liebe von Amma und Etta.*

Dies war Arins Heim. Dieses Haus war seines gewesen, diese Bibliothek seine, dieses Buch seines, ihm geschenkt von seinen Eltern vor ungefähr zehn Jahren.

Kestrel atmete langsam weiter. Ihre Finger verweilten auf der Seite, gleich unter der schwarzen Schrift. Sie hob den Blick und begegnete Irex' höhnischem Lächeln.

Sie erstarrte innerlich. Sie betrachtete die Situation, wie ihr Vater eine Schlacht betrachten würde. Sie kannte ihr eigenes Ziel. Sie kannte das ihres Widersachers. Sie wusste, was zu verlieren sie sich leisten konnte und was nicht.

Kestrel schlug das Buch zu, legte es auf einen Tisch und kehrte Arin den Rücken. »Lord Irex«, sagte sie, und ihre Stimme klang warm. »Es ist doch nur ein Buch.«

»Es ist *mein* Buch«, entgegnete Irex.

Hinter sich hörte sie einen erstickten Laut. Ohne hinzusehen, fragte Kestrel auf Herrani: »Willst du, dass ich dich entfernen lasse?«

Arins Antwort kam leise. »Nein.«

»Dann sei still.« Sie lächelte Irex an. In ihrer Sprache fuhr sie fort: »Dies ist ganz offensichtlich kein Diebstahl. Wer würde es wagen, Euch etwas zu stehlen? Ich bin mir sicher, dass er nur einen Blick hineinwerfen wollte. Ihr könnt es ihm nicht verübeln, wenn er neugierig auf den Luxus Eures Hauses ist.«

»Er hätte die Bibliothek niemals betreten dürfen, geschweige denn ein Buch berühren. Außerdem gab es Zeugen. Ein Richter wird zu meinen Gunsten entscheiden. Dies ist mein Besitz, deshalb werde ich die Anzahl der Peitschenhiebe festlegen.«

»Ja, Euer Besitz. Aber vergessen wir nicht, dass wir hier auch über *meinen* Besitz sprechen.«

»Er wird Euch wieder ausgehändigt werden.«

»So will es das Gesetz, aber in welcher Verfassung? Ich lege keinen Wert darauf, dass er Schaden nimmt. Er ist wertvoller als ein Buch in einer Sprache, die niemanden interessiert.«

Irex' dunkler Blick huschte hinter sie, dann kehrte er wieder zu ihr zurück. Seine Augen nahmen einen gerissenen Ausdruck an. »Ihr habt sehr viel Interesse am Wohlergehen Eures Sklaven. Ich frage mich, wie weit Ihr gehen würdet, um eine Strafe zu verhindern, die ihm rechtmäßig zusteht.« Er legte ihr die Hand auf den Arm. »Vielleicht können wir die Angelegenheit unter uns regeln.«

Kestrel hörte Arin Luft holen, als er begriff, was Irex da vorschlug. Sie wurde plötzlich wütend, weil etwas in ihr sich an dem Geräusch dieses Luftholens festbiss. Sie wurde wütend auf sich selbst, dafür, dass sie sich verletzlich fühlte, weil Arin verletzlich war, und auf Irex wegen seines wissenden Lächelns. »Ja.« Kestrel beschloss, Irex die Worte im Mund herumzudrehen. »Das hier ist etwas zwischen uns – und dem Schicksal.«

Als sie die Formel für die Forderung zum Duell gesprochen hatte, wich Kestrel durch einen Schritt nach hinten Irex' Hand aus, zückte ihren Dolch und hielt ihn seitwärts auf Höhe ihrer Brust – wie eine Linie, die sie zwischen ihm und sich zog.

»Kestrel«, sagte Irex. »Das hatte ich nicht im Sinn, als ich sagte, wir sollten die Angelegenheit unter uns regeln.«

»Ich glaube, wir werden mehr Spaß an dieser Form der Regelung haben.«

»Eine Forderung zum Duell ... Tsts. Ich werde erlauben, dass Ihr sie zurücknehmt. Nur dieses eine Mal.«

»Ich kann sie nicht zurücknehmen.«

Da zog auch Irex seinen Dolch und wiederholte die Handbewegung, die Kestrel eben gemacht hatte. Sie standen reglos da, dann schoben sie die Dolche zurück in die Scheiden.

»Ich werde Euch sogar die Wahl der Waffen überlassen«, sagte Irex.

»Nadeln. Nun ist es an Euch, Zeit und Ort zu wählen.«

»Auf meinem Grund und Boden. Morgen, zwei Stunden vor Sonnenuntergang. Das lässt mir Zeit, den Todespreis zu beschaffen.«

Das gab Kestrel zu denken. Aber sie nickte und drehte sich schließlich zu Arin um.

Er sah elend aus. Er hing regelrecht zwischen den beiden Senatoren. Es schien, als würden sie ihn nicht gegen seinen Willen festhalten, sondern vor dem Zusammenbrechen bewahren.

»Ihr könnt ihn jetzt loslassen«, sagte Kestrel zu den Senatoren, und nachdem sie es getan hatten, befahl sie Arin, ihr zu folgen. Beim Verlassen der Bibliothek begann Arin: »Kestrel –«

»Kein Wort. Erst in der Kutsche.«

Sie gingen rasch die Flure entlang – Arins Flure –, und als Kestrel ihm einen Seitenblick zuwarf, machte er noch immer einen bestürzten und benommenen Eindruck. Kestrel war einmal seekrank gewesen, als sie segeln lernte, und sie fragte sich, ob Arin sich so fühlte, jetzt, in seinem einstigen Zuhause – wie wenn die Augen sich am Horizont festhalten können, der Magen jedoch nicht.

Als die Kutschentür hinter ihnen zufiel, brachen sie das Schweigen.

»Ihr seid wahnsinnig.« Arin klang rasend, verzweifelt. »Es war mein Buch. Mein Tun. Ihr hattet kein Recht, Euch einzumischen. Habt Ihr geglaubt, ich könnte die Strafe fürs Erwischtwerden nicht aushalten?«

»Arin.« Angst bebte in ihr, als sie endlich begriff, was sie getan hatte. Sie versuchte, ruhig zu wirken. »Ein Duell ist einfach nur ein Ritual.«

»Es ist nicht Euer Duell.«

»Du weißt, dass du nicht kämpfen darfst. Irex würde sich niemals darauf einlassen, und wenn du das Schwert gegen ihn erheben würdest, würde dich jeder Valorianer in der Stadt niederstrecken. Irex wird mich nicht umbringen.«

Er sandte ihr einen zynischen Blick. »Leugnet Ihr etwa, dass er Euch im Kampf überlegen ist?«

»Deshalb wird er auch den ersten blutigen Treffer landen. Damit wird es erledigt sein, und wir beide werden ehrenhaft aus dieser Sache herauskommen.«

»Er hat einen Todespreis erwähnt.«

Das war die gesetzliche Strafe für ein Duell, das tödlich endete. Der Sieger zahlte der Familie seines toten Gegners eine hohe Summe Geld. Kestrel winkte ab. »Es wird Irex mehr als Gold kosten, General Trajans Tochter zu töten.«

Arin vergrub das Gesicht in den Händen. Er begann zu fluchen, wiederholte jede Beleidigung, die die Herrani jemals gegen die Valorianer ausgestoßen hatten, verdammte sie im Namen jedes einzelnen Gottes.

»Wirklich, Arin.«

Er ließ die Hände sinken. »Und Ihr – wie konntet Ihr nur so etwas Dummes tun? Warum habt Ihr es getan? Warum solltet Ihr so etwas Dummes tun?«

Sie dachte an seine Behauptung, dass Enai sie niemals geliebt habe, oder wenn sie es getan habe, dann sei es eine erzwungene Liebe gewesen.

»Für dich mag ich keine Freundin sein«, sagte Kestrel zu Arin. »Aber für mich bist du ein Freund.«

20

Kestrel schlief in dieser Nacht gut. Bevor sie Arin als Freund bezeichnet hatte, war ihr nicht bewusst gewesen, dass es dies war, was sie empfand. Er war verstummt in der Kutsche und hatte seltsam ausgesehen, wie jemand, der Wein getrunken, aber Wasser erwartet hatte. Doch er wies ihre Worte nicht zurück. Sie kannte ihn gut genug, um zu wissen, dass er es getan hätte, wenn er gewollt hätte.

Ein Freund. Der Gedanke beruhigte sie. Er erklärte vieles.

Als sie die Augen schloss, fiel ihr etwas ein, das ihr Vater oft gesagt hatte, als sie noch ein Kind war, und das er den Soldaten stets am Abend vor einer Schlacht sagte: »Nichts kann dir in deinen Träumen Schaden zufügen.«

Der Schlaf deckte sie zu wie Samt.

Dann kam die Dämmerung, klar und kalt. Kestrels Seelenfrieden war dahin. Sie zog einen Morgenrock an und durchwühlte ihren Schrank nach ihrer zeremoniellen Kampftracht. Ihr Vater ließ jedes Jahr eine neue anfertigen, und die von diesem Jahr war unter Kleidern vergraben. Aber da war sie: enge schwarze Hose, Tunika und schwere Jacke. Eine böse Vorahnung nagte an ihr, als sie die Kleidungsstücke betrachtete. Sie ließ sie vorläufig, wo sie waren.

Nicht, dass sie Angst vor dem Duell hätte, dachte Kestrel, als sie die Schranktür wieder schloss. Es schreckte sie nicht, den ersten blutigen Treffer zu empfangen, denn das konnte schließlich nicht schlimmer werden als in den Übungsstunden. Sie fürchtete sich nicht davor, gegen Irex zu verlieren. In einem Duell zu unterliegen, trug dem Verlierer in den Augen der Gesellschaft keine Schande ein.

Doch Kestrels Gründe zu kämpfen vielleicht schon.

Redet man in der Gesellschaft über ihn?, hatte Enai gefragt. Kestrel stützte sich mit der Hand an der Schranktür ab, dann legte sie die Stirn an die Finger. Nun *würde* die Gesellschaft über ihn reden, wenn sie es nicht schon vorher getan hatte. Sie stellte sich vor, wie die Nachricht von ihrem Duell unter Irex' Gästen die Runde gemacht hatte. Sie mussten gleichermaßen erschrocken wie begeistert darüber gewesen sein. Eine Herrin, die für ihren diebischen Sklaven kämpfte? War das schon jemals vorgekommen?

Offenbar nicht.

Sie musste beim Duell mit Publikum rechnen. Was sollte sie ihnen sagen? Dass sie vorhatte, einen Freund zu schützen?

Ihr guter Schlaf war eine Lüge gewesen. Nichts war gut an alldem.

Kestrel richtete sich auf. Die Herausforderung zum Duell war geäußert, angenommen und von Zeugen bestätigt worden. Es war nichts Unehrenhaftes daran zu verlieren, wohl aber daran, sich zu drücken.

Sie zog ein schlichtes Kleid an, weil sie vorhatte, der Kaserne einen Besuch abzustatten. Dort würde man ihr hoffentlich bestätigen, dass ihr Vater nicht vor dem nächsten Tag von seiner Kampfübung zurückkehren würde. Kestrel wusste, dass sie das Duell nicht geheim halten konnte. Nicht einmal ihrem Vater konnte der Klatsch und Tratsch entgehen, den es erregen würde. Dennoch wäre es ihr lieber, wenn er eintraf, nachdem sie Tatsachen geschaffen hatte.

Als sie die äußere Tür zu ihren Gemächern öffnete, fand sie eine Sklavin auf dem Gang vor, deren Arme unter dem Gewicht einer kleinen Kiste zu ächzen schienen.

»Lady Kestrel«, sagte sie. »Das ist soeben von Lord Irex gekommen.«

Kestrel nahm die Kiste entgegen, doch mit der Erkenntnis, was sie enthalten musste, waren ihre Hände kraftlos geworden. Sie konnte keinen Finger krümmen.

Die Kiste fiel zu Boden, und ihr Inhalt ergoss sich über den Marmor. Goldstücke rollten und drehten sich und klingelten wie kleine Glöckchen.

Irex hatte den Todespreis geschickt. Kestrel musste die Münzen nicht zählen, um zu wissen, dass es fünfhundert waren. Sie musste das Gold nicht berühren, um sich daran zu erinnern, was sie Irex bei Biss und Stich abgeknöpft hatte – und um zu denken, dass er eines Tages vielleicht ein besserer Spieler werden würde, da er die Psychologie der Einschüchterung gut genug beherrschte, um den Todespreis *vor* Beginn eines Duells zu bezahlen.

Sie stand reglos da, gelähmt vor ätzender Angst. *Atme,* sagte sie sich. *Rühr dich.* Aber sie konnte nur hinstarren, während die Sklavin die verirrten Münzen jagte und ein weiteres Mädchen über den Flur heraneilte, um zu helfen.

Kestrels Fuß bewegte sich vorwärts. Dann noch ein Schritt und noch einer, und sie war bereit, wegzulaufen vor dem Anblick des springenden Goldes – bis sich eine Erinnerung durch ihre blinde Panik sägte. Sie sah Irex' Lächeln und das Grübchen in seiner Wange. Sie spürte seine Hand, die ihre umklammerte. Sie sah Waffen an den Wänden, ihn, wie er einen Spielstein warf, seine Stiefel, die Lady Faris' Rasen zertraten, und seine Absätze, die sich dabei in Gras und Erde wühlten. Sie sah seine Augen, so dunkel, dass sie fast schwarz waren.

Kestrel wusste, was sie zu tun hatte.

Sie ging hinunter in die Bibliothek und schrieb zwei Briefe. Einen an ihren Vater, den anderen an Jess und Ronan. Sie faltete sie, stempelte die Wachssiegel mit ihrem Siegelring und räumte die Schreibutensilien weg. Sie hielt die Briefe in der Hand – das Wachs war noch warm –, als sie Schritte über den marmornen Boden des Flurs sich nähern hörte.

Arin kam in die Bibliothek und schloss die Tür. »Ihr werdet es nicht tun«, sagte er. »Ihr werdet Euch nicht mit ihm duellieren.«

Arin hier zu sehen, brachte sie ein wenig aus der Fassung. Sie würde nicht klar denken können, wenn er weiter so mit ihr sprach, sie weiter so ansah. »*Du* erteilst *mir* keine Befehle«, erwiderte Kestrel. Sie wandte sich zum Gehen.

Er vertrat ihr den Weg. »Ich weiß von der Lieferung. Er hat Euch den Todespreis geschickt.«

»Zuerst mein Kleid und jetzt das? Arin, man möchte meinen, dass du alles überwachst, was ich abschicke und erhalte. Das geht dich nichts an.«

Er packte sie an den Schultern. »Ihr seid so *klein*.«

Kestrel wusste, was er tat, und sie hasste es. Hasste ihn dafür, dass er sie an ihre körperliche Schwäche erinnerte, an das Versagen, dessen Zeuge ihr Vater jedes Mal wurde, wenn er sie mit Rax kämpfen sah. »Lass mich los.«

»*Bringt* mich dazu, dass ich Euch loslasse.«

Sie sah ihn an. Was er auch in ihren Augen entdeckte, hieß seine Hände loszulassen. »Kestrel«, sagte er nun ruhiger, »ich wurde schon früher gezüchtigt. Peitschen und Tod sind verschiedene Dinge.«

»Ich werde nicht sterben.«

»Lasst Irex meine Bestrafung festsetzen.«

»Du hörst mir nicht zu.« Sie hätte mehr gesagt, doch sie bemerkte, dass seine Hände noch immer auf ihren Schultern ruhten. Einer seiner Daumen drückte sanft gegen ihr Schlüsselbein.

Kestrel hielt den Atem an. Arin fuhr zusammen, als würde er erwachen, und wich zurück.

Er hatte kein Recht, dachte Kestrel. Er hatte kein Recht, sie in Verwirrung zu stürzen. Nicht jetzt, da sie einen klaren Kopf brauchte.

Gestern Abend war alles so einfach erschienen in der engen Dunkelheit der Kutsche.

»Es ist dir nicht erlaubt, mich zu berühren«, sagte Kestrel.

Arins Lächeln war bitter. »Ich nehme an, das bedeutet, dass wir keine Freunde mehr sind.«

Sie erwiderte nichts.

»Gut«, fuhr er fort. »Dann habt Ihr auch keinen Grund mehr, gegen Irex zu kämpfen.«

»Das verstehst du nicht.«

»Ich verstehe Eure gottverdammte valorianische Ehre nicht? Ich verstehe nicht, dass Euer Vater Euch wahrscheinlich lieber aufgeschlitzt sehen würde, als mit einer Tochter zu leben, die vor einem Duell gekniffen hat?«

»Du hast ja ziemlich wenig Vertrauen in mich, dass du so fest an Irex' Sieg glaubst.«

Er fuhr sich mit der Hand durch sein kurzes Haar. »Und wo ist *meine* Ehre bei alldem, Kestrel?«

Ihre Blicke bohrten sich ineinander, und sie erkannte seinen Gesichtsausdruck wieder. Es war derselbe, den sie am Spieltisch gesehen hatte. Derselbe, den sie in der Grube gesehen hatte, als der Auktionator Arin zu singen befohlen hatte.

Weigerung. Eine Entschlossenheit, die so kalt war, dass sie Blasen auf der Haut warf wie Metall im Winter.

Sie wusste, dass er sie davon abhalten würde. Vielleicht würde er es schlau anstellen. Vielleicht würde er hinter ihrem Rücken zum Haushofmeister gehen, ihm von dem Diebstahl und dem Duell erzählen und darum bitten, vor den Richter und Irex gestellt zu werden. Wenn dieser Plan Arin nicht behagte, würde er einen anderen finden.

Er würde Schwierigkeiten machen.

»Du hast recht«, lenkte sie ein.

Arin blinzelte, dann wurden seine Augen schmal.

»Wenn du mich zu Wort hättest kommen lassen«, fuhr sie fort, »dann hätte ich dir gesagt, dass ich schon beschlossen habe, das Duell abzusagen.«

»Tatsächlich.«

Sie zeigte ihm die beiden Briefe. Der an ihren Vater lag auf dem anderen, von dem nur eine Ecke zu sehen war. »Einer ist an meinen Vater adressiert, darin berichte ich ihm, was passiert ist. Der andere ist für Irex, und ich entschuldige mich darin und bitte ihn, die fünfhundert Goldstücke abzuholen, wann es ihm beliebt.«

Arin schien noch zu zweifeln.

»Natürlich wird er auch dich abholen. Ich kenne ihn – er wird dich auspeitschen lassen, bis du bewusstlos bist, und darüber hinaus. Ich bin mir sicher, dass du froh sein wirst, wenn du aufwachst, dass ich genau das getan habe, was du wolltest.«

Arin schnaubte.

»Wenn du mir nicht glaubst, dann darfst du gern mit mir zur Kaserne gehen und zusehen, wie ich den Brief an meinen Vater einem Soldaten übergebe und ihm befehle, ihn rasch zuzustellen.«

»Ich denke, das werde ich tun.« Er öffnete die Tür zur Bibliothek.

Sie verließen das Haus und durchquerten den Wachhof. Kestrel fröstelte. Sie hatte sich nicht die Zeit genommen, einen Umhang zu holen. Doch sie konnte es nicht riskieren, dass Arin seine Meinung änderte.

Als sie die Kaserne betraten, sah sich Kestrel unter den sechs Wachposten um, die keinen Dienst hatten. Sie war erleichtert, denn sie hatte damit gerechnet, nur vier vorzufinden und nicht notwendigerweise Rax unter ihnen, dem sie am meisten vertraute. Sie ging auf ihn zu, Arin nur einen Schritt hinter sich.

»Bringt dem General das hier so schnell wie möglich.« Sie gab Rax den ersten Brief. »Lasst einen Boten den anderen Brief an Jess und Ronan liefern.«

»Was?«, sagte Arin. »Wartet –«

»Und sperrt diesen Sklaven ein.«

Kestrel drehte sich um, damit sie nicht mit ansehen musste, was als Nächstes geschah. Sie hörte den Tumult im Raum ausbrechen. Sie hörte das Handgemenge, einen Schrei, das Geräusch von Fäusten, die auf Fleisch trafen.

Sie ließ die Tür hinter sich zufallen und ging davon.

✦

Ronan wartete vor dem bewachten Tor des Anwesens auf sie. So, wie es aussah, wartete er schon eine Weile. Sein Pferd schnüffelte an dem braunen Gras, während Ronan auf einem Felsblock saß und Kieselsteine an die Mauer des Generals warf. Als er Kestrel auf Javelin durchs Tor reiten sah, ließ er seine Handvoll Kiesel zu Boden fallen. Er blieb sitzen, die Ellbogen auf die gebeugten Knie gestützt, und starrte ihr mit bleichem, spitzem Gesicht entgegen. Er sagte: »Ich hätte fast Lust, dich von deinem Pferd zu zerren.«

»Dann hast du meine Nachricht bekommen.«

»Und ich bin sofort hierhergeritten, nur um mir von den Wachen sagen zu lassen, dass die Herrin des Hauses strengen Befehl erlassen hat, niemanden – nicht einmal mich – vorzulassen.« Sein Blick wanderte über sie und ihren schwarzen Kampfanzug. »Ich habe es nicht geglaubt. Ich glaube es immer noch nicht. Nachdem du gestern Abend verschwunden warst, haben alle auf dem Fest nur noch über das Duell gesprochen. Und trotzdem war ich mir sicher, dass es nur ein Gerücht war, das Irex wegen des bösen Bluts, das zwischen euch ist, in die Welt gesetzt hat. Kestrel, wie konntest du dir nur diese Blöße geben?«

Ihre Hände schlossen sich fester um die Zügel. Sie dachte daran, dass ihre Hände nach Leder und Schweiß riechen würden, wenn sie losließ. Sie konzentrierte sich darauf, sich diesen Geruch vorzustellen. Das war leichter, als dem üblen Gefühl Beachtung zu schenken, das in ihr waberte. Sie wusste, was Ronan gleich sagen würde.

Sie versuchte, es abzuwenden. Sie versuchte, über das Duell an sich zu sprechen, was im Gegensatz zu ihren Beweggründen dafür einfach und unkompliziert schien. Leichthin sagte sie: »Niemand scheint zu glauben, dass ich gewinnen könnte.«

Ronan sprang von dem Felsblock und ging mit großen Schritten auf ihr Pferd zu. Er packte den Sattelknopf. »Du wirst bekommen, was du willst. Aber *was* willst du eigentlich? *Wen* willst du?«

»Ronan.« Kestrel schluckte. »Denk darüber nach, was du da sagst.«

»Nur, was alle anderen auch sagen. Dass Lady Kestrel einen Liebhaber hat.«

»Das stimmt nicht.«

»Er ist ihr Schatten, schleicht ihr nach, lauscht, beobachtet.«

»Das tut er nicht«, versuchte Kestrel zu sagen und hörte erschrocken, dass ihre Stimme stockte. Sie spürte ein Brennen in den Augen. »Er hat ein Mädchen.«

»Warum weißt du das überhaupt? Und wenn schon? Es spielt keine Rolle. Nicht in den Augen der Gesellschaft.«

Kestrels Gefühle waren wie Fahnen im Sturm. Sie zerrten an den Leinen, mit denen sie befestigt waren. Sie verwickelten und verhedderten sich. Kestrel konzentrierte sich, und als sie wieder sprach, ließ sie ihre Worte verächtlich klingen. »Er ist ein Sklave.«

»Er ist ein *Mann*, wie ich.«

Kestrel glitt aus ihrem Sattel und stand nun Auge in Auge mit Ronan. »Er bedeutet mir nichts«, log sie.

Ronans Wut verrauchte ein wenig. Er wartete und hörte ihr zu.

»Ich hätte Irex nie zum Duell fordern sollen.« Kestrel beschloss, ein wenig Wahrheit in ihre Erzählung einzustreuen, damit sie glaubhafter wurde. »Aber er und ich haben eine unerfreuliche Vergangenheit. Er hat mir letzten Frühling einen Antrag gemacht. Ich habe abgelehnt. Seither war er ... aggressiv.«

Das trug ihr Ronans Mitgefühl ein, und dafür war sie dankbar, denn sie hätte nicht gewusst, was tun, wenn Jess und Ronan ihr den Rücken gekehrt hätten. Sie brauchte sie – nicht nur heute, sondern immer.

»Irex hat mich beleidigt. Der Sklave war nur ein Vorwand.« Wie viel einfacher alles wäre, wenn es sich tatsächlich so verhielte. Doch Kestrel wollte nicht über die Wahrheit nachdenken. Sie wollte nicht ihre Gestalt kennen noch ihr Gesicht sehen. »Ich war gedankenlos und leichtsinnig, aber ich habe meine Spielsteine gezogen und muss sie jetzt spielen. Wirst du mir helfen, Ronan? Wirst du tun, worum ich dich in meinem Brief gebeten habe?«

»Ja.« Er wirkte immer noch unglücklich. »Obwohl ich, soweit ich sehe, nur wenig tun kann, außer dabeizustehen und dir beim Kämpfen zuzuschauen.«

»Und Jess? Wird sie zum Duell kommen?«

»Ja, sobald sie sich die Augen ausgeweint hat. Was für einen Schrecken du uns eingejagt hast, Kestrel.«

Kestrel öffnete eine Satteltasche und gab Ronan den Geldbeutel mit dem Todespreis. Er nahm ihn entgegen. Er erkannte ihn an seinem Gewicht und daran, dass sie ihn in ihrem Brief gebeten hatte, ihn für sie aufzubewahren. Leise sagte er: »Du hast *mir* einen Schrecken eingejagt.«

Sie machte einen Schritt auf ihn zu, in seine Arme. Sie wurden weich um sie her. Er legte das Kinn auf ihren Scheitel, und sie spürte, dass er ihr vergeben hatte. Sie versuchte, die Gedanken an Arin auf dem Auktionsblock zu verdrängen, an den Ausdruck in seinen Augen, als er sie gefragt hatte, wo seine Ehre bleibe, daran, wie er die Wachen in seiner Sprache verflucht hatte. Sie umklammerte Ronan noch fester und drückte ihre Wange an seine Brust.

Ronan seufzte. »Ich reite mit dir zu Irex«, sagte er, »und bringe dich nach deinem Sieg sicher heim.«

✦

Der Weg zu Irex' Haus war mit Kutschen verstopft. Alles, was in der Gesellschaft Beine hatte, war zu dem Duell angereist: Kestrel sah Hunderte gut gekleideter Männer und Frauen in aufgeregtem Gespräch, sodass ihr Atem Wölkchen in die Spätherbstluft blies. Ronan stieg ab, sie tat es ihm nach, und sie ließen ihre Pferde laufen, damit sie sich zu den übrigen Tieren gesellen konnten.

Kestrel überflog die Menge, die sich um die Lichtung zwischen den Bäumen geschart hatte. Die Leute lächelten, als sie sie sahen, aber es war kein freundliches Lächeln. Es gab zurückhaltende Blicke, und an einigen Gesichtern war eine morbide Faszination abzulesen, als wäre dies nicht ein Duell, sondern eine Hinrichtung, und die einzige Frage sei, ob das Genick des Verbrechers sofort brechen werde. Kestrel fragte sich, wie viele von denen, die sich unter der sinkenden Sonne versammelt hatten, wussten, dass Irex bereits den Todespreis gezahlt hatte.

Kestrel fühlte sich kalt und hart. Wie ein wandelndes Skelett.

Ronan legte den Arm um sie. Sie wusste, dass er das tat, um der Gesellschaft etwas zu beweisen, aber auch, um sie zu beruhigen. Er schützte ihren Ruf mit seinem eigenen. Sie hatte ihn nicht darum gebeten, und angesichts der Tatsache, dass er gemerkt hatte, dass ihr Plan Lücken aufwies, war sie erleichtert, ihn an ihrer Seite zu wissen. Sie hatte aber auch noch mehr Angst als zuvor.

»Ich sehe meinen Vater nicht.« Kestrels Finger zitterten. Ronan nahm ihre Hände in seine, und obwohl sein Blick voller Zweifel war, sandte er ihr ein betont breites Lächeln, das für die Menge bestimmt war. Laut sagte er: »Wie kalt deine Hände sind! Bringen wir diese langweilige Sache hinter uns, und dann nichts wie hinein ins Warme, ja?«

»Kestrel!« Benix löste sich aus der Menge. Er hielt Jess an der Hand und winkte ausgelassen. Fröhlich stolzierte er auf sie zu, aber Jess konnte nicht so gut schauspielern. Sie sah schrecklich aus. Ihre Augen waren rot und ihr Gesicht fleckig.

Benix riss Kestrel in seine bärenstarken Arme und tat dann so, als würde er sich mit Ronan duellieren – was einige der Zuschauer erheiterte, Jess jedoch erneut die Tränen in die Augen trieb. »Das hier ist kein Witz«, sagte sie.

»Ach, Schwesterchen«, neckte Ronan. »Du nimmst das zu ernst.«

Die Menge war enttäuscht, dass Kestrels Ankunft keine Gefühlsausbrüche bei ihren engsten Freunden ausgelöst hatte, und geriet in Bewegung. Als sich die Leute abwandten, sah Kestrel, dass der Weg frei wurde zu Irex, der groß und schwarz gekleidet mitten auf der Fläche stand, die für das Duell abgesteckt worden war. Er sandte ihr ein Lächeln, und Kestrel war so außer sich, dass sie das Eintreffen ihres Vaters erst bemerkte, als sie seine Hand auf ihrer Schulter spürte.

Er war voller Staub und roch nach Pferd. »Vater«, sagte sie und wollte sich schon in seine Arme werfen.

Er gebot ihr Einhalt. »Das ist nicht der richtige Zeitpunkt.«

Sie wurde rot.

»General Trajan«, sagte Ronan munter. »Wie schön, dass Ihr

kommen konntet. Benix, sehe ich da drüben etwa die Raul-Zwillinge, in der ersten Reihe, gleich am Duellierplatz? Nein, du blindes Huhn. Da, gleich neben Lady Faris. Warum sehen wir uns die Sache nicht zusammen mit ihnen an? Du auch, Jess. Wir brauchen dich als Frau dabei. Dann können wir so tun, als würden wir uns nur deshalb für die Zwillinge interessieren, damit du mit ihnen über Hüte mit Federn dran plaudern kannst.«

Jess drückte Kestrels Hand, und die drei wären sofort gegangen, wenn der General sie nicht aufgehalten hätte. »Ich danke Euch«, sagte er.

Kestrels Freunde ließen die fröhliche Maske fallen, die Jess ohnehin nicht gut gelang. Der General richtete den Blick auf Ronan und musterte ihn von Kopf bis Fuß, als wäre er ein neuer Rekrut. Dann tat er etwas, das er selten tat. Er nickte ihm anerkennend zu. Ronans Mundwinkel verzogen sich zu einem kleinen, besorgten Lächeln, während er die anderen wegführte.

Ihr Vater sah Kestrel direkt in die Augen. Als sie sich auf die Lippen biss, sagte er: »Jetzt ist nicht die Zeit, Schwäche zu zeigen.«

»Ich weiß.«

Er prüfte die Riemen an ihren Unterarmen, ihren Hüften und Waden und zerrte an dem Leder, mit dem sechs kleine Messer an ihrem Körper befestigt waren. »Halte Abstand von Irex«, sagte er leise, obwohl die Zuschauer, die ihnen am nächsten standen, diskret zurückgewichen waren – aus Rücksicht auf den General. »Das Beste, was du tun kannst, ist, aus alldem hier einen Wettbewerb im Messerwerfen zu machen. Du kannst seinen Messern ausweichen, deine eigenen werfen und vielleicht sogar den ersten blutigen Treffer landen. Bring ihn dazu, all seine Dolche zu werfen. Wenn ihr beide alle sechs Nadeln geworfen habt, gilt das Duell als unentschieden.« Er zog ihre Jacke straff. »Lass es nicht auf einen Nahkampf ankommen.«

Der General hatte beim Frühlingsturnier neben ihr gesessen. Er hatte Irex kämpfen sehen und sofort versucht, ihn fürs Militär abzuwerben.

»Ich will, dass du in der ersten Reihe stehst«, sagte Kestrel.

»Ich würde nirgendwo anders sein wollen.« Eine kleine Falte erschien zwischen den Augen ihres Vaters. »Lass ihn nicht zu nahe kommen.«

Kestrel nickte, obwohl sie nicht die Absicht hatte, seinen Rat zu befolgen.

Sie ging mitten durch die Menge auf Irex zu.

21

Ein Gespräch unter vier Augen zwischen Kestrel und Irex war unmöglich, was ihn wahrscheinlich freute. Er mochte es, gehört *und* gesehen zu werden. So schien er wenig Interesse daran zu haben, sich von der Menge zu lösen, bis er und sie ihre Plätze an den entgegengesetzten Enden des Duellrunds einnehmen würden, das mit schwarzer Farbe auf dem abgestorbenen Gras markiert worden war.

»Lady Kestrel.« Er sprach für das lauschende Publikum laut und deutlich. »Habt Ihr mein Geschenk erhalten?«

»Und es wieder mitgebracht.«

»Bedeutet das, dass Ihr aufgebt? Kommt schon, willigt ein, mir Euren Sklaven zu schicken, und gebt mir Eure Hand. Ich werde Euren kleinen Finger anritzen. Dann werde ich den ersten blutigen Treffer gelandet haben, unsere Freunde werden glücklich heimkehren, und Ihr werdet mit mir zu Abend essen.«

»Nein, mir gefallt es, wie es ist – Ihr auf Eurem Platz und ich fünfzig Schritt von Euch entfernt.«

Irex' dunkle Augen wurden zu Schlitzen. Sein Mund, den manche reizvoll genannt hätten, hörte auf zu grinsen. Irex wandte ihr den Rücken zu und ging zu seinem Platz. Sie nahm den ihren ein.

Irex als der geforderte Duellant hatte einen Freund dazu bestimmt, den Beginn des Duells auszurufen. Als der junge Mann »Los!« rief, riss Irex einen Dolch von seinem Arm und warf.

Kestrel wich der Waffe geschickt aus, da sie erwartet hatte, dass er sofort zum Angriff übergehen würde. Der Dolch pfiff durch die Luft und grub sich in den Stamm eines Baums.

Ihr Publikum wich vom Rand des Duellierplatzes zurück. Unglücksfälle an den Seitenlinien waren schon vorgekommen, und Nadeln konnten besonders gefährlich für die Zuschauer werden.

Irex wirkte unbekümmert darüber, dass sein erster Versuch fehlgeschlagen war. Er ging in die Hocke und zog eine Nadel aus der Scheide an seiner Wade. Er wog sie in der Hand, ohne Kestrel aus den Augen zu lassen, und täuschte eine Bewegung an. Aber wenn sie etwas beherrschte, dann, eine Finte zu durchschauen, vor allem da Irex seine Gefühle nicht wirklich zu verbergen versuchte. Er stürzte plötzlich nach vorn und warf.

Er war erschreckend schnell. Kestrel fiel, und ihre Wange schrammte über die Erde. Sie drückte sich hoch, bevor Irex sie in dieser verletzlichen Haltung erwischen konnte. Als sie wieder stand, sah sie etwas auf dem Boden glänzen: das Ende ihres Zopfes, abgetrennt durch Irex' Messer.

Kestrels Atem ging rasch. Irex blieb da, wo er inzwischen war, etwa dreißig Schritt von ihr entfernt.

Sie balancierte auf den Zehen, während sie wartete, und sah, dass Irex' Wut über die Beleidigung entweder fort war oder sich mit Freude mischte. Es hatte den Anschein, als wäre er bester Stimmung. Sein erster Wurf war unbeherrscht gewesen und nicht klug, da er eine Nadel von einer der beiden am leichtesten zugänglichen Stellen am Körper gezogen hatte. Wenn es an den Nahkampf mit Nadeln ging, war es ein Nachteil, wenn man nur noch wenige Dolche übrig hatte und die an den Unterarmen oder sogar den Hüften bereits geworfen waren. Kestrel wusste, dass er das wusste, sonst hätte er nicht die zweite Nadel von der Wade ins Spiel gebracht. Er war großspurig, aber er konnte auch vorsichtig sein. Das machte es schwieriger für Kestrel.

Sie konnte den Verdruss ihres Vaters fast spüren. Die Leute feuerten sie an, doch sie hörte seine Stimme nicht. Sie fragte sich kurz, ob es ihm schwerfiel, ihr nicht zuzurufen, sie solle selbst ein paar Nadeln werfen. Sie wusste, dass er das wollte. Es war das Vernünftigste, was ein schwächerer Kämpfer tun konnte: hoffen, das Duell früh mit einem Treffer an irgendeinem Körperteil zu beenden.

Aber sie wollte Irex nahe kommen, nah genug, um zu sprechen, ohne dass jemand mithörte. Sie würde jedes Messer brauchen, das sie hatte, sobald sie auf Armeslänge heran war.

Irex neigte den Kopf. Er war entweder verblüfft, weil Kestrel nicht die einzige sinnvolle Strategie anwandte, oder enttäuscht darüber, dass sie überhaupt nichts unternahm. Er hatte wahrscheinlich mehr Kampf erwartet. Kestrel hatte sich große Mühe gegeben, niemals ihr nur allzu durchschnittliches Waffengeschick preiszugeben, und so ging die Gesellschaft davon aus, dass die Tochter des Generals eine herausragende Kämpferin sein müsse.

Er hielt sich zurück und zeigte kein Interesse, noch weitere Messer zu verschleudern. Er machte keinen Schritt vorwärts. Das war ein Problem – wenn Kestrel ihn nicht zu sich locken konnte, würde sie zu ihm gehen müssen.

Die Rufe kamen nun nur noch vereinzelt. Sie schwollen zu so etwas wie einem dröhnenden Schweigen an.

Kestrels Vater würde sagen, dass sie ihre Stellung halten solle. Stattdessen zog sie die beiden Dolche an ihren Waden und stürmte vorwärts. Eine Klinge flog aus ihrer Hand und ging weit daneben – ein miserabler Wurf, aber einer, der Irex von dem zweiten ablenkte, der ihn vielleicht getroffen hätte, wenn er sich nicht geduckt und eine seiner eigenen Nadeln abgefeuert hätte.

Sie rutschte über das trockene Gras, um dem Messer auszuweichen. Kam mit der Flanke auf der Erde auf, gerade als sich die

Nadel neben ihrem Bein in den Boden bohrte. Sie wurde innerlich zu Eis und blendete alles andere aus.

Er war schnell, zu schnell. Sie hatte nicht einmal gesehen, wie seine Hand sich bewegte.

Dann trat Irex' Stiefel sie in die Rippen. Kestrel keuchte schmerzerfüllt auf. Sie zwang sich zurück auf die Füße und riss ein Messer an ihrem Arm aus der Scheide. Es fuhr vor ihr durch die Luft, aber Irex wich aus, schlug ihr die Waffe aus der Hand und rollte sich ab, um es sich selbst zu holen.

Ihre Brust hob und senkte sich schwer. Das Atmen tat weh. Das Denken tat weh. Sie stellte sich flüchtig vor, wie ihr Vater entsetzt die Augen schloss. *Überlass deinem Gegner nie deine Waffen,* sagte er immer.

Aber sie hatte, was sie wollte. Sie und Irex waren jetzt in der Mitte des Runds, zu weit weg, als dass die schreiende Menge sie noch belauschen konnte.

»Irex.« Ihre Stimme war dünn und schwach. »Wir müssen reden.«

Er trat gegen ihr Knie. Sie spürte, dass etwas knirschte und nachgab, bevor sie zu Boden ging. Die Wucht des Sturzes renkte die Kniescheibe wieder ein. Sie schrie auf.

Der Schock war zuerst zu groß, um Schmerz zu fühlen. Dann kam er: ein Krampf, der sich von ihrem Bein in ihr Gehirn wühlte.

Es war nicht Angst, die Kestrel zurück auf die Beine zwang. Sie war benebelt vor Schmerz, in ihrem Kopf war für nichts anderes Platz. Sie wusste nicht, wie sie es schaffte hochzukommen, nur dass es so war und dass Irex es zuließ.

»Ich habe Euch nie gemocht«, zischte er. »Zu überheblich.«

Kestrels Gesichtsfeld wurde weiß. Sie hatte den seltsamen Eindruck, dass es schneite, aber als die Weiße sich auch durch Irex' Gesicht fraß, begriff sie, dass es kein Schnee war. Sie war im Begriff, ohnmächtig zu werden.

Irex schlug ihr ins Gesicht.

Das brachte sie wieder zu sich. Sie hörte ein Keuchen und war sich nicht sicher, ob es von der Menge oder aus ihrer eigenen Kehle kam. Kestrel musste jetzt sprechen, schnell, oder das Duell würde damit enden, dass Irex sie in Grund und Boden stampfte, lange bevor sie es mit einer Nadel zu Ende brachte. Es war schwer, genug Luft für Worte zu finden. Sie zog einen Dolch. Es half ein wenig, seine Härte in ihrer Hand zu spüren. »Ihr seid der Vater von Faris' Kind.«

Er zögerte. »Was?«

Kestrel betete, dass sie sich nicht irrte. »Ihr habt mit der Frau von Senator Tiran geschlafen. Ihr habt ihr Kind gezeugt.«

Irex fing sich wieder. Sein Dolch leuchtete wie Feuer in der untergehenden Sonne. Doch Irex biss sich von innen in die Wange, was sein Gesicht auf dieser Seite einfallen ließ. Angesichts dieser Spur von Besorgnis dachte sie, dass sie dieses Duell vielleicht doch überleben würde. Er fragte: »Woher wollt Ihr das wissen?«

»Führt einen Hieb, den ich leicht abwehren kann, und ich sage es Euch.«

Er tat es, und das Klirren ihrer Waffe, die seine abblockte, weckte Kestrels Lebensgeister. »Ihr habt dieselben Augen«, sagte sie. »Der Kleine hat ein Grübchen in der linken Wange, genau wie Ihr. Faris sah blass aus, als wir an unsere Plätze gegangen sind, und mir fällt auf, dass sie in der ersten Reihe steht. Ich glaube nicht, dass sie sich Sorgen um *mich* macht.«

Langsam entgegnete er: »Dass Ihr ein Geheimnis wie dieses kennt, schmälert nicht gerade meine Neigung, Euch zu töten.«

Sie holte bebend Luft, froh, recht zu haben, froh, dass er zögerte, selbst als die Menge ihre Anfeuerungsrufe fortsetzte. »Ihr werdet mich nicht töten«, sagte sie, »denn ich habe es Jess und Ronan verraten. Wenn ich sterbe, werden sie es allen anderen erzählen.«

»Niemand würde ihnen glauben. Die Gesellschaft wird denken, dass sie um Euch trauern und nur im Sinn haben, mir zu schaden.«

»Wird die Gesellschaft das auch noch denken, wenn sie anfängt, das Gesicht des Jungen mit Eurem zu vergleichen? Wird Senator Tiran das auch denken?« Humpelnd umkreiste sie ihn, und er ließ es geschehen, auch wenn er eine zweite Nadel zog und nun beide gezückt hielt. Er bewegte sich flink auf den Beinen, während sie versuchte, nur nicht zu stolpern. »Wenn Ronan Schwierigkeiten hat, einen Skandal ins Rollen zu bringen, wird er mit Geld dafür sorgen. Ich habe ihm fünfhundert Goldstücke gegeben, und er wird Freunde bestechen, die beschwören, dass das Gerücht wahr ist, dass sie Euch im Bett mit Faris gesehen haben, dass Ihr eine Locke des Jungen an Eurem Herzen tragt. Sie werden alles sagen, ob wahr oder nicht. Wenige Leute sind so reich wie Ihr. Ronan hat viele Freunde – zum Beispiel den armen Hanan –, die glücklich wären, Gold anzunehmen, um den Ruf von jemandem zu ruinieren, den niemand wirklich mag.«

Irex' Arme erschlafften. Er sah nun ein wenig kränklich aus.

Kestrel nutzte ihren Vorteil. »Ihr habt mit Faris geschlafen, damit sie ihren Ehemann dazu ermuntert, Euch einen Sitz im Senat zu verschaffen. Vielleicht habt Ihr es auch aus anderen Gründen getan, aber das ist der, für den wir uns interessieren. Euch sollte er interessieren, denn wenn Tiran Euch verdächtigt, wird er Euch nicht nur seine Hilfe vorenthalten. Er wird den Senat gegen Euch aufbringen.«

Sie sah, wie sein Kampfeswille erlahmte.

»Obwohl dieses Duell gegen keine Regeln verstoßen hat, war es nicht sauber«, fuhr sie fort. »Ihr habt einen Streit angezettelt. Die Gesellschaft wird sich darüber das Maul zerreißen, noch bevor Ronan und Jess Euren Ruf zerstören.«

»Die Gesellschaft soll sich über mich das Maul zerreißen?«,

höhnte Irex. »Euer Ruf ist auch nicht gerade blütenrein, Sklavenliebchen.«

Kestrel geriet kurzzeitig ins Straucheln. Sie brauchte einen Moment, um ihre Sprache wiederzufinden, und als sie es tat, war sie sich nicht sicher, ob zutraf, was sie äußerte. »Was auch immer die Leute über mich sagen werden, mein Vater wird Euer Feind sein.«

Irex' Gesicht war spitz vor Hass, aber er erwiderte: »Nun gut. Ihr dürft am Leben bleiben.« Er sprach stockend weiter. »Habt Ihr dem General von Faris erzählt?«

Kestrel dachte an den Brief an ihren Vater. Er war schlicht gewesen. *Ich habe Irex zum Duell gefordert,* hatte darin gestanden. *Es wird heute auf seinem Grund und Boden stattfinden, zwei Stunden vor Sonnenuntergang. Bitte komm.* »Nein. Es wäre meinen Zwecken nicht dienlich gewesen.«

Irex sandte Kestrel einen Blick, den sie schon von den Gesichtern ihrer Gegenspieler bei Biss und Stich kannte. »Zwecken?«, fragte er argwöhnisch.

Kestrel spürte ein Gefühl des Triumphs in sich aufwallen, stärker sogar als der Schmerz in ihrem Knie. »Mein Vater soll glauben, dass ich dieses Duell zu Recht gewonnen habe. Ihr werdet verlieren. Ihr werdet das Handtuch werfen und mir einen klaren Sieg verschaffen.« Sie lächelte. »Ich will den ersten blutigen Treffer landen, Irex. Mein Vater sieht zu. Macht Eure Sache gut.«

22

Nach dem Duell musste der General Kestrel aufs Pferd helfen. Es tat nur ein paar Schritte, und schon schwankte sie im Sattel. Ihr rechtes Knie pochte. Es fühlte sich an, als wäre ein Knoten darin verrutscht und im Begriff, sich zu lösen, um heiß von innen gegen die Haut zu drücken.

Ihr Vater hielt Javelin an. »Wir können uns eine Kutsche leihen.«

»Nein.« Welchen Sinn hätte es gehabt, Irex zu bezwingen, wenn sie nicht einmal mehr auf einem Pferd sitzen konnte? Kestrel hatte nicht gewusst, dass sie so stolz war. Vielleicht wollte sie nicht das Militärleben ihres Vaters teilen, aber offenbar wünschte sie sich seine Zuneigung noch immer so sehr wie als kleines Mädchen.

Der General sah aus, als wollte er zu streiten anfangen. Doch dann sagte er nur: »Das war ein klarer Sieg.« Er stieg auf sein Pferd und ritt vor ihr her.

Sie bewegten sich langsam voran, und dennoch verzog Kestrel jedes Mal das Gesicht, wenn der Hengst die Hufe aufsetzte. Sie war froh, als die Nacht den Himmel schwarz färbte. Sie spürte, wie ihr Gesicht hager wurde vor Schmerzen, doch sie sagte sich, dass nicht einmal ihr Vater in der Dunkelheit sehen konnte. Er konnte ihre Angst nicht sehen.

Sie erwartete jeden Augenblick seine Frage: Warum hatte sie Irex zum Duell gefordert?

Aber er fragte nicht, und bald wurde es unmöglich, an etwas anderes zu denken als daran, sich auf dem Pferd zu halten. Sie biss sich auf die Lippen. Als sie zu Hause ankamen, schmeckte sie Blut im Mund.

Sie nahm nicht wahr, dass sie durchs Tor ritten. Das Haus tauchte einfach auf, hell und irgendwie verwackelt an den Rändern. Sie hörte verschwommen ihren Vater etwas zu jemand anderem sagen, und dann waren seine Hände an ihrer Hüfte und er hob sie von Javelin herunter, als wäre sie ein Kind.

Er stellte Kestrel auf die Füße. Ihr Knie knickte ein. Sie spürte, wie sich ein Laut ihrer Kehle entrang. Dann verlor sie das Bewusstsein.

✦

Als Kestrel die Augen öffnete, lag sie in ihrem Bett. Jemand hatte Feuer gemacht, dessen Schein orange über die Decke flackerte. Eine Öllampe brannte auf dem Nachttisch und überzeichnete das Gesicht ihres Vaters wie einen Holzschnitt aus Schatten und Knochen. Er hatte sich einen Stuhl herangezogen und vielleicht darauf geschlafen, doch seine Augen waren wachsam.

»Dein Knie muss ausbluten«, sagte er.

Sie sah hin. Jemand – ihr Vater? – hatte das rechte Hosenbein bis zum Oberschenkel aufgeschnitten, und unter dem schwarzen Stoff war das Knie auf das Doppelte seiner normalen Größe angeschwollen. Es fühlte sich wie unter Spannung und heiß an.

»Ich weiß nicht, was das heißt«, gab Kestrel zurück, »aber es klingt nicht sehr schön.«

»Irex hat deine Kniescheibe ausgerenkt. Sie ist wieder zurückgerutscht, aber der Tritt muss deinen Muskel angerissen haben. Dein Knie füllt sich mit Blut. Das ist es, was den Schmerz verursacht – die Schwellung.« Er zögerte. »Ich habe Erfahrung mit dieser Art von Verletzung auf dem Schlachtfeld. Ich kann eine Drainage legen. Es wird dir danach besser gehen. Aber ich werde ein Messer benutzen müssen.«

Kestrel fiel ein, wie er den Arm ihrer Mutter aufgeschnitten hatte und ihm das Blut durch die Finger geronnen war, während er versucht hatte, die Wunde zu verschließen. Er blickte sie an, und sie dachte, dass er gerade dasselbe wieder vor sich sah oder sah, wie Kestrel sich daran erinnerte. Und dass sie beide den Albtraum des anderen widerspiegelten.

Er betrachtete seine narbige Hand. »Ich habe nach einer Ärztin geschickt. Du kannst warten, bis sie kommt, wenn dir das lieber ist.« Seine Stimme klang gleichmütig, und doch war da ein kleiner, trauriger Unterton, den wahrscheinlich nur sie heraushörte. »Ich würde es dir nicht vorschlagen, wenn ich mich nicht dazu in der Lage fühlen und glauben würde, dass es am besten gleich jetzt gemacht werden sollte. Aber es ist deine Entscheidung.«

Sein Blick begegnete dem ihren. Etwas darin ließ sie denken, er hätte niemals zugelassen, dass Irex sie umbrachte. Er hätte sich ins Rund gedrängt und Irex eine Klinge in den Rücken gestoßen, wenn er geglaubt hätte, seine Tochter könnte sterben. Er hätte seine und ihre Ehre weggeworfen.

Natürlich konnte Kestrel sich da nicht so sicher sein. Und doch nickte sie. Er schickte einen Sklaven nach sauberen Stofffetzen, die er vorsichtig unter ihr Knie legte. Dann ging er zum Feuer und hielt ein kleines Messer in die Flammen, um es zu sterilisieren.

Mit dem geschwärzten Messer in der Hand kehrte er zu ihr zurück. »Versprochen«, sagte er, aber Kestrel wusste nicht, ob er ihr versprach, dass es ihr helfen würde, oder, dass er wisse, was er tue – oder dass er sie vor Irex gerettet hätte, wenn sie hätte gerettet werden müssen. Er bohrte ihr das Messer ins Knie, und sie wurde wieder ohnmächtig.

✦

Er hatte recht gehabt. Kestrel fühlte sich besser, sobald sie die Augen aufschlug. Ihr Knie war wund und verbunden, aber die fiebrige Schwellung war fort und ein großer Teil des Schmerzes ebenfalls.

Ihr Vater stand mit dem Rücken zu ihr und sah aus dem Fenster in die Dunkelheit.

»Du solltest mich jetzt besser aus unserer Abmachung entlassen«, sagte sie. »Das Militär wird mich nicht mehr haben wollen. Nicht mit einem kaputten Knie.«

Er drehte sich um und erwiderte ihr kleines Lächeln. »Wünsch dir das lieber nicht«, gab er zurück. »Aber wie schmerzhaft es jetzt auch sein mag, es ist keine ernste Verletzung. Du wirst wieder auf den Beinen sein und normal laufen, bevor ein Monat herum ist. Du hast keine bleibenden Schäden erlitten. Wenn du mir nicht glaubst und denkst, dass mich meine Hoffnung blendet, dich als Offizierin zu sehen, wird dir die Ärztin dasselbe sagen. Sie wartet im Wohnzimmer.«

Kestrel sah auf die geschlossene Tür ihres Schlafzimmers und fragte sich, warum die Ärztin jetzt nicht mit ihnen im Raum war.

»Ich will dich etwas fragen«, fuhr ihr Vater fort. »Es wäre mir lieber, wenn sie es nicht hört.«

Plötzlich schien Kestrels Herz, nicht ihr Knie wund zu sein. Aufgeschnitten und ausgeblutet zu sein.

»Welchen Handel bist du mit Irex eingegangen?«, fragte ihr Vater.

»Was?«

Er sah sie ausdruckslos an. »Das Duell ist schlecht für dich gelaufen. Dann hat Irex plötzlich gezögert, und ihr beide schient ein ziemlich interessantes Gespräch zu führen. Als ihr wieder angefangen habt zu kämpfen, war es, als wäre Irex ein anderer. Er hätte das

Duell nicht an dich verloren – jedenfalls nicht so –, bis du etwas zu ihm gesagt hast, das dann dafür gesorgt hat.«

Sie wusste nicht, was sie darauf antworten sollte. Als ihr Vater seine Frage gestellt hatte, war sie so schrecklich dankbar gewesen, dass er nicht wegen der Gründe für das Duell in sie drang, dass ihr einiges von seiner Rede entging.

»Kestrel, ich will nur sichergehen, dass Irex keine Macht über dich hast.«

»Nein.« Sie seufzte, enttäuscht darüber, dass ihr Vater ihren Sieg durchschaut hatte. »Wenn überhaupt, habe ich Macht über ihn.«

»Ah. Gut. Erzählst du mir, inwiefern?«

»Ich kenne ein Geheimnis.«

»Sehr gut. Nein, sag mir nicht, was es ist. Ich will es nicht wissen.«

Kestrel sah ins Feuer. Die Flamme blendete ihre Augen.

»Glaubst du, es kümmert mich, wie du gewonnen hast?«, fragte ihr Vater leise. »Du hast gewonnen. Deine Methoden spielen keine Rolle.«

Kestrel dachte an den Herranischen Krieg. Sie dachte an das Leid, das ihr Vater über dieses Land gebracht hatte, und an seine Taten, die sie zur Herrin und Arin zum Sklaven gemacht hatten. »Glaubst du das wirklich?«

»Ja«, antwortete er. »Das tue ich.«

✦

Arin hörte die Tür zu den Unterkünften quietschen. Bei dem Geräusch sprang er auf, denn nur ein einziger Mensch würde so spät in der Nacht zu ihm in die Zelle kommen. Dann hörte er den ersten Schritt, und seine Hand erschlaffte um die Gitterstäbe. Die Schritte, die sich näherten, waren nicht ihre. Sie gehörten zu jemandem, der groß war. Robust, langsam. Wahrscheinlich ein Mann.

Ein Lichtschein kam auf Arins Zelle zu. Als er den Träger der Fackel sah, wich er zurück von den Gitterstäben. Er sah den Albtraum eines Kindes Gestalt annehmen.

Der General steckte die Fackel in eine Halterung an der Wand. Er starrte Arin an, nahm seine frischen Blutergüsse, seine Größe, seine Gesichtszüge in sich auf. Der Blick des Generals wurde noch finsterer.

Dieser Mann sah nicht wie Kestrel aus. Er schien nur aus Masse und Muskeln zu bestehen. Aber Arin fand sie in der Art, wie ihr Vater das Kinn reckte. In seinen Augen lauerte dieselbe gefährliche Intelligenz.

»Geht es ihr gut?«, fragte Arin. Als er keine Antwort erhielt, fragte er noch einmal auf Valorianisch. Und weil er sich selbst bereits mit einer Frage verraten hatte, die nicht zu stellen er nicht hätte ertragen können, fügte Arin etwas hinzu, das niemals zu sagen er sich geschworen hatte. »Herr.«

»Es geht ihr gut.«

Ein Gefühl übermannte Arin, etwas wie Schlaf oder das plötzliche Ausbleiben von Schmerz.

»Wenn ich die Wahl hätte, würde ich dich töten«, sagte der General. »Aber das würde noch mehr Gerede verursachen. Du wirst verkauft. Nicht gleich, weil es nicht so aussehen soll, als würde ich auf einen Skandal reagieren. Aber bald. Ich werde mehr Zeit zu Hause verbringen, und ich werde dich beobachten. Wenn du meiner Tochter nahe kommst, werde ich mich vergessen. Ich werde dich in Stücke reißen lassen. Hast du mich verstanden?«

23

Briefe trafen ein. In den ersten Tagen nach dem Duell stürzte Kestrel sich regelrecht auf sie. Sie war begierig auf alles, was sie von der erzwungenen Bettruhe ablenken konnte, und erpicht darauf zu erfahren, was die Gesellschaft nun von ihr hielt. Sicherlich hatte sie sich einige Achtung erworben, indem sie den besten Kämpfer der Stadt bezwungen hatte?

Doch die Briefe kamen fast alle von Jess und Ronan und waren voll falschen Jubels. Und dann erhielt sie die Nachricht.

Klein, zu einem dicken Quadrat gefaltet. Mit einem leeren Siegel gestempelt. In der Handschrift einer Frau. Nicht unterschrieben.

Glaubt Ihr, Ihr seid die Erste?, stand darin. *Die einzige Valorianerin, die einen Sklaven in ihr Bett lässt? Arme Närrin!*

Ich werde Euch die Regeln verraten.

Geht nicht so offensichtlich zu Werke. Warum wohl, glaubt Ihr, erlaubt es die Gesellschaft einem Senator, zu später Stunde ein hübsches Hausmädchen in seine Gemächer zu rufen? Oder der Tochter des Generals, lange Kutschfahrten in solch erlesener »Begleitung« zu unternehmen?

Nicht, weil geheime Beziehungen unmöglich wären. Sondern weil jedermann ein Auge zudrückt, wenn wir so tun, *als wären diese Beziehungen unmöglich – mit dem Ergebnis, dass wir unsere Sklaven genau so benutzen können, wie es uns gefällt.*

Kestrel spürte, dass ihr Gesicht brannte. Dass es zerknitterte, wie das Papier in ihrer Faust zerknitterte.

Sie wollte den Brief ins Feuer werfen. Sie wollte ihn vergessen, alles vergessen.

Doch als sie das rechte Bein unter der Decke hervorstreckte, protestierte ihr Knie. Sie setzte sich auf die Bettkante, sah ins Feuer und dann auf ihre nackten Füße auf dem Boden. Sie zitterte und sagte sich, dass dies von dem Schmerz in ihrem verbundenen Knie kam. Davon, dass ihre Beine ihr Gewicht noch nicht wieder tragen konnten. Davon, dass sie etwas so Einfaches wie Aufstehen und Gehen noch nicht wieder konnte.

Sie zerriss den Brief in kleine Fetzen.

In der ersten Nacht nach dem Duell war Kestrel aufgewacht, aber ihr Vater war fort gewesen. Eine Sklavin schlief auf dem Stuhl am Bett. Kestrel hatte die Falten unter den Augen der Frau gesehen, die unbequeme Haltung ihres Kopfes, der vor und zurück rollte wie eben bei jemandem, der sehr müde war. Doch Kestrel rüttelte sie wach.

»Du musst etwas erledigen«, sagte sie zu ihr.

Die Frau blinzelte verschlafen.

»Geh und sag den Wachen, sie sollen Schmied freilassen. Er ist in der Kaserne eingesperrt. Er –«

»Ich weiß«, erwiderte die Frau. »Er wurde schon freigelassen.«

»Wirklich? Von wem?«

Die Sklavin sah weg. »Das war Rax' Entscheidung. Er sagte, Ihr könntet Euch bei ihm beschweren, wenn es Euch nicht gefiele.«

Die letzten Worte klangen wie eine Lüge. Sie ergaben keinen Sinn. Aber die Frau tätschelte Kestrels Hand und fuhr fort: »Ich habe Schmied selbst gesehen, in den Sklavenunterkünften. Er sieht nicht allzu mitgenommen aus. Keine Sorge, Herrin.« Das Gesicht der Frau, deren Namen Kestrel vergessen hatte, war so voller Mitgefühl gewesen, dass Kestrel sie weggeschickt hatte.

Nun fiel Kestrel die Miene der Frau wieder ein. Sie sah auf den zerrissenen Brief, sah wieder die geschriebenen Worte vor sich – so höhnisch, so verständnisvoll.

Die Schreiberin verstand gar nichts. Niemand tat das. Sie hatten alle unrecht.

Kestrel glitt zurück unter die Decke.

Einige Stunden später rief sie nach einer Sklavin und bat sie, ein Fenster zu öffnen. Kalte Luft strömte herein und Kestrel fröstelte, bis sie ein fernes Klirren hörte, das Geräusch eines Hammers auf einem Amboss. Arin musste wissen, dass sie nicht zu ihm gehen konnte. Warum kam er nicht zu ihr?

Sie konnte nach ihm schicken. Wenn sie ihn herbeorderte, würde er gehorchen. Aber sie wollte seinen Gehorsam nicht. Sie wollte, dass er kam, weil es sein eigener Wunsch war.

Kestrel zuckte bei diesem Gedanken und dem Schmerz zusammen, den er mit sich brachte.

Sie wusste, dass, obwohl alle unrecht hatten, sie doch sehr nah daran waren, recht zu haben.

✦

»Du hättest früher erlauben sollen, dass ich dich besuche«, sagte Jess. Ihre Wangen waren von der kalten Luft draußen gerötet. »Das Duell ist schon eine Woche her.«

Kestrel ließ sich in die Kissen zurücksinken. Sie hatte gewusst, dass Jess' Anblick wehtun würde, dass sie sie an das Leben außerhalb ihres Schlafzimmers erinnern würde. »Ronan darf noch nicht kommen.«

»Das will ich aber auch meinen! Ich lasse nicht zu, dass er dich besucht, bis es dir besser geht. Du siehst schrecklich aus. Niemand will eine Invalide küssen.«

»Danke, Jess. Ich bin ja so froh, dass du trotzdem gekommen bist.«

Jess verdrehte die Augen. Sie wollte etwas sagen, doch dann fiel ihr Blick auf den Nachttisch. »Kestrel! Du hast deine Briefe gar nicht geöffnet!«

Sie türmten sich zu einem Haufen, der aussah wie ein Nest zusammengerollter Schlangen.

»Was kann schon in den Briefen stehen?«, fragte Kestrel. »Dass mein Ruf so ruiniert ist wie eh und je?«

»Das ist nichts, was wir nicht wieder beheben können.«

Kestrel riet, was Jess als Nächstes sagen würde: dass sie mit Ronan zum Erstwinterball gehen solle. Ronan wäre bereit. Er wäre glücklich darüber. Es würde den einen Klatsch zum Verstummen bringen und neuen Klatsch in die Welt setzen.

Es war eine Scheinlösung.

Kestrel lächelte schwach. »Du bist so treu.«

»*Und* schlau. Ich habe eine Idee. Bis zum Ball ist es noch lange hin, und –«

»Mir ist langweilig, weil ich Stunde um Stunde in diesem Bett zubringen muss. Warum lenkst du mich nicht ab, Jess? Oder noch besser: Warum tue nicht *ich* etwas für *dich*? Ich stehe in deiner Schuld.«

Jess strich das Haar aus Kestrels Stirn zurück. »Nein, tust du nicht.«

»Du hast mir beigestanden. Ich werde das wiedergutmachen. Sobald ich auf den Beinen bin, werde ich anziehen, was immer du willst.«

Jess legte Kestrel scherzend die Hand auf die Stirn. »Du musst Fieber haben.«

»Ich werde dir Biss und Stich beibringen, sodass dich keiner mehr schlagen kann.«

Jess lachte. »Die Mühe kannst du dir sparen. Ich spiele nicht gern.«

»Ich weiß.« Kestrel spürte, wie ihr Lächeln schwand. »Das ist eines der Dinge, die ich an dir bewundere.«

Jess macht ein fragendes Gesicht.

»Du verbirgst nie, wer du bist«, sagte Kestrel.

»Denkst du denn, dass du das tust? Denkst du, dass ich nicht merke, wie sehr du versuchst, *mich* abzulenken, auch wenn du mich gebeten hast, *dich* abzulenken?«

Kestrel zuckte zusammen.

»Es würde dir besser gelingen«, fuhr Jess fort, »wenn du nicht bettlägerig wärest. Und kreuzunglücklich.«

Kestrel ergriff ihre Hand und drückte sie. »Ich habe es so gemeint, wie ich es gesagt habe.«

»Dann hör auf, Spielchen zu spielen. Die Lösung für all deine Probleme liegt auf der Hand.«

Ihr wurde klar, dass Jess mehr im Sinn hatte als den Ball. Kestrel entzog ihr die Hand.

Jess seufzte. »Gut. Wir werden nicht über Ronan reden. Wir werden nicht über Heirat reden. Wir werden nicht darüber reden, dass du, wie sehr du auch gewinnen möchtest, dich verhältst, als wolltest du unbedingt verlieren.«

✦

Arin schürte das Schmiedefeuer. Nicht um der Hitze, sondern um der Farbe willen. Er lechzte danach in den kalten Monaten. Er war ein kränkliches Kind gewesen, und diese Zeit im Jahr erinnerte ihn am meisten an zu Hause – daran, dass er drinnen eingesperrt gewesen war und nicht geahnt hatte, dass er eines Tages von den bemalten Wänden träumen würde, von den Vorhängen in sattem Indigo, vom Blau des Kleides seiner Mutter.

Kälte draußen, Farbe drinnen. So war es gewesen.

Arin beobachtete, wie das Feuer blutrot aufloderte. Dann ging er nach draußen und blickte über das Anwesen, sah durch blattlose Bäume, dass niemand in der Nähe war. Er konnte sich einige Minuten stehlen.

Als er wieder in die Schmiede trat, lehnte er sich gegen den Amboss. Mit der einen Hand zog er ein Buch aus seinem Versteck hinter der Kiste mit den Kienspänen hervor, in der anderen hielt er den Hammer, damit er schneller so tun konnte, als hätte er zu arbeiten, falls er doch Gefahr lief, erwischt zu werden.

Er begann zu lesen. Es war ein Buch, das er in Kestrels Besitz entdeckt hatte, eines über die Geschichte des valorianischen Imperiums. Er hatte es vor Wochen aus der Bibliothek mitgenommen, nachdem sie es dorthin zurückgebracht hatte.

Was würde sie sagen, wenn sie ihn ein Buch über seine Feinde lesen sah, in der Sprache seiner Feinde? Was würde sie tun?

Arin wusste eines: Ihr Blick würde ihn abschätzen, und er würde eine Veränderung in ihrer Betrachtungsweise spüren. Ihre Meinung von ihm würde sich verändern, wie das Tageslicht sich veränderte und die Schatten wachsen oder schrumpfen ließ. Unterschwellig. Fast unmerklich. Sie wurde ihn mit neuen Augen sehen, auch wenn er nicht wusste, inwiefern. Er würde nicht wissen, was es zu bedeuten hatte. Das war wieder und wieder geschehen, seit er hier war.

Manchmal wünschte er sich, er wäre nie hierhergekommen.

Nun, Kestrel konnte ihn in der Schmiede weder sehen noch wissen, was er las, weil sie ihre Gemächer nicht verlassen konnte. Sie konnte ja nicht einmal laufen.

Arin schlug das Buch zu und hielt es mit steifen Fingern fest. Er hätte es fast ins Feuer geworfen.

Ich werde dich in Stücke reißen lassen, hatte der General gesagt.

Das war nicht der Grund, warum Arin sich von ihr fernhielt. Nicht wirklich.

Er verdrängte diese Gedanken und legte das Buch zurück in sein Versteck. Er beschäftigte sich still mit Arbeit, erhitzte Eisen und Kohle in einem Schmelztiegel, um Stahl herzustellen.

Es dauerte eine Weile, bis Arin bewusst wurde, dass er ein düsteres Lied summte. Ausnahmsweise verkniff er es sich nicht. Der Druck zu singen war zu stark, das Bedürfnis nach Ablenkung zu groß. Da bemerkte er, dass die Musik, die hinter seinen zusammengebissenen Zähnen eingesperrt war, die Melodie war, die Kestrel vor Monaten für ihn gespielt hatte. Er spürte der Empfindung nach, mit der sie ihm leise und lebendig auf der Zunge lag.

Einen Augenblick lang stellte er sich vor, dass es nicht die Melodie war, die seine Lippen berührte, sondern Kestrel.

Bei diesem Gedanken hörte er auf zu atmen. Und zu singen.

24

Wenn niemand zusah, übte Kestrel in ihren Gemächern das Laufen. Oft musste sie sich mit einer Hand an der Wand ausruhen, aber sie schaffte es immerhin bis zu den Fenstern.

Sie sah dort nie, was sie sich wünschte. Deshalb fragte sie sich, ob es bloßer Zufall war oder ob Arin so entschlossen war, ihr auszuweichen, dass er andere Wege über das Anwesen nahm als jene, die in ihrem Blickfeld lagen.

Sie konnte noch keine Treppen steigen, was bedeutete, dass ein Ausflug ins Musikzimmer ein Ding der Unmöglichkeit war, es sei denn, sie willigte ein, sich tragen zu lassen – was sie nicht tat. Dennoch ertappte Kestrel ihre Finger dabei, wie sie unhörbare Melodien auf den Möbeln, auf ihren Oberschenkeln spielten. Die Musik fehlte ihr so sehr, dass es fast wehtat. Sie fragte sich, wie Arin es ertrug, nicht zu singen, falls er tatsächlich Sänger war.

Kestrel dachte an den langen Treppenaufgang und zwang ihre Muskeln zum Arbeiten.

Sie stand gerade in ihrem Empfangssalon und umklammerte die geschnitzte Rückenlehne eines Stuhls, als ihr Vater eintrat.

»Das ist mein Mädchen«, sagte er. »Schon wieder auf den Beinen. Mit einer solchen Einstellung wirst du im Handumdrehen Offizierin.«

Kestrel setzte sich und lächelte ihn ironisch an.

Er erwiderte ihr kleines Lächeln. »Was ich damit sagen will – ich bin froh, dass es dir besser geht. Und es tut mir leid, aber ich werde nicht auf den Erstwinterball gehen können.«

Es war gut, dass sie bereits saß. »Warum solltest *du* auch auf einen *Ball* gehen?«

»Ich dachte, ich könnte dich begleiten.«

Sie starrte ihn an.

»Mir ist aufgefallen, dass ich noch nie mit meiner Tochter getanzt habe«, fuhr er fort. »Und es wäre außerdem ein kluger Schachzug gewesen.«

Ein kluger Schachzug.

Also eine Machtdemonstration. Eine Erinnerung an den Respekt, den man der Familie des Generals schuldig war. Ruhig erwiderte Kestrel: »Du hast die Gerüchte gehört.«

Er streckte ihr die erhobene Handfläche entgegen.

»Vater –«

»Hör auf.«

»Es ist nicht wahr. Ich –«

»Wir werden dieses Gespräch nicht führen.« Er führte die Hand an die Augen, um sie zu bedecken, dann nahm er sie wieder weg. »Kestrel, ich bin nicht deswegen gekommen. Ich bin gekommen, um dir zu sagen, dass ich abreise. Der Imperator entsendet mich in den Osten, um dort gegen die Barbaren zu kämpfen.«

Es war nicht das erste Mal, dass Kestrels Vater in den Krieg geschickt wurde, aber die Angst, die sie spürte, war immer dieselbe, immer gleich heftig. »Für wie lange?«

»Solange es dauert. Ich breche am Morgen vor dem Ball mit meinem Regiment auf.«

»Mit dem gesamten Regiment?«

Ihm entging ihr Unterton nicht. Er seufzte. »Ja.«

»Das bedeutet, dass in der Stadt und der Umgebung keine Soldaten sein werden. Wenn es Schwierigkeiten gibt –«

»Die Stadtwache wird hier sein. Der Imperator glaubt, dass sie mit allen Schwierigkeiten fertigwerden kann, zumindest bis Verstärkung aus der Hauptstadt eintrifft.«

»Dann ist der Imperator ein Dummkopf. Der Hauptmann der Stadtwache ist seiner Aufgabe nicht gewachsen. Du hast selbst gesagt, dass der neue Hauptmann ein Stümper ist, der nur in diese Position aufsteigen konnte, weil er der Stiefellecker des Statthalters ist –«

»Kestrel.« Seine Stimme klang mühsam beherrscht. »Ich habe dem Imperator bereits meine Bedenken mitgeteilt. Aber er hat mir den Marschbefehl erteilt. Ich werde in einigen Tagen losreiten.«

Kestrel studierte ihre gefalteten Hände. Sie sagte nicht: *Komm gesund wieder heim,* und er sagte nicht: *Das tue ich doch immer.* Sie sagte, was von einer Valorianerin erwartet wurde: »Kämpfe tapfer und gut.«

»Das werde ich.«

Er war schon auf halbem Weg zur Tür, als er noch einmal zurückblickte und sagte: »Ich vertraue darauf, dass du das Richtige tust, während ich fort bin.«

Was bedeutete, dass er ihr nicht vertraute – jedenfalls nicht ganz.

✦

An jenem Tag brachte Lirah das Mittagessen für Kestrel. Die Sklavin wollte sie nicht ansehen. Sie stellte das Tablett auf einem niedrigen Tischchen neben dem Diwan ab, auf dem Kestrel lag. Ihre Bewegungen waren hastig, fahrig. Sie verschüttete etwas Tee.

»Du musst dich nicht beeilen«, sagte Kestrel.

Die Hände des Mädchens wurden ruhiger, doch sie atmete schnell und stoßweise. Eine Träne rollte ihre Wange hinab.

Kestrel begriff plötzlich, warum Lirah sich so beeilte: weil es unerträglich für sie war, sich länger als unbedingt nötig im selben Raum wie ihre Herrin aufzuhalten.

Ihre Herrin, von der alle Welt glaubte, dass sie sich den Liebhaber genommen hatte, den Lirah sich wünschte.

Kestrel hätte Mitleid haben sollen. Sich gedrängt fühlen sollen zu erklären, dass das, was Lirah glaubte – was die ganze Stadt glauben musste –, nicht der Wahrheit entsprach. Stattdessen konnte Kestrel nicht umhin, die Schönheit des Mädchens zu bewundern und wie die Tränen ihre grünen Augen noch grüner machten. Sie fragte sich, wie Arins Liebste sein musste, wenn Lirah ihn nicht umstimmen konnte.

Während Kestrel sich das Mädchen auf dem Markt – Arins Mädchen – vorzustellen versuchte, dämmerte ihr langsam etwas.

Wich Arin ihr deshalb aus? Weil der Skandal seiner Liebsten zu Ohren gekommen war?

Kestrel kam die Galle hoch vor Zorn.

Sie hasste sie. Hasste diese gesichts- und namenlose Frau.

»Hol mir einen Sonnenschirm«, befahl sie Lirah. »Und dann geh.«

✦

Der Sonnenschirm gab keinen sehr guten Gehstock ab. Seine Spitze grub sich fortwährend tief in die harte, blanke Erde, und der stoffbespannte Rahmen ächzte, während Kestrel über das Anwesen humpelte. Aber er brachte sie an den Ort, zu dem sie wollte.

Sie fand Arin in dem nun kahlen Orangenhain, ein Pferdegeschirr über der Schulter. Es klirrte, als er stehen blieb und sie anstarrte. Mit gestrafften Schultern stand er da. Als Kestrel näher kam, sah sie, dass er die Zähne zusammenbiss und dass keine Spuren sichtbar waren von dem, was ihre Wachen ihm angetan hatten. Keine Blutergüsse. Aber es sollten auch keine mehr zu sehen sein, nicht nachdem fast ein Monat vergangen war.

»Habe ich dich beschämt?«, fragte Kestrel.

Ein sonderbarer Ausdruck huschte über sein Gesicht. »Beschämt«, wiederholte Arin. Er sah in die nackten Äste empor, wie um dort Früchte zu betrachten, als wäre nicht schon fast Winter.

»Das Buch. Die Widmung, die ich gelesen habe. Das Duell. Die Tatsache, dass ich dich getäuscht habe. Der Befehl, den ich erteilt habe, dich unter Arrest zu stellen. Habe ich dich beschämt?«

Er verschränkte die Arme vor der Brust. Schüttelte den Kopf, ohne ein einziges Mal den Blick von den Bäumen zu wenden. »Nein. Die Göttin der Schulden weiß, was ich Euch schuldig bin.«

»Was ist es dann?« Kestrel versuchte so angestrengt, ihn nicht nach den Gerüchten oder der Frau auf dem Markt zu fragen, dass sie etwas noch Schlimmeres fragte. »Warum schaust du mich nicht an?«

»Ich sollte nicht einmal mit Euch sprechen«, murmelte er.

Sie begriff, warum es keinen Sinn ergeben hatte, dass Rax derjenige gewesen sein sollte, der Arin freigelassen hatte. »Mein Vater«, sagte sie. »Arin, du musst dir seinetwegen keine Sorgen machen. Er wird am Morgen vor dem Erstwinterball fortreiten. Das gesamte Regiment wurde nach Osten beordert, um gegen die Barbaren zu kämpfen.«

»Was?« Er sah sie nun doch an, und sein Blick war bohrend.

»Es kann wieder so werden, wie es war.«

»Das glaube ich nicht.«

»Aber ... du bist mein Freund.« Seine Miene veränderte sich, jedoch nicht so, dass Kestrel sie hätte lesen können. »Sag mir einfach nur, was los ist, Arin. Sag mir die Wahrheit.«

Als er sprach, klang seine Stimme rau. »Ich *gehöre* Euch. Wie könnt Ihr glauben, dass ich Euch die Wahrheit sagen werde? Warum sollte ich?«

Der Sonnenschirm zitterte in Kestrels Händen. Sie öffnete den Mund, um zu sprechen. Doch dann begriff sie, dass sie, wenn sie es tat, nicht mehr Herrin dessen sein würde, was sie sagte.

»Ich werde Euch etwas sagen, von dem Ihr sicher sein könnt, dass es wahr ist.« Arins Blick hielt dem ihren stand. »Wir sind keine Freunde.«

Kestrel schluckte. »Du hast recht«, flüsterte sie. »Das sind wir nicht.«

✦

Um ein Haar hätte Arin mit durchschnittener Kehle geendet.

»Der Gott des Lebens möge dich schützen«, keuchte Preller. Er wankte rückwärts, und das Messer schimmerte im Dunkel des kleinen Schlafzimmers auf. »Was zur Hölle machst du hier? Brichst wie ein Dieb nachts durchs Fenster in mein Haus ein. Du kannst von Glück reden, dass ich dein Gesicht gerade noch rechtzeitig erkannt habe.«

»Es gibt etwas, das ich dir sagen muss.«

»Fang damit an, warum du nicht zu einer vernünftigen Zeit ins Auktionshaus kommen konntest. Ich dachte, du darfst dich frei bewegen. Was ist mit dem Siegelring des Mädchens?«

»Fehlanzeige.«

Preller betrachtete Arin mit zusammengekniffenen Augen, während er mit der stumpfen Seite des Messers auf seinen Oberschenkel klopfte. Im trüben Schein einer Straßenlaterne breitete sich langsam ein breites Grinsen über seinem Gesicht aus. »Hattest einen Streit mit deiner Herrin, oder? Eine Kabbelei unter Turteltäubchen?«

Arin spürte regelrecht, wie sein Gesicht finster und verschlossen wurde.

»Nur die Ruhe, Bursche. Sag mir nur eines: Sind die Gerüchte wahr?«

»Nein.«

»Gut.« Preller hielt die Hände hoch, als wollte er sich ergeben. Das Messer hielt er nur noch locker. »Wenn du sagst, sie sind nicht wahr, dann sind sie nicht wahr.«

»Preller, ich habe die Ausgangssperre gebrochen, bin über die Mauer des Generals geklettert und habe mich durchs Stadttor geschlichen, um mit dir zu reden. Meinst du nicht, wir haben wichtigere Dinge zu besprechen als valorianischen Klatsch?«

Preller zog eine Braue hoch.

»Der General reitet fort, um im Osten zu kämpfen. Er nimmt das gesamte Regiment mit. Am Morgen vor dem Erstwinterball. Das ist die Gelegenheit, auf die wir gewartet haben.«

Preller ließ das Messer auf einen Tisch fallen. Er holte tief Luft und begann zu lachen. »Das ist schön«, sagte er. »Perfekt.«

Arin sah vor seinem geistigen Auge Kestrels zartes Gesicht. Er sah ihr verbundenes Knie. Wie weiß ihre Fingerknöchel geworden waren. Er hörte ihre Stimme brechen.

»Der Aufstand wird am Abend des Balls stattfinden«, sagte Preller. »Schwarzpulverfässer werden bereitstehen. Ich werde den Angriff auf das Anwesen des Generals führen. Er wird seine Leibgarde nicht mitnehmen, deshalb haben wir mit Gegenwehr zu rechnen. Aber das ist nichts, was wir nicht in den Griff bekommen könnten, dank deiner Waffen. Die Eroberung des Anwesens wird ein wichtiger Sieg sein. Währenddessen wird die valorianische Oberschicht auf dem Ball eine giftige Überraschung in ihrem Wein vorfinden.« Preller runzelte die Stirn. »Arin, mach nicht so ein Gesicht. Selbst du kannst nichts an diesem Plan auszusetzen haben. Alles wird gelingen. Die Stadt wird bald uns gehören.« Preller legte Arin eine Hand auf die Schulter und umklammerte sie. »Die Freiheit ist unser.«

Diese Worte fraßen sich durch die Knoten, die in Arins Kopf saßen. Er nickte langsam. Dann wandte er sich zum Fenster.

»Was hast du vor?«, wollte Preller wissen. »Du hast schon genug riskiert, indem du hergekommen bist, und du wirst dasselbe riskieren müssen, wenn du aufs Anwesen zurückkehrst. Bleib hier. Ich kann dich bis zum Aufstand verstecken.«

Warum schaust du mich nicht an?, hatte Kestrel gefragt. Der Schmerz in ihrer Stimme hatte ihm wehgetan. Er tat ihm noch immer weh. Ihm fiel ein, wie sein Vater ihm zum achten Namenstag ein mundgeblasenes Glaspferdchen geschenkt hatte. Arin erinnerte sich an die kegelförmigen Läufe, den geschwungenen Hals: ein Kunstwerk von funkelnder Klarheit. Er hatte es ungeschickt angefasst und es war auf dem Boden in tausend Stücke zersprungen.

»Nein«, erwiderte Arin. »Ich gehe zurück. Ich muss dort sein, wenn es passiert.«

25

Der Spaziergang zum Orangenhain hatte Kestrels Knie gutgetan. Es war nicht mehr so steif, und so zwang sie sich, jeden Tag etwas mehr zu laufen. Bald humpelte sie nur noch unmerklich, dann gar nicht mehr. Sie kehrte zu ihrer Musik zurück, ließ die Finger fliegen, ließ wilde Noten ihren Kopf durcheinanderrütteln, bis sie nicht mehr denken konnte. Es war ein Segen, nicht zu denken, sich nicht an diesen kalten Orangenhain zu erinnern und daran, was sie gesagt und getan und gefragt und gewollt hatte.

Kestrel spielte. Sie vergaß alles bis auf die Musik, die um sie her strömte.

✦

Am Tag vor dem Erstwinterball händigte die valorianische Haushälterin Kestrel ein in Musselin eingeschlagenes Paket aus. »Von der Schneiderin«, sagte sie.

Kestrel hielt das Paket hoch und meinte fast, etwas durch den Musselin hindurchschimmern zu sehen.

Sie legte es beiseite.

An diesem Abend brachte ihr ein Sklave eine Nachricht von ihrem Vater. *Hier ist jemand, der dich sehen möchte.*

Vielleicht Ronan. Dieser Gedanke stimmte sie nicht sehr froh.

Er kam und ging und berührte sie nicht – bis ihr *aufging*, dass er sie nicht berührt hatte, obwohl er es hätte tun sollen.

Was war nur los mit ihr? Sie sollte sich freuen, ihren guten Freund zu sehen. Sie sollte hoffen, dass Ronan mehr als nur das war.

Wir sind keine Freunde, hatte Arin gesagt.

Aber sie wollte nicht an Arin denken.

Sie kleidete sich mit Sorgfalt fürs Abendessen um.

✦

Kestrel kannte die Stimme des Mannes, die vom Speisesaal her über den Flur zu ihr drang, konnte sie aber zunächst nicht einordnen. »Danke, dass Ihr mein Schiff nicht beschlagnahmt habt«, sagte er gerade. »Ich hätte viel verloren – vielleicht sogar das Schiff –, wenn das Imperium es sich für den Krieg ausgeliehen hätte.«

»Dankt mir nicht«, entgegnete Kestrels Vater. »Wenn ich es gebraucht hätte, hätte ich es mir genommen.«

»Nicht groß genug für Euch, Trajan?«, neckte die Stimme. Kestrel, die vor der Tür stehen geblieben war, wusste plötzlich, wem sie gehörte. Sie erinnerte sich daran, wie sie ein kleines Mädchen gewesen war, an das herzliche Lächeln eines grauhaarigen Mannes und an Bündel von Musiknoten, die er ihr aus fernen Gegenden mitgebracht hatte.

»Im Gegenteil, Kapitän Wensan«, sagte sie, während sie eintrat. Die Männer erhoben sich von ihren Sitzen. »Ich glaube, mein Vater hat Euer Schiff nicht beschlagnahmt, weil es eines der besten und mit Geschützen bestückt ist und er den Hafen nicht ohne Schutz wissen will, wenn er morgen aufbricht.«

»Kestrel.« Der Hauptmann ergriff zur Begrüßung nicht ihre Hand, sondern legte ihr seine kurz auf den Kopf, wie man es bei einem geliebten Kind tat. Sie war nicht enttäuscht, dass er und nicht Ronan die Überraschung war. »Ihr überschätzt mich«, erwiderte Wensan. »Ich bin nur ein einfacher Kaufmann.«

»Vielleicht«, gab Kestrel zurück, als sie alle an der Tafel Platz nahmen – ihr Vater am Kopfende, sie zu seiner Rechten, der Hauptmann zu seiner Linken. »Aber ich bezweifle, dass die Zehnpfünder-Geschütze auf Eurem Zweidecker nur zur Dekoration da sind.«

»Ich führe wertvolle Fracht. Die Geschütze halten uns Piraten vom Leib.«

»Genau wie Eure Mannschaft es tut. Jedenfalls steht sie in diesem Ruf.«

»Gute Kämpfer«, bestätigte ihr Vater. »Auch wenn sie nicht das beste Gedächtnis haben.«

Der Hauptmann warf ihm einen scharfen Blick zu. »Davon könnt ihr nicht gehört haben.«

»Dass Eure Männer sich nicht an ihren lebenswichtigen Losungsruf erinnern können?«

Der Losungsruf war das Passwort, das die Seeleute an Deck abfragten, wenn es zu dunkel war, um zu erkennen, wer da in den Barkassen weit unter ihnen auf dem Wasser auf sie zuruderte.

»Ich habe jedes Schiff und jede Mannschaft inspiziert, bevor ich entschieden habe, welche ich in den Kampf mitnehme«, sagte Kestrels Vater. »Ich bin gerne grundlich.« Er musterte seinen Teller, der leer war und auf den ersten Gang wartete. Er berührte den weißen Rand und verschob den Teller, sodass das Vogeldekor darauf in die Mitte seines Gesichtsfeldes rückte. Die Geste wirkte wohlüberlegt.

Wensan sah auf den Teller, dann auf seinen eigenen und den von Kestrel und die anderen drei auf der Tafel, die zu Ehren der toten Familienmitglieder aufgetragen waren. »Das seid Ihr in der Tat.« Vollkommen unnötig fügte er hinzu: »Einverstanden.«

Es war eine Botschaft, die zwischen den beiden Männern ausgetauscht wurde. Kestrel betrachtete das Porzellan, das ihr Vater offenbar nicht grundlos für heute Abend ausgesucht hatte. In ihrem Haushalt gab es zahlloses Tischgeschirr mit unterschiedlichen Mustern. Dieses Geschirr hier war valorianischer Herkunft und zeigte verschiedene Raubvögel: Falke, Habicht, Milan, Schleiereule, Fischadler und Kestrel. Sie alle nahmen Bezug auf ein Marschlied, das man als Valorianer schon im Kindesalter lernte.

»Verwendet Ihr die Vögel aus dem *Lied von den Federn des Todes* als Passwörter für Euer Schiff?«, fragte Kestrel den Hauptmann.

Wensan zeigte nur kurz Überraschung, ihr Vater gar nicht. Kestrel hatte immer schon rasch Geheimnisse erraten.

Mit Bedauern in der Stimme sagte Wensan: »Es ist das Einzige, was die Mannschaft behalten kann. Das Passwort wird jeden Abend geändert, müsst Ihr wissen. Die Reihenfolge der Vogelnamen aus dem Lied ist leicht zu merken.«

Der General klingelte den Sklaven, den ersten Gang aufzutragen. Wensan begann, abenteuerliche Geschichten von seinen Reisen zu erzählen, und Kestrel dachte, dass ihr Vater ihn vielleicht aus diesem Grund eingeladen hatte: um sie aufzuheitern. Dann besah sie sich den Teller des Hauptmanns näher und begriff, dass dies nicht der Grund sein konnte.

Denn seinen Teller zierte der Jagdfalke. Der Kestrel.

Sicherlich hatte ihr Vater nicht deshalb darauf verzichtet, sein Schiff zu beschlagnahmen, weil der Hauptmann ein alter Freund war oder weil seine Kanonen den Hafen beschützen sollten. Es war ein Handel. Eine Gefälligkeit, die abgegolten werden wollte. »Einverstanden«, hatte Kapitän Wensan mit Blick auf seinen Teller gesagt.

Er hatte sich einverstanden erklärt, Kestrel während ihres Vaters Abwesenheit zu beschützen.

Kestrel wurde sich bewusst, dass sie erstarrt war. Sie hob den

Blick zu ihrem Vater, der nun sagte: »Kapitän Wensan wird auf den Erstwinterball gehen.«

Sklaven kamen mit Speisen herein und servierten sie. Kestrel sah auf die drei leeren Teller – zwei für den Bruder und die Schwester ihres Vaters, die im Kampf gefallen waren, und die Schleiereule für ihre Mutter. Kestrel fragte sich, ob alles anders wäre, wenn ihre Mutter überlebt hätte. Vielleicht würden Kestrel und ihr Vater nicht in dieser Geheimsprache kommunizieren oder gegeneinander und füreinander Pläne aushecken. Vielleicht würde Kestrel dann aussprechen können, was ihr auf dem Herzen lag.

Was würde sie sagen? Dass sie vom Wunsch ihres Vaters wusste, der Hauptmann möge sie beschützen – aber er möge auch dafür sorgen, dass sie keine Dummheiten beging und nicht gegen die Regeln der Gesellschaft und seine eigenen verstieß?

Sie hätte sagen können, dass sie ihm seinen Mangel an Vertrauen nicht übel nahm, da sie sich ja selbst nicht mehr traute.

Sie hätte sagen können, dass sie die Liebe ihres Vaters ebenso wie seine Sorge sah.

»Wie schön für Kapitän Wensan«, sagte sie mit einem Lächeln, während sie nach Messer und Gabel griff. »Ich bin sicher, er wird den Ball genießen. Ich dagegen werde nicht hingehen.«

✦

Bei Tagesanbruch nahm Kestrel die Kutsche in die Stadt und hinunter zum Hafen. Ihr Vater hatte gesagt, er wünsche nicht, dass sie ihn verabschiede, deshalb war sie nicht im Morgengrauen dabei gewesen, als die Schiffe Segel setzten. Doch in der Kälte des Sonnenaufgangs stand sie am fast leeren Kai. Der Wind frischte auf, und die salzige Luft biss sich durch ihren Umhang.

Sie sah die Schiffe, zweihundert an der Zahl, aufs offene Wasser Kurs nehmen. Nur sechs Handelsschiffe, die in der Dünung an ihren Ankerketten zerrten, blieben übrig, darunter das von Kapitän Wensan. Eine Handvoll Fischerboote schmiegte sich an die Küste – sie waren zu klein, um für die Flotte interessant zu sein. Gelangweilt zählte Kestrel sie.

Sie fragte sich, ob der General an Deck eines der Kriegsschiffe stand und sie sehen konnte.

Die Flotte glitt davon, fast wie Tänzer in einem Tanz, bei dem man sich nicht berührte.

Glück hängt davon ab, ob man frei ist, hatte Kestrels Vater oft gesagt, *und Freiheit hängt davon ab, ob man Mut hat.*

Sie dachte an das in Musselin eingeschlagene Ballkleid.

Warum sollte sie nicht auf den Ball gehen? Was hatte sie zu befürchten?

Die starrenden Blicke?

Sollten sie starren. Sie war nicht wehrlos, und sie brauchte auch nicht den Schutz ihres Vaters oder des Hauptmanns.

Kestrel war verwundet gewesen, aber jetzt war sie es nicht mehr.

✦

Der Stoff war fast flüssig. Das Kleid lag kühl auf ihrer Haut und fiel in einfachen goldenen Linien, die so blass wie die Wintersonne waren, an ihr herab. Es ließ ihre Arme frei und war tief genug ausgeschnitten, um ihre Schlüsselbeine zu zeigen.

Das Kleid war leicht überzustreifen – eine Sklavin musste nur ein paar winzige Perlknöpfe schließen, die vom unteren Rücken hinaufliefen –, und Kestrel war es gewohnt, den juwelenbesetzten Dolch selbst umzugürten. Aber sie wusste, sobald sie allein war, würde ihr Haar Ärger machen, und sie würde bestimmt nicht Lirah rufen lassen, die Person, die ihr die größte Hilfe wäre.

Sie setzte sich an ihren Frisiertisch und betrachtete aufmerksam ihr Spiegelbild. Das Haar war offen und ergoss sich um ihre Schultern. Es war einige Schattierungen dunkler als das Kleid. Sie raffte ein paar Strähnen zusammen und begann, einen Zopf zu flechten.

»Ich habe gehört, dass Ihr heute Abend auf den Ball geht.«

Kestrel sah in den Spiegel und entdeckte, dass Arin hinter ihr stand. Dann betrachtete sie ihre geschminkten Augen. »Dir ist nicht erlaubt, dich hier aufzuhalten«, sagte Kestrel. Sie schaute ihn nicht wieder an, doch sie spürte, dass er wartete. Ihr wurde klar, dass auch sie wartete – auf den Willen wartete, ihn wegzuschicken.

Sie seufzte und flocht weiter an ihrem Zopf.

Er sagte: »Es ist keine gute Idee, auf den Ball zu gehen.«

»Ich glaube kaum, dass du in der Position bist, mir Ratschläge zu erteilen, was ich tun oder lassen soll.« Sie warf seinem Spiegelbild erneut einen Blick zu. Sein Anblick sägte an ihren bereits blank liegenden Nerven. Der Zopf glitt ihr aus den Fingern und löste sich wieder auf. »Was?«, blaffte sie. »Amüsierst du dich etwa über mich?«

Seine Mundwinkel zuckten, und Arin sah wieder wie er selbst aus, wie der Mensch, den sie seit Ende des Sommers immer besser kennenlernte. »›Amüsieren‹ ist nicht das richtige Wort.«

Wie ein schwerer Vorhang fielen ihr die Strähnen ins Gesicht. »Lirah macht mir normalerweise das Haar«, murmelte sie. Sie hörte Arin Luft holen, als wollte er etwas sagen, dann tat er es aber doch nicht.

Irgendwann sagte er ruhig: »Ich könnte es tun.«

»Was?«

»Ich könnte Euer Haar flechten.«

»Du?«

»Ja.«

Kestrel schlug das Herz bis zum Hals. Sie öffnete den Mund. Bevor sie allerdings irgendetwas sagen konnte, hatte er den Raum durchmessen und nahm ihr Haar in seine Hände. Seine Finger begannen sich zu bewegen.

Es war sonderbar, dass es so still im Zimmer war. Da hätte doch ein Geräusch sein müssen, wenn eine Fingerkuppe über ihren Nacken strich. Oder wenn er eine Strähne straff zog und feststeckte. Wenn er einen Zopf, so dünn wie ein Haarband, nach vorn fallen ließ, sodass er ihre Wange streifte. Jede seiner Gesten war wie Musik, und Kestrel konnte nicht glauben, dass sie keine Noten hörte, weder hohe noch tiefe. Sie atmete langsam aus.

Seine Hände erstarrten. »Habe ich Euch wehgetan?«

»Nein.«

Haarnadeln verschwanden in rascher Folge von der Frisierkommode. Kestrel sah zu, wie kleine Zöpfe sich in größeren und darunter und darüber in einem immer komplizierter werdenden Kunstwerk verloren. Sie spürte einen sanften Zug. Ein Drehen. Ein Zittern in der Luft.

Obwohl Arin sie nicht berührte, keinen lebenden Teil von ihr berührte, fühlte es sich an, als wäre ein feines Netz über Kestrel geworfen worden, das ihren Blick verschleierte und auf ihrer Haut schimmerte.

»So«, sagte er.

Kestrel sah ihr Spiegelbild eine Hand an den Kopf heben. Ihr fiel nichts ein, was sie hätte sagen können. Arin war zurückgetreten, die Hände in den Hosentaschen vergraben. Aber sein Blick hielt den ihren im Spiegel fest und sein Gesicht war weich geworden, wie damals, als sie Klavier für ihn gespielt hatte. Sie begann: »Woher ...?«

Er lächelte. »Woher ein Schmied das kann?«

»Nun – ja.«

»Meine ältere Schwester hat mich ihre Haare machen lassen, als ich noch klein war.«

Kestrel hätte beinahe gefragt, wo Arins Schwester nun war, doch dann befürchtete sie das Schlimmste. Sie sah, wie Arin sie dabei beobachtete, und las an seinem Gesicht ab, dass das Schlimmste wahr war. Dennoch schwand sein Lächeln nicht. »Ich habe es natürlich gehasst«, sagte er. »Dass sie mich herumkommandiert hat. Und dass ich es zugelassen habe. Aber jetzt ... ist es eine schöne Erinnerung.«

Sie stand auf und drehte sich zu Arin um. Der Stuhl stand zwischen ihnen und sie war sich nicht sicher, ob sie dankbar für diese Barriere war oder nicht.

»Kestrel, wenn Ihr unbedingt auf den Ball gehen müsst, dann nehmt mich mit.«

»Ich verstehe dich nicht«, sagte sie frustriert. »Ich verstehe nicht, was du sagst, wie du dich veränderst ... dass du dich einmal *so* verhältst und dann hierherkommst und dich wieder ganz anders verhältst.«

»Ich verstehe mich selbst auch nicht immer. Aber ich weiß, dass ich heute Abend bei Euch sein will.«

Kestrel ließ seine Worte nachklingen. Es lag so eine geschmeidige Stärke darin. Eine unbewusste Melodie. Kestrel fragte sich, ob Arin ahnte, dass er sich mit jedem kleinen, gewöhnlichen Wort als Sänger verriet. Sie fragte sich, ob er vorhatte, sie mit seiner Stimme zu hypnotisieren.

»Wenn du schon denkst, dass es dumm von mir ist, auf den Erstwinterball zu gehen«, erwiderte sie, »dann kannst du dir sicher sein, dass es noch viel dümmer wäre, dich mitzunehmen.«

Er zog eine Schulter hoch. »Es könnte aber auch eine kühne Botschaft sein, die der Wahrheit entspricht, wie wir beide wissen: dass Ihr nichts zu verbergen habt.«

✦

Die Frau des Statthalters, Neril, zögerte nur einen ganz kurzen Moment, als sie Kestrel in der Schlange vor dem Einlass zum Ball entdeckte. Der Statthalter hielt große Stücke auf General Trajan und, noch wichtiger, war auf ihn angewiesen. Das machte die beiden Männer zu Verbündeten – was wiederum bedeutete, dass Neril vorsichtig mit der Tochter des Generals umgehen musste, wie Kestrel sehr gut wusste.

»Meine Liebe!«, sagte Neril. »Ihr seht atemberaubend aus.« Ihr Blick verharrte jedoch nicht bei Kestrel. Er huschte hinter sie, dorthin, wo Arin stand.

»Ich danke Euch«, erwiderte Kestrel.

Nerils Lächeln war steif. Sie wandte keinen Blick von Arins Gesicht. »Lady Kestrel, dürfte ich Euch um einen Gefallen bitten? Die Hälfte meiner Sklaven ist nämlich heute Abend erkrankt.«

»So viele?«

»Natürlich tun sie nur so, als ob. Aber die Wahrheit aus ihnen herauszuprügeln würde auch nichts daran ändern, dass wir heute Abend zu wenige Dienstboten haben. Ein ausgepeitschter Sklave könnte meine Gäste nicht mit der nötigen Haltung bedienen.«

Kestrel gefiel nicht, worauf das hinauslief. »Lady Neril –«

»Darf ich mir Euren Sklaven heute Abend ausleihen?«

Kestrel spürte Arins Anspannung so deutlich, als würde er Schulter an Schulter neben ihr stehen und nicht hinter ihr, außer Sichtweite. »Ich brauche ihn vielleicht noch.«

»Ihn brauchen?« Neril senkte die Stimme. »Kestrel, ich tue Euch damit einen Gefallen. Schickt ihn in die Küche, bevor der Ball richtig anfängt und noch mehr Gäste ihn bemerken. Ich bezweifle, dass es ihm etwas ausmachen wird.«

Kestrel beobachtete Arin, während sie ihm zum Schein Nerils Worte übersetzte. Sie glaubte, dass es ihm sehr wohl etwas ausmachte. Doch als er antwortete, klang seine Stimme demütig. Er sprach Valorianisch, als würde es ihn nicht länger kümmern, wer wusste, wie gut er die Sprache des Imperiums beherrschte. »Herrin«, sagte er zu Neril. »Ich kenne den Weg in Eure Küche nicht, und es wäre leicht, sich in einem so prachtvollen Haus zu verirren. Einer Eurer Sklaven könnte mich hinbringen, aber wie ich sehe, sind alle beschäftigt ...«

»Ja, gut.« Neril wedelte ungeduldig mit der Hand. »Ich werde einen Sklaven zu dir schicken. Bald«, fügte sie hinzu, wobei das letzte Wort Kestrel galt. Dann wandte sie ihre Aufmerksamkeit den nächsten Gästen in der Schlange zu.

Das Haus des Statthalters war nach der Eroberung von Valorianern erbaut worden. Daher führte die Empfangshalle in eine Schildkammer, deren Wände gehämmerte Schilde schmückten, welche im Fackelschein aufleuchteten, während die Gäste plauderten und tranken.

Ein Haussklave reichte Kestrel ein Glas Wein. Sie hob es an die Lippen.

Es wurde ihr weggeschlagen und zersprang zu ihren Füßen. Wein spritzte fast auf ihre Schuhe. Einige Gäste unterbrachen ihre Gespräche und sahen her.

»Tut mir leid«, murmelte Arin. »Ich bin gestolpert.«

Kestrel spürte die bohrenden Blicke, mit denen alle sie anstarrten. Ihn. Und wieder sie, die sie neben ihm stand. Sie sah, wie Neril, die noch in Sichtweite auf der Schwelle zwischen Empfangshalle und Schildkammer stand, sich umdrehte und den Vorfall mit einem Blick erfasste. Die Frau verdrehte die Augen, packte einen Sklaven am Arm und schubste ihn in Kestrels und Arins Richtung.

»Kestrel, trinkt heute Abend keinen Wein«, sagte Arin.

»Was? Warum nicht?«

Nerils Sklave kam näher.

»Ihr solltet einen klaren Kopf behalten«, erklärte Arin.

»Mein Kopf ist vollkommen klar«, zischte sie ihm zu, sodass die murmelnde Menge es nicht verstehen konnte. »Was ist bloß in dich gefahren, Arin? Du bittest, mich auf eine Veranstaltung begleiten zu dürfen, von der du nicht willst, dass ich sie besuche. Du schweigst den ganzen Weg hierher in der Kutsche, und jetzt –«

»Versprecht mir einfach, dass Ihr nichts trinken werdet.«

»Na gut, wenn es dir so wichtig ist.« Verbarg sich dahinter, wie damals auf Irex' Gartenfest, ein tiefer seelischer Schmerz aus Arins Vergangenheit, den sie nicht sah? »Aber was –«

»Arin.« Das war Nerils Sklave. Der Mann wirkte überrascht, Arin zu sehen, wiewohl auch erfreut. »Du sollst mir folgen.«

✦

Als Arin die Küche betrat, verstummten die Herrani. Er sah, wie ihre Mienen sich veränderten, und die Art, wie er ihre Blicke auf sich zog, gab ihm das Gefühl, als wäre seine Haut mit etwas Klebrigem eingerieben worden.

Als wäre er ein Held.

Er achtete nicht auf sie und schob sich an Lakaien und Dienstmädchen vorbei, bis er vor dem Koch stand, der gerade ein Schwein an einem Spieß über dem Feuer briet. Arin packte ihn am Arm. »Welcher Wein?«, wollte er wissen. Sobald das Gift getrunken war, würde es sein Zerstörungswerk an jedem Valorianer in diesem Haus verrichten.

»Arin.« Der Koch grinste. »Ich dachte, du bleibst heute Nacht auf dem Anwesen des Generals.«

»Welcher Wein?«

Der Koch blinzelte, da ihm schließlich die Dringlichkeit in Arins Stimme auffiel. »Es ist in einem gekühlten Apfelwein, der sehr süß ist – süß genug, um das Gift zu überdecken.«

»Wann?«

»Wann er serviert wird? Na, direkt nach der dritten Tanzrunde.«

26

Der Ballsaal hallte vor Lachen und lauten Gesprächen wider. Hitze drang über die Schwelle in den Korridor hinaus, in dem Kestrel stand.

Sie verschränkte die Finger ineinander. Sie war nervös.

Und so sah sie auch aus.

Niemand durfte erfahren, wie sie sich fühlte.

Kestrel zog die Hände auseinander und trat in den Ballsaal.

Mit ihr trat auch Stille ein, ganz plötzlich. Wenn die Fenster offen gestanden hätten und Luft hereingezogen wäre, hätte Kestrel die Kronleuchter klirren hören können, so leise war es.

Gesichter vereisten. Eines nach dem anderen wandte sich von ihr ab.

Sie suchte in der Menge nach einem Freund und wusste selbst nicht, dass sie den Atem angehalten hatte. Bis sie Benix entdeckte. Sie lächelte und bewegte sich auf ihn zu.

Er sah sie. Sie wusste, dass er sie sah. Doch seine Augen weigerten sich, sie anzublicken. Es war, als wäre sie durchsichtig. Wie Eis oder Glas oder etwas ebenso Zerbrechliches.

Sie blieb stehen.

Benix kehrte ihr den Rücken. Er ging ans andere Ende des Raums.

Flüstern wurde hörbar. Irex, weit weg, aber nicht weit genug, lachte und sagte Lady Faris etwas ins Ohr. Kestrels Wangen kribbelten vor Schamesröte, doch sie konnte nicht zurück. Sie konnte sich nicht rühren.

Sie sah das Lächeln als Erstes. Dann das Gesicht dazu: Kapitän Wensan, der sich durch die Leute schlängelte, um zu ihrer Rettung zu eilen. Er würde Kestrel um den ersten Tanz bitten, und ihr Gesicht bliebe gewahrt, zumindest vorläufig, selbst wenn ihr Ruf ruiniert war. Und sie würde einwilligen, denn sie hatte keine Wahl, als das Mitleid des Hauptmanns anzunehmen.

Mitleid. Der Gedanke daran trieb ihr die Röte aus dem Gesicht.

Sie überflog die Menge. Bevor der Hauptmann sie erreichte, näherte sie sich einem Senator, der allein stand. Senator Caran war doppelt so alt wie Kestrel. Sein Haar war schütter und sein Gesicht hager. Er erfreute sich eines makellosen Rufs, wenn auch nur deshalb, weil er zu feige war, in der Gesellschaft aus der Reihe zu tanzen.

»Fordert mich zum Tanzen auf«, sagte sie leise.

»Wie bitte?«

Wenigstens sprach er mit ihr. »Fordert mich zum Tanzen auf«, sagte sie, »oder ich werde allen erzählen, was ich über Euch weiß.«

Er kniff den Mund, der eben noch vor Staunen offen gestanden hatte, zusammen.

Kestrel kannte keines von Carans Geheimnissen. Vielleicht hatte er gar keine. Dennoch zählte sie darauf, dass er zu ängstlich war, um das Risiko in Kauf zu nehmen, dass sie sagen würde, was auch immer sie zu sagen hatte.

Er forderte sie zum Tanz auf.

Er war natürlich nicht die beste Wahl. Aber Ronan war noch nicht eingetroffen, und Benix wollte noch immer nicht ihren Blick erwidern. Entweder hatte er seit dem Duell seine Meinung über sie geändert, oder sein Mut ließ ihn im Stich, wenn Ronan und Jess nicht dabei waren. Vielleicht war er aber auch einfach nicht bereit, seinen Ruf mitsamt dem von Kestrel untergehen zu lassen.

Der Tanz begann. Caran blieb die ganze Zeit über stumm.

Als die Instrumente gegen Ende des Stücks langsamer wurden und eine Laute eine immer leiser werdende Melodie aufgriff, bis keine Musik mehr zu hören war, ließ Kestrel die Arme sinken. Caran machte eine steife Verbeugung und ging.

»Na, das sah aber nicht gerade nach Spaß aus«, sagte eine Stimme hinter ihr. Kestrel drehte sich um. Erleichterung packte sie.

Es war Ronan. »Ich schäme mich«, fuhr er fort. »Ich schäme mich von Herzen, so spät dran zu sein, dass du mit einem langweiligen Tänzer wie Caran vorliebnehmen musstest. Wie konnte das passieren?«

»Ich habe ihm gedroht.«

»Aha.« Ronans Blick war besorgt. »Es läuft also nicht gut.«

»Kestrel!« Jess bahnte sich den Weg durch die Menge und kam auf sie zu. »Wir hätten nicht gedacht, dass du kommen würdest. Du hättest uns Bescheid sagen sollen. Wenn wir es gewusst hätten, wären wir von Anfang an hier gewesen.« Jess nahm Kestrels Hand und zog sie an den Rand der Tanzfläche. Ronan folgte. Hinter ihnen begannen die Tänzer mit der zweiten Runde. »Aber wir haben es kaum in die Kutsche geschafft«, fuhr Jess fort. »Ronan war so lustlos. Er meinte, es hätte keinen Sinn herzukommen, wenn er nicht mit dir zusammen sein könnte.«

»Schwesterlein«, gab Ronan zurück, »darf ich jetzt private Dinge über *dich* ausplaudern?«

»Dummerchen. Ich habe keine Geheimnisse. Und du auch nicht, soweit es Kestrel betrifft.« Jess sah triumphierend zwischen ihnen hin und her. »Oder, Ronan?«

Er massierte seine Nasenwurzel mit den Fingern, und seine Augenbrauen verzogen sich zu einer schmerzverzerrten Miene. »Jetzt nicht mehr.«

»Du siehst wunderhübsch aus, Kestrel«, sagte Jess. »Hatte ich nicht recht mit dem Kleid? Und die Farbe wird perfekt zum gekühlten Apfelwein passen.«

Kestrel wurde schwindelig, sie war sich nur nicht sicher, wovon – von der Erleichterung, ihre Freunde zu sehen, oder von Ronans erzwungenem Geständnis. Sie lächelte. »Du hast den Stoff für mein Kleid nach dem Wein ausgesucht?«

»Nach einem besonderen Wein. Lady Neril ist sehr stolz darauf. Sie hat mir schon vor Monaten erzählt, dass sie vorhätte, für den Ball einige Fässer aus der Hauptstadt zu ordern, und mir kam in den Sinn, dass es zu leicht ist, ein Kleid nur passend zu Edelsteinen, Dolchen und Schuhen auszuwählen. Ein Glas Wein in der Hand ist doch wie ein Edelstein – wie ein großer, flüssiger Edelstein, oder?«

»Dann sollte ich besser ein Glas trinken. Um den Gesamteindruck zu vervollständigen.« Kestrel hatte das Versprechen, das sie Arin gegeben hatte, nicht vergessen, doch sie verdrängte es lieber zusammen mit allem anderen, was sie an ihn erinnerte.

»O ja«, sagte Jess. »Du musst einfach. Denkst du das nicht auch, Ronan?«

»Ich denke das nicht. Ich denke an nichts anderes als daran, was Kestrel denken könnte und ob sie mit mir tanzen wird. Wenn ich mich nicht irre, wird es einen letzten Tanz geben, bevor dieser legendäre Wein serviert wird.«

Kestrels Fröhlichkeit schwand. »Das würde ich liebend gern ... aber wären eure Eltern nicht dagegen?«

Ronan und Jess wechselten einen Blick. »Sie sind nicht hier«, sagte Ronan dann. »Sie verbringen den Winter in der Hauptstadt.«

Was hieß, dass sie, wenn sie vor Ort gewesen wären, sehr wohl etwas dagegen einzuwenden gehabt hätten – wie alle Eltern in Anbetracht dieses Skandals.

Ronan deutete Kestrels Gesichtsausdruck richtig. »Es spielt keine Rolle, was sie denken. Tanz mit mir.«

Er nahm ihre Hand, und zum ersten Mal seit langer Zeit fühlte sie sich sicher. Er zog sie in die Mitte der Tanzfläche und in die Bewegungen des Tanzes hinein.

Ronan sprach einige Augenblicke lang nicht, dann berührte er einen schmalen Zopf, der sich wie eine Ranke um Kestrels Wange legte. »Das ist hübsch.«

Bei der Erinnerung an Arins Hände in ihrem Haar wurde sie starr.

»Wunderbar?«, versuchte es Ronan wieder. »Überragend? Kestrel, das richtige Wort, das dich beschreibt, ist noch nicht erfunden worden.«

Sie versuchte einen leichten Ton anzuschlagen. »Was werden wir Frauen bloß tun, wenn diese übertriebenen Schmeicheleien nicht mehr in Mode sind? Ihr verwöhnt uns.«

»Du weißt, dass es keine bloßen Schmeicheleien sind«, sagte Ronan. »Das hast du immer schon gewusst.«

Ja, es stimmte, dass sie das gewusst hatte, selbst wenn sie sich dieses Wissen nicht hatte anschauen, es nicht hatte wirklich sehen wollen. Sie spürte dumpf einen Funken Angst.

»Heirate mich, Kestrel.«

Sie hielt den Atem an.

»Ich weiß, dass es in letzter Zeit schwer für dich war«, fuhr Ronan fort, »und dass du das nicht verdient hast. Du musstest so stark, so stolz, so schlau sein. Aber all die Unannehmlichkeiten werden sich in Luft auflösen, sobald wir unsere Verlobung verkünden. Du kannst wieder du selbst sein.«

Aber sie *war* stark. Stolz. Schlau. Für wen hielt er sie, wenn nicht für die Person, die ihn gnadenlos bei jedem Biss-und-Stich-Spiel schlug, die ihm Irex' Todespreis gab und genau sagte, was er damit tun sollte? Und doch schluckte Kestrel ihre Worte herunter. Sie schmiegte sich in die Beuge seines Arms. Es war leicht, mit ihm zu tanzen. Es würde leicht sein, Ja zu sagen.

»Dein Vater wäre glücklich. Meine Morgengabe an dich wird das beste Klavier sein, das die Hauptstadt zu bieten hat.«

Kestrel sah ihm in die Augen.

»Oder du behältst deines«, fügte er hastig hinzu. »Ich weiß, dass du daran hängst.«

»Es ist nur ... du bist sehr freundlich.«

Sein Lachen geriet kurz und nervös. »Freundlichkeit hat damit wenig zu tun.«

Der Tanz wurde langsamer. Er würde bald zu Ende sein.

»Und?« Ronan war stehen geblieben, auch wenn die Musik weiterging und die anderen Tänzer um sie herwirbelten. »Was ... na ja, was denkst du?«

Kestrel wusste nicht, was sie denken sollte. Ronan stellte ihr alles in Aussicht, was sie sich nur wünschen konnte. Aber warum machten sie seine Worte dann traurig? Warum hatte sie dann das Gefühl, dass etwas verloren war? Langsam antwortete sie: »Die Gründe, die du angeführt hast, sind keine Gründe zu heiraten.«

»Ich liebe dich. Ist das Grund genug?«

Vielleicht. Vielleicht wäre es so gewesen. Aber während die Musik allmählich verklang, sah Kestrel Arin am Rande der Menge stehen. Er beobachtete sie mit einem Gesicht, das seltsam verzweifelt wirkte. Als ob auch er gerade etwas verlor oder schon verloren hatte.

Sie sah ihn und verstand nicht, dass ihr seine Schönheit jemals hatte entgehen können. Dass sie sie nicht schon immer getroffen hatte, wie sie sie jetzt traf, wie ein Schlag.

»Nein«, flüsterte Kestrel.

»Was?«, durchdrang Ronans Stimme die Stille.

»Es tut mir leid.«

Ronan schwenkte herum, um zu sehen, wem Kestrels Blick galt. Er fluchte.

Kestrel ging davon, schob sich an Sklaven vorbei, die Tabletts trugen, welche mit Gläsern voll blassgoldenen Weins beladen waren. Die Lichter und Menschen verschwammen vor ihren brennenden Augen. Sie schritt durch die Saaltüren, einen Gang entlang, aus dem Herrenhaus und in die kalte Nacht hinein, und sie wusste, ohne ihn zu sehen oder zu hören oder zu berühren, dass Arin an ihrer Seite war.

✦

Kestrel begriff nicht, warum Kutschbänke immer einander gegenüber angeordnet waren. Warum konnten sie nicht für Momente wie diesen gebaut sein, wenn sie sich nichts sehnlicher wünschte, als sich zu verkriechen? Sie warf einen Blick auf Arin. Sie hatte nicht befohlen, die Kutschlampen anzuzünden, aber der Mond schien hell. Arin saß in seinem silbernen Licht. Er sah durch das Fenster, wie der Palast des Statthalters kleiner wurde, während die Kutsche nach Hause rollte. Dann riss er sich mit einer ruckartigen Bewegung vom Fenster los und ließ sich tiefer in seinen Sitz sinken. Sein Gesicht zeigte etwas, das wie erschrockene Erleichterung aussah.

Kestrel spürte instinktive Neugier in sich aufflackern. Dann rief sie sich ins Gedächtnis, dass es Neugier gewesen war, die sie hierhergebracht hatte: fünfzig Silberlinge für einen Sänger, der sich weigerte zu singen, einen Freund, der nicht ihr Freund war, jemanden, der ihr gehörte und ihr doch niemals gehören würde. Kestrel wandte den Blick ab. Sie schwor sich, ihn nie wieder anzusehen.

Leise fragte er: »Warum weint Ihr?«

Seine Worte ließen die Tränen nur schneller fließen.

»Kestrel.«

Sie holte zitterig Luft. »Weil ich meinem Vater sagen werde, dass er gewonnen hat, wenn er wieder nach Hause kommt. Ich werde zum Militär gehen.«

Er schwieg zunächst. »Das verstehe ich nicht.«

Kestrel zuckte die Achseln. Es sollte sie nicht kümmern, ob er es verstand oder nicht.

»Ihr würdet Eure Musik aufgeben?«

Ja. Das würde sie.

»Aber Euer Handel mit dem General lief bis zum Frühling.« Arin klang verwirrt. »Ihr habt bis zum Frühling Zeit, um zu heiraten oder Euch freiwillig zu melden. Ronan ... Ronan würde den Gott der Seelen für Euch anflehen. Er würde Euch bitten, ihn zu heiraten.«

»Das hat er schon.«

Arin sagte nichts darauf.

»Aber ich kann das nicht«, fuhr sie fort.

»Kestrel.«

»Ich kann das nicht.«

»Kestrel, bitte, nicht weinen.« Zaghafte Finger berührten ihr Gesicht. Ein Daumen fuhr über die tränennasse Haut über ihrem Wangenknochen. Sie litt, litt an dem Elend zu wissen, dass es nicht mehr als Mitleid sein konnte, was auch immer ihn dazu trieb, dies zu tun. So viel war sie ihm wert. Aber nicht mehr.

»Warum kannst du ihn nicht heiraten?«, flüsterte er.

Sie brach das Wort, das sie sich selbst gegeben hatte, und sah ihn an. »Wegen dir.«

Arins Hand zuckte an ihrer Wange. Sein dunkler Kopf neigte sich, verlor sich im eigenen Schatten. Dann glitt er von seiner Bank und kniete sich vor sie hin. Seine Hände fielen auf die Fäuste in ihrem Schoß und öffneten sie sanft. Er hielt sie, als würde er Wasser schöpfen. Dann holte er Luft, um zu sprechen.

Sie hätte ihm am liebsten Einhalt geboten. Sie hätte sich gewünscht, taub zu sein, blind zu sein, aus gefühllosem Rauch zu bestehen. Sie hätte seinen Worten aus Furcht, aus Sehnsucht Einhalt geboten. Weil Entsetzen und Sehnsucht ununterscheidbar geworden waren.

Doch seine Hände hielten die ihren, und sie konnte nichts tun.

Er sagte: »Ich will dasselbe, was du willst.«

Kestrel wich zurück. Es war ja nicht möglich, dass seine Worte bedeuteten, wonach sie sich anhörten.

»Es war nicht einfach für mich, es zu wollen.« Arin hob das Gesicht, sodass sie den Ausdruck darauf sehen konnte. Ein tiefes Gefühl zeigte sich auf seinen Zügen, offenbarte sich und bat darum, beim Namen genannt zu werden.

Hoffnung.

»Aber du hast doch schon dein Herz verschenkt«, entgegnete sie.

Seine Stirn furchte sich und glättete sich dann wieder. »Oh. Nein, nicht so, wie du denkst.« Er lachte leise, doch es klang irgendwie wild. »Frag mich, warum ich auf den Markt gegangen bin.«

Das war grausam. »Wir beide wissen, warum.«

Er schüttelte den Kopf. »Tu so, als hättest du eine Partie Biss und Stich gewonnen. Warum bin ich hingegangen? Frag mich. Jedenfalls nicht, um ein Mädchen zu treffen, das es gar nicht gibt.«

»Es ... gibt sie nicht?«

»Ich habe gelogen.«

Kestrel blinzelte. »Aber warum bist du dann auf den Markt gegangen?«

»Weil ich mich frei fühlen wollte.« Arin fuhr mit der Hand auf Höhe seiner Schläfen durch die Luft und ließ sie verlegen wieder sinken.

Kestrel begriff plötzlich diese Geste, die sie schon so oft gesehen hatte. Es war eine alte Angewohnheit. Er strich etwas zurück, was nicht mehr da war, Haar, das sie ihm hatte abschneiden lassen.

Sie beugte sich vor und küsste ihn auf die Schläfe.

Arins Hand hielt sie sanft fest. Seine Wange streifte die ihre. Dann berührten seine Lippen ihre Stirn, ihre geschlossenen Augen, die Linie, wo ihr Kinn in den Hals überging.

Kestrels Mund fand den seinen. Seine Lippen waren salzig von ihren Tränen, und dieser Geschmack, sein Geschmack, der ihres Kusses, der immer inniger wurde, erfüllte sie mit der Empfindung seines leisen Lachens vor wenigen Augenblicken. Einer wilden Weichheit, einer weichen Wildheit. Seiner Hände, die ihr dünnes Kleid hinauffuhren. Seiner Hitze, die sich durch ihre Haut brannte ... in sie hinein, während sie in ihm versank.

Er riss sich los. »Ich habe dir noch nicht alles gesagt«, gestand er. Die Kutsche wurde durchgeschüttelt, er schwankte gegen sie und dann wieder weg von ihr.

Kestrel lächelte. »Hast du noch mehr erfundene Freundinnen?«

»Ich –«

Aus der Ferne dröhnte eine Explosion durch die Nacht. Eines der Pferde wieherte. Die Kutsche geriet ins Schlingern, und Kestrel schlug mit dem Kopf gegen den Fensterrahmen. Sie hörte das Rufen des Kutschers, das Schnalzen einer Peitsche. Die Kutsche kam ruckartig zum Stehen. Der Knauf von Kestrels Dolch bohrte sich in ihre Seite.

»Kestrel? Alles in Ordnung?«

Benommen griff sie sich an den Kopf. Ihre Finger wurden nass.

Dann eine zweite Explosion. Die Kutsche wurde erneut erschüttert, als die Pferde scheuten, aber Arins Hand stützte Kestrel. Sie sah aus dem Fenster Richtung Stadt und entdeckte einen schwachen Lichtschein am Himmel. »Was war das?«

Arin schwieg zuerst. Dann sagte er: »Schwarzpulver. Die erste Explosion hat die Kaserne der Stadtwache getroffen. Die zweite die Rüstkammer.«

Es hätte eine Vermutung sein können, aber es klang nicht wie eine. Ein Teil von Kestrel wusste genau, was es hieß, wenn Arin Kenntnis davon hatte. Der andere Teil verschloss sich diesem Wissen und ließ sie nur verstehen, was es hieß, wenn er recht hatte.

Die Stadt wurde angegriffen.

Schlafende Stadtwachen waren getötet worden.

Feinde plünderten Waffen aus der Rüstkammer.

Kestrel stolperte aus der Kutsche.

Arin folgte ihr auf dem Fuße. »Kestrel, du solltest wieder einsteigen.«

Sie achtete nicht auf ihn.

»Du blutest«, sagte er.

Kestrel warf einen Blick auf den Herrani-Kutscher, der an den Zügeln zerrte und die tänzelnden Pferde mit Flüchen bedachte. Sie sah den heller werdenden Lichtschein über der Stadtmitte, ein sicheres Zeichen für Feuer. Sie starrte die Straße entlang. Sie waren nur noch wenige Minuten vom Anwesen entfernt.

Kestrel machte einen Schritt in Richtung ihres Zuhauses.

»Nein.« Arin ergriff ihren Arm. »Wir müssen zusammen zurück.«

Die Pferde beruhigten sich. Der ungleichmäßige Rhythmus ihres Schnaubens und Stampfens drang hinaus in die Nacht, während Kestrel über das Wort nachdachte, das Arin gebraucht hatte: *müssen.*

Die Tür, die sie in ihrem Kopf verschlossen hatte, flog auf.

Warum hatte Arin gesagt, sie solle keinen Wein trinken?

Was stimmte nicht mit dem Wein?

Sie dachte an Jess und Ronan und an all die Tänzer auf dem Ball.

»Kestrel.« Arins Stimme klang leise, aber eindringlich. Es war der Beginn einer Erklärung, die sie nicht hören wollte.

»Lass mich los.«

Seine Hand fiel von ihr ab. Kestrel sah ihm an, was er sah: dass sie Bescheid wusste. Sie wusste, dass das, was heute Nacht geschah, keine Überraschung für ihn war. Dass das, was sie zu Hause erwartete, genauso gefährlich wie Schwarzpulver oder vergifteter Wein war.

Sowohl Arin als auch Kestrel waren sich darüber im Klaren, dass ihre Aussichten hier, auf dieser einsamen nächtlichen Straße, überschaubar waren.

»Was ist los?« Der Herrani-Kutscher kletterte vom Bock. Er kam auf sie zu und starrte über die dunkle Anhöhe eines Hügels auf den Lichtschein über der Stadt. Dann begegnete er Arins Blick. »Der Gott der Rache ist gekommen«, flüsterte er ungläubig.

Kestrel zog ihren Dolch und hielt ihn dem Kutscher an die Kehle. »Hol der Teufel deine Götter«, sagte sie. »Mach eines der Pferde los.«

»Tu's nicht«, sagte Arin zu dem Kutscher, der nervös unter Kestrels Messer schluckte. »Sie wird dich nicht umbringen.«

»Ich bin Valorianerin. Ich werde es tun.«

»Kestrel, es wird ... Veränderungen geben nach heute Nacht. Aber lass es mich dir erklären.«

»Ich denke nicht daran.«

»Dann überleg doch mal.« Im Mondschein wurden Arins Kieferknochen zu einer harten schwarzen Linie. »Was wirst du als Nächstes tun, wenn du den Kutscher getötet hast? Mich angreifen? Würdest du gewinnen?«

»Ich bringe mich um.«

Arin machte einen Schritt zurück. »Das wirst du nicht.« Und doch stand Angst in seinen Augen.

»Einen Ehrenselbstmord begehen? Allen valorianischen Kindern bringt man bei, wie das geht, wenn wir volljährig werden. Mein Vater hat mir gezeigt, wohin der Stoß gehen muss.«

»Nein. Das würdest du nicht tun. Du spielst jedes Spiel zu Ende.«

»Die Herrani wurden versklavt, weil sie zu schlecht im Töten und zu feige zu sterben waren. Ich habe dir gesagt, dass ich nicht töten will, aber nicht, dass ich es nicht tun würde. Und ich habe nie gesagt, dass ich Angst vor dem Tod habe.«

Arin sah den Kutscher an. »Mach beide Pferde los.«

Kestrel hielt das Messer ganz ruhig, während der Kutscher das erste Pferd von seinem Geschirr befreite.

Als sie auf seinen sattellosen Rücken kletterte, machte Arin einen Satz auf sie zu. Sie hatte es erwartet und den Vorteil der Höhe und eines Schuhs mit Holzabsatz auf ihrer Seite. Sie trat ihm gegen die Stirn, sah ihn taumeln. Dann grub sie eine Hand in die Mähne des Pferdes und zwang es in den Galopp.

Kestrel konnte gut genug im Mondschein sehen, um tiefen Spurrillen in der Straße auszuweichen. Sie konzentrierte sich darauf, nicht auf den Verrat, der sich in ihre Haut eingebrannt hatte. Ihren Mund gebrandmarkt hatte. Die Schuhe fielen von ihren Füßen, und ihre Zöpfe tanzten auf ihrem Rücken.

Nicht lange danach hörte sie das Getrappel von Hufen hinter sich.

✦

Das Tor zum Anwesen stand offen, auf dem Weg lagen die leblosen Körper der Leibgardisten des Generals verstreut. Kestrel entdeckte Rax, dessen tote Augen sie anstarrten. Ein Kurzschwert steckte in seinem Bauch.

Ihr Pferd jagte über das Anwesen zum Haus hinüber, als der Bolzen einer Armbrust durch die Luft sirrte und sich in die Flanke des Tiers bohrte.

Das Pferd schrie auf, Kestrel wurde zu Boden geschleudert. Benommen lag sie da. Dann bemerkten die Finger ihrer rechten Hand, dass sie leer waren, und sie tastete nach dem Dolch.

Ihre Hand schloss sich genau in dem Augenblick um seinen Knauf, als ein Stiefel in ihrem Gesichtsfeld erschien. Der Absatz grub sich in den winterlichen Schmutz, während die Sohle über ihren Fingern schwebte.

»Da haben wir ja die Herrin des Hauses«, sagte der Auktionator. Kestrel starrte zu ihm empor, auf die Armbrust, die er so mühelos trug. Erwiderte den Blick, mit dem er sie taxierte, von den nackten Füßen über das zerrissene Kleid bis hin zu ihrer blutenden Stirn. »Die Klavierspielerin.« Sein Stiefel senkte sich herab und übte leichten Druck auf die Knöchel ihrer Finger aus. »Lass das Messer fallen, oder ich zerquetsche deine Hand.«

Kestrel ließ es fallen.

Er packte sie am Kragen und zerrte sie hoch. Ihr Atem ging schnell, in kurzen, angstvollen Stößen. Er lächelte, und sie sah ihn wieder in der Grube, damals, als er Arin zum Verkauf angepriesen hatte. *Dieser Sklave wurde zum Schmied ausgebildet,* hatte der Auktionator gerufen. *Er wäre für einen Soldaten geeignet, besonders für einen Offizier mit eigener Leibgarde und Waffen, die gepflegt werden müssen.*

Kein Valorianer in der Stadt hatte eine eigene Leibgarde – außer General Trajan.

Kestrel sah erneut, wie der Auktionator an jenem Tag ihren Blick erwidert hatte. Sah seine Begeisterung, als sie zu bieten begonnen hatte, seinen Gesichtsausdruck, als andere mitgesteigert hatten. Er war nicht erfreut gewesen, als der Preis höher und höher getrieben wurde, ging Kestrel auf. Er war besorgt gewesen.

Als ob Arins Verkauf für sie inszeniert worden wäre, für sie allein.

Der Erdboden erzitterte von Hufen, die rasch näher kamen.

Das Lächeln des Auktionators wurde breiter, als Arin sein Pferd zum Stehen brachte. Der Auktionator machte ein Zeichen in die Richtung, wo der Schatten der Bäume begann. Bewaffnete Herrani erschienen. Sie richteten ihre Waffen auf Kestrel.

Der Auktionator ging auf Arin zu, der nun abstieg. Er legte Arin die Hand an die Wange. Arin tat dasselbe bei ihm. Da standen sie und boten einen Anblick, den Kestrel nur von verstaubten Herrani-Bildern kannte. Es war eine Geste der Freundschaft, die so stark war wie Familienbande.

Arins Blick traf den ihren.

»*Du* bist der Gott der Lügen«, zischte sie.

27

Sie brachten sie ins Haus. Kestrel gab keinen Laut von sich, während Steine und Zweige ihre bloßen Füße zerschnitten. Als der Auktionator sie zum Vordereingang stieß, hinterließ sie blutige Fußabdrücke auf den Bodenplatten.

Aber etwas anderes lenkte sie ab. Harman, ihr Haushofmeister, schwamm mit dem Gesicht nach unten im Springbrunnen, und sein blondes Haar trieb um ihn her wie Seegras.

Die Sklaven des Generals drängten sich in dem Gang jenseits des Springbrunnens und riefen den Bewaffneten Fragen zu. Deren Antworten waren ein Durcheinander aus Sätzen wie *Wir haben die Stadt eingenommen, Der Statthalter ist tot* und immer und immer wieder *Ihr seid frei.*

»Wo ist die Haushälterin?«, fragte der Auktionator.

In die Sklaven kam Bewegung. Die valorianische Haushälterin wurde weniger nach vorn gedrängt, vielmehr wichen die Sklaven zur Seite, damit man sie sehen konnte.

Der Auktionator packte die Frau an den Schultern, stieß sie gegen die Wand, presste seinen breiten Arm gegen ihre Brust und zog ein Messer.

Sie begann zu schluchzen.

»Aufhören«, rief Kestrel. Sie wandte sich an die Sklaven. »Hört auf damit. Sie war gut zu euch.«

Sie rührten sich nicht.

»Gut zu euch?«, wiederholte der Auktionator zu ihnen. »War sie gut zu euch, als sie euch die Latrinen säubern ließ? Als sie euch schlug, weil ihr einen Teller zerbrochen hattet?«

»Sie hätte nie jemandem wehgetan.« Kestrels Stimme klang schrill von einer Angst, die sie nicht länger bezähmen konnte. Sie ließ sie das Falsche sagen. »Ich hätte das nicht erlaubt.«

»Du gibst hier keine Befehle mehr«, sagte der Auktionator und schnitt der Frau die Kehle durch.

Sie sackte gegen die gemalten Blumen an der Wand, würgte an ihrem eigenen Blut, drückte die Hände gegen ihre Kehle, als könnte sie es zurückdrängen. Der Auktionator trat nicht beiseite. Er badete in ihrem Blut, bis sie zu Boden glitt.

»Aber sie hat doch nichts getan.« Kestrel konnte es sich nicht verkneifen, obwohl sie wusste, dass es dumm war, ganz und gar dumm, wenn sie weitersprach. »Sie hat nur getan, wofür ich sie bezahlt habe.«

»Kestrel.« Arins Stimme war scharf.

Der Auktionator drehte sich zu ihr um. Er hob erneut das Messer. Kestrel hatte gerade genug Zeit, sich an den Klang des Hammers auf dem Amboss zu erinnern, an all die Waffen zu denken, die Arin geschmiedet hatte, und zu begreifen, dass es nicht schwer gewesen wäre, wenn er nebenbei noch mehr davon hätte machen wollen.

Der Auktionator kam auf sie zu.

Überhaupt nicht schwer.

»Nein«, sagte Arin. »Sie gehört mir.«

Der Mann blieb stehen. »Was?«

Arin schlenderte auf sie zu, wobei er in das Blut der Haushälterin trat. Er stellte sich neben den Auktionator. Dort stand er locker, unbekümmert. »Sie gehört mir. Mein Preis. Die Bezahlung für erwiesene Dienste. Kriegsbeute.« Arin zuckte die Achseln. »Nenn sie, wie du willst. Nenn sie meine Sklavin.«

Scham packte Kestrel, so vergiftet wie alles, was ihre Freunde auf dem Ball getrunken haben mussten.

Langsam sagte der Auktionator: »Ich mache mir ein bisschen Sorgen um dich, Arin. Ich glaube, du überblickst die Situation nicht.«

»Ist etwas falsch daran, sie so zu behandeln, wie sie mich behandelt hat?«

»Nein, aber –«

»Das valorianische Heer wird zurückkehren. Sie ist die Tochter des Generals. Sie ist zu wertvoll, um sie sinnlos abzustechen.«

Der Auktionator steckte sein Messer wieder in die Scheide, doch Kestrel konnte ihre Furcht nicht so einfach wegstecken. Diese überraschende Alternative zum Tod sah nicht so aus, als wäre sie wirklich besser.

»Denk nur daran, was mit deinen Eltern passiert ist«, sagte der Auktionator zu Arin. »Denk daran, was die Valorianer deiner Schwester angetan haben.«

Arins Blick schoss zu Kestrel. »Das tue ich.«

»Wirklich? Wo warst du während des Überfalls auf das Anwesen? Ich hatte erwartet, meinen Stellvertreter hier vorzufinden. Stattdessen warst du auf einem Ball.«

»Weil ich erfahren hatte, dass ein Sklave des Hafenmeisters auch dort sein würde. Er hat mir wertvolle Informationen gegeben. Wir müssen uns noch um die Handelsschiffe kümmern, Preller. Schick mich. Lass mich das für dich tun.« Das Bedürfnis, diesen Mann zufriedenzustellen, war an Arins Gesicht deutlich abzulesen.

Auch Preller sah es. Er seufzte. »Nimm ein paar Kämpfer mit. Du wirst weitere an den Kais finden. Kapert alle Schiffe oder verbrennt sie. Wenn auch nur eines ablegt, um das Imperium davon zu unterrichten, dass wir die Stadt eingenommen haben, wird das eine sehr kurzlebige Revolution werden.«

»Ich sorge dafür. Sie werden den Hafen nicht verlassen.«

»Das haben einige vielleicht schon getan. Die Seeleute an Bord müssen die Explosionen gehört haben.«

»Grund genug, auf ihre Kameraden zu warten, die auf Landgang sind.«

Preller verzog das Gesicht zu einer Grimasse von zurückhaltendem Optimismus. »Geh. Ich kehre auf, was im Haus des Statthalters übrig ist.«

Kestrel dachte an ihre Freunde. Sie starrte auf das Blut am Boden. Weder hörte noch schaute sie hin, als Arin raschen Schrittes auf sie zukam. Da sagte der Auktionator: »Ihre Hände.«

Sie sah auf. Arins Blick huschte zu ihren Fäusten. »Natürlich«, antwortete er, und Kestrel begriff, dass sie gerade besprochen hatten, womit sie ihr am besten drohen konnten.

Ihr Arm wurde schlaff, als Arin ihn ergriff. Ihr fiel ein, was der Auktionator in der Sommerhitze in der Grube gesagt hatte. *Dieser Kerl hier kann singen.* Ihr fiel der Stiefel dieses Mannes auf ihrer Hand ein. Die Tatsache, dass die ganze Stadt ihre Schwäche für Musik kannte. Als Arin sie mit sich fortzog, dachte Kestrel, dass es vielleicht dies war, was am meisten wehtat.

Dass sie etwas, das sie liebte, gegen sie verwendet hatten.

✦

Sie hatte sich geschworen, nicht mehr mit Arin zu sprechen, doch dann sagte er: »Du kommst mit mir zum Hafen.«

Sie war so überrascht, dass sie entgegnete: »Wozu? Warum sperrst du mich nicht in der Kaserne ein? Das wäre doch das perfekte Gefängnis für deine Kriegsbeute.«

Er dachte nicht daran, stehen zu bleiben, sondern führte sie über die Flure ihres eigenen Hauses weiter. »Aber nur so lange, bis Preller seine Meinung über dich ändert.«

Kestrel stellte sich vor, wie der Auktionator ihre Zellentür aufsperrte. »Ich nehme an, dass ich tot für euch nicht von Nutzen bin.«

»Das würde ich niemals zulassen.«

»Was für eine rührende Sorge um eine Valorianerin. Als hättest du nicht zugelassen, dass euer Anführer diese Frau umbringt. Als wärest du nicht verantwortlich für den Tod meiner Freunde.«

Sie machten vor der Tür zu Kestrels Gemächern halt. Arin drehte sich zu ihr um. »Ich werde jeden einzelnen Valorianer in dieser Stadt sterben lassen, wenn das heißt, dass du am Leben bleibst.«

»So wie Jess?« Ihre Augen standen plötzlich voller Tränen, die sie noch nicht vergossen hatte. »Ronan?«

Arin sah weg. Die Haut über seinem Auge begann, sich blau zu färben, dort, wo sie ihn getreten hatte. »Ich habe zehn Jahre als Sklave gelebt. Ich konnte keiner mehr sein. Was hast du heute Abend in der Kutsche gedacht? Dass es in Ordnung für mich sein würde, immer Angst davor haben zu müssen, dich zu berühren?«

»Das tut hier nichts zur Sache. Ich bin nicht dumm. Du hast dich an mich verkauft mit der *Absicht*, mich zu täuschen.«

»Aber ich kannte dich nicht. Ich wusste nicht, dass du –«

»Stimmt. Du kennst mich nicht. Du bist ein Fremder.«

Er legte die Hand flach an die Tür.

»Was ist mit den valorianischen Kindern?«, wollte sie wissen. »Was habt ihr mit ihnen gemacht? Wurden sie auch vergiftet?«

»Nein. Kestrel, nein, natürlich nicht. Ihre Kinderfrauen werden sich um sie kümmern. Sie werden alle Annehmlichkeiten haben. Das war immer Teil des Plans. Glaubst du, wir sind Ungeheuer?«

»Ich glaube, *du* bist eines.«

Arins Finger krümmten sich an der Tür. Er schob sie auf.

Er führte sie ins Ankleidezimmer, öffnete den Schrank und

wühlte sich durch ihre Kleider. Er zog eine schwarze Tunika hervor, eine enge Hose und eine Jacke und hielt sie Kestrel hin.

Kühl sagte sie: »Das ist eine zeremonielle Kampftracht. Erwartest du etwa, dass ich mich am Kai duelliere?«

»Du fällst im Dunkeln zu sehr auf.« Seine Stimme klang seltsam. »Du ... du siehst aus wie Feuer.« Er fand eine weitere schwarze Tunika und riss sie in Streifen. »Hier. Wickle dir das um den Kopf.«

Kestrel stand still, den schlaffen schwarzen Stoff im Arm, während sie sich an das letzte Mal erinnerte, als sie solche Kleider getragen hatte.

»Zieh dich an«, sagte Arin.

»Geh raus.«

Er schüttelte den Kopf. »Ich schaue nicht zu.«

»Stimmt. Das wirst du nicht, denn du wirst jetzt *rausgehen.*«

»Ich kann dich nicht allein lassen.«

»Sei nicht albern. Was soll ich schon anstellen – die Stadt im Alleingang zurückerobern, aus meinem bequemen Ankleidezimmer heraus?«

Arin fuhr sich mit der Hand durchs Haar. »Du könntest dich umbringen.«

Bitter entgegnete sie: »Ich dachte, an der Art, wie ich mich von dir und deinem Freund habe herumschubsen lassen, sei klar geworden, dass ich am Leben bleiben will.«

»Du könntest deine Meinung ändern.«

»Und dann was genau tun?«

»Du könntest dich an deinem Waffengürtel aufhängen.«

»Dann nimm ihn mir weg.«

»Du könntest Kleider benutzen. Die Hose.«

»Sich erhängen ist eine würdelose Art zu sterben.«

»Du könntest den Spiegel deines Schminktischs zerbrechen und dir die Pulsadern aufschneiden.« Wieder kam ihr Arins Stimme so fremd vor. »Kestrel, ich werde nicht hinschauen.«

Ihr wurde klar, warum seine Worte so schroff klangen. Irgendwann hatte sie selbst ins Valorianische gewechselt, und er war ihr gefolgt. Es war sein Akzent, den sie hörte.

»Versprochen«, sagte er.

»Deine Versprechen sind nichts wert.« Kestrel drehte sich um und begann, sich auszuziehen.

28

Er nahm ihr Pferd.

Kestrel verstand, warum. Sie hatten die Kutsche auf der Straße zurückgelassen, und die Stallungen waren fast leer, da ihr Vater viele Pferde mitgenommen hatte. Javelin war das beste von denen, die noch übrig waren. Im Krieg geht Besitz in die Hände dessen über, der ihn sich aneignen und ihn halten kann, deshalb gehörte der Hengst nun Arin. Aber es tat trotzdem weh.

Er musterte sie wachsam, während er Javelin sattelte. In den Stallungen herrschte lärmendes Treiben: Andere Herrani zäumten Pferde auf, mit denen sie davonreiten wollten. Die Tiere wieherten, da sie die Anspannung der Menschen spürten, und Holz dröhnte unter Hufen und Füßen. Doch Arin schwieg und beobachtete Kestrel. Als Erstes hatte er, nachdem sie die Stallungen betreten hatten, einen Satz Zügel genommen, das Leder mit einem Messer durchschnitten, Kestrel die Hände gefesselt und einen Bewacher für sie abgestellt. Es spielte keine Rolle, dass ihr buchstäblich die Hände gebunden waren. Er ließ sie bewachen, als wäre das nicht der Fall.

Vielleicht dachte er aber auch nur darüber nach, wie schwierig es werden würde, eine Gefangene zu Pferde in die Stadt und hinunter zum Hafen zu bringen. Das hätte Kestrel einige Genugtuung verschafft, wenn sie nicht gewusst hätte, wie sein Auftrag lautete.

Nämlich, sie bewusstlos zu schlagen, wenn er seine Kriegsbeute behalten wollte. Sie zu töten, wenn er sich anders entschied. Sie einzusperren, wenn sie zu viel Ärger machte.

Sie sah seine Alternativen so deutlich wie er.

Jemand rief Arins Namen. Er und Kestrel wandten sich zu einer Herrani-Frau um, die am Stalltor lehnte und schwer atmete. Ihr Gesicht war nass von Schweiß. Sie kam Kestrel bekannt vor, und der Grund dafür ging ihr im selben Moment auf, als sie begriff, warum die Frau hier war.

Sie war eine der Sklavinnen des Statthalters. Sie war als Botin gekommen, um zu berichten, was sich auf dem Ball zugetragen hatte, nachdem Kestrel und Arin ihn verlassen hatten.

Arin ging auf die Frau zu. Kestrel wollte dasselbe tun, wurde aber von ihrem Bewacher zurückgerissen. Arin warf Kestrel einen Blick zu, der ihr nicht gefiel. Es war der Blick von jemandem, der gerade einen Vorteil errungen hatte.

Als bräuchte er noch mehr Vorteile.

»Unter vier Augen«, sagte er zu der Frau. »Dann meldest du es Preller, wenn du's nicht schon getan hast.«

Arin und die Sklavin des Statthalters traten aus dem Stall. Das Tor fiel krachend hinter ihnen zu.

Er kehrte allein zurück.

»Sind meine Freunde tot?«, wollte Kestrel wissen. »Sag's mir.«

»Ich werde es dir sagen, sobald ich dich auf dieses Pferd gesetzt habe, ohne dass du dich wehrst, und ich selbst hinter dir sitze, ohne dass du ein paar schlaue Ideen hast, wie du mich hinunterschubst oder uns beide abwirfst. Ich sag's dir, wenn wir es bis zum Hafen geschafft haben.« Er kam näher. Sie sagte nichts, und daraus musste er geschlossen haben, dass sie einverstanden war. Vielleicht wollte er auch nur nicht mehr von ihr hören, als sie selbst sagen wollte, denn er wartete nicht auf ihre Antwort. Er hob Kestrel auf Javelin, dann schwang er sich in einer geschmeidigen Bewegung hinter sie auf den Rücken des Hengstes. Kestrel spürte, wie sich sein Körper an ihren schmiegte.

Seine Nähe war ein Schock. Kestrel beschloss dennoch, sich auf den Handel einzulassen. Sie gab Javelin nicht das Zeichen zu steigen. Sie stieß den Hinterkopf nicht gegen Arins Kinn. Sie beschloss, sich zu benehmen. Sie konzentrierte sich auf das, was wichtig war.

Jener Kuss hatte nichts bedeutet. Nichts. Was blieb, war das Blatt, das sie gezogen hatte, und die Art, wie sie es spielen würde.

Die Pferde galoppierten aus dem Stall.

✦

Kestrel spürte, wie Arin durchatmete, als der Hafen in Sicht kam, und wusste, dass es aus Erleichterung geschah, denn alle Schiffe, die sie an diesem Morgen gesehen hatte, waren noch da. Kestrel war enttäuscht, wenn auch nicht überrascht. Sie wusste aus der Zeit, als sie segeln gelernt hatte, dass Schiffsmannschaften ihre Boote als Inseln betrachteten. Seeleute an Bord würden eine Gefährdungslage an Land nicht als Bedrohung für sich selbst einstufen. Dank der Loyalität gegenüber ihren Kameraden an Land würden sie so lange vor Anker liegen bleiben, wie sie in Sicherheit warten konnten. Was die Fischer mit ihren kleineren Booten betraf, so hatten die meisten ein Zuhause an Land, wo sie sich aufhalten würden – mitten im Gewühl zwischen Schwarzpulverrauch und Feuer und den Leichen, um die Javelin einen Bogen gemacht hatte, als sie durch die Stadt geritten waren. Fischer, die auf ihrem Boot geschlafen hatten, würden es wahrscheinlich nicht riskieren, während der Zeit der grünen Stürme Kurs auf die Hauptstadt zu nehmen. Und Kestrel hatte auf dem Ritt zum Hafen gesehen, dass sich Wolken am Himmel zusammenballten. Kleine Schiffe waren besonders schutzlos.

Als Kestrel das dachte, blitzte eine winzige Idee in ihr auf.

Die Schiffe durften nicht verbrannt werden. Schon gar nicht die Fischerboote. Sie würde später vielleicht noch eines brauchen.

Arin stieg ab und hob Kestrel von Javelin herunter. Sie zuckte zusammen, tat aber so, als wäre nicht die Berührung seiner Hände schuld daran, sondern der stechende Schmerz, mit dem ihre wunden Füße, die nun in Kampfstiefeln steckten, auf dem Boden landeten.

»Sag's mir«, verlangte sie. »Sag mir, was auf dem Ball passiert ist.«

Der Feuerschein erhellte sein Gesicht. Die brennende Kaserne der Stadtwache, die nicht einmal in der Nähe der Kais lag, war in einem Inferno aus Flammen zusammengebrochen. Der sie umgebende Himmel leuchtete in einem aschfarbenen Orange. »Ronan geht's gut«, sagte Arin.

Kestrel verschlug es den Atem – seine Formulierung konnte nur eines bedeuten. »Jess.«

»Sie lebt.« Arin griff nach Kestrels gefesselten Händen.

Sie entriss sie ihm.

Arin zögerte. Dann warf er einen Blick auf die Herrani um sie herum, die mithören konnten. Sie beäugten Kestrel mit unverhohlenem Hass und ihn mit Argwohn. Er packte ihre Handgelenke und zog die Knoten fester. »Sie ist krank«, sagte er kurz angebunden. »Sie hat von dem vergifteten Wein getrunken.«

Die Worte durchfuhren Kestrel wie ein Erdbeben, und obwohl sie sich sagte, dass sie sich niemandem – schon gar nicht Arin – offenbaren durfte, klang ihre Stimme betroffen. »Wird sie überleben?«

»Ich weiß es nicht.«

Jess ist nicht tot, sagte sich Kestrel. Sie wird nicht sterben. »Und Benix?«

Arin schüttelte den Kopf.

Kestrel fiel ein, wie Benix sich auf dem Ball von ihr abgewandt hatte. Wie er den Blick niedergeschlagen hatte. Aber ihr fiel auch sein dröhnendes Lachen ein, und sie wusste, sie hätte ihn mit Neckereien zu dem Eingeständnis bewegen können, dass er sich falsch verhalten hatte. Sie hätte ihm sagen können, dass sie nur zu gut wisse, wie angreifbar man sich fühle, wenn man aus der Reihe tanzte und ins Blickfeld der Gesellschaft rückte. All das hätte sie tun können, wenn der Tod ihnen nicht die Möglichkeit geraubt hätte, ihre Freundschaft zu kitten.

Sie wollte nicht weinen. Nicht schon wieder. »Was ist mit Kapitän Wensan?«

Arin runzelte die Stirn. »Keine Fragen mehr. Das ist nur noch Strategie. Jetzt fragst du nicht mehr nach Freunden, du hältst mich hin und suchst nach einem Vorteil, den ich nicht sehen kann. Er hat dir nichts bedeutet.«

Kestrel öffnete den Mund und schloss ihn dann wieder. Sie hatte ihre Antwort – und nicht den Wunsch, Arin zurechtzuweisen oder noch mehr von sich selbst preiszugeben.

»Ich habe keine Zeit, dir eine Liste der Überlebenden und Toten zu liefern, selbst wenn ich eine hätte«, sagte Arin. Er warf einen raschen Blick zu den bewaffneten Herrani und bedeutete ihnen dann, ihnen zu folgen. All jene, die noch nicht abgestiegen waren, taten es jetzt und bewegten sich auf das kleine Gebäude bei den zentralen Kais zu, in dem der Hafenmeister saß. Beim Näherkommen entdeckte Kestrel eine weitere Gruppe Herrani, die die Kleidung von Kaisklaven trugen. Sie umstellten das Gebäude. Die einzigen Valorianer, die zu sehen waren, lagen tot auf dem Boden.

»Der Hafenmeister?«, fragte Arin den Mann, der der Anführer der zweiten Herrani-Gruppe zu sein schien.

»Drinnen«, erwiderte der Herrani. »Unter Bewachung.« Sein Blick fiel auf Kestrel. »Sag mir, dass das nicht die ist, für die ich sie halte.«

»Sie spielt keine Rolle. Sie untersteht meinem Befehl, genau wie du.« Bevor Arin die Tür aufdrückte, fing Kestrel den wehrhaften Zug um seinen Mund und das Missfallen auf dem Gesicht des anderen Mannes auf. Und obwohl Kestrel bereits gewusst hatte, dass die Gerüchte um sie und Arin ebenso verstörend für seine Leute wie für ihre sein mussten, nahm dieses Wissen erst jetzt eine Gestalt an, die sich wie eine Waffe anfühlte.

Sollten die Herrani doch denken, dass sie Arins Geliebte war. Es würde sie nur an den Absichten und der Treue jenes Mannes zweifeln lassen, den Preller seinen Stellvertreter genannt hatte.

Kestrel folgte Arin ins Haus des Hafenmeisters auf dem Anleger.

Es roch nach Pech und Hanf, da der Hafenmeister ebenso Waren verkaufte, wie er als Buchhalter arbeitete und in sein Bestandsbuch eintrug, welche Schiffe einliefen und ablegten und an welchem Kai sie festmachten. In dem Haus lagerten Fässer mit Teer und Taurollen, und der Gestank nach Schiffswerft war noch stärker als der Urin, der Flecken auf der Hose des Hafenmeisters hinterlassen hatte.

Der Valorianer hatte Angst. Auch wenn die letzten paar Stunden bei Kestrel alles auf den Kopf gestellt hatten, was sie je geglaubt hatte, erschütterte sie die Furcht dieses Mannes aufs Neue. Denn er war in den besten Jahren und ausgebildeter Soldat; seine Rolle im Hafen ähnelte der der Stadtwache. Was bedeutete es für die goldene Regel, dass ein echter Valorianer keine Angst kannte, wenn dieser Mann sich fürchtete?

Warum hatten sich die Valorianer so leicht überraschen lassen können, so leicht überrumpeln?

Wie sie.

Es lag an Arin. Arin, der als Spion im Anwesen des Generals gelebt hatte. Arin, dessen scharfer Verstand nach und nach einen geheimen Plan ausgeheckt hatte, zu dem er selbst Waffen beisteuerte, die er heimlich angefertigt hatte, und Informationen, die Kestrel immer wieder entschlüpft waren. Der ihre Einwände in Bezug auf den Selbstmord des Hauptmanns der Stadtwache zerstreut hatte, welcher kein Selbstmord, sondern ein Mord im Dienste der Revolution gewesen sein musste. Arin hatte kein Interesse an dem merkwürdigen Gerücht gezeigt, Senator Andrax habe Schwarzpulver an die Barbaren verkauft – natürlich nicht, denn er hatte ja gewusst, dass es nicht verkauft, sondern von Herrani-Sklaven gestohlen worden war.

Arin, der sich ihr Herz geangelt und dann die Schnur eingeholt hatte, sodass sie näher und näher kam und nichts mehr sehen konnte bis auf seine Augen.

Arin war ihr Feind.

Jeder Feind sollte im Auge behalten werden. *Bring stets die Vorzüge und Schwächen deines Gegners in Erfahrung*, hatte ihr Vater gesagt. Kestrel beschloss, dankbar für diesen Augenblick zu sein, in dem sie sich mit ungefähr zwanzig Herrani im Haus des Hafenmeisters drängte und fünfzig weitere draußen warteten. Dies war eine gute Möglichkeit herauszufinden, ob Arin zum Anführer ebenso taugte wie zum Spion und zum Biss-und-Stich-Spieler.

Vielleicht bekam Kestrel ja Gelegenheit, das Schicksal zu ihren Gunsten zu wenden.

»Ich will Namen«, sagte Arin zu dem Hafenmeister. »Die von allen Seeleuten, die im Augenblick an Land sind, und die von ihren Schiffen.«

Der Hafenmeister las sie ihm mit zitternder Stimme vor. Kestrel sah, wie Arin sich die Wange rieb, während er den Mann betrachtete und sicherlich dachte – wie sie auch –, dass jeder Plan, die Schiffe zu kapern oder zu verbrennen, so viele Leute wie möglich erforderte. Er würde niemanden an Land zurücklassen können, um den Hafenmeister zu bewachen, der ja jetzt ohnehin nutzlos geworden war.

Ihn zu töten war am naheliegendsten und ging am schnellsten.

Arin traf den Kopf des Mannes mit der Seite seiner Faust. Es war ein präziser Schlag gegen die Schläfe. Der Mann sackte über seinem Schreibtisch zusammen. Die Seiten seines Bestandsbuchs bewegten sich im Takt seines Atems.

»Wir haben zwei Möglichkeiten«, sagte Arin zu seinen Leuten. »Wir haben uns bisher gut geschlagen. Wir haben die Stadt eingenommen. Die Führungsriege wurde gestürzt oder untersteht nun uns. Jetzt brauchen wir Zeit, so viel wie möglich, bis das Imperium erfährt, was passiert ist. Unsere Leute bewachen den Pass in den Bergen. Der einzige andere Weg, dem Imperium die Neuigkeiten mitzuteilen, ist der Seeweg. Wir kapern die Schiffe oder verbrennen sie. Das müssen wir jetzt entscheiden.

Aber wie auch immer, unsere Vorgehensweise bleibt die gleiche. Sturmwolken ziehen von Süden heran. Wenn sie den Mond verdecken, werden wir in kleinen Barkassen durch die Dunkelheit rudern und uns an der Küstenlinie halten, bis wir um die Schiffe herum und auf Höhe der Hecks sind. Ihr Bug ist auf die Stadt und ihr Licht ausgerichtet. Wir werden uns auf der dunklen Seeseite befinden, während die Seeleute sich am Bug sammeln und das Feuer in der Stadt beobachten. Sobald wir hoffen können, alle Schiffe zu erobern, teilen wir uns auf: Die eine Hälfte von uns wird mit dem größten und gefährlichsten Schiff anfangen – dem von Kapitän Wensan. Die andere Hälfte wartet beim zweitgrößten Schiff. Wir kapern Wensans Schiff und richten die Geschütze auf das zweitgrößte Schiff, das die zweite Gruppe entern wird. Mit diesen beiden Schiffen erzwingen wir die Kapitulation des nächstliegenden Schiffs und fahren so fort, bis wir die gesamte Wehrkraft der Händler zersetzt haben. Die Fischer haben keine Geschütze, sie werden wir uns nach der Seeschlacht holen. Wir werden jedes Schiff versenken, das aus der Bucht zu fliehen versucht. Damit verschaffen wir uns nicht nur die Zeit, die wir brauchen, sondern auch die Schiffe, die wir als

Waffen gegen das Imperium einsetzen können, und mit ihnen die Waren, die sie an Bord haben.«

Offenbar war Arin nicht halb so schlau, wie Kestrel gedacht hatte, da er diesen Plan *vor ihr* erörterte. Oder er war der Meinung, sie könne ohnehin keinen Schaden anrichten mit diesen Informationen. Vielleicht kümmerte es ihn nicht, was sie hörte. Dennoch war es ein vernünftiger Plan ... bis auf eine Sache.

»Und *wie* sollen wir Wensans Schiff kapern?«, wollte ein Herrani wissen.

»Wir klettern die Strickleiter hinauf.«

Kestrel lachte. »Ihr werdet einer nach dem anderen von Wensans Mannschaft von der Leiter gepflückt, sobald sie merken, was vor sich geht.«

Im Raum wurde es still. Mienen und Körper wurden starr. Arin, der zu den Herrani gesprochen hatte, drehte sich zu Kestrel um. Der Blick, den er ihr schickte, ließ die Luft zwischen ihnen brennen.

»Dann geben wir vor, wir seien ihre valorianischen Kameraden auf Landgang«, sagte er, »und bitten darum, dass unsere Barkassen hochgewinscht werden.«

»Vorgeben, Valorianer zu sein? Das wird sicher sehr glaubwürdig.«

»Es wird dunkel sein. Sie werden unsere Gesichter nicht sehen, und wir haben die Namen der Seeleute an Land.«

»Und euer Akzent?«

Arin antwortete nicht.

»Du hoffst wohl, dass der Wind euren Akzent verweht«, fuhr Kestrel fort. »Aber vielleicht fragen sie euch trotzdem nach dem Losungsruf. Vielleicht wird dein kleiner Plan baden gehen, genau wie ihr alle.«

Allgemeines Schweigen.

»Der Losungsruf«, wiederholte sie. »Das Passwort, das jede halbwegs vernünftige Mannschaft benutzt und nur den eigenen Leuten verrät, um zu verhindern, dass sie angegriffen werden, wie du es gerade so albern versuchen willst.«

»Kestrel, was hast du vor?«

»Euch ein paar Ratschläge zu geben.«

Er schnalzte ungeduldig. »Du willst, dass ich die Schiffe verbrenne.«

»Wirklich? Ist es das, was ich will?«

»Ohne sie werden wir schwächer gegen das Imperium sein.«

Sie zuckte die Achseln. »Selbst mit ihnen habt ihr keine Chance.«

Arin musste spüren, wie sich die Stimmung im Raum veränderte, während Kestrels Worte preisgaben, was jeder Einzelne von ihnen hätte wissen müssen: dass die Herrani-Revolution ein hoffnungsloses Unterfangen war. Sie würde niedergeschlagen werden, sobald die imperialen Streitkräfte wie geplant über den Bergpass marschierten, um das Regiment zu ersetzen, das nach Osten abkommandiert worden war. Sie würden die Stadt belagern und Boten um Verstärkung entsenden. Wenn die Herrani diesmal verloren, würden sie nicht versklavt werden. Man würde sie allesamt töten.

»Fangt an, die Barkassen mit den Pechfässern zu beladen«, befahl Arin den Herrani. »Damit werden wir die Schiffe verbrennen.«

»Das wird nicht nötig sein«, entgegnete Kestrel. »Weil ich Wensans Losungsruf kenne.«

»Du«, sagte Arin, »*du* kennst ihn?«

»Das tue ich.«

Genau genommen tat sie das nicht. Aber sie hatte eine wohlbegründete Vermutung. Es gab nur eine begrenzte Anzahl von Möglichkeiten – alle Vögel im *Lied von den Federn des Todes.* Und es gab ihre Erinnerung daran, wie Wensan auf den Teller mit dem Jagdfalken, ihrem Namensvetter, geblickt hatte. Sie hätte Gold auf den Losungsruf verwettet, den er vermutlich für den Abend des Balls gewählte hatte. Kestrel konnte Gesichter lesen, als würde sie auf den Grund eines Gewässers schauen, auf die Kiesel, den Schlick, der aufgewirbelt wurde und sich wieder absetzte, einen pfeilschnellen Fisch. Sie hatte gesehen, wie Wensan seine Entscheidung traf, so klar, wie sie nun den Argwohn in Arins Augen sah.

Ihre Sicherheit geriet ins Wanken.

Arin. Hatte Arin nicht ihre Fähigkeit widerlegt, andere zu lesen? Denn sie hatte ihn in der Kutsche als wahrhaftig empfunden. Sie hatte gedacht, dass seine Lippen auf ihren wie ein Gebet gewesen waren. Aber sie hatte sich getäuscht.

Arin zerrte Kestrel aus dem Haus des Hafenmeisters. Er knallte die Tür hinter ihnen zu und ging mit ihr bis ans Ende eines leeren Anlegers. »Ich glaube dir nicht«, sagte er.

»Ich denke, du hast mein Haus ziemlich gut kennengelernt. Was wann geliefert wird, welche Briefe abgehen. Wer kommt, wer geht. Ich denke, du weißt, dass Kapitän Wensan gestern Abend bei uns zum Essen eingeladen war.«

»Er war der Freund deines Vaters«, sagte Arin langsam.

»Sein Schiff hat das Klavier meiner Mutter aus der Hauptstadt hierhergebracht, als ich noch ein Kind war. Er war immer freundlich zu mir. Und jetzt ist er tot. Oder?«

Arin leugnete es nicht.

Der Mondschein wurde allmählich schwächer, aber Kestrel wusste, dass Arin den Kummer in ihrem Gesicht erkennen konnte.

Sie ließ es zu, dass er ihn sah. Es diente ihren Zwecken. »Ich kenne das Passwort«, sagte sie.

»Du würdest es nie verraten.« Wolken schoben sich vor den Mond und verschatteten Arins Gesicht. »Du spielst mit mir. Du willst, dass ich mich für das hasse, was ich getan habe. Du wirst mir niemals verzeihen, und ganz bestimmt wirst du mir nicht *helfen.*«

»Du hast etwas, das ich haben will.«

Die kalte Dunkelheit schien näher zu kriechen.

»Das bezweifle ich«, erwiderte Arin.

»Ich will Jess. Ich werde euch helfen, die Schiffe zu kapern, und du wirst mir Jess geben.«

Die Wahrheit kann eine ebenso gute Täuschung sein wie eine Lüge. Kestrel wollte in der Tat durchsetzen, dass sie Jess helfen oder zumindest an ihrer Seite sein durfte, wenn der Tod kam. Gleichzeitig baute sie darauf, dass Arin nicht erkannte, was sich dahinter verbarg: Kestrel musste erreichen, dass wenigstens ein Fischerboot im Hafen blieb.

»Ich kann sie dir nicht einfach so geben«, entgegnete Arin. »Preller wird darüber entscheiden, was mit den Überlebenden geschieht.«

»Ach, aber du scheinst doch gewisse Privilegien zu genießen. Wenn du Anspruch auf *ein* Mädchen erheben kannst, warum nicht gleich auf zwei?«

Sein Mund verzerrte sich; es sah wie Abscheu aus. »Ich werde dafür sorgen, dass du sie so bald wie möglich sehen kannst. Vertraust du mir?«

»Ich habe keine Wahl. Und jetzt zum Praktischen. Du hast Preller erzählt, dass du auf den Ball gegangen bist, damit der Sklave des Hafenmeisters dir Informationen zuspielen kann. Du wirst mir diese Informationen verraten.«

»Aber das ist nicht der Grund, warum ich auf den Ball gegangen bin.«

»Was?«

»Es gibt keine Informationen. Ich habe gelogen.«

Kestrel zog eine Augenbraue hoch. »Was für eine Überraschung. Hast du nicht gerade etwas versprochen und mich gebeten, deinem Wort zu vertrauen? Wirklich, Arin – du musst Lüge und Wahrheit besser trennen, sonst kannst am Ende nicht einmal mehr du sie auseinanderhalten.«

Schweigen. Hatte sie ihn verletzt? Sie hoffte es.

»Dein Plan, die Schiffe zu kapern, ist vernünftig«, sagte sie. »Aber du wirst ein paar Einzelheiten noch ausarbeiten müssen.« Sie sagte ihm, was sie sich vorstellte. Ob Arin bewusst war, dass sich, wenn er ihre Hilfe annahm, der Verdacht seiner Leute verdichten würde, sie seien ein Paar und er mache gemeinsame Sache mit einer Valorianerin, die nicht zwingend das Beste für die Herrani im Sinn hatte? Ob ihm bewusst war, dass, selbst wenn er heute Nacht sein Ziel erreichte, dieser Sieg geschmälert wurde durch die Art, wie er ihn errungen hatte?

Wahrscheinlich war es ihm bewusst. Er musste wissen, dass es so etwas wie einen klaren Sieg nicht gab.

Doch er ahnte nicht, dass Kapitän Wensan ihr das Segeln beigebracht hatte. Und selbst wenn er es geahnt hätte, war er sicherlich zu beschäftigt, um zu erkennen, dass ein Fischerboot die beste Möglichkeit für sie war, in die Hauptstadt zu entkommen.

Wenn sie die Gelegenheit zur Flucht sah, würde sie sie ergreifen. Sie würde die heulenden Bluthunde des Imperiums auf diese Stadt hetzen.

29

Arin hatte früher am Hafen gearbeitet. Er war aus dem Steinbruch in eine Schmiede verkauft worden, und als sein zweiter Schmiedemeister gestorben war, hatte Arin zu den beweglichen Gütern gehört, die unter den Erben aufgeteilt worden waren. Er war zwar unter dem Namen »Schmied« gelistet, doch er hatte sein Können vor seinen neuen Besitzern verborgen, und so war er – mit Verlust – an eine Schiffswerft verkauft worden. Er war nie gesegelt, doch er erkannte Herrani-Schiffe, wenn er sie sah. Er hatte sie zusammen mit anderen Sklaven aufs Trockendock gezogen, hatte sich in die Taue gehängt, um die Ungetüme bei Ebbe in Schieflage zu bringen. Dann war er in den Schlick gewatet, um alle möglichen Meereslebewesen von den verkrusteten Rümpfen zu kratzen, sodass Splitter von Seepocken um ihn herflogen, ihm in die Haut schnitten und dort dünne rote Linien hinterließen. Er erinnerte sich an den Geschmack von Schweiß in seinem Mund, an das Wasser, das immer höher an seinen Waden emporleckte, und alles musste schnell gehen, so schnell, damit die Sklaven mithilfe der Seilwinden das Schiff auf die andere Seite legen und dort ihre Arbeit verrichten konnten, bevor die Flut kam.

Dann nahmen die Valorianer stets ihr gestohlenes Schiff wieder in Empfang und segelten davon.

Als Arin in der Barkasse zu Wensans Schiff ruderte, das von Herrani-Hand erbaut und mit valorianischen Geschützen bestückt war, fiel ihm diese aufreibende Arbeit wieder ein. Ihm fiel aber auch ein, wie sie seine Muskeln gestählt hatte, bis der Schmerz in seinen Armen zu Stein wurde. Er war den Valorianern dankbar dafür, dass sie ihn stark gemacht hatten. Wenn er stark genug war, würde er diese Nacht vielleicht überleben. Wenn er überlebte, konnte er die Scherben des Mannes, der er einmal gewesen war, wieder zusammensetzen und sich vor Kestrel so rechtfertigen, dass sie ihn verstand.

Sie saß schweigsam neben ihm in der Barkasse. Die anderen Herrani an den Rudern sahen zu, wie sie ihre gefesselten Hände hob, um den schwarzen Lumpen wegzuziehen, der ihr Haar bedeckte. Es war ein ungelenkes Unterfangen. Und es war notwendig, da eine neue Wendung des Plans voraussetzte, dass Kestrel gesehen und erkannt wurde.

Die Herrani beobachteten, wie sie sich abmühte. Sie beobachteten, wie Arin sein Ruder in die Dolle zurückgleiten ließ, um ihr zu helfen. Sie zuckte so heftig zusammen, dass das Boot ins Wanken geriet. Es war nur ein leichtes Beben im Holz, doch sie alle spürten es.

Scham durchfuhr ihn bis ins Mark.

Endlich zerrte Kestrel sich den Lumpen vom Kopf. Obwohl sich die Wolken am Himmel türmten, den Mond verschluckten und die Dunkelheit noch tiefer werden ließen, schienen Kestrels Haar und ihre blasse Haut zu glühen. Es sah aus, als wäre sie von innen erleuchtet.

Arin konnte den Anblick nicht ertragen. Er wandte sich wieder seinen Rudern zu und legte sich in die Riemen.

Er wusste viel besser als jeder der zehn Herrani in der Barkasse, wie hinterlistig Kestrel sein konnte. Dass er ihrem Plan genauso wenig trauen durfte, wie er ihren Tricks bei Biss und Stich hätte erliegen oder ihr blind in die Falle hätte folgen dürfen, die sie ihm am Morgen vor dem Duell gestellt hatte.

Ihr Plan, das Schiff zu kapern, klang vernünftig. Wie die beste

Alternative. Dennoch prüfte er ihn immer wieder, wie er einen Pferdehuf geprüft hätte, indem er seine Oberfläche nach einer Schwachstelle abtastete, einem gefährlichen Riss.

Er fand nichts. Er dachte, dass da doch etwas sein müsse, aber dann begriff er, dass die Schwachstelle, die er erahnte, er selbst war. Heute Nacht war etwas in Arin aufgebrochen. Der Kampf, der in ihm tobte, hatte sich zu einem Krieg entwickelt.

Natürlich war er sich sicher, dass etwas nicht stimmte.

Unmöglich. Es war unmöglich, eine Valorianerin zu lieben und gleichzeitig sein Volk.

Arin war die Schwachstelle.

✦

Kestrel schaute zu, wie die anderen vier Barkassen durch das tintenschwarze Wasser glitten. Zwei zogen längsseits an Wensans Schiff vorbei und hielten auf Höhe der Strickleiter an. Die Dunkelheit gab ihnen ebenso Deckung wie der Schiffskörper, der sich vom ausladenden Oberdeck zur Wasserlinie hin verjüngte. Um die Barkassen sehen zu können, hätten die Seeleute an Deck sich über die Reling beugen müssen.

Oben an Deck erscholl kein Alarmruf.

Zwei weitere Barkassen näherten sich dem nächstgrößeren Schiff, einem Zweimaster mit einer Geschützreihe, der ganz offensichtlich das Partnerschiff von Wensans Dreimaster mit seinen doppelten Geschützreihen war.

Die Blicke der Herrani richteten sich auf Arin. Er nickte, und sie begannen zu rudern, ohne sich um Heimlichkeit zu scheren, nur um Schnelligkeit. Ruder klickten in ihren Dollen, tauchten spritzend ein und zogen durchs Wasser. Als die Barkasse Wensans Schiff erreichte, standen schon Seeleute weit oben an der Reling und spähten herunter zu ihnen. Ihre Gesichter waren verschwommene Flecken in der Dunkelheit.

Kestrel stand auf. »Aufstand in der Stadt!«, rief sie den Seeleuten zu, als müsste sie ihnen noch bestätigen, was sie zweifelsohne selbst jenseits des Hafens und der Stadtmauern sahen. »Lasst uns an Bord!«

»Ihr gehört nicht zu uns«, drang eine Stimme vom Hauptdeck herab.

»Ich bin eine Freundin von Kapitän Wensan: Kestrel, General Trajans Tochter. Der Kapitän hat mich zu meinem Schutz zusammen mit eurer Mannschaft hierhergeschickt.«

»Wo ist der Kapitän?«

»Ich weiß es nicht. Wir wurden in der Stadt getrennt.«

»Wer ist bei Euch?«

»Terex«, rief Arin, wobei er darauf achtete, das »r« zu rollen. Einer nach dem anderen riefen die Herrani in der Barkasse nun die Namen jener Seeleute auf Landgang nach oben, die der Hafenmeister ihnen genannt hatte. Sie nuschelten, manche verschluckten ganze Silben, aber jeder gab die Aussprache, die Kestrel ihnen seit dem Ablegen vom Ufer eingebläut hatte, ganz passabel wieder.

Der Seemann fuhr fort: »Wie lautet der Losungsruf?«

»Es ist mein Name«, erwiderte Kestrel mit all der Zuversicht, die sie nicht hatte. »Kestrel.«

Eine Pause. Einige nadelspitze Sekunden, in denen Kestrel hoffte, sie habe recht, habe unrecht, und sich für das hasste, was sie gerade tat.

Ein Rasseln. Das metallische Geräusch eines Flaschenzugs.

Mit Haken versehene Taurollen wurden vom Hauptdeck abgewinscht. Es klirrte, als die Herrani sie an der Barkasse festmachten.

Arin jedoch rührte keinen Finger. Er starrte Kestrel an. Vielleicht war er nicht davon überzeugt gewesen, dass sie das Passwort wusste. Oder er konnte nicht glauben, dass sie ihresgleichen verriet.

Kestrel sah durch ihn hindurch wie durch ein Fenster. Was er dachte, spielte keine Rolle. Nicht mehr.

Die Seilrollen ächzten. Die Barkasse hob sich tropfend aus dem Wasser. Sie ruckte und schwankte, während die Seeleute an Deck an den Tauen zogen. Dann begann sie in die Höhe zu steigen.

Kestrel konnte die Strickleiter am Heck nicht sehen, ebenso wenig die anderen Barkassen unter ihr im Wasser. Sie waren nachtschwarze, verschwommene Schatten. Doch sie bemerkte eine Bewegung, die den Rumpf hinaufwieselte. Herrani, die die Leiter erklommen.

Es war noch nicht zu spät, den Seeleuten an Bord eine Warnung zuzurufen.

Sie konnte sich noch dafür entscheiden, sie nicht zu verraten. Sie verstand nicht, wie ihr Vater das wieder und wieder tun konnte: Entscheidungen fällen, die Menschen einem höheren Zweck zuliebe ans Messer lieferten.

Aber war es das nicht wert, wenn es Kestrel eine Fluchtroute sicherte, um die Hauptstadt zu alarmieren?

Das, vermutete sie, hing davon ab, wie viele Valorianer auf Wensans Schiff sterben würden.

Kestrels kühle Berechnung erschreckte sie selbst. Dies war einer der Gründe, die sie bisher vom Militärdienst abgehalten hatten: die Tatsache, dass sie sehr wohl Entscheidungen wie diese treffen konnte. Dass sie sehr wohl einen Sinn für strategisches Vorgehen hatte. Dass Menschen so leicht Spielsteine in einem Spiel werden konnten, das sie zu gewinnen entschlossen war.

Die Barkasse schwankte weiter und weiter hinauf.

Kestrel presste die Lippen aufeinander.

Arin sah auf das schwarze Stück Stoff, das eben noch ihr Haar bedeckt hatte, dann zu ihr. Er musste darüber nachgedacht haben,

Kestrel damit zu knebeln, nun, da sie ihre Rolle in dem Plan erfüllt hatte. Das jedenfalls hätte sie an seiner Stelle getan. Aber er tat es nicht, weshalb sie sich schlechter fühlte, als wenn er es getan hätte. Es war pure Heuchelei von ihm, die Rücksichtslosigkeit nicht auszuleben, von der sie doch jetzt wusste, dass er zu ihr fähig war.

Genau wie sie.

Die Barkasse war nun auf Höhe des Decks. Kestrel hatte gerade genug Zeit, um das Erschrecken in den Gesichtern der Seeleute zu sehen, bevor die Herrani von der Barkasse mit gezückten Waffen an Deck sprangen. Das kleine Boot, in dem sich nun nur noch Kestrel befand, schwankte wild.

Arin duckte sich unter dem Hieb des Säbels eines der Seeleute weg, hebelte es ihm mit seinem eigenen aus der Hand und versetzte dem Mann einen Schlag gegen die Kehle. Der taumelte zurück. Arin riss ihm die Beine weg und brachte ihm zugleich einen zweiten Hieb bei. Der Mann war außer Gefecht.

So war es überall an Deck. Herrani drangen auf Valorianer ein, die keine Zeit gehabt hatten, ihre Waffen zu ziehen. Während die Seeleute noch mit der plötzlichen Gefahr rangen, die sie selbst an Bord geholt hatten, sahen sie die nächste nicht: Weitere Herrani kletterten von der Strickleiter aufs Deck. Wie Kestrel es geplant hatte, traf diese zweite Welle die Valorianer von hinten. Die Seeleute, die in der Falle saßen, ergaben sich rasch. Obwohl weitere Seeleute von den unteren Decks nach oben strömten, mussten sie schmale Luken passieren, wie Mäuse, die aus einem Tunnel auftauchten. Die Herrani knöpften sie sich einen nach dem anderen vor.

Blut befleckte die Planken. Viele der gestürzten Seeleute rührten sich nicht mehr. Aus der schwankenden Barkasse konnte Kestrel den Mann hören, den Arin als Ersten angegriffen hatte. Er umklammerte seine Kehle. Die Geräusche, die er von sich gab, waren schrecklich, irgendetwas zwischen Gurgeln und Würgen. Und da war Arin, der sich durch das Getümmel kämpfte und Treffer landete, die vielleicht nicht töteten, aber immer noch verletzten und Blutergüsse und Wunden verursachten.

Dies hatte Kestrel an dem Tag gesehen, an dem sie ihn gekauft hatte. Diese blanke Gewalt. Sie hatte zugelassen, dass sie sie vergaß, weil er so feinfühlig war. Weil seine Berührung sanft gewesen war. Aber dies war der Mann, der aus ihm geworden war.

Dies war der Mann, der er *war.*

Und was war mit ihr, die sie eingefädelt hatte, dass ein valorianisches Schiff in feindliche Hände fiel? Kestrel konnte es kaum glauben. Sie konnte kaum glauben, dass es so *leicht* gewesen war. Valorianer ließen sich nie in einen Hinterhalt locken. Sie ergaben sich nie. Sie waren tapfer, sie waren kämpferisch, sie würden lieber sterben, als sich gefangen nehmen zu lassen.

Ihre Barkasse hörte auf zu schwanken. Sie erhob sich und sah auf das Wasser weit unter ihr. Als sie vor einigen Stunden gedroht hatte, sich umzubringen, hatte sie das gesagt, ohne darüber nachzudenken, ob sie es auch können würde. Damit zu drohen war der richtige Schachzug gewesen. Deshalb hatte sie es getan.

Dann hatte Preller seinen Stiefel auf Kestrels Finger gestellt.

Nach dem Tod gab es keine Musik mehr.

Sie hatte beschlossen zu leben.

Und nun stand sie in dieser Barkasse und wusste, dass sie sich, wenn sie aus dieser Höhe auf dem Wasser landete, wahrscheinlich etwas brechen und rasch in die Tiefe sinken würde, weil sie ihre gefesselten Hände nicht gebrauchen konnte.

Was hätte ihr Vater für sie gewählt? Einen ehrenhaften Tod oder ein Leben als Arins Kriegsbeute? Sie schloss die Augen und stellte sich das Gesicht des Generals vor, wenn er gesehen hätte, wie sie sich Preller ergab, wenn er sie jetzt sehen könnte.

Konnte sie wirklich einen Weg finden, in die Hauptstadt zu

segeln? War's das wert, am Leben zu bleiben, um Jess zu finden, wenn auch vielleicht nur, um ihre Freundin sterben zu sehen?

Kestrel lauschte dem Klatschen der Wellen an den Schiffsrumpf, den Schreien des Kampfes und des Todes. Ihr fiel ein, dass ihr Herz, das so unergründlich wie eine Schriftrolle gewesen war, sich geöffnet hatte, als Arin sie geküsst hatte. Nun lag es ausgebreitet da.

Wenn ihr Herz wirklich eine Schriftrolle wäre, könnte sie es verbrennen. Es würde ein Tunnel aus Flammen werden, eine Handvoll Asche. Die Geheimnisse, die sie darin verborgen hatte, würden dahin sein. Niemand würde sie kennen.

Ihr Vater hätte für Kestrel das Wasser gewählt, wenn er es wüsste.

Und doch konnte sie nicht. Am Ende war es nicht List, die sie davon abhielt zu springen, oder Entschlossenheit. Es war pure Angst.

Sie wollte nicht sterben. Arin hatte recht. Sie spielte jedes Spiel zu Ende.

Plötzlich hörte Kestrel seine Stimme. Sie öffnete die Augen. Er schrie etwas. Er schrie ihren Namen. Er raste an Menschen vorbei, bahnte sich den Weg vom Hauptmast bis zur Reling, vor der die Barkasse in der Luft hing. Kestrel sah in seinem Gesicht den Horror, den sie beim Blick hinunter ins Wasser gefühlt hatte.

Kestrel nahm all ihre Kräfte zusammen und sprang an Deck.

Ihre Füße landeten auf den Planken, die Wucht des Aufpralls brachte sie ins Taumeln. Aber in den Kämpfen gegen Rax hatte sie ihre Hände schützen gelernt. Sie zog sie eng an den Körper, presste die harten Knoten der Fesseln gegen ihre Brust, fiel mit der Schulter voraus und rollte sich ab.

Arin zerrte sie auf die Füße. Und obwohl er gesehen hatte, wie sie ihre Entscheidung traf, sie noch immer in ihrem Gesicht brennen sehen musste, schüttelte er sie. Er hörte nicht auf, die Worte zu sagen, die er auf dem Weg zur Reling geschrien hatte: »Tu's nicht, Kestrel. Tu's nicht.«

Er nahm ihr Gesicht in beide Hände.

»Fass mich nicht an«, sagte sie.

Arin ließ die Hände sinken. »Götter«, sagte er heiser.

»Ja, es wäre ziemlich bedauerlich, wenn du deinen kleinen Trumpf gegen den General verlieren würdest, nicht wahr? Aber keine Angst.« Ihr Lächeln geriet spröde. »Es hat sich gezeigt, dass ich ein Feigling bin.«

Arin schüttelte den Kopf. »Es ist schwieriger, weiterzuleben.«

Ja, das war es. Kestrel hatte gewusst, dass es heute Nacht keine Fluchtmöglichkeit geben würde, und wahrscheinlich würde das auch eine Zeit lang so bleiben.

Ihr Plan war reibungslos aufgegangen. Das gekaperte Schiff wandte nun seine Geschütze gegen den Zweimaster. In seiner Nähe warteten weitere Herrani, bereit, über die Seeleute an Bord herzufallen, sobald das überraschend einsetzende Kanonenfeuer sie ablenkte. Sobald dieses Schiff in Arins Händen war, würden auch die übrigen im Hafen an ihn fallen.

Es begann zu nieseln. Es war ein dünner, eisiger Regen. Kestrel fröstelte nicht, obwohl sie wusste, dass sie es eigentlich tun müsste, vor Sorge, wenn nicht vor Kälte. Sie hatte sich für das Leben entschieden und so musste sie sich davor fürchten, was Leben in dieser neuen Welt heißen mochte.

30

Kestrel wurde durch die Empfangshalle von Irex' Villa geführt – nein, von Arins Villa. Valorianische Waffen blinzelten ihr von ihren Sockeln an den Wänden zu und fragten, warum sie nicht den nächstbesten Wachposten niederschlug und den Knauf eines Schwerts packte. Selbst mit gefesselten Händen konnte sie Schaden anrichten.

Arin war als Erster im Haus gewesen. Er wandte ihr den Rücken zu und ging vor ihr her. Er bewegte sich so ungeduldig, dass seine Gemütsverfassung auf der Hand lag. Er würde leicht zu überrumpeln sein. Ein Dolch zwischen die Schulterblätter.

Und doch krümmte Kestrel keinen Finger.

Sie hatte einen Plan, sagte sie sich – einen, der nicht ihren eigenen Tod einschloss. Der allerdings war die logische Konsequenz, wenn sie Arin umbrachte.

Die Herrani schubsten sie weiter den Gang entlang.

Eine dunkelhaarige junge Frau wartete im Atrium am Springbrunnen. Als sie Arin sah, war ihr Gesicht voller Licht und Tränen. Er rannte fast die kurze Strecke zu ihr, um sie in die Arme zu schließen.

»Schwester oder Geliebte?«, fragte Kestrel.

Die Frau sah aus der Umarmung auf. Sie machte einen Schritt weg von Arin. »Was?«

»Bist du seine Schwester oder Geliebte?«

Sie ging zu Kestrel und ohrfeigte sie.

»Sarsine!« Arin zog sie zurück.

»Seine Schwester ist tot, und ich hoffe, du leidest genauso wie sie.«

Kestrel hob die gefesselten Hände an ihre Wange, um sie auf die brennende Stelle zu drücken – und um mit den Handballen ein Lächeln zu verbergen. Ihr fielen die Blutergüsse ein, die Arin gehabt hatte, als sie ihn kaufte. Sein mürrischer Trotz. Sie hatte sich immer gefragt, warum Sklaven Strafen in Kauf nahmen. Aber es war süß gewesen, ein Umschlagen der Macht zu spüren, wenn auch nur kurz, als diese Hand ihr ins Gesicht schlug. Zu wissen, trotz des Schmerzes, dass es einen Augenblick lang Kestrel gewesen war, die die Lage beherrschte.

»Sarsine ist meine Cousine«, sagte Arin. »Ich habe sie seit Jahren nicht gesehen. Nach dem Krieg wurde sie als Haussklavin verkauft. Und ich war Hilfsarbeiter, deshalb –«

»Das interessiert mich nicht«, unterbrach ihn Kestrel.

Sein Blick fand den ihren. Seine Augen hatten die Farbe des Wintermeers – des Wassers tief unter ihren Füßen, in das Kestrel geblickt und sich gefragt hatte, wie es wohl wäre zu ertrinken.

Er wandte den Blick ab. Zu seiner Cousine sagte er: »Ich will, dass du auf sie aufpasst. Begleite sie in den östlichen Flügel, gewahre ihr freie Bewegung in den Räumlichkeiten –«

»Arin! Hast du den Verstand verloren?«

»Lass alles entfernen, was als Waffe benutzt werden könnte. Lass die äußere Tür zu jeder Zeit verschlossen. Sieh zu, dass es ihr an nichts fehlt, aber vergiss nicht, dass sie eine Gefangene ist.«

»Im *östlichen* Flügel.« Sarsines Stimme war voller Abscheu.

»Sie ist die Tochter des Generals.«

»Oh, das weiß ich.«

»Eine politische Gefangene«, fuhr Arin fort. »Wir müssen besser als die Valorianer sein. Wir sind keine Wilden.«

»Glaubst du wirklich, dass es etwas daran ändern wird, wie die Valorianer uns sehen, wenn du dieses Vögelchen mit gestutzten Flügeln in einem goldenen Käfig hältst?«

»Es wird etwas daran ändern, wie wir uns selbst sehen.«

»Nein, Arin. Es wird etwas daran ändern, wie alle *dich* sehen.«

Er schüttelte den Kopf. »Ich kann mit ihr verfahren, wie ich will.«

Unter den Herrani kam Unruhe auf. Kestrel ließ den Mut sinken. Sie versuchte die ganze Zeit zu vergessen, was es hieß, Arin zu gehören. Er streckte die Arme nach ihr aus und zog sie fest entschlossen heran, sodass ihre Stiefel geräuschvoll über die Fliesen schleiften. Mit einem Messerstreich schnitt er die Fesseln an ihren Handgelenken durch, und dank der guten Akustik des Atriums war deutlich zu hören, wie die Lederriemen auf dem Boden landeten – fast so deutlich wie Sarsines erstickter Protest.

Arin ließ Kestrel los. »Bitte, Sarsine, übernimm sie.«

Seine Cousine starrte ihn an. Schließlich nickte sie, doch ihr Gesichtsausdruck verriet, was sie dachte: dass er sich selbst ins Verderben stürzte. »Folge mir«, sagte sie zu Kestrel und übernahm die Führung.

Sie waren noch nicht weit gekommen, da bemerkte Kestrel, dass Arin in die Empfangshalle zurückgekehrt sein musste. Sie hörte, wie die Waffen dort von den Wänden gerissen und zu Boden geschleudert wurden.

Das Geschepper hallte durch das gesamte Haus.

✦

Die einzelnen Räume gingen strahlenförmig vom Mittelpunkt der Gemächer ab: dem Schlafzimmer, einem besonders ruhig gelegenen Raum, der sich in Grau hüllte, als die heraufziehende Morgendämmerung durch die Fenster drang. Die Zimmer waren so elegant wie eine Perle: glatt und rein. Ihre Farben waren gedeckt, doch Kestrel wusste aus dem, was Arin vor langer Zeit erzählt hatte, dass sie eine Bedeutung hatten. Trotz der kunstvollen valorianischen Möbel: Dies waren die Gemächer einer aristokratischen Herrani gewesen.

Sarsine sagte nichts. Sie raffte lediglich die Schürze ihrer Hausuniform zusammen und legte Spiegel, einen Kerzenlöscher, ein schweres marmornes Tintenfass hinein ... Die Gegenstände beulten den Stoff aus und drohten ihn zu zerreißen.

»Hol einen Korb«, sagte Kestrel. »Oder eine Kiste.«

Sarsine funkelte sie wütend an, denn sie wussten beide, dass sie genau das würde tun müssen. Es gab zu viele Gegenstände in den Gemächern, aus denen in den richtigen Händen Waffen werden konnten. Kestrel gefiel es gar nicht, dass sie entfernt wurden – doch immerhin fühlte es sich an, als hätte sie den Befehl dazu gegeben und Sarsine hätte gehorcht.

Aber Sarsine ging zur äußeren Tür und rief nach Unterstützung. Bald tummelten sich mehrere Herrani im Zimmer und trugen unter anderem Schürhaken, eine Kupferkanne und eine Uhr mit spitzem Stunden- und Minutenzeiger hinaus.

Kestrel beobachtete das Treiben. Offenbar sah Sarsine fast genauso viele mögliche Bedrohungen in Alltagsgegenständen wie Kestrel. Egal. Kestrel konnte immer noch ein Bein von einem der Tische abschrauben.

Zur Flucht würde sie allerdings mehr als eine Waffe brauchen. Die Zimmer lagen zu weit oben, als dass sie aus einem der Fenster hätte springen können. Nur ein Raum und eine Tür verbanden die Gemächer mit dem Rest des Hauses – und die Tür schien ein sehr solides Schloss zu haben.

Als die Herrani der Reihe nach die Räumlichkeiten verließen und Sarsine allein zurückblieb, sagte Kestrel: »Warte.«

Sarsine ließ den großen Schlüssel in ihrer Hand nicht sinken.

»Ich muss meine Freundin sehen«, fuhr Kestrel fort.

»Deine Tage der Geselligkeit sind vorbei.«

»Arin hat es versprochen.« Plötzlich hatte Kestrel einen Kloß in der Kehle. »Meine Freundin ist sehr krank. Arin hat gesagt, dass ich sie besuchen darf.«

»Mir gegenüber hat er nichts davon erwähnt.«

Sarsine zog die äußere Tür hinter sich zu, und Kestrel bettelte nicht. Sie wollte der anderen nicht die Genugtuung verschaffen zu wissen, wie weh es ihr tat, das Scharren des Schlüssels im Schloss und das Vorlegen des Riegels zu hören.

✦

»Was, glaubst du, machst du da eigentlich, Arin?«

Er sah zu Sarsine hoch, während er sich müde die Augen rieb. Offenbar war er in einem Sessel eingeschlafen. Es war Morgen. »Ich konnte nicht in meinem alten Zimmer schlafen. Aber wenigstens hier, in Ettas Zimmern –«

»Ich rede nicht von deinem Schlafplatz, auch wenn mir durchaus auffällt, wie angenehm nah er am östlichen Flügel liegt.«

Arin zuckte zusammen. Für gewöhnlich gab es nur einen Grund, warum ein Mann sich nach einer Schlacht eine Frau als Gefangene hielt. »Es ist nicht das, wonach es aussieht.«

»Ach nein? Zu viele Leute haben gehört, wie du sie als Kriegsbeute bezeichnet hast.«

»Das ist sie nicht.«

Sarsine warf die Hände in die Luft. »Warum hast du es dann gesagt?«

»Weil mir nichts anderes eingefallen ist, wie ich sie hätte retten können!«

Sarsine erstarrte. Dann beugte sie sich über ihn und rüttelte ihn an den Schultern, als wollte sie ihn aus einem Albtraum aufwecken. »Du? Eine *Valorianerin* retten?«

Arin ergriff ihre Hand. »Bitte hör mir zu.«

»Das werde ich, wenn du etwas sagst, das ich verstehe.«

»Ich habe die Hausaufgaben für dich gemacht, als wir Kinder waren.«

»Na und?«

»Ich habe Anireh gesagt, sie soll den Mund halten, als sie sich über deine Nase lustig gemacht hat. Weißt du noch? Sie hat mich dafür niedergeschlagen.«

»Deine Schwester war schöner, als für sie gut gewesen wäre. Doch all das ist lange her. Was willst du mir damit sagen?«

Arin nahm nun ihre beiden Hände. »Wir teilen etwas, und wahrscheinlich nicht für sehr lange. Die Valorianer werden kommen. Sie werden uns belagern.« Er rang um die richtigen Worte. »Bei den Göttern, hör einfach zu.«

»Ach, Arin. Hast du nichts gelernt? Die Götter werden dich nicht hören.« Sie seufzte. »Aber ich.«

Er erzählte ihr von dem Tag, an dem Kestrel ihn gekauft hatte, und von jedem Tag seither. Er verschwieg nichts.

Als er fertig war, hatte sich Sarsines Gesichtsausdruck verändert. »Du bist immer noch ein Dummkopf«, sagte sie, aber sie sagte es freundlich.

»Das bin ich«, flüsterte er.

»Was hast du mit ihr vor?«

Arin lehnte den Kopf hilflos an die geschnitzte Rückenlehne des Sessels, der seinem Vater gehört hatte. »Ich weiß es nicht.«

»Sie wollte eine kranke Freundin besuchen. Hat gesagt, du hättest es ihr versprochen.«

»Ja. Ich kann es nur nicht zulassen.«

»Warum nicht?«

»Kestrel hasst mich, aber immerhin redet sie noch mit mir. Sobald sie Jess sieht ... wird sie es nie wieder tun.«

✦

Kestrel saß im Wintergarten. Es war warm, denn der Wintergarten war voller Topfpflanzen und geschwängert von ihrem mineralischen, fast milchartigen Duft. Die Sonne stand schon hoch über dem Glasdach. Sie hatte sich durch die Schlieren des Regens gebrannt, die der nächtliche Sturm auf dem Glas hinterlassen hatte. Er hatte das Feuer in der Stadt gelöscht. Vom Fenster aus, das nach Süden ging, hatte Kestrel zugesehen, wie die Feuersbrunst erstarb.

Es war eine lange Nacht, ein langer Vormittag gewesen. Aber Kestrel wollte nicht schlafen.

Ihr Blick fiel auf eine Pflanze. Der Herrani-Name dafür war Jungferndorn. Dieser hier hatte einen dicken Stamm und war groß und mindestens so alt wie der Krieg. Ihre Blätter sahen wie Blumen aus, denn ihr Grün wurde in der Sonne zu einem leuchtenden Rot.

Gegen ihren Willen musste Kestrel an Arins Kuss denken. Wie er ein Licht in ihr entzündet und sie, als wäre sie solch ein Blatt, in Brand gesetzt hatte.

Kestrel öffnete die Tür des Wintergartens und trat in einen Dachgarten hinaus, der von hohen Mauern umgeben war. Sie atmete die kühle Luft ein. Alles hier war tot. Fächer von braunen Blättern. Stängel, die brechen würden, sobald man sie berührte. Steine lagen in kunstvollen Mustern verstreut auf dem Boden, in Grau, Blau und Weiß, und sie hatten die Form von Vogeleiern.

Sie strich mit den Händen über die kalten Mauern. Es gab keine rauen Kanten, nichts, woran sich ihre Finger oder Zehen festkrallen konnten. Keine Möglichkeit zu klettern. In die gegenüberliegende Mauer war eine Tür eingelassen, aber wohin sie führte, würde Kestrel wahrscheinlich nie erfahren. Sie war verschlossen.

Kestrel stand da und dachte nach. Sie biss sich auf die Lippen. Dann kehrte sie in den Wintergarten zurück und trug den Jungferndorn nach draußen.

Sie schmetterte den Topf zu Boden, auf die Steine, sodass er zerbrach.

✦

Der Tag schritt voran. Kestrel sah zu, wie das Licht draußen gelb wurde. Sarsine kam und fand die Scherben des Pflanztopfs im Garten. Sie sammelte sie auf und ließ anschließend einige Herrani die Gemächer nach weiteren Scherben absuchen.

Kestrel hatte wohlweislich einige übel aussehende Scherben an Orten versteckt, wo sie gefunden werden würden. Aber die beste – eine, die eine Kehle so leicht wie ein Messer durchschneiden konnte – hatte sie aus dem Fenster gehängt. Sie hatte sie an einen Streifen Stoff gebunden, sodass sie in dem dichten immergrünen Efeu verschwand, der an der Mauer vor dem Badezimmerfenster emporwuchs. Als sie das Fenster schloss, hatte sie das Ende des Streifens zwischen Rahmen und Sims festgeklemmt.

Diese Scherbe wurde nicht entdeckt, und man überließ Kestrel wieder sich selbst.

Ihre Augen brannten, und ihre Knochen wurden bleischwer, doch sie wehrte sich gegen den Schlaf.

Endlich tat sie etwas, wovor sie sich gefürchtet hatte. Sie versuchte, ihre Zöpfe zu lösen. Sie riss daran und fluchte, als sich Knoten bildeten. Der Schmerz hielt sie wach.

Ebenso wie die Scham. Ihr fiel ein, wie Arin seine Hände in ihrem Haar vergraben und eine Fingerkuppe die Kuhle hinter ihrem Ohr gestreift hatte.

Sarsine kehrte zurück.

»Bring mir eine Schere«, sagte Kestrel.

»Du weißt, dass ich das nicht tun werde.«

»Weil du Angst hast, dass ich dich damit umbringe?«

Die Frau antwortete nicht. Kestrel sah sie an, überrascht von ihrem Schweigen und dem nachdenklichen, neugierigen Ausdruck, den Sarsines Gesicht angenommen hatte.

»Dann schneide du es ab«, sagte Kestrel. Sie hätte es selbst mit dem behelfsmäßigen Dolch getan, der sich im Efeu verbarg, wenn das nicht Fragen aufgeworfen hätte.

»Du wirst es vielleicht bereuen, wenn du dir das Haar abschneidest – eine Dame der Gesellschaft wie du.«

Kestrel spürte, wie eine weitere Welle der Müdigkeit sie überkam. »Bitte«, sagte sie. »Ich kann es nicht ertragen.«

✦

Arins Schlaf war unruhig, und als er erwachte, fand er sich zuerst nicht zurecht im Zimmer seines Vaters. Trotz allem war er glücklich, dort zu sein. Vielleicht war es dieses Glück und nicht der Raum, weshalb er sich nicht zurechtfand. Es war ein ungewohntes Gefühl. Alt und irgendwie steif, als täten dem Gefühl die Gelenke weh, wenn es sich bewegte.

Er fuhr sich mit der Hand übers Gesicht und stand auf. Er musste gehen. Preller gönnte Arin seine Heimkehr, aber Pläne mussten geschmiedet werden.

Als er die Treppe im Westflügel hinunterstieg, entdeckte er Sarsine im Stockwerk darunter. Sie kam aus dem Ostflügel, einen Korb in den Händen. Er blieb stehen.

Es sah aus, als wäre der Korb voller Goldfäden.

Arin sprang die Stufen hinab. Er ging auf seine Cousine zu und packte ihren Arm.

»Arin!«

»Was hast du getan?«

Sarsine riss sich los. »Was sie wollte. Reiß dich zusammen.«

Aber Arin sah Kestrel, wie sie gestern Abend vor dem Ball gewesen war. Ihr Haar hatte sich wie Licht über seine Hände ergossen. Er hatte Begehren in die Zöpfe geflochten, hatte gewollt, dass sie es spürte, obwohl er es zugleich fürchtete. Er war ihrem Blick im Spiegel begegnet und hatte ihre Gefühle nicht erkannt, nicht einzuschätzen gewusst. Er hatte nur um das Feuer seiner eigenen Gefühle gewusst.

»Es ist bloß Haar«, sagte Sarsine. »Es wird nachwachsen.«

»Ja«, erwiderte Arin. »Aber das gilt nicht für alles andere.«

✦

Der Nachmittag ging allmählich in den Abend über. Fast ein ganzer Tag war seit dem Erstwinterball vergangen, und es war noch länger her, dass Kestrel zum letzten Mal geschlafen hatte. Sie blieb wach, den Blick auf die äußere Tür ihrer Gemächer gerichtet.

Arin öffnete sie. Er fuhr vor Kestrels Blick zurück und holte tief Luft, als hätte sie ihn erschreckt. Seine Hand schloss sich fester um den Türknauf, und er starrte zurück. Dennoch sagte er nichts zu dem Umstand, dass sie nach wie vor die schwarze Duelluniform trug. Er erwähnte auch nicht die kurzen Fransen, die auf ihre Schultern herabhingen.

»Komm mit mir«, sagte er.

»Gehen wir Jess besuchen?«

Sein Mund wurde schmal. »Nein.«

»Du hast gesagt, dass du mich zu ihr bringen würdest. Offenbar gibt es so etwas wie Herrani-Ehre gar nicht.«

»Ich werde es tun, sobald ich kann. Im Augenblick kann ich nicht.«

»Wann dann?«

»Kestrel, Preller ist hier. Er will dich sehen.«

Sie ballte die Hände zu Fäusten.

Arin fuhr fort: »Ich kann es ihm nicht abschlagen.«

»Weil du ein Feigling bist.«

»Weil es dir schaden wird, wenn ich es tue.«

Kestrel reckte das Kinn. »Ich werde mitkommen«, sagte sie, »wenn du nie wieder vorgibst, irgendetwas, das du tust, um meinetwillen zu tun.«

Arin sprach das Offensichtliche nicht aus: dass sie gar keine Wahl hatte. Er nickte nur. »Sei vorsichtig«, sagte er.

✦

Preller trug eine valorianische Jacke, von der sich Kestrel sicher war, dass sie sie am Abend zuvor am Leib des Statthalters gesehen hatte. Er saß rechts von dem leeren Platz am Kopf der Speisetafel, erhob sich aber, als Kestrel und Arin eintraten. Er kam ihnen entgegen.

Sein Blick wanderte über sie. »Arin, deine Sklavin sieht geradezu wild aus.«

Dem Schlafmangel war es zuzuschreiben, dass ihre Gedanken unzusammenhängend aufblitzten, so wie kleine Spiegelscherben, die an Schnüren aufgehängt waren. Prellers Worte wirbelten in ihrem Kopf. Arin spannte sich neben ihr an.

»Nichts für ungut«, sagte Preller zu ihm. »Es war ein Kompliment an deinen Geschmack.«

»Was willst du, Preller?«, fragte Arin.

Der Mann strich sich mit dem Daumen über die Unterlippe. »Wein.« Er sah Kestrel unverwandt an. »Hol welchen.«

Der Befehl an sich war nicht wichtig. Aber wie Preller ihn gemeint hatte – als den ersten von vielen, die sich am Ende wie ein einziger übersetzen ließen: Gehorche.

Das Einzige, was dafür sorgte, dass Kestrels Gesicht ausdruckslos blieb, war das Wissen, dass jede Art von Widerstand Preller Genugtuung verschaffen würde. Dennoch brachte sie es nicht fertig, sich zu rühren.

»Ich hole den Wein«, sagte Arin.

»Nein«, gab Kestrel zurück. Sie wollte nicht mit Preller allein sein. »Ich mache das schon.«

Einen ungewissen Augenblick lang stand Arin unbeholfen herum. Dann ging er zur Tür und winkte ein Herrani-Mädchen in den Raum. »Bitte begleite Kestrel in den Weinkeller und bringe sie dann wieder hierher.«

»Such einen guten Jahrgang aus«, sagte Preller zu Kestrel. »Du wirst den besten kennen.«

Als sie den Raum verließ, folgten ihr seine Augen. Sie glitzerten.

Sie kehrte mit einer Flasche valorianischen Weins zurück. Sein Etikett datierte ihn eindeutig ins Jahr des Herranischen Kriegs. Sie stellte sie vor den beiden Männern, die Platz genommen hatten, auf den Tisch. Arin biss die Zähne zusammen und schüttelte unmerklich den Kopf. Preller verging das Grinsen.

»Der hier war der beste«, sagte Kestrel.

»Schenk ein.« Preller schob sein Glas zu ihr. Sie entkorkte die Flasche und goss ein – und hörte nicht auf, selbst als der Rotwein schon über den Rand des Glases floss und auf Prellers Schoß.

Er sprang auf und wischte sich den Wein von seinen feinen, gestohlenen Kleidern. »Verdammtes Weib!«

»Du hast gesagt, ich soll einschenken. Du hast nicht gesagt, dass ich wieder aufhören soll.«

Kestrel war sich nicht sicher, was als Nächstes passiert wäre, wenn Arin sich nicht eingemischt hätte. »Preller«, sagte er, »ich werde dich bitten müssen, keine Spielchen mehr mit dem zu spielen, was mir gehört.«

Es war fast alarmierend, wie rasch Prellers Wut verrauchte. Er zog die befleckte Jacke aus, unter der ein einfaches Hemd zum Vorschein kam, und benutzte sie, um den Wein aufzuwischen. »Es gibt einen Haufen Kleider, da, wo die herkommt.« Er warf die Jacke beiseite. »Vor allem bei so vielen Toten. Warum kommen wir nicht endlich zur Sache?«

»Ich wäre dir sehr dankbar dafür«, gab Arin zurück.

»Hör ihn dir nur an«, sagte Preller in freundlichem Ton zu Kestrel. »Wie rasch er in sein Oberschichtgehabe zurückverfällt. Arin war nie ein Bürgerlicher, nicht einmal im Steinbruch. Anders als ich.« Als Kestrel schwieg, fuhr Preller fort: »Ich habe eine kleine Aufgabe für dich, mein Mädchen. Ich will, dass du einen Brief an deinen Vater schreibst.«

»Vermutlich soll ich ihm sagen, dass alles gut ist, sodass ihr das Wissen um den Aufstand so lange wie möglich für euch behalten könnt.«

»Du solltest froh sein. Solche Briefe mit falschen Informationen erhalten Valorianer wie dich am Leben. Wenn du überleben willst, musst du zu etwas gut sein. Obwohl ich allmählich das Gefühl habe, dass du nicht daran interessiert bist, zu irgendetwas gut zu sein. Denk daran – du brauchst nicht alle Finger, um einen Brief zu schreiben. Wahrscheinlich würden drei pro Hand ausreichen.«

Arin stieß zischend die Luft aus.

»Und das Papier mit Blut besudeln?«, entgegnete Kestrel kühl. »Zweifelhaft, ob das meinen Vater davon überzeugen würde, dass ich bei guter Gesundheit bin.« Als Preller etwas darauf erwidern wollte, schnitt ihm Kestrel das Wort ab. »Ja, ich bin mir sicher, du hast eine lange Liste von einfallsreichen Drohungen, die du gern gegen mich aussprechen würdest. Mach dir keine Mühe. Ich schreibe den Brief.«

»Nein«, sagte Arin. »Du wirst ihn niederschreiben. Und ich werde ihn diktieren. Sonst findest du noch einen Weg, ihn verschlüsselt zu warnen.«

Kestrels Laune sank. Tatsächlich war das ihr Plan gewesen.

Schon hatte sie Papier und Tinte vor sich.

Arin sagte: »Lieber Vater.«

Ihre Feder zitterte. Sie hielt den Atem an gegen den plötzlichen Schmerz in ihrer Kehle. Aber es war am besten, wenn die Tintenbuchstaben wackelig und ungleich gerieten, entschied sie. Ihr Vater würde ihrer Handschrift vielleicht die Not ansehen.

»Der Ball verlief besser als erwartet«, fuhr Arin fort. »Ronan hat um meine Hand angehalten und ich habe Ja gesagt.« Er stockte. »Diese Nachricht muss dich enttäuschen, aber du wirst dem Heer unseres Imperiums eben für uns beide zu Ruhm und Ehre dienen müssen. Ich weiß, dass du es tun wirst. Ich weiß auch, dass du nicht allzu überrascht sein kannst. Ich habe dir meine Wünsche in Bezug auf das Militär deutlich gemacht. Und Ronans Zuneigung ist schon seit einiger Zeit nicht zu übersehen.«

Kestrel hob die Feder, während sie sich fragte, wann Arin etwas begriffen hatte, das zu sehen sie sich so lange geweigert hatte. Wo war Ronan jetzt? Verachtete er sie so sehr, wie sie sich selbst verachtete?

»Freu dich für mich«, sagte Arin. Sie brauchte einen Moment, um zu verstehen, dass diese Worte für den Brief bestimmt waren. »Und jetzt unterschreib.«

Es war genau der Brief, den Kestrel unter normalen Umständen geschrieben hätte. Sie spürte, wie tief sie ihren Vater enttäuscht hatte. Arin wusste, wie sie fühlte, wie sie dachte, ja sogar wie sie mit jemandem sprechen würde, den sie liebte. Und sie wiederum kannte ihn gar nicht.

Arin nahm den Brief und studierte ihn. »Noch einmal. Und diesmal sauber.«

Sie schrieb mehrere Fassungen, bevor er zufrieden war. Der endgültige Brief war in makelloser Handschrift verfasst.

»Gut«, sagte Preller. »Eine Sache noch.«

Kestrel rieb müde über die Tinte auf ihrer Haut. Sie hätte sofort einschlafen können. Sie wünschte es sich. Der Schlaf war blind, er war taub, und er würde sie aus diesem Raum und von diesen Männern wegbringen.

Preller sagte: »Sag uns, wie lange wir haben, bevor Verstärkung kommt.«

»Nein.«

»Dies ist möglicherweise der richtige Zeitpunkt, ein paar einfallsreiche Drohungen auszusprechen.«

»Kestrel wird es uns sagen«, ließ sich Arin vernehmen. »Sie wird begreifen, dass es klüger ist.«

Preller zog die Augenbrauen hoch.

»Sie wird es uns sagen, sobald sie begreift, was wir ihrem Volk antun können.« Arins Gesichtsausdruck versuchte, ihr etwas mitzuteilen, das seine Worte nicht ausdrückten. Kestrel konzentrierte sich und begriff, dass sie diesen Blick schon einmal gesehen hatte. In ihm lag das wachsame Strahlen, mit dem Arin einen guten Handel abschloss. »Ich werde sie in den Palast des Statthalters bringen lassen, wo sie die Toten und die Sterbenden sehen kann. Sie wird ihre Freunde sehen.«

Jess.

31

»Du solltest Preller nicht provozieren«, sagte Arin, als sie aus der Kutsche auf den staubigen Weg traten, der zum Palast des Statthalters führte. Der Palast sah gespenstisch aus, fand Kestrel, denn seine eindrucksvolle Fassade war zwar noch dieselbe wie am Abend zuvor, doch brannten hinter den Fenstern lediglich ein paar Lichter.

»Kestrel, hörst du mir zu? Du kannst nicht mit ihm spielen.«

»Er hat damit angefangen.«

»Das tut nichts zur Sache.« Kieselsteine knirschten unter Arins Füßen. »Hast du nicht begriffen, dass er deinen Tod will? Er würde mit Handkuss jede Gelegenheit ergreifen«, sagte Arin mit gesenktem Kopf, die Hände in den Taschen, fast als würde er ein Selbstgespräch führen. Er ging mit festem Schritt voran; seine langen Beine machten ihn schneller, als sie es war. »Ich kann nicht ... Kestrel, du musst doch verstehen, dass ich niemals Ansprüche auf dich erheben würde. Dich eine Kriegsbeute zu nennen, meine Kriegsbeute – das waren doch nur Worte. Aber sie haben gewirkt. Preller wird dir kein Haar krümmen, ich schwöre es, doch du musst ... dich ein wenig bedeckt halten. Ein wenig helfen. Sag uns einfach, wie viel Zeit wir bis zur Schlacht haben. Gib ihm einen Grund, weshalb du ihm tot weniger nützlich bist. Schluck deinen Stolz herunter.«

»Vielleicht fällt mir das nicht so leicht wie dir.«

Er fuhr zu ihr herum. »Es fällt mir nicht leicht«, stieß er zwischen zusammengebissenen Zähnen hervor. »Das weißt du. Was, meinst du, hatte *ich* die letzten zehn Jahre zu schlucken? Was, meinst du, musste *ich* tun, um am Leben zu bleiben?«

Sie blieben vor der Palasttür stehen. »Ehrlich gesagt«, meinte sie, »habe ich nicht das geringste Interesse, es zu erfahren. Du musst deine traurige Geschichte wohl jemand anderem erzählen.«

Er zuckte zusammen, als hätte sie ihm eine Ohrfeige gegeben. Leise erwiderte er: »Du gibst einem manchmal das Gefühl, ganz klein zu sein.«

Kestrel wurde heiß vor Scham – dann schämte sie sich dafür, dass sie sich schämte. Wer war er, dass sie sich bei *ihm* entschuldigen sollte? Er hatte sie benutzt. Er hatte gelogen. Nichts, was er sagte, bedeutete etwas. Wenn sie sich schon schämen musste, dann dafür, dass sie sich so leicht an der Nase hatte herumführen lassen.

Er fuhr sich gedankenverloren mit der Hand durch das kurz geschorene Haar. Die Wut war verraucht und hatte etwas Gewichtigerem Platz gemacht. Er sah sie nicht an. Sein Atem wölkte in die kühle Luft. »Mach mit mir, was du willst. Sag zu mir, was du willst. Aber es ist erschreckend, dass du die Gefahr nicht sehen willst, in die du andere bringst. Vielleicht siehst du sie ja jetzt.« Er öffnete die Tür zum Haus des Statthalters.

Der Gestank traf sie als Erstes. Blut und verwesendes Fleisch. Es drehte ihr den Magen um. Sie musste sich beherrschen, um nicht zu würgen.

Leichen waren in der Empfangshalle aufgehäuft. Lady Neril lag mit dem Gesicht nach unten, fast an derselben Stelle, an der sie am Ballabend gestanden und ihre Gäste begrüßt hatte. Kestrel erkannte sie an dem Schal in ihrer Faust, an seinem hellen Stoff im flackernden Fackelschein. Es waren Hunderte Tote. Sie sah Kapitän Wensan, Lady Faris, Senator Nicons gesamte Familie, Benix ...

Kestrel kniete sich neben ihn. Seine große Hand fühlte sich an wie kalter Ton. Sie konnte ihre Tränen auf seine Kleider tropfen hören. Sie bildeten Perlen auf seiner Haut.

Leise sagte Arin: »Er wird heute zusammen mit den anderen begraben.«

»Er sollte verbrannt werden. Wir verbrennen unsere Toten.« Sie konnte Benix nicht länger ansehen, konnte sich aber auch nicht erheben.

Arin half ihr auf. Seine Berührung war sanft. »Ich sorge dafür, dass es richtig gemacht wird.«

Kestrel zwang ihre Beine, sich zu bewegen, an Leichen vorbeizugehen, die wie Unrat dalagen. Sie dachte, sie müsse doch noch eingeschlafen sein und dies sei ein böser Traum.

Sie blieb stehen, als sie Irex entdeckte. Um seinen Mund waren violette Flecken zu sehen wie bei den anderen Giftopfern. Doch er hatte auch klebrige, klaffende Wunden in der Flanke und einen tödlichen Schnitt am Hals. Selbst als er schon vergiftet war, hatte er noch gekämpft.

Ihr kamen wieder die Tränen.

Arins Griff wurde fester. Er schob sie an Irex vorbei. »Wage es nicht, um ihn zu weinen. Wenn er nicht schon tot wäre, würde ich ihn eigenhändig umbringen.«

✦

Die Kranken hatte man auf dem Boden des Ballsaals aufgebahrt. Hier war der Gestank noch schlimmer: Erbrochenes und Ausscheidungen. Herrani bewegten sich zwischen den Pritschen hin und her, wischten mit feuchten Lappen über Gesichter, trugen Bettpfannen fort. Es war seltsam, sie noch immer Sklavendienste verrichten zu sehen, das Mitleid in ihren Augen zu sehen und zu wissen, dass sie nur aus Mitleid Menschen pflegten, die sie selbst zuvor zu töten versucht hatten.

Eine Herrani sah auf, bemerkte Kestrels Anwesenheit und begann, Arin Fragen zu stellen. Kestrel hörte sie gar nicht. Sie löste sich von seiner Seite. In der Eile stolperte sie, während sie zwischen den Pritschen nach großen braunen Augen suchte, einer Stupsnase, einem kleinen Mund.

Kestrel hätte sie fast nicht erkannt. Jess' Lippen waren lila, ihre geschwollenen Augenlider geschlossen. Sie trug noch immer ihr Ballkleid, eine luftige grüne Maßanfertigung, die jetzt so schrecklich deplatziert an ihr aussah.

»Jess«, sagte Kestrel. »Jess.«

Der Atem des Mädchens kam mit einem Mal stoßweise, dann röchelnd. Es war das einzige Zeichen, dass sie bei Bewusstsein war.

Kestrel suchte Arin. Er lehnte an der Wand gegenüber und wollte ihren Blick nicht erwidern.

Sie ging auf ihn zu. Packte ihn. Zerrte ihn zu ihrer Freundin.

»Was ist das?«, wollte sie wissen. »Welches Gift hast du verwendet?«

»*Ich* habe gar nichts –«

»Es war etwas, zu dem du leicht Zugang hattest, vielleicht auf dem Land. Eine Pflanze?«

»Kestrel –«

»Du hast sie vielleicht vor Monaten geerntet, hast sie getrocknet, dann zu Pulver zerstoßen. Sie musste farblos sein, damit man sie dem Eiswein beimischen konnte.« Kestrel ging im Geiste hastig alles durch, was Enai ihr jemals über einheimische Pflanzen erzählt hatte. »Simbeere? Nein, sie hätte nicht so schnell wirken können –«

»Es war Nachtlocke.«

»Die kenne ich nicht.«

»Es ist eine Frühlingswurzel. Sie wird an der Sonne getrocknet, dann gemahlen.«

»Es gibt also ein Gegengift«, drängte Kestrel, obwohl Arin nichts dergleichen angedeutet hatte.

Er ließ sich Zeit mit der Antwort. »Nein.«

»Doch, es gibt eines! Die Herrani waren die besten Ärzte der Welt. Ihr hättet niemals ein Gift existieren lassen, ohne ein Gegengift zu haben.«

»Es gibt keines ... nur etwas, das helfen *könnte.*«

»Dann solltet ihr es ihnen geben!«

Er drehte sie an den Schultern zu sich, sodass sie die Pritschen nicht sehen konnte. »Wir haben es nicht. Niemand hat mit Überlebenden gerechnet. Das Kraut, das wir brauchen, hätte im Herbst gesammelt werden müssen. Es ist jetzt Winter. Es wird keines mehr da sein.«

»Doch. Es hat noch keinen Schnee gegeben. Keinen Frost. Die meisten Pflanzen sterben nicht vor dem ersten Frost ab. Das hat Enai gesagt.«

»Sicher, aber –«

»Ihr werdet es finden.«

Arin sagte nichts darauf.

»Hilf ihr.« Kestrel brach die Stimme. »Bitte.«

»Es ist eine zarte Pflanze. Sie sind vielleicht alle in der Kälte abgestorben, und ich bin mir nicht sicher, ob ich –«

»Versprich mir, dass du sie suchen wirst«, flehte Kestrel, als hätte sie sich niemals gesagt, seine Versprechen seien nichts wert.

»Das tue ich«, sagte er. »Ich verspreche es.«

✦

Er bestand darauf, sie zuerst in sein Haus zu bringen.

»Ich kann mit dir in die Berge gehen«, sagte sie. »Ich kann mitsuchen.«

Sein Lächeln war nüchtern. »Du hast nicht als Kind stundenlang über botanischen Büchern gebrütet und dich gefragt, warum das eine Kraut Blätter mit vier Rippen hat und das andere Blätter mit sechs.«

Beim Rütteln der Kutsche döste Kestrel fast ein. Stunden verlorenen Schlafs drückten ihre Lider nach unten. Sie musste sich anstrengen, die Augen offen zu halten. Draußen vor dem Fenster war die Dämmerung der Nacht gewichen.

»Ihr habt weniger als drei Tage«, murmelte sie.

»Was?«

»Bevor Verstärkung kommt.«

Als er nichts darauf sagte, sprach Kestrel aus, was er denken musste. »Ich nehme an, es ist nicht der ideale Zeitpunkt für dich, in den Bergen nach einer Pflanze zu suchen.«

»Ich habe es versprochen. Also tue ich es.«

Kestrel fielen die Augen zu. Immer wieder schlief sie ein und wachte auf. Als Arin erneut zu sprechen begann, war sie sich deshalb nicht sicher, ob er damit rechnete, dass sie ihn hörte.

»Ich erinnere mich daran, dass ich mit meiner Mutter in einer Kutsche saß.« Er legte eine lange Pause ein. Dann erklang seine Stimme wieder auf jene langsame, fließende Art, die den Sänger in ihm verriet. »In meiner Erinnerung bin ich klein und müde, und sie tut etwas Seltsames. Jedes Mal, wenn die Kutsche in die Sonne fährt, hebt sie die Hand, als würde sie nach etwas greifen. Das Licht umrandet ihre Finger mit Feuer. Dann fährt die Kutsche in den Schatten, und ihre Hand sinkt herab. Wieder fällt Licht durchs Fenster, und wieder hebt sie die Hand. Es ist wie eine Sonnenfinsternis.«

Kestrel lauschte, und es war, als würde die Geschichte selbst zu einer Sonnenfinsternis und deckte sie mit ihrer Dunkelheit zu.

»Gerade, als ich einschlief«, fuhr er fort, »ging mir auf, dass sie meine Augen vor der Sonne schützte.«

Sie hörte, dass Arin sich bewegte, spürte, dass er sie ansah.

»Kestrel.« Sie stellte sich vor, wie er wohl dasaß, wie er sich vorbeugte. Wie er aussah im Schein der Kutschlaterne. »Es ist nicht falsch weiterzuleben. Man kann seine Ehre in kleinen Dingen verkaufen, solange man auf sich selbst achtgibt. Man kann ein Glas Wein einschenken, wie man eben ein Glas einschenkt, einem Mann beim Trinken zusehen und still auf Rache sinnen.« Vielleicht neigte er den Kopf leicht bei diesen Worten. »Du sinnst wahrscheinlich noch im Schlaf auf Rache.«

Schweigen trat ein, so lange wie ein Lächeln.

»Sinne weiter, Kestrel. Bleib am Leben. Wenn ich nicht überlebt hätte, würde sich niemand an meine Mutter erinnern – nicht, wie ich es tue.«

Kestrel konnte dem Schlaf nicht länger widerstehen. Er zog sie hinab.

»Und ich hätte dich niemals getroffen.«

✦

Kestrel wurde sich verschwommen bewusst, dass sie hochgehoben wurde. Sie schlang die Arme um den Hals von jemandem und legte den Kopf an seine Schulter. Sie hörte ein Seufzen und wusste nicht, ob es von ihr oder ihm kam.

Da war die wiegende Bewegung, eine Treppe hinaufgetragen zu werden. Sie wurde auf etwas Weiches gelegt. Man zog ihr die Schuhe von den Füßen. Eine dicke Decke wurde über sie gebreitet und unter ihrem Kinn festgesteckt, und jemand murmelte den Herrani-Segen für gute Träume. Enai? Kestrel runzelte die Stirn. Nein, die Stimme passte nicht zu Enai. Aber wer, wenn nicht ihre Kinderfrau, sollte diese Worte sprechen?

Dann war die Hand auf ihrer Stirn fort. Kestrel beschloss, das Rätsel später zu lösen.

Sie schlief weiter.

✦

Das Pferd geriet auf einer Geröllhalde ins Rutschen. Doch Arin blieb im Sattel, als das Tier stolperte, die Läufe spreizte und wieder festen Stand gewann.

Es würde noch schlimmer werden, dachte Arin grimmig, sobald er den Pfad wieder hinunter- und nicht mehr hinaufreiten musste. Er suchte nun schon fast einen ganzen Tag. Das bisschen Hoffnung, das er gehabt hatte, die Pflanze zu finden, wurde weniger und weniger.

Schließlich stieg er ab. Der Berg war von einem öden Graubraun ohne jeden Baum, und weiter oben konnte er die heimtückische Scharte sehen, durch die die Valorianer vor zehn Jahren geströmt waren. Er sah einen Schimmer von Metall. Die Waffe eines Herrani in Tarnkleidern, während er oder sie – zusammen mit einigen anderen – den Pass bewachte.

Arin schlüpfte, sein Pferd im Schlepptau, hinter einen Felsvorsprung. Er klemmte die Zügel in einem Spalt zwischen zwei Felsbrocken fest. Arin sollte nicht gesehen werden, genauso wenig wie sein Pferd.

Er sollte dort oben sein und den Pass bewachen oder sich wenigstens auf andere Art bemühen, sein Land zu halten.

Sein Land. Er hörte niemals auf, für diesen Gedanken zu brennen. Er war den Tod wert, fast alles wert, damit er wieder jene Person wurde, die er vor dem Herranischen Krieg gewesen war. Und doch war er hier und spielte mit den geringen Chancen auf Erfolg, die sie hatten.

Weil er nach einer *Pflanze* suchte.

Er stellte sich vor, was Preller sagen würde, wenn er sehen könnte, wie Arin den Boden nach verblichenem Grün absuchte. Er würde mit Spott reagieren, den Arin einfach abschütteln konnte, und mit Wut, die Arin aushalten, die er sogar verstehen konnte. Er konnte nur nicht ertragen, was er vor seinem geistigen Auge sah.

Prellers Blick, der Kestrel aufspießte. Preller, der sie ins Visier nahm und seinen Hass mit einem weiteren Grund befeuerte.

Und je mehr Arin versuchte, sie zu beschützen, desto größer wurde Prellers Missfallen darüber.

Arin ballte die Fäuste in der Kälte. Er hauchte darauf, steckte die Finger unter die Achseln und begann umherzugehen.

Er sollte sie gehen lassen. Sie auf dem Land untertauchen lassen, in einer abgelegenen Gegend, in der man nichts von der Revolution ahnte.

Aber was dann? Kestrel würde ihren Vater benachrichtigen. Sie würde einen Weg finden. Und dann würden die vereinigten Streitkräfte des Imperiums über die Halbinsel herfallen. Dabei bezweifelte Arin schon, dass die Herrani auch nur dem Bataillon Einhalt gebieten konnten, das in weniger als zwei Tagen über den Pass kommen würde.

Wenn er Kestrel gehen ließ, würde er sein Volk ans Messer liefern.

Arin schob einen Stein mit dem Stiefel vor sich her und wollte ihn wegtreten.

Er tat es nicht. Er ging weiter.

Gedanken stellten seinen gesunden Menschenverstand infrage und gaukelten ihm Lösungen vor, die nur wieder neue Probleme hervorbrachten, verhöhnten ihn mit der Gewissheit, dass er alles, was er zu bewahren versuchte, verlieren würde.

Bis er es fand.

Das Kraut, das über einen Flecken Erde kroch. Es war eine klägliche Menge und verwelkt, aber er grub es in wilder Hoffnung mitsamt den Wurzeln aus.

Er hob den Blick von seinen schmutzigen Händen und sah, dass er wieder in Sichtweite des Bergpasses gekommen war. Eine Idee raubte ihm den Atem.

Die Idee war so klein wie die Blättchen in Arins Hand. Aber sie wuchs, schlug Wurzeln, und Arin begann zu dämmern, wie sich die valorianische Verstärkung möglicherweise würde schlagen lassen.

Ihm dämmerte, wie er vielleicht doch gewinnen konnte.

32

Als Kestrel in dem Bett erwachte, wollte sie lieber nicht darüber nachdenken, wie sie dort hineingekommen war. Dann verschlang die hereinbrechende Dunkelheit den Tag. Kälte kroch ins Haus, die Dämmerung schien sich schwer auf Kestrels Schultern zu legen, und sie hatte nur noch Gedanken für Arin und Jess.

Sie hörte, wie sich ein Schlüssel im Schloss drehte. Kestrel sprang auf die Füße; erst da wurde ihr bewusst, dass sie zuvor nur dagesessen und ins Nichts gestarrt hatte. Sie lief durch ihre Gemächer, bis sie vor der letzten Tür stand und diese sich öffnete.

Sarsine. »Wo ist Arin?«, fragte sie.

Besser, nichts zu verraten. »Ich weiß es nicht.«

»Das ist ein Problem.«

Schweigen.

»Es ist *dein* Problem«, stellte Sarsine klar, »weil Preller hier ist und Arin sehen will. Und da mein nutzloser Cousin nirgends zu finden ist, will Preller stattdessen mit dir reden.«

Kestrels Pulsschlag wurde langsamer, wie er es früher getan hatte, wenn Rax blitzschnell zum Angriff überging oder wenn ihr Vater eine Frage stellte, deren Antwort sie nicht kannte. »Richte ihm mein Nein aus.«

Sarsine lachte.

»Dies ist das Haus deiner Familie«, sagte Kestrel. »Er ist dein Gast. Wer ist er, dass er dir Befehle erteilt?«

Sarsine schüttelte den Kopf, obwohl der reuevolle Zug um ihren Mund verriet, dass sie Kestrel diesen Versuch nicht übel nahm. Als sie antwortete, waren ihre Worte nicht als Drohung gemeint. Doch Kestrel hörte eine heraus – aus den Worten, die ganz offensichtlich von Preller selbst stammten. »Wenn du nicht mit mir kommst, um ihn zu treffen, wird er hierherkommen, um dich zu treffen.«

Kestrels Blick schweifte über die Wände. Sie dachte an das Muster, nach dem die Räume angeordnet waren – sie wanden sich nach innen wie ein Schneckenhaus und vermittelten den Eindruck, dass man hier, an diesem von der Welt isolierten, schönen Ort, in Sicherheit lebte.

Oder in Gefangenschaft.

»Ich komme mit«, sagte sie.

✦

Sarsine brachte sie ins Atrium, wo Preller vor dem Springbrunnen auf einer Marmorbank saß. Fackeln warfen ihren Schein durch den ganzen Raum, und das Wasser des Springbrunnens leuchtete in roten und orangefarbenen Streifen.

»Ich will allein mit ihr sprechen«, sagte Preller zu Sarsine.

Sie setzte an: »Arin –«

»– ist nicht der Anführer der Herrani. Das bin ich.«

»Wir werden sehen, wie lange«, sagte Kestrel und biss sich sofort auf die Lippe. Er sah es, und sie beide wussten, was es zu bedeuten hatte.

Einen Fehler.

»Schon gut«, sagte Kestrel zu Sarsine. »Geh nur. Geh.«

Sarsine warf ihr einen zweifelnden Blick zu und ließ die beiden dann allein.

Preller stützte die Ellbogen auf die Knie und sah zu Kestrel hoch. Er musterte sie eingehend: die langen, locker ineinandergelegten Hände, die Falten ihres Kleides. Kestrels Kleider waren auf mysteriöse Art und Weise im Schrank ihrer Gemächer aufgetaucht, wahrscheinlich während sie geschlafen hatte. Und sie war froh darüber. Die Kampftracht hatte ihren Zweck erfüllt, aber ein Kleid zu tragen, das gesellschaftstauglich war, gab Kestrel das Gefühl, bereit für eine andere Art von Kampf zu sein.

»Wo ist Arin?«, fragte Preller.

»In den Bergen.«

»Was macht er da?«

»Ich weiß es nicht. Da die valorianische Verstärkung über den Pass kommen wird, könnte ich mir vorstellen, dass er herausfinden will, ob sich der Pass zum Schlachtfeld eignet.«

Preller bedachte sie mit einem hämischen Grinsen. »Stört es dich, eine Verräterin zu sein?«

»Ich wüsste nicht, dass ich eine wäre.«

»Du hast gerade bestätigt, dass die Verstärkung über den Pass kommen *wird.* Danke schön.«

»Das ist wohl kaum des Dankes wert«, sagte sie. »Fast jedes brauchbare Schiff im Imperium wurde nach Osten geschickt, was bedeutet, dass es keinen anderen Weg in die Stadt gibt. Jeder, der ein bisschen Verstand hat, kann sich das zusammenreimen, weshalb Arin in den Bergen ist und du hier bist.«

Röte kroch über Prellers Gesicht. Er sagte: »Meine Füße sind staubig.«

Kestrel hatte keine Ahnung, was sie darauf erwidern sollte.

»Wasch sie«, sagte er.

»Was?«

Er zog sich die Stiefel von den Füßen, streckte die Beine aus und lehnte sich zurück.

Kestrel, die sich auch zuvor nicht gerührt hatte, erstarrte zu Stein.

»Bei den Herrani ist es Sitte, dass die Herrin des Hauses besonderen Gästen die Füße wäscht«, erklärte Preller.

»Selbst wenn es einmal solch eine Sitte gegeben hat, ist sie vor zehn Jahren ausgestorben. Und ich bin nicht die Herrin des Hauses.«

»Nein, du bist eine Sklavin. Du wirst tun, was ich dir befehle.«

Kestrel fiel ein, was Arin gesagt hatte: dass sie sich in kleinen Dingen selbst verkaufen konnte. Aber hatte er damit das hier gemeint?

»Nimm Wasser aus dem Springbrunnen«, sagte Preller.

Wut kochte in Kestrel hoch, doch sie hütete sich, sie zu zeigen. Sie setzte sich auf den Rand des Brunnenbeckens, tauchte seine Füße ins Wasser und wusch sie hastig, so wie sie es hatte Sklavinnen in der Wäscherei tun sehen. Wenn sie eine Sklavin gewesen wäre, hätte sie sich vormachen können, gerade etwas anderes zu waschen. Aber sie hatte noch nie etwas anderes oder jemand anderen gewaschen außer sich selbst. Daher ließ sich nicht leugnen, dass es nur Haut und Fleisch und Knochen sein konnten, die sie in diesem Moment in der Hand hielt.

Sie hasste es.

Sie hob Prellers Füße aus dem Becken und stellte sie auf die Fliesen.

Preller hatte die Augen halb geschlossen. Sie glitzerten. »Abtrocknen.«

Kestrel stand auf.

»Du bleibst hier«, befahl er.

»Ich muss ein Handtuch holen.« Sie war dankbar für den Vorwand, sich entfernen zu können, irgendwohin, und nicht zurückzukehren.

»Dein Rock tut's auch.«

Nun war es schon schwerer zu verhindern, dass ihr Gesicht ihre

Gefühle widerspiegelte. Sie bückte sich, ergriff den Saum ihres Rocks und rieb seine Füße ab.

»Jetzt ölst du sie ein.«

»Ich habe kein Öl.«

»Du findest es unter der Fliese mit dem Gott der Gastfreundschaft darauf.« Preller deutete auf den Boden. »Drück auf die Ecke. Sie wird aufspringen.«

Und da lagen die Phiolen, bedeckt mit jahrzehntealtem Staub.

»Die gibt es in jedem Herrani-Haus«, erklärte Preller. »Auch in deiner Villa. Oder besser: in meiner. Weißt du, du musst nicht gegen deinen Willen hierbleiben. Du könntest nach Hause kommen.«

Kestrel goss Öl über Prellers Füße und massierte es in die raue Haut ein. »Nein. Dort gibt es nichts, wonach es mich verlangt.«

Sie spürte seinen Blick auf ihrem gesenkten Kopf, auf ihren Händen, die sich über seine Füße bewegten. »Tust du das hier für Arin?«

»Nein.«

»Was tust du dann für ihn?«

Kestrel richtete sich auf. Ihre Hände waren schmierig. Sie wischte sie an ihrem Rock ab, ohne sich darum zu kümmern, dass ihr Ekel zu den Dingen gehörte, die Preller an ihr sehen wollte.

Aber warum – warum sollte er das wollen?

Sie wandte sich zum Gehen.

»Wir sind noch nicht fertig«, sagte er.

»Doch«, entgegnete Kestrel. »Es sei denn, du willst wissen, wie viel mir mein Vater über den Kampf ohne Waffen beigebracht hat. Ich werde dich in diesem Brunnen ersäufen. Wenn es mir nicht gelingt, werde ich laut genug schreien, dass jeder Herrani in diesem Haus angelaufen kommt und sich fragt, was für ein Anführer das ist, dass er bei einem valorianischen Mädchen so leicht die Beherrschung verliert.«

Sie ging fort und er folgte ihr nicht, auch wenn sie seinen Blick spürte, bis sie um die Ecke gebogen war. Sie fand den Weg in die Küche, den geschäftigsten Raum des Hauses, und stellte sich ans Feuer, um dem metallischen Scheppern der Wasserkessel zu lauschen. Auf die verwunderten Blicke achtete sie nicht.

Dann begann sie zu zittern, vor Zorn ebenso wie vor allem anderen.

Sag es Arin.

Kestrel schob den Gedanken beiseite. Was sollte Arin schon ausrichten können?

Arin war ein schwarzer Kasten, der sich unter einer Fliese verbarg. Eine Falltür, die sich unter ihr öffnete. Er war nicht der, für den sie ihn gehalten hatte.

Vielleicht hatte Arin gewusst, dass all das so oder so ähnlich geschehen würde.

Vielleicht war es ihm sogar gleichgültig.

33

Arin eilte über die Schwelle seines Hauses. Er jagte durch die erleuchteten Gänge und blieb abrupt stehen, als er Preller sah, der im Atrium finster in den Springbrunnen starrte.

Plötzlich war Arin wieder ein zwölfjähriger Junge mit weißen, staubverkrusteten Händen, der so viele Steine brach, wie er konnte, um diesem Mann seine Kraft zu beweisen.

»Ich habe mir schon Sorgen gemacht, wir könnten uns verpasst haben«, sagte Arin. »Ich bin zuerst zu deiner Villa gegangen, aber man sagte mir, dass du hier bist.«

»Wo warst du?« Preller hatte offenbar üble Laune.

»Ich habe mir den Bergpass angesehen.« Als Prellers Stirn sich noch mehr furchte, fügte Arin hinzu: »Weil das der Weg ist, den die Verstärkung wahrscheinlich nehmen wird.«

»Natürlich. Klar.«

»Und ich weiß, was mit ihnen zu tun ist.«

Ein kleines Leuchten stahl sich in Prellers Gesicht.

Arin schickte nach Sarsine, und als sie kam, bat er sie, Kestrel herbeizuholen. »Ich will ihre Meinung hören.«

Sarsine zögerte. »Aber –«

Preller drohte ihr mit dem Finger. »Ich bin mir sicher, dass du dieses Haus gut führst. Aber siehst du nicht, dass dein Cousin mit einem Plan herausrücken will, der unser aller Haut retten könnte? Langweile ihn nicht mit häuslichen Kleinigkeiten, wie wer mit wem zankt … oder ob deinem Schützling nach Gesellschaft ist. Bring das Mädchen einfach her.«

Sie ging.

Arin holte eine Landkarte aus seiner Bibliothek und eilte dann ins Esszimmer, wo Preller schon mit Kestrel und Sarsine wartete. Letztere warf Arin einen aufgebrachten Blick zu, der wohl bedeutete, dass sie ihre Hände in Unschuld wusch. Dann verließ sie den Raum.

Arin breitete die Karte auf dem Tisch aus und beschwerte die Ecken mit Steinen aus seinen Jackentaschen.

Kestrel setzte sich, gehüllt in eigensinniges Schweigen.

»Lass uns deinen Plan hören, Junge«, sagte Preller.

Arin packte die Aufregung, wie damals, als sie begonnen hatten, Pläne zur Eroberung der Stadt zu schmieden. »Wir haben bereits die valorianischen Wachen auf unserer Seite des Bergs erledigt.« Er tippte auf die Karte und fuhr mit dem Finger den Pass nach. »Jetzt schicken wir eine kleine Streitkraft über den Pass auf ihre Seite. Wir suchen Männer und Frauen aus, die selbst aus der Nähe als Valorianer durchgehen können. Die imperialen Wachen werden beseitigt. Einige unserer Leute nehmen ihren Platz ein, andere legen sich in den Vorbergen auf die Lauer, und ein Kurier wird zurück über den Pass geschickt, um unsere Kämpfer in Alarmbereitschaft zu versetzen. Sie haben hier« – Arin deutete auf die Mitte der Passstraße – »auf beiden Seiten Fässer mit Schwarzpulver deponiert. Wir werden Leute brauchen, die die Berge kennen und gut genug klettern können, um höher hinaufzukommen als die Valorianer. Sie müssen auch notfalls in Kauf nehmen, unter einer Lawine begraben zu werden, die die Explosionen womöglich auslösen. Vier von ihnen, zwei auf jeder Seite, werden genug sein.«

»Wir haben nicht viel Schwarzpulver übrig«, warf Preller ein. »Das sollten wir für den richtigen Einmarsch aufheben.«

»Wir werden den Einmarsch nicht mehr erleben, wenn wir jetzt nicht das Schwarzpulver verwenden.« Arin legte die Hände flach auf den Tisch und beugte sich über die Karte. »Der Hauptteil unserer Streitmacht, etwa zweitausend Mann, wird unseren Zugang zum Pass flankieren. Ein valorianisches Bataillon ist immer ungefähr genauso groß, also –«

»Immer?«, hakte Preller nach.

Kestrels Augen, die sich mehr und mehr verengt hatten, während Arin seinen Plan erläuterte, waren nur noch schmale Schlitze.

»Du hast viel in Erfahrung gebracht als Sklave des Generals«, sagte Preller anerkennend.

So hatte sich Arin nicht seine Kenntnisse über das valorianische Militär erworben, doch er erwiderte nur: »Die beiden Einheiten – unsere und ihre – werden einander in etwa ebenbürtig sein, was die Mannstärke betrifft, aber nicht nach Erfahrung oder Waffen. Darin sind wir schwächer. Und die Valorianer haben Bogenschützen und Armbrüste. Sie werden allerdings keine schweren Geschütze mitschleppen, weil sie nicht mit einer Schlacht rechnen. Darin liegt unser Vorteil.«

»Arin, *wir* haben auch keine Geschütze.«

»Doch. Wir müssen nur die von den Schiffen nehmen, die wir im Hafen gekapert haben, und sie in die Berge ziehen.«

Preller starrte ihn ungläubig an, dann drosch er Arin auf die Schulter. »Ausgezeichnet.«

Kestrel lehnte sich zurück und verschränkte die Arme.

»Sobald das gesamte Bataillon auf dem Pass ist«, fuhr Arin fort, »und auf unserer Seite auftaucht, werden unsere Kanonen in ihre Frontlinie feuern. Wir werden sie überrumpeln.«

»Überrumpeln?« Preller schüttelte den Kopf. »Die Valorianer werden Kundschafter vorausschicken. Sobald einer von ihnen die Geschütze sieht, werden sie misstrauisch werden.«

»Sie werden die Geschütze aber nicht sehen, denn unsere Waffen und Männer werden unter Leintüchern verborgen liegen, die diese Farbe haben.« Er deutete auf die hellen Steine, die die Karte beschwerten. »Hanf- und Leinensäcke aus dem Hafen werden genügen, Leinen können wir von valorianischen Betten nehmen. Wir werden nicht vom Berg zu unterscheiden sein.«

Preller grinste.

»Unsere Geschütze«, sagte Arin, »feuern also in die ersten Reihen, die aus Reitern bestehen werden. Die Pferde werden hoffentlich in Panik geraten, und selbst wenn nicht, werden sie es immer noch schwer haben, auf dem abschüssigen Gelände Halt zu finden. Unterdessen gehen die Schwarzpulverfässer mitten auf dem Pass hoch, Gestein löst sich und schneidet die eine Hälfte des Bataillons von der anderen ab. Dann strömt unsere Streitkraft von der anderen Seite des Passes heran und macht kurzen Prozess mit der einen Hälfte des valorianischen Bataillons, das inzwischen in der Falle sitzen und im Chaos versinken sollte. Wir tun dasselbe mit der zweiten Hälfte. Wir gewinnen.«

Zunächst sagte Preller nichts, obwohl sein Gesicht Bände sprach. »Und?«, wandte er sich an Kestrel. »Was hältst du davon?«

Sie wollte ihn nicht ansehen.

»Mach, dass sie spricht, Arin«, beschwerte sich Preller. »Du hast doch gesagt, dass du ihre Meinung hören willst.«

Arin, der Kestrels fast unmerkliche Veränderungen in Stimmung und Körpersprache beobachtet und gesehen hatte, wie ihre Feindseligkeit gewachsen war, erwiderte nur: »Sie denkt, dass der Plan aufgehen wird.«

Preller sah zwischen den beiden hin und her. Sein Blick verweilte auf Kestrel – wahrscheinlich versuchte er zu sehen, was Arin sah. Dann zuckte er die Achseln auf jene übertrieben dramatische Art und Weise, die ihn zu so einem beliebten Auktionator gemacht hatte. »Na, es ist besser als alles, was ich habe. Ich sage den Leuten Bescheid, was sie zu tun haben.«

Kestrel warf Arin einen verstohlenen Blick zu. Er konnte ihn nicht lesen.

Preller legte einen Arm um Arin und ging dann.

Sobald er allein mit Kestrel war, zog Arin die Pflanze aus seiner Tasche: eine Handvoll Grün mit einem drahtigen Stängel und schlank zulaufenden Blättern. Er legte sie vor ihr auf den Tisch. Ihre Augen leuchteten auf, wurden vor lauter Freude funkelnde Edelsteine. Es war ein Schatz, so, wie sie ihn ansah.

»Danke«, hauchte sie.

»Ich hätte früher danach suchen sollen«, sagte er. »Du hättest nicht erst darum bitten müssen.« Er berührte mit drei Fingern ihren Handrücken – in jener Herrani-Geste, die Dank für ein Geschenk ausdrücken konnte, aber ebenso eine Bitte um Vergebung war.

Kestrels Hand war weich und glänzte, als wäre sie eingeölt worden.

Sie entzog sie ihm. Eine Veränderung ging mit ihr vor. Arin sah die Veränderung vor sich gehen, sah, wie ihre Freude ausblutete. Sie fragte: »Was bin ich dir dafür schuldig?«

»Nichts«, antwortete er rasch, verwirrt. War nicht er ihr etwas schuldig? Hatte sie nicht schon für ihn gekämpft? Hatte er ihr Vertrauen nicht dazu missbraucht, die Welt auf den Kopf zu stellen?

Arin musterte Kestrel und bemerkte, dass sie sich nicht unbedingt verändert hatte. Sie gab vielmehr derselben geballten Wut nach, unter der sich ihre Schultern die ganze Zeit über gestrafft hatten, während sie neben Preller gesessen hatte.

Natürlich war Kestrel zornig, da sie doch gerade ein Komplott zur Vernichtung ihres Volkes mit angehört hatte. Sobald Arin sich mit dieser Vermutung zufriedengab, kehrte er in Gedanken zu jenem unergründlichen Blick zurück, den sie ihm zugeworfen hatte. Er drehte und wendete ihn im Stillen wie eine Muschel, bei der er sich fragte, was für ein Lebewesen wohl darin gewohnt haben mochte.

Er erinnerte sich gut an diesen Blick: das Zucken der Brauen, die schmale Linie ihres Mundes.

»Was ist los?«, fragte er.

Es schien, als wollte sie nicht darauf antworten. Dann sagte sie: »Preller wird deine Idee als seine eigene ausgeben.«

Das wusste Arin schon. »Was kümmert's dich?«

Ein geräuschvoller, gereizter Atemzug.

»Wir brauchen einen Anführer«, sagte Arin. »Wir müssen gewinnen. Wie, spielt keine Rolle.«

»Das hast du gelesen«, sagte sie, und da erst ging Arin auf, dass er aus einem der Bücher ihres Vaters über die Kriegskunst zitiert hatte. »Du hast Texte aus meiner Bibliothek über valorianische Schlachtenpläne und Angriffsmethoden gelesen.«

»Hättest du das nicht auch getan?«

Sie winkte ungeduldig ab.

Er fuhr fort: »Es ist höchste Zeit, dass mein Volk von deinem etwas lernt. Ihr habt schließlich die Hälfte der bekannten Welt erobert. Was meinst du, Kestrel? Würde ich einen guten Valorianer abgeben?«

»Nein.«

»Nein? Nicht einmal, wenn ich mir so geniale Angriffsmethoden einfallen lasse, dass mein General sie mir stehlen will?«

»Und wer bist du, dass du ihm das durchgehen lässt?« Kestrel erhob sich. Mit gestrafften Schultern und schlank wie ein Schwert stand sie da.

»Ich bin ein Lügner«, sprach Arin langsam die Worte für sie aus. »Ein Feigling. Ich habe keine Ehre.«

Da war er wieder. Dieser Blick, strotzend vor verborgenen Dingen.

Einem Geheimnis.

»Was ist los, Kestrel? Sag mir, was es ist.«

Ihr Gesicht wurde verschlossen und es verriet Arin, dass er keine Antwort bekommen würde. »Ich will Jess sehen.«

Die Pflanze lag welk und schlaff auf dem Tisch.

Arin fragte sich, was genau er sich von diesem Kraut erhofft hatte.

✦

Schnee rieselte auf den Weg, der zur Kutsche führte. Kestrel war dankbar für die Pflanze, die Sarsine bei sich trug. Doch der Abend hatte ihr gallige Gedanken eingeflößt und machte sie krank vor Sorge. Sie dachte an Preller. Und an Arins Plan – er war hinterlistig und würde mit schrecklicher Wahrscheinlichkeit aufgehen.

Es wurde höchste Zeit, dass sie floh.

Aber wie konnte sie das, in Arins Hof, umgeben von Herrani, die immer weniger wie ein Haufen Gesindel aussahen und immer mehr wie Soldaten einer Armee?

Und wenn sie wirklich entkam, was wurde dann aus Jess?

Sarsine stieg mit eingezogenem Kopf in die Kutsche. Kestrel wollte ihr gerade folgen und warf noch einmal über die Schulter einen Blick zurück zum Haus. Es schimmerte dunkel, wie überzuckert vom abendlichen Schneefall. Kestrel erspähte auf der östlichen Seite jenen Abschnitt, der ihre Gemächer barg. Das große steinerne Rechteck war ihr Dachgarten, doch es wirkte doppelt so breit.

Die Tür.

Kestrel fiel die verschlossene Tür in ihrem Garten ein und sie begriff plötzlich einiges.

Die Tür musste zu einem anderen Garten führen, der spiegelbildlich zu ihrem angelegt war. Das war der Grund, warum die Mauer von außen doppelt so breit aussah.

Jener zweite Garten stellte die Verbindung zum Westflügel dar, dessen erhellte Fenster genauso groß waren wie die in ihren Gemächern und dasselbe Rautenmuster besaßen.

Am wichtigsten aber war die Erkenntnis, dass das Dach des Westflügels schräg nach unten verlief. Es schloss über einem Raum im Erdgeschoss ab, der vielleicht die Bibliothek oder der Salon war.

Kestrel lächelte. Arin war nicht der Einzige, der einen Plan hatte.

✦

»Nur für Jess«, sagte Kestrel zu dem Herrani-Heiler, ohne sich darum zu scheren, dass zu ihren Füßen Dutzende Menschen im Sterben lagen. Sie heftete sich an die Fersen des Heilers, weil sie nicht riskieren wollte, dass auch nur ein Blättchen an jemand anderen ging – und das, obwohl sie unter der violetten Maske des Gifts weitere bekannte Gesichter entdeckte.

Kestrel hatte sich für Jess entschieden.

Als der Trank bereitet war und in Jess' Mund geträufelt wurde, würgte das Mädchen. Flüssigkeit rann über ihr Kinn. Der Heiler fing sie ruhig in einer Schale auf und versuchte es erneut, aber es wiederholte sich dasselbe.

Kestrel nahm dem Heiler die Schale aus der Hand. »Trink das«, sagte sie zu ihrer Freundin.

Jess stöhnte.

»Trink«, befahl Kestrel, »oder es wird dir noch leidtun.«

»Wie einfühlsam du mit Kranken umgehst«, bemerkte Sarsine.

»Wenn du das nicht trinkst, wird es dir leidtun«, sagte Kestrel noch einmal. »Denn dann wirst du nie wieder Gelegenheit haben, dich über mich lustig zu machen, zuzuschauen, wie ich viel zu viel will und dumme Sachen mache, um es zu bekommen. Du wirst mich nie wieder sagen hören, dass ich dich lieb habe. Ich hab dich nämlich lieb, kleine Schwester. Trinkst du das jetzt bitte?«

Ein Laut drang aus Jess' Kehle. Kestrel nahm ihn als Zustimmung und brachte die Schale an Jess' Lippen.

Jess trank.

Stunden vergingen. Die Nacht rückte vor. Kein Anzeichen, dass Jess sich erholte. Sarsine schlief in einem Sessel ein, und irgendwo bereitete sich Arin auf eine Schlacht vor, die vielleicht schon mit der Dämmerung nahte.

Dann holte Jess Luft – es war ein flacher, rasselnder Atemzug. Aber er klang schon besser. Sie öffnete die Augen einen Spaltbreit, und als sie Kestrel sah, krächzte sie: »Ich will zu meiner Mutter.«

Das hatte ihr Kestrel einmal ins Ohr geflüstert, als sie noch kleine Mädchen waren, die im selben Bett schliefen und deren weiche kalte Füße sich unter der Decke berührten. Kestrel hielt jetzt die Hand ihrer Freundin und tat, was Jess damals für sie getan hatte – was darin bestand, dass sie beruhigende Worte murmelte, die kaum noch Worte und fast schon Musik waren.

Kestrel spürte den schwachen Druck von Jess' Fingern.

»Lass nicht los«, sagte Kestrel.

Jess gehorchte. Ihr Blick wurde scharf und weit und wach fur diese Welt.

✦

»Du solltest es Arin erzählen«, sagte Sarsine später in der Kutsche.

Kestrel wusste, dass sie nicht von Jess sprach. »Nein, das werde ich nicht. Und du auch nicht.« Verächtlich setzte sie hinzu: »Du fürchtest dich vor Preller.«

Kestrel verschwieg, dass sie das ebenfalls tat.

✦

In dieser Nacht versuchte Kestrel erneut, die verschlossene Gartentür zu öffnen. Sie zerrte mit aller Kraft an dem Knauf. Die Tür war massiv. Sie rührte sich nicht im Geringsten.

Kestrel stand fröstelnd im Schnee. Dann ging sie ins Haus und kehrte mit einem Tisch zurück, den sie an die Mauer in der gegenüberliegenden Ecke stellte. Sie kletterte auf den Tisch und kam noch immer nicht hoch genug, um die Oberkante der Mauer zu erreichen. Sie hoffte, dass die Ecken und Winkel in diesem Abschnitt der Mauer ihren Händen und Füßen genug Halt geben würden, damit sie sich hochziehen konnte.

Die Mauer war zu glatt. Sie glitt daran ab. Selbst wenn sie einen Stuhl auf den Tisch stellte, war sie immer noch zu hoch für Kestrel, und noch etwas auf den Stuhl zu stellen war gefährlich. Sie würde wahrscheinlich stürzen und hinunter auf die Steine fallen.

Kestrel kletterte hinunter und betrachtete den Garten im Schein der Lampe, der aus ihrem Wintergarten fiel. Sie kaute auf der Innenseite ihrer Wange herum und überlegte, ob Bücherstapel auf dem Tisch eine Möglichkeit wären. Da hörte sie ein Geräusch.

Das Kratzen eines Absatzes auf den Kieselsteinen. Es kam von der anderen Seite der Tür, von der anderen Seite der Mauer.

Jemand hatte gelauscht.

Lauschte immer noch.

So leise sie nur konnte, nahm Kestrel den Stuhl vom Tisch und ging wieder hinein.

✦

Bevor Arin zum Pass aufbrach, fand er in den kältesten Stunden der Nacht noch Zeit für den Befehl, jedes Möbelstück, das Kestrel tragen konnte, aus ihren Gemächern zu entfernen.

34

Als seine Leute am Pass Stellung bezogen, dachte Arin, dass er die valorianische Kriegssucht bisher vielleicht missverstanden hatte. Er hatte vermutet, dass Gier dahinter stand. Ein primitives Gefühl der Überlegenheit. Es war ihm nie in den Sinn gekommen, dass die Valorianer auch in den Krieg ziehen könnten, weil sie ihn liebten.

Arin mochte diese Stunden des Wartens. Die stumme, herrliche Anspannung, die wie ein zuckendes Wetterleuchten war. Seine Stadt weit unter ihm, die Hand auf dem Rohr eines Geschützes, die Ohren gespitzt für jedes Geräusch. Er starrte auf den Pass, und obwohl er den Gestank der Angst von Männern und Frauen um ihn her roch, war er in einer Art Wunder gefangen. Er fühlte sich so lebendig. Als wäre sein Leben eine frische, durchsichtige Frucht mit einer dünnen Schale. Man hätte sie aufschneiden können und es hätte ihm nichts ausgemacht. Nichts fühlte sich an wie das hier.

Nichts außer –

Das war noch so etwas, das der Krieg bewirkte. Er half Arin zu vergessen, was er nicht haben konnte.

Es gab ein Geräusch, wie wenn etwas ins Rutschen geriet. Es kam über den Pass und wurde lauter, bis einer von Prellers Boten erschien und geradewegs auf den Befehlshaber zurannte. Arin war nicht weit von Preller, aber selbst wenn er es gewesen wäre, hätte er noch das Japsen des Jungen hören können. »Sie kommen«, keuchte er. »Sie kommen.«

Sofort brachen Hektik und Betriebsamkeit aus. Sie prüften, dass die Geschütze ordnungsgemäß geladen waren, dann prüften sie es nochmals. Schnitten Lunten von langen, dünnen Spulen brennbarer Schnüre zurecht. Kauerten sich unter den graubraunen Stoffbahnen zusammen.

Arin spähte durch ein Loch, das er in den Stoff gebohrt hatte. Seine Augen brannten, weil er nicht zu blinzeln wagte.

Aber natürlich hörte er sie, bevor er sie sah. Das Dröhnen Tausender marschierender Füße. Dann tauchte die valorianische Frontlinie auf dem Pass auf. Arin wartete und wartete auf Prellers ersten Schuss.

Er kam. Die Kanonenkugel zerfetzte Stoff, schoss durch die Luft und krachte in die Reiterei. Sie riss Pferde und Menschen in Stücke. Arin hörte Schreien, blendete es jedoch sofort aus.

Die steinfarbenen Stoffbahnen waren – inzwischen überflüssig – verschwunden, und Arin hievte eine Kugel in das Rohr eines Geschützes, feuerte und wiederholte den Vorgang. Seine Hände waren schwarz von Pulver, als eine Frau neben ihm auftauchte. Sie riss an seinem Ärmel. »Preller ist verwundet«, sagte sie.

Die Valorianer erwiderten das Feuer, und Pfeile und Bolzen von Armbrüsten pfiffen mit erschreckender Zielgenauigkeit durch die Nacht. Arin holte geräuschvoll Luft. Er rannte los.

Pfeile sirrten an ihm vorbei.

Er hechtete hinter die Felsblöcke, die Prellers Kanone teilweise verdeckten. Der Mann lag auf dem Rücken, das Gesicht besprenkelt mit Schwarzpulver. Herrani sammelten sich um ihn und starrten ihn erschrocken an.

»Nein«, schrie Arin. »Schaut auf die Valorianer, nicht zu ihm!« Sie zuckten zusammen, dann kehrten sie zu ihrem Auftrag zurück – nämlich so viele Lücken wie möglich in die valorianische Formation zu schießen.

»Außer dir.« Arin packte den nächstbesten Mann am Hemd. »Sag, was passiert ist.« Arin ging in die Hocke und klopfte Prellers Arme und Brust ab auf der Suche nach Blut. »Keine Wunden. Warum gibt es keine Wunden?«

»Er ist einfach umgefallen«, sagte der Mann. »Als die Kanone feuerte, hat der Rückstoß Preller von den Füßen geholt. Er muss sich den Kopf angeschlagen haben.«

Arins Lachen war wild. Der erste Augenblick der Schlacht, und schon war der Befehlshaber bewusstlos geworden. Wohl eher kein gutes Omen.

Er zerrte Preller weiter hinter die Felsbrocken in Deckung und schnappte sich das Fernglas aus der Tasche des Mannes. Es stammte aus der Villa des Generals und war von guter Qualität.

Ein bisschen zu gut. Arin sah mit seiner Hilfe, dass die valorianische Reiterei noch im Sattel saß und ihre Pferde unter Kontrolle hatte, ungeachtet des tückisch steilen Abhangs, auf dem sie mit Kanonenkugeln beschossen wurden. Sie rückten immer weiter vor.

Dann sah Arin etwas noch Schlimmeres. Einige Soldaten hinter der Frontlinie reckten die Hälse, um die Hänge zu beiden Seiten des Passes abzusuchen. Ein Armschutz blitzte auf, als ein Valorianer einen Pfeil aus dem Köcher zog, ein Ziel oben in den Felsen entdeckte und schoss.

Einer der vier Herrani, die damit betraut waren, die Schwarzpulverfässer in Brand zu stecken, fiel von der Klippe. Arin fluchte. Er musste hilflos mit ansehen, wie auch auf die anderen drei Herrani ein Hagel aus Bolzen herniederging.

Das war's, dachte Arin. Das war das Ende von allem. Wenn die Herrani das valorianische Bataillon nicht in zwei Hälften teilen konnten, indem sie Felsbrocken auf sie herabregnen ließen, würden sie rasch von einem erfahrenen Heer überrannt werden, das sich jetzt bereits von der Überraschung erholte.

Doch die letzte Herrani oben am Berg war wie durch ein Wunder noch am Leben und klammerte sich an die Felsen.

Dann fiel sie. Sie überschlug sich in der Luft und fing Feuer. Erst da bemerkte Arin das kleine Fässchen, das sie in den Armen hielt. Sie prallte auf dem Boden auf und explodierte. Feuer raste durchs valorianische Heer.

Es war die einzige zweite Chance, die Arin bekommen würde.

»Zielt auf die Bogenschützen«, befahl er der Mannschaft von Prellers Geschütz. »Die Armbrüste. Sagt es den anderen weiter. Beschießt diese Abteilung aus allen Rohren.«

»Aber die Valorianer kommen immer näher –«

»Tut es!«

Arin füllte einen Sack mit so viel Schwarzpulver, wie er fassen konnte. Er griff sich eine Zündschnur, schulterte den Sack und lief zum Fuß der Felsklippe.

Es war Wahnsinn, was er vorhatte. Ein Himmelfahrtskommando, als hätte ihn jemand im Namen der Götter des Wahnsinns und des Todes verflucht, als er noch ein Säugling war. Denn Arin jagte zu einem schmalen Pfad hinauf, den Ziegen in die Felsen gescharrt hatten. Schon war er auf dem Pfad und würde sich wohl die Knöchel brechen, noch bevor er auf gleicher Höhe mit jenem Gewirr aus lockeren Felsbrocken war, das in einem Nest aus schwarzem, dürrem Gestrüpp saß. Und sofern er sich nicht die Knochen brach, würde er entdeckt und abgeschossen werden.

Was der Fall war.

Schmerz flammte in seinem Oberschenkel auf. Der Schaft eines Pfeils ragte aus seinem Fleisch. Ein zweiter Pfeil streifte seinen Hals. Er zögerte, zwang sich dann aber noch einmal loszulaufen. Arins Herzschlag dröhnte so laut wie Geschützdonner in seinen Ohren.

Ein Haufen Findlinge zu seiner Linken bot Deckung. Er rannte daran entlang, weiter hinauf Richtung Pass. Dann ging er in die

Hocke, zitternd und fluchend, während sein Blut den Sack mit Schwarzpulver besudelte. Er rammte ihn in jenes Gewirr aus Steinen und Buschwerk und hantierte mit der Lunte.

Er zündete ein Schwefelholz an und hielt es, bis es ihm fast die Finger verbrannte und die Lunte Feuer fing.

Dann hinauf. *Hinauf*, als bestünde sein ganzer Körper nur aus diesem einen Wort. Nur nach oben klettern, weg von der zu erwartenden Druckwelle.

Sie kam. Sie riss die Bergflanke auf. Sie schleuderte Felsbrocken von den Klippen.

Der Boden wurde Arin unter den Füßen weggerissen. Er fiel in einem Hagel aus Felsbrocken.

35

Kestrel hörte den Jubel schon aus großer Entfernung.

All ihre Hoffnung schwand. Valorianische Soldaten jubelten nicht, wenn sie gewannen. Sie sangen. Arins Plan war aufgegangen.

Kestrel ging zu einem der Rautenfenster, das auf den Hof und dahinter über die Stadt blickte. Sie stieß es auf. Winterluft drang herein und Schneeflocken prickelten auf ihren Wangen. Sie beugte sich über das Fenstersims.

Eine kleine Gruppe von Reitern näherte sich dem Haus. Sie ritten langsam, um Schritt zu halten mit Javelin, dessen Reiter über seinem Hals zusammengesackt war.

Bestimmt würden die Herrani doch nicht jubeln, wenn Arin tot war oder im Sterben lag?

Dummkopf, schalt sich Kestrel selbst. Tote konnten nicht reiten.

Die unterschiedlichsten Gefühle bestürmten sie, und sie wusste nicht, ob diese Gefühle das waren, was sie sein sollten. Denn sie wusste nicht, was sie fühlte. Sie konnte nicht einmal denken.

Dann hielten die Pferde an. Arin glitt von Javelin, und unter den Herrani gab es ein Handgemenge darum, als Erster zu ihm zu kommen. Leute stützten ihn, indem sie die Schultern unter seine Arme schoben.

Arins Gesicht war weiß vor Schmerz und fleckig von Schmutz und Blutergüssen. Seine zerrissenen Kleider waren blutverschmiert. Wie helle, rote Wimpel. An einem Fuß fehlte der Schuh.

Er legte den Kopf zurück, fing Kestrels Blick auf und lächelte.

Kestrel verschloss das Fenster und dann ihr Herz. Denn was sie fühlte, während sie Arin den Pfad entlanghumpeln sah, war nichts, was sie erwartet hatte. Sie sollte es nicht fühlen.

Blanke, niederschmetternde Erleichterung.

✦

»Ein Held.« Preller sah auf Arin herab, der ausgestreckt auf seinem Bett lag.

Arin wollte den Kopf schütteln und zuckte vor Schmerz zusammen. »Das war nur Glück.«

»Verdammt viel Glück. Ein Gestrüpp hat dich davor bewahrt, über die Klippe zu fliegen. Du wurdest praktisch unter einem Haufen Steine begraben und hast dir trotzdem nichts gebrochen.«

»Ich fühle mich aber, als hätte ich mir *alles* gebrochen.«

Prellers Gesicht nahm einen merkwürdigen Ausdruck an.

Arin sagte: »Du hattest auch Glück.«

»Weil ich umgefallen bin und die Schlacht verpasst habe? Wohl kaum.« Doch Preller zuckte die Achseln, setzte sich auf die Bettkante, klopfte Arin auf die zerbeulte Schulter und schmunzelte, als der fluchte. »Es gibt immer ein nächstes Mal. Erzähl mir, was passiert ist, nachdem man dich unter den Felsen herausgefischt hatte.«

»Der Plan ist aufgegangen. Die valorianischen Offiziere im vorderen und hinteren Teil wurden durch den Bergrutsch voneinander getrennt. Außerdem hat er den Gutteil der Soldaten in der Mitte ausgelöscht. Sie haben sich ergeben. Ich denke, wir haben dafür gesorgt, dass auf der valorianischen Seite kein Bote zurück über den Pass entkommen ist. Ich habe die Verwundeten in den Palast des Statthalters bringen lassen. Jetzt ist er endgültig ein Lazarett.«

»*Unsere* Verwundeten, meinst du.«

Arin drückte sich auf einen Ellbogen hoch. »Nicht nur. Ich habe Gefangene gemacht.«

»Arin, Arin. Wir brauchen nicht noch mehr valorianische Schoßhündchen. Wir haben jetzt schon zu viele Aristokraten am Hals. Wenigstens streuen ihre Briefe falsche Informationen in der Hauptstadt. Und sie sind recht unterhaltsam.«

»Was hätte ich deiner Meinung nach tun sollen? Sie alle umbringen?«

Preller drehte die Handflächen nach oben, als läge die Antwort auf der Hand.

»Das ist kurzsichtig«, sagte Arin. Er war zu erschöpft, um einen Gedanken daran zu verschwenden, ob er Preller beleidigte. »Und unter unserer Würde.«

Prellers Schweigen wurde eisig.

»Sieh es doch mal so«, sagte Arin vorsichtiger. »Eines Tages sind wir vielleicht in der Situation, dass wir Gefangene austauschen müssen. Das hier war nicht die letzte Schlacht. Einige von uns werden vielleicht in der nächsten gefangen genommen.«

Preller erhob sich. »Wir können später darüber sprechen. Wer bin ich, unserem Helden die wohlverdiente Erholung zu verwehren?«

»Bitte hör auf, mich so zu nennen.«

Preller schnalzte mit der Zunge. »Die Leute werden dich dafür lieben«, sagte er.

Aber es klang nicht so, als fände er das gut.

✦

Die Aussicht auf eine Zukunft erschien den Herrani nicht länger wie ein zartes, zerbrechliches Pflänzchen. Vor der Schlacht waren sie einfach dort geblieben, wo sie als Sklaven gelebt hatten, sofern sie kein Zuhause von früher hatten, in das sie zurückkehren konnten. Nun zog man leere valorianische Häuser dafür in Betracht. Man ersuchte Preller um Erlaubnis, wenn man dahin oder dorthin ziehen wollte, aber manchmal glitten die Blicke der Leute auch zu Arin, bevor sie sprachen. Dann sagte Preller ausnahmslos Nein.

Arin arbeitete hart daran, ihre Kämpfer zu einem richtigen Heer zusammenzuschmieden. Er legte eine Liste all jener Herrani an, die sich in der Schlacht bewährt hatten, und schlug vor, sie zu Offizieren zu ernennen. Die Titel, die er ihnen zuwies, waren diejenigen, die es vor der Eroberung im herranischen Militär gegeben hatte.

Preller runzelte die Stirn über die Liste. »Ich nehme an, dass du auch die Monarchie wiedereinführen willst.«

»Die Königsfamilie ist tot«, erwiderte Arin langsam.

»Und was bist du – der nächste Anwärter?«

»Das habe ich nie gesagt. Offiziere zu bestimmen hat nichts damit zu tun.«

»Ach nein? Schau dir die Liste an. Die Hälfte dieser Leute war früher blaublütig, genau wie du.«

»Und die andere Hälfte war es nicht.« Arin seufzte. »Es ist nur eine Liste, Preller. Du hast die Wahl.«

Preller sandte ihm einen prüfenden Blick. Dann strich er einige Namen heraus und ersetzte sie durch neue Namen. Er unterschrieb mit einem verschnörkelten Namenszug.

Arin sagte, sie sollten Land außerhalb der Stadt an sich bringen, Landgüter übernehmen und Getreide und andere Lebensmittel horten, um sich auf eine Belagerung vorzubereiten. »Das Gut Ethyra wäre für den Anfang eine gute Wahl.«

»Schön, schön.« Preller machte eine wedelnde Handbewegung.

Arin zögerte, dann hielt er ihm eine kleine, aber volle und schwere Umhängetasche hin. »Diese Bücher wirst du vielleicht interessant finden. Sie handeln von den Kriegen und der Geschichte der Valorianer.«

»Ich bin zu alt für die Schule«, sagte Preller und ließ Arin einfach stehen.

✦

Kestrel begann ihre Gemächer zu hassen. Sie fragte sich, was für eine Familie Irex wohl gehabt haben musste, dass ein Schloss, das nur von außen zu bedienen war, in Räumlichkeiten führte, die so verschwenderisch ausgestattet waren, dass nur seine Mutter darin gelebt haben konnte. Das Schloss war aus valorianischem Messing, komplex und solide. Kestrel kannte es inzwischen sehr gut, denn sie hatte viel Zeit damit verbracht, herauszufinden, ob es sich aufbrechen ließ.

Wenn sie hätte sagen sollen, was sie an ihrer Unterkunft am wenigsten mochte, wäre ihr die Wahl zwischen dem Schloss und dem Garten schwergefallen, obwohl sie derzeit auch gegen die Vorhänge einen besonderen Groll hegte.

Sie verbarg sich hinter ihnen, um Arin beim Verlassen des Hauses und beim Heimkehren zu beobachten – meist auf ihrem eigenen Pferd. Auch wenn er nach der Schlacht sehr mitgenommen gewirkt hatte, waren seine Verletzungen nicht ernsthaft gewesen. Das Humpeln ließ nach, der Verband an seinem Hals verschwand, und die Blutergüsse färbten sich hässlich grün und violett.

Einige Tage vergingen, ohne dass sie ein Wort miteinander gesprochen hätten, und das nagte an Kestrel.

Es war schwer, die Erinnerung an sein Lächeln – so erschöpft, so süß – auszulöschen.

Und dann diese schwallartige Erleichterung.

Kestrel schickte ihm einen Brief. Jess werde wahrscheinlich wieder gesund, schrieb sie. Sie bat darum, Ronan besuchen zu dürfen, der im Stadtgefängnis saß.

Arins Antwort war einsilbig: *Nein.*

Sie beschloss, nicht weiter darauf zu drängen. Ihre Bitte entsprang einem Gefühl der Verpflichtung. Sie fürchtete sich davor, Ronan zu sehen – selbst wenn er mit einem Gespräch einverstanden sein sollte. Selbst wenn er sie inzwischen nicht verabscheute. Kestrel wusste, dass sie bei einer Begegnung mit Ronan auch Auge in Auge ihrem eigenen Versagen gegenüberstehen würde. Sie hatte alles falsch gemacht ... wozu auch die Tatsache gehörte, dass sie nicht in der Lage gewesen war, ihn zu lieben.

Sie faltete den Brief zusammen und legte ihn weg.

✦

Arin trat gerade aus der Villa des Generals, die nun ihre Kommandozentrale war, als einer der neuen Offiziere ihn grüßte. Thrynne, ein Mann mittleren Alters, begutachtete ein paar valorianische Pferde, die nach der Schlacht eingefangen worden waren. »Die hier werden sich gut machen bei unserem Marsch auf Metrea«, sagte er.

Arin runzelte die Stirn. »Was?«

»Preller schickt uns aus, um das Gut Metrea an uns zu bringen.«

Arin verlor die Geduld. »Das ist doch idiotisch. Auf Metrea werden Oliven angebaut. Würdest du bei einer Belagerung etwa von Oliven leben wollen?«

»Äh ... nein.«

»Dann reitet nach Ethyra, wo sie Getreidespeicher und Vieh haben.«

»Jetzt gleich?«

»Ja.«

»Sollte ich nicht zuerst Preller fragen?«

»Nein.« Arin rieb sich die Stirn. Er war es so leid, Preller mit Samthandschuhen anzufassen. »Reitet einfach los.«

Thrynne rief seine Soldaten zusammen.

Als Arin am nächsten Tag Preller sah, fand weder Prellers Befehl Erwähnung noch wie er aufgehoben worden war. Arins Freund war gut gelaunt und schlug vor, Arin solle sein »valorianisches Viehzeug« besuchen, womit er die Gefangenen aus der Schlacht meinte. »Sieh dir an, ob die Bedingungen dort so sind, wie du sie haben willst«, sagte Preller. »Warum gehst du nicht morgen Nachmittag hin?«

Es war eine Weile her, seitdem Preller ihn um etwas gebeten hatte. Arin deutete es als gutes Zeichen.

✦

Er nahm Sarsine mit. Sie war ein Organisationstalent und hatte den Palast des Statthalters in etwas umgewandelt, das wie ein richtiges Hospital auszusehen begann. Arin dachte, sie würde schon wissen, was man tun konnte, wenn ein Gefängnis aus allen Nähten zu platzen drohte.

Nur dass Überbelegung nicht das Problem war.

Blut hatte sich in Pfützen auf dem Boden angesammelt. Leichen lagen zusammengesackt in den Zellen. Man hatte alle valorianischen Soldaten umgebracht – durch die Gitterstäbe erschossen oder im Schlaf aufgespießt.

Arins Magen krampfte sich zusammen. Er hörte Sarsine nach Luft schnappen. Seine Stiefel standen in einer dunklen Blutlache.

Nicht alle Gefangenen waren tot. Diejenigen, die in der Nacht, als die Revolution ausbrach, in Haft genommen worden waren, lebten noch und starrten Arin voller Entsetzen entgegen. Sie waren still ... vielleicht vor Angst, dass sie als Nächstes an der Reihe sein könnten. Einer von ihnen trat jedoch nahe an die Gitterstäbe seiner Zelle. Er war schlank und gut aussehend, und er bewegte sich auf eine vornehme Art und Weise, die Arin gehasst hatte. Um die er ihn beneidet hatte.

Ronan sprach nicht. Das brauchte er nicht. Sein vernichtender Gesichtsausdruck war schlimmer als jedes Wort. Er gab Arin die Schuld. Er nannte ihn eine Bestie, die in Blut badete.

Arin wandte sich ab. Er schritt den langen Gang ab und versuchte sich währenddessen nicht wie ein Fliehender zu fühlen. Vor einer Soldatin baute er sich auf. »Was ist hier los?«, wollte er wissen, auch wenn er die Antwort schon kannte.

»Befehle«, antwortete die Frau.

»Von Preller?«

»Natürlich.« Sie zuckte die Achseln. »Hätte schon längst passieren sollen, hat er gesagt.«

»Und ihr habt nicht gedacht, dass das falsch sein könnte? Hunderte Menschen umzubringen?«

»Aber es war ein Befehl«, mischte sich eine andere Wache ein. »Sie sind Valorianer.«

»Ihr habt aus diesem Gefängnis ein Schlachthaus gemacht!«

Einer der Herrani räusperte sich und spuckte aus. »Preller hat gesagt, dass du so reagieren würdest.«

Sarsine packte Arin am Ellbogen und zog ihn aus dem Gefängnis, bevor er etwas Dummes tun konnte.

Arin blinzelte in den stahlgrauen Himmel. Er tat tiefe, reine Atemzüge.

»Preller ist ein Problem«, stellte Sarsine fest.

Atme, befahl Arin sich.

Sarsine rang die Hände. Dann fuhr sie rasch fort: »Es gibt etwas, das ich dir schon eher hätte sagen sollen.«

Er sah sie an.

»Preller hasst Kestrel«, sagte sie.

»Natürlich tut er das. Sie ist die Tochter des Generals.«

»Nein, es ist mehr als das. Es ist der Hass von jemandem, der nicht bekommt, was er will.«

Und dann erklärte Sarsine ihm, was Preller ihrer Meinung nach wollte.

Es brachte Arin zum Kochen. Das neue Wissen brodelte in ihm: ein Gebräu aus Zorn und Abscheu. Er hatte es nicht gesehen. Er hatte es nicht verstanden. Warum erfuhr er erst jetzt, dass Preller allein mit Kestrel sein wollte, und noch dazu auf diese Weise?

Arin hob die Hand, um Sarsines Redefluss zu stoppen, denn dem letzten Gedanken folgte auf dem Fuße ein anderer, der noch schlimmer war.

Was, wenn Preller mit dem Blutbad im Gefängnis mehr im Sinn gehabt hatte als nur eine Machtdemonstration Arin gegenüber?

Was, wenn es vielmehr als Ablenkung gedacht gewesen war?

✦

Kestrel lehnte die Stirn gegen ein Fenster ihres Wohnzimmers und blickte auf den leeren Hof hinaus. Sie wünschte sich, dass das kalte Glas ihr Gehirn gefrieren lassen möge, denn sie glaubte nicht, dass sie ihre eigenen Gedanken noch länger ertragen konnte – oder ihre eigene Unfähigkeit. Wie konnte es sein, dass sie noch immer eine Gefangene war?

Sie war gerade dabei, sich selbst zu verfluchen, als eine Hand sich ihr Genick hinaufstahl.

Ihr Körper wusste noch vor ihrem Verstand, wie sie reagieren musste. Kestrel trat dem Mann mit der Ferse auf den Fußspann, jagte ihm den Ellbogen in die Magengrube, schlüpfte unter einem kräftigen Arm hindurch –

– und wurde an den Haaren festgehalten. Preller riss sie an sich. Er setzte seinen ganzen Körper ein, um sie vom Fenster wegzuziehen und gegen eine Wand zu stoßen.

Er presste ihr die Hand auf den Mund. Sie drehte den Kopf zur Seite. Prellers Daumen grub sich unter ihr Kinn und drückte ihr Gesicht wieder herum, sodass sie ihn ansehen musste.

Die andere Hand fand ihre Finger und quetschte sie zusammen.

»Wehr dich nicht«, sagte er. »Was weich ist, kann nicht reißen.«

36

Er versuchte, sie zu Boden zu zwingen. Sie konnte eine Hand befreien und stieß den Handballen gegen seine Nase. Sie spürte ein Knirschen. Blut strömte zwischen ihren Fingern hervor.

Preller grunzte, keuchte. Seine Hände flogen an die gebrochene Nase, erstickten seine Laute, fingen das Blut auf.

Ließen Kestrel los.

Sie schob sich an ihm vorbei. Sie dachte: *Messer.* Ihr behelfsmäßiges Scherbenmesser, das sie im Efeu versteckt hatte. Sie hatte eine Waffe, sie war nicht wehrlos, das hier würde nicht passieren, sie würde nicht –

Preller zog ihr den Handrücken quer übers Gesicht.

Die Wucht des Schlags holte Kestrel von den Füßen. Dann lag sie auch schon auf dem Boden, die Wange auf dem Teppich, und blinzelte gegen das gewebte Muster. Sie rappelte sich auf. Wurde wieder nach unten gestoßen. Sie hörte, wie ein Dolch schabend aus der Scheide glitt und Preller Dinge sagte, die zu verstehen sie sich weigerte.

Dann ein Krachen.

Kestrel konnte nicht überlegen, was das war, konnte nicht einmal atmen unter Prellers Gewicht. Aber der rappelte sich plötzlich wieder auf. Er hatte nicht länger Augen für sie.

Er starrte Arin an, der zur Tür hereingestürzt war.

Arin kam mit großen Schritten in den Raum. Sein Schwert war

gezückt und sein Gesicht so bleich und angespannt, dass es nur aus Knochen und rasender Wut zu bestehen schien.

»Arin«, beschwichtigte Preller. »Es ist nichts passiert.«

Arin holte aus und sein Schwert hätte Preller enthauptet, wenn der sich nicht geduckt hätte. Preller begann mit einer Verteidigungsrede, als würden sie über ein Spiel streiten, dessen Regeln sie vergessen hatten. Er sagte, es sei nicht gerecht, dass Arin die größere Waffe habe, und alte Freunde sollten nicht gegeneinander kämpfen. Das valorianische Mädchen habe ihn angegriffen.

»Schau dir mein Gesicht an«, klagte Preller. »Schau dir nur an, was sie mit mir gemacht hat.«

Arin stieß Preller das Schwert in die Brust. Metall schrammte über Knochen. Ein erstickter Laut, ein Blutstrom. Arin schob das Schwert bis zum Knauf vor. Die Spitze trat in Prellers Rücken wieder aus und der Mann sackte vornüber und besudelte Arin mit seinem Blut. Doch Arins Gesicht veränderte sich nicht. Es war nichts als scharfe Linien und Mordlust.

Prellers Augen wurden groß. Ungläubig. Dann trüb.

Arin ließ los. Er kniete sich neben Kestrel auf den Boden. Seine blutige Hand wanderte an ihre Wange, wo sich bereits ein Bluterguss bildete. Sie schreckte zurück vor der nassen Berührung, dann ließ sie sich in seine Arme ziehen und sanft an sein rasendes Herz drücken. Sie atmete tief ein.

Ein Schnappen nach Luft. Geräuschvoll. Flach. Und noch einmal.

Sie begann zu zittern. Ihre Zähne klapperten. Arin sagte »Schsch«, als würde Kestrel weinen, woran sie merkte, dass sie es tatsächlich tat. Und ihr fiel wieder ein, dass Arin keinen Schutz bot, sondern einen Käfig.

Sie stieß ihn weg. »Schlüssel«, flüsterte sie.

Arin ließ die Hände sinken. »Was?«

»Du hast ihm den Schlüssel zu meinen Zimmern gegeben!« Denn

wie sonst, wie sonst hätte Preller so leise hereinschlüpfen können? Arin hatte ihn eingeladen, sein Haus für ihn geöffnet, ihm sein Hab und Gut angeboten, sie –

»Nein.« Arin sah aus, als wäre ihm übel. »Niemals. Du musst mir glauben, dass ich das niemals tun würde.«

Kestrel biss die Zähne zusammen.

»Denk nach, Kestrel. Warum sollte ich Preller den Schlüssel zu deinen Zimmern geben – und ihn dann umbringen?«

Sie schüttelte den Kopf. Sie wusste es nicht.

Arin fuhr sich mit der Hand über die Stirn. Er verschmierte das Blut. Er versuchte, es mit dem Ärmel wegzuwischen, aber als er sie wieder ansah, zeichnete sich noch immer ein roter Streifen über seinen grauen Augen ab. Der bösartige Ausdruck in seinem Gesicht, mit dem er den Raum betreten hatte, war fort. Jetzt sah er einfach nur jung aus.

Er stand auf und ging hinüber, um das Schwert aus dem Leichnam zu ziehen. Er tastete die Taschen des Toten ab und zog einen großen Eisenring mit Dutzenden von Schlüsseln hervor. Mit starrem Blick drehte und wendete er ihn, und die Schlüssel glitten dabei klirrend hin und her.

Arin umschloss sie mit der Faust, und das Klirren erstarb. »Mein Haus«, sagte er mit belegter Stimme. Er sah zu Kestrel. »Schlüssel kann man nachmachen.« Seine Augen sahen sie flehentlich an. »Ich habe keine Ahnung, wie viele Schlüsselsätze Irex' Familie hatte. Preller könnte sich diesen hier schon längst besorgt haben, irgendwie, sogar schon vor dem Erstwinterball.«

Sie begriff, dass das, was er sagte, vermutlich stimmte. Sie glaubte nicht, dass man das Entsetzen vortäuschen konnte, das Arin anzusehen gewesen war, als er Kestrel auf dem Boden liegend entdeckt hatte. Oder den Ausdruck, den sein Gesicht jetzt zeigte: als ob das, was ihr widerfahren war, nun auch ihm widerfuhr.

»Glaub mir, Kestrel.«

Sie tat es ... und tat es nicht.

Arin öffnete den Eisenring, zog zwei Schlüssel ab und gab sie Kestrel. »Das sind die Schlüssel zu deinen Räumen. Behalte sie.«

Sie blickte auf das stumpfe Metall in ihrer Hand. Einen der Schlüssel erkannte sie. Der andere ... »Ist der hier für die Gartentür?«

»Ja, aber« – Arin sah weg – »du wirst ihn nicht benutzen wollen.«

Kestrel hatte angenommen, dass Arin die Räume im westlichen Flügel bezogen und sein Vater früher dort gewohnt hatte, genau wie sie nun die einstigen Räume seiner Mutter bewohnte. Aber erst jetzt begriff sie, wozu die beiden Gärten angelegt worden waren: als Möglichkeit für Ehemann und Ehefrau, einander zu besuchen, ohne dass es der gesamte Haushalt erfuhr.

Kestrel erhob sich, denn Arin stand, und sie hatte genug vom Kauern auf dem Boden.

»Kestrel ...« Die Frage, zu der Arin ansetzte, stellte er offensichtlich nur sehr ungern. »Wie schlimm bist du verletzt?«

»Du siehst es ja.« Ihr Auge war dabei zuzuschwellen, und der Teppich hatte ihre Wange aufgeschrammt. »Im Gesicht. Nicht mehr.«

»Ich könnte ihn tausendmal umbringen und es immer noch tun wollen.«

Sie warf einen Blick auf Prellers zusammengesackten Körper, der den Teppich mit Blut besudelte. »Jemand sollte das säubern. Aber das werde nicht ich sein. Ich bin nicht deine Sklavin.«

Ruhig sagte er: »Nein, das bist du wirklich nicht.«

»Ich würde dir vielleicht glauben, wenn du mir den ganzen Satz Schlüssel geben würdest.«

Sein Mundwinkel zuckte. »Aber würdest du dann auch noch an meine Intelligenz glauben?«

✦

Als die Nacht hereinbrach, versuchte Kestrel, die Gartentür zu öffnen. Arins Garten war so kahl wie ihrer und die Mauer darum herum ebenso glatt. Sein Wintergarten lag im Dunkeln, aber der Gang, der zum Rest der Gemächer führte, war ein leuchtender Tunnel.

Irgendwo in den hellen, verschachtelten Räumen bewegte sich ein langer Schatten.

Arin war wach.

Sie schlüpfte in ihren Garten zurück und verschloss die Tür hinter sich wieder.

Das Zittern, das sie vorhin – danach – geschüttelt hatte, kam wieder. Diesmal saß es tief in ihr. Obwohl sie seinen Garten mit dem Gedanken an Flucht betreten hatte, wusste sie, als sie Arins Schatten sah, dass sie in Wahrheit gekommen war, um bei ihm zu sein.

Sie konnte es nicht ertragen, allein zu sein.

Kestrel begann auf und ab zu gehen, und die Kieselsteine knirschten unter ihren Füßen.

Wenn sie einfach immer weiterging, würde sie vielleicht Prellers Gewicht auf ihr vergessen. Ihr heißes, brennendes Gesicht. Den Augenblick, in dem sie begriffen hatte, dass sie nichts gegen ihn ausrichten konnte.

Arin hatte es getan. Dann hatte er sich die Leiche aufgeladen und sie fortgebracht. Er hatte den blutigen Teppich eingerollt und auch ihn weggetragen. Er hätte wahrscheinlich sogar die Tür repariert, die gesplittert in den Angeln hing.

Doch Kestrel sagte ihm, er solle gehen. Und das tat er.

Arin wurde gerade zu der Art Mensch, die ihr Vater bewunderte. Erbarmungslos. Fähig, eine Entscheidung zu treffen, sie in die Tat umzusetzen und dann hinter sich zu lassen. Kestrel spürte, dass

Arin ein Schatten von ihr selbst war – oder vielmehr von der Person, die sie hätte sein sollen.

General Trajans Tochter wäre nie in diese Lage geraten.

Sie hätte keine Angst.

Ihre Füße wühlten sich in die Kieselsteine.

Dann hörte sie etwas und blieb stehen.

Als die erste Note in die kalte Dunkelheit aufstieg, wusste Kestrel noch nicht, was es war. Ein Laut von purer, tiefer, glockenhafter Schönheit. Sie wartete, und er kehrte wieder.

Gesang.

Er quoll wie Saft aus einem Baum hervor, wie goldene Harzspuren auf Holz. Dann ein sattes Dahinfließen. Ein Sänger, der den Umfang seiner Stimme erprobte.

Welcher immer größer wurde. Arins Stimme erhob sich über die Gartenmauer. Sie umfloss ihre Angst, floss in sie hinein. Die wortlose Wärme der Musik nahm eine vertraute Gestalt an.

Ein Wiegenlied. Enai hatte es vor langer Zeit Kestrel vorgesungen, und jetzt sang Arin es ihr vor.

Vielleicht hatte er sie in seinem Garten gesehen oder ihr rastloses Wandern gehört. Kestrel wusste nicht, woher er ahnte, dass sie seinen Trost genauso brauchte wie die Steinmauer zwischen ihnen. Aber als der Gesang endete und die Nacht mit einer Stille antwortete, die selbst schon Musik war, hatte Kestrel keine Angst mehr.

Und sie glaubte Arin. Sie glaubte alles, was er jemals zu ihr gesagt hatte.

Sie glaubte seinem Schweigen auf der anderen Seite der Mauer, das besagte, dass er so lange dort bleiben würde, wie sie es brauchte.

Als Kestrel ins Haus ging, nahm sie seinen Gesang mit.

Er war wie eine Kerze, die ihr leuchtete und Wache hielt, während sie schlief.

✦

Arin erwachte. Er hatte das Gefühl, dass seine Kehle noch immer voller Musik war.

Dann fiel ihm ein, dass er seinen Freund umgebracht hatte und dass die Herrani nun ohne Anführer waren. Er forschte nach Reue in seinem Innern. Er fand keine. Nur den kalten Widerhall seiner gequälten, rasenden Wut.

Er stand auf und spritzte sich Wasser ins Gesicht, fuhr mit den nassen Händen durch sein Haar. Das Gesicht im Spiegel hatte mit seinem nicht wirklich Ähnlichkeit.

Arin kleidete sich sorgfältig an und ging hinaus, um herauszufinden, wie die Welt heute aussah.

Auf den Gängen fing er wachsame Blicke auf. Einige dieser Leute waren Irex' Diener gewesen, einige hatten schon zu Zeiten seiner Eltern in diesem Haus gearbeitet. Sie machten dort weiter, wo ihr altes Leben aufgehört hatte. Als Arin, dem dies unangenehm war, ihnen gesagt hatte, dass sie nicht in ihre alten Rollen zurückkehren müssten, hatten sie geantwortet, dass sie lieber sauber machten und kochten, als zu kämpfen. Auf Bezahlung konnten sie warten.

Es lebten noch weitere Herrani in Arins Haus – Kämpfer, aus denen rasch Soldaten wurden. Auch sie sahen Arin vorübergehen, sagten aber nichts zu der Leiche, die er gestern durchs Haus getragen und auf dem Anwesen begraben hatte.

Dass keine Fragen kamen, machte ihn unruhig.

Er passierte die offene Tür der Bibliothek, blieb stehen und ging zurück. Dann schob er die Tür weiter auf, damit er Kestrel ganz sah.

Ein Feuer brannte hinter dem Kaminrost. Der Raum war warm und Kestrel stöberte in den Regalen, als wäre sie hier zu Hause, wie

Arin es sich wünschte. Mit dem Rücken zu ihm nahm sie ein Buch herunter.

Sie schien seine Gegenwart zu spüren. Sie stellte das Buch zurück und drehte sich um. Der Kratzer auf ihrer Wange war verschorft und ihr Auge zugeschwollen. Das andere Auge, mandelförmig, bernsteinfarben, vollkommen, musterte ihn. Ihr Anblick erschütterte Arin noch mehr, als er erwartet hatte.

»Erzähle den Leuten nicht, warum du Preller getötet hast«, sagte sie. »Es wird dir keine Sympathien eintragen.«

»Es ist mir egal, was sie von mir denken. Sie müssen erfahren, was passiert ist.«

»Es ist nicht an dir, diese Geschichte zu erzählen.«

Ein verkohltes Holzscheit verrutschte im Feuer. Es knackte und prasselte laut. »Da hast du recht«, gab Arin zurück. »Aber ich kann auch keine Lügen darüber verbreiten.«

»Dann sag gar nichts.«

»Man wird mir Fragen stellen. Unser neuer Anführer wird mich dafür verantwortlich machen, auch wenn ich mir nicht sicher bin, wer Prellers Platz einnehmen –«

»Du natürlich.«

Er schüttelte den Kopf.

Kestrel hob eine Schulter. Sie wandte sich wieder den Büchern zu.

»Kestrel, ich bin nicht hergekommen, um über Politik zu reden.«

Kestrels Hand zitterte leicht. Sie strich über einige Bücher, um es zu verbergen.

Arin wusste nicht, wie viel die letzte Nacht zwischen ihnen verändert hatte – oder was. »Es tut mir leid«, sagte er. »Preller hätte nie zur Bedrohung für dich werden dürfen. Du hättest nicht einmal in dieses Haus kommen dürfen. Du bist in dieser Lage, weil ich dich hierhergebracht habe. Verzeih mir. Bitte.«

Ihre Finger erstarrten. Sie waren lang, stark und reglos.

Arin wagte es, ihre Hand zu ergreifen. Kestrel entzog sie ihm nicht.

37

Sie behielt recht. Die Herrani ernannten Arin rasch zum Anführer, entweder weil sie ihn schon immer bewundert hatten oder weil ihnen Prellers Hang zur Grausamkeit gefallen hatte und sie nun annahmen, dass Arin, da er ihn umgebracht hatte, das größere Ungeheuer sein musste.

Er war auf jeden Fall der bessere Stratege. Schwadronen wurden ausgesandt, um Ackerland zu erobern, und so fielen ganze Streifen der Halbinsel unter herranische Kontrolle. Nahrungs- und Wasservorräte wurden angelegt, genug für eine einjährige Belagerung – so zumindest schnappte es Kestrel von den Wachen am Eingang zum Haus auf.

»Wie kannst du auch nur darauf hoffen, einer Belagerung standzuhalten?«, fragte Kestrel Arin eines der seltenen Male, als er zu Hause war und nicht gerade einen Überfall auf dem Land anführte. Sie saßen am Esstisch, an dem man Kestrel kein Messer als Essbesteck zugestand.

Nachts schwelgte Kestrel in Erinnerungen an Arins Gesang. Aber tagsüber konnte sie gewisse Tatsachen nicht ignorieren. Das fehlende Messer. Dass jeder leichte Fluchtweg aus Arins Haus bewacht wurde, selbst die Fenster im Erdgeschoss. Die Wachen beobachteten sie aufmerksam, wenn sie vorüberging. Kestrel besaß zwei Schlüssel, die jedoch wenig mehr taten, als zu beweisen, dass sie unter einer privilegierten Form des Hausarrests stand.

Sollte sie die Freiheit mit einem Schlüssel nach dem anderen gewinnen?

Und wenn ihr Vater mit dem imperialen Heer zurückkehrte – was er unweigerlich tun würde –, was dann? Kestrel versuchte sich vorzustellen, wie es wäre, als Verräterin die Herrani in dem bevorstehenden Krieg zu beraten. Sie konnte es nicht. Es spielte keine Rolle, dass Arins Sache gerecht war oder dass Kestrel sich inzwischen gestattete, es so zu sehen. Sie konnte nicht gegen ihren eigenen Vater kämpfen.

»Wir können einer Belagerung eine Zeit lang standhalten«, sagte Arin. »Die Stadtmauern sind stark. Sie wurden von Valorianern gebaut.«

»Was bedeutet, dass wir auch wissen, wie wir sie zu Fall bringen können.«

Arin schwenkte sein Glas und sah zu, wie das klare Wasser darin herumschwappte. »Wie wär's mit einer Wette? Ich habe Schwefelhölzer. Angeblich taugen sie hervorragend zum Wetteinsatz.« Ein Lächeln zuckte um seinen Mund.

»Wir spielen hier nicht Biss und Stich.«

»Aber wenn wir es tun würden und wenn ich den Wetteinsatz bis zu dem Punkt erhöhen würde, an dem du es nicht mehr ertragen könntest zu verlieren – was würdest du dann tun? Vielleicht würdest du die Partie beenden. Herrans einzige Hoffnung, gegen das Imperium zu gewinnen, besteht darin, zu lästig für eine Rückeroberung zu werden. Die Valorianer zu einer endlosen Belagerung zu zwingen, während sie eigentlich lieber im Osten kämpfen würden. Sie dazu zu zwingen, sich das Ackerland zurückzuholen, eines nach dem anderen, und dafür Geld und Leben zu verschwenden. Eines Tages wird das Imperium beschließen, dass wir all das nicht wert sind.«

Kestrel schüttelte den Kopf. »Herran wird es immer wert sein.«

Arin sah sie an. Seine Hände ruhten auf dem Tisch. Auch er hatte kein Messer, damit – das wusste Kestrel – es nicht so offensichtlich war, dass man ihr keines anvertrauen wollte. Doch im Gegenteil, das machte es nur noch augenfälliger.

»Dir fehlt ein Knopf«, sagte er plötzlich.

»Was?«

Er griff über den Tisch und berührte den Stoff an ihrem Handgelenk, dort, wo ein Saum aufklaffte. Seine Fingerspitze streifte über den ausgefransten Faden.

Kestrel vergaß, dass sie besorgt gewesen war. Sie hatte an Messer gedacht, erinnerte sie sich, und nun sprachen sie über Knöpfe. Aber was das eine mit dem anderen zu tun hatte, konnte sie nicht sagen.

»Warum nähst du ihn nicht wieder an?«, fragte er.

Sie kam wieder zur Besinnung. »Das ist eine dumme Frage.«

»Kestrel, weißt du nicht, wie man einen Knopf annäht?«

Sie wollte darauf nicht antworten.

»Warte hier«, sagte er.

Arin kehrte mit Nähzeug und einem Knopf zurück. Er fädelte den Faden durchs Nadelöhr, biss ihn ab und nahm ihr Handgelenk in beide Hände.

Ihr Blut verwandelte sich in Wein.

»So macht man das«, sagte er.

Er nahm die Nadel aus dem Mund und stach sie in den Stoff.

✦

»So macht man Feuer.«

»So kocht man Tee.«

Kleine Lektionen, hier und da eingestreut in den Tagesablauf. Ihnen entnahm Kestrel die stumme Geschichte, wie Arin gelernt hatte, was er wusste. Sie dachte in den langen Zwischenräumen, wenn sie ihn nicht sah, darüber nach.

Tage vergingen, nachdem Arin den Knopf an ihren Ärmel angenäht hatte. Dann verstrich eine eintönige Woche, nachdem er mit einem Kienspan im Kamin der Bibliothek Feuer gemacht hatte, und dann noch längere Zeit, seitdem er ihr eine Tasse heißen, perfekt gebrühten Tees in die Hand gedrückt hatte. Er war fort. Er war in den Kampf gezogen, hatte Sarsine gesagt. Sie wollte nicht verraten, wohin.

Dank ihrer neuen, wenn auch begrenzten Freiheit ging Kestrel oft durch die Flügel des Hauses, in denen Leute arbeiteten. Einige Türen blieben ihr nun verschlossen, zum Beispiel die zur Küche. Sie war es vorher nicht gewesen, vor jenem schrecklichen Tag mit Preller am Springbrunnen, aber sie war es jetzt, da jeder wusste, dass Kestrel sich frei durchs Haus bewegen durfte. In der Küche gab es zu viele Messer. Zu viel Feuer.

Doch auch in der Bibliothek und in ihren Gemächern wurde regelmäßig eingeheizt, und Kestrel wusste jetzt, wie sie selbst an jedem beliebigen Ort ein Feuer entfachen konnte. Warum nicht das Haus in Brand setzen und in der allgemeinen Verwirrung fliehen?

Eines Tages studierte sie den Saum der Vorhänge in ihrem Wohnzimmer und packte dabei ein paar Kienspäne so fest, dass sie sich Splitter einzog. Dann ließ sie wieder locker. Ein Feuer war zu gefährlich. Es konnte sie töten. Sie sagte sich, dass das der Grund war, warum sie die Kienspäne zurück zum Kamin trug und wieder in das Kästchen fallen ließ. Nicht, weil sie den Gedanken nicht ertragen konnte, Arins Heim zu zerstören. Nicht, weil ein Feuer auch die Herrani umbringen konnte, die hier lebten.

Aber wenn sie floh und das imperiale Heer in die Stadt schickte, war das nicht dasselbe, wie jedem Herrani in diesem Haus den Tod zu bringen? Auch Arin?

Sie wurde wütend über seine Dummheit, ihr so eine gefährliche Fertigkeit wie das Feuermachen beigebracht zu haben. Sie wurde wütend darüber, was die Vorstellung, dass er sterben könnte, mit ihr machte.

Kestrel schlug die Schachtel mit den Kienspänen zu und verdrängte die plötzliche Traurigkeit in ihren Gedanken. Sie verließ ihre Gemächer.

Sie durchstreifte den Flügel, in dem die Diener untergebracht waren: einen Korridor im rückwärtigen Teil des Hauses, von dem dicht an dicht kleine Räume mit kreideweißen, identischen Türen abgingen. Gerade räumten Herrani sie leer. Gerahmte Leinwände wurden an ihr vorbeigetragen. Kestrel sah, wie eine Frau eine große, bunt schillernde Öllampe, die sie trug, auf der Hüfte aufstützte, als wäre sie ein Kind.

Wie jede andere Familie der Kolonisten hatte die von Irex die Unterkünfte der Diener in Lagerräume umgewandelt und ein Außengebäude errichten lassen, in dem die Sklaven hausen mussten. Privatsphäre war ein Luxus, den Sklaven nicht verdienten, zumindest hatten das die meisten Valorianer geglaubt ... zu ihrem eigenen Schaden, denn dass sie ihre Sklaven gezwungen hatten, gemeinsam zu essen und zu schlafen, hatte diese dabei unterstützt, eine Verschwörung gegen ihre Eroberer anzuzetteln. Es erstaunte Kestrel, wie die Menschen sich immer wieder selbst Fallen stellten.

Ihr fiel jener Kuss in der Kutsche am Abend des Erstwinterballs ein. Und dass sie sich mit jeder Faser ihres Seins danach gesehnt hatte.

Auch sie war der Köder zu ihrer eigenen Falle gewesen.

Kestrel ging weiter. Sie nahm die Treppe hinab zu den Wirtschaftsräumen. Das Untergeschoss wurde durch das stets brennende Feuer in der Küche beheizt. Sie passierte den Destillierraum. Die Wäscherei mit den aufgehängten Leintüchern, die wie Segel aussahen.

Sie sah Leute geschäftig in der Spülküche hantieren, wo Wannen mit Töpfen und dampfendem Wasser gefüllt wurden und blanke, kupferverkleidete Spülbecken auf schmutziges Porzellan warteten.

Sie ließ auch die Spülküche hinter sich. Als sie kühlen Wind an ihren Knöcheln spürte, blieb sie stehen. Ein Luftzug. Was bedeutete, dass irgendwo ganz in der Nähe eine Tür ins Freie offen gelassen worden war.

War dies Kestrels Gelegenheit zu fliehen?

Konnte sie sie ergreifen?

Würde sie sie ergreifen?

Sie folgte der kalten Luftströmung. Sie führte sie zu einer Speisekammer, deren Tür nur angelehnt war. Getreidesäcke waren drinnen aufgestapelt.

Doch der Luftzug kam nicht von hier. Kestrel folgte dem leeren Gang weiter. An seinem Ende floss ein heller Lichtstreifen über den Boden. Kälte drang herein.

Die Tür zum Küchenhof stand offen. Ein paar Schneeflocken wirbelten in den Gang und lösten sich auf.

Vielleicht jetzt. Vielleicht war jetzt der Augenblick der Flucht gekommen.

Kestrel machte noch einen Schritt. Ihr klopfte das Herz bis zum Hals.

Dann ging die Tür sperrangelweit auf, Licht flutete den Gang, und Arin kam herein.

Sie verbiss sich ein Keuchen. Auch er war überrascht, sie zu sehen. Er richtete sich unter dem Gewicht des Getreidesacks auf seiner Schulter plötzlich auf. Gedankenschnell wanderten seine Augen zu der geöffneten Tür. Er setzte den Sack ab und verschloss die Tür hinter sich.

»Du bist wieder da«, sagte sie.

»Ich bin schon wieder auf dem Sprung.«

»Um wieder mal Getreide aus einem erbeuteten Landgut zu stehlen?«

Sein Lächeln war schelmisch. »Auch Rebellen müssen essen.«

»Und ich vermute, dass du bei deinen Scharmützeln und Raubzügen mein Pferd reitest.«

»Er freut sich, der guten Sache dienen zu können.«

Kestrel schnaubte und wandte sich schon ab, um sich auf den Rückweg zu machen, als er fragte: »Willst du ihn sehen? Javelin?«

Sie blieb stehen.

»Er vermisst dich«, sagte Arin.

Sie willigte ein. Nachdem Arin die letzte Ladung Getreide in der Vorratskammer abgestellt und ihr seinen Mantel gegeben hatte, gingen sie hinaus in den Küchenhof und quer über das Pflaster zu den Außenanlagen und den Stallungen.

Dort war es warm. Es roch nach Heu, Leder, Mist und irgendwie nach Sonnenschein, als wäre dieser hier für den Winter eingelagert worden. Irex' Pferde waren wahre Schönheiten. Geschmeidig. Feurig. Einige von ihnen stampften in ihren Boxen auf, als Kestrel und Arin hereinkamen, ein weiteres warf den Kopf. Aber Kestrel hatte nur Augen für *ein* Pferd.

Sie ging schnurstracks zu seiner Box. Er überragte sie um einiges, senkte aber den Kopf und stupste ihre Schulter an, beschnupperte stürmisch ihre erhobenen Hände und knabberte an ihren Haaren. Es schnürte Kestrel die Kehle zu.

Sie war einsam gewesen. Einsamkeit sollte nicht so wehtun, dachte sie – nicht, wenn alles andere da war. Doch hier war ein Freund. Über Javelins samtene Nase zu streichen erinnerte sie daran, wie wenige davon sie noch hatte.

Arin hatte sich im Hintergrund gehalten. Nun kam er näher. »Es tut mir leid«, sagte er, »aber ich muss ihn satteln. Das Tageslicht schwindet. Ich muss aufbrechen.«

»Natürlich«, sagte sie. Erschrocken hörte sie ihre erstickte Stimme. Sie spürte, dass Arin sie beobachtete. Sie spürte die Frage in seinem Blick, und dass er sie den Tränen nahe sah, tat ebenfalls weh, mehr als die Einsamkeit. Es verriet ihr, dass sie seinetwegen einsam gewesen war, dass es sie rastlos durchs Haus gehetzt hatte auf der Jagd nach einer weiteren kleinen Lektion.

»Ich könnte bleiben«, sagte er. »Ich könnte erst morgen reiten.«

»Nein. Ich will, dass du jetzt gehst.«

»Wirklich?«

»Ja.«

»Aha. Aber was ist mit dem, was *ich* will?«

Angesichts der Weichheit in seiner Stimme hob sie den Kopf. Sie hätte ihm eine Antwort gegeben – welche, wusste sie nicht –, wenn nicht Javelin sich ihm zugewandt hätte. Der Hengst begann, Arin zu beschnüffeln, als wäre er sein liebster Mensch auf der ganzen Welt. Kestrel spürte den Stachel der Eifersucht. Dann sah sie etwas, das Gedanken an Eifersucht und Einsamkeit und Begehren aus ihrem Kopf vertrieb und sie einfach nur wütend machte. Javelin knabberte an Arin, schnaubte eine Tasche an, die genau die richtige Größe hatte für einen –

»Winterapfel«, rief Kestrel. »Arin, du hast mein Pferd bestochen!«

»Ich? Nein.«

»Doch! Kein Wunder, dass er dich so mag.«

»Bist du sicher, dass es nicht wegen meines Aussehens und meiner guten Manieren ist?« Er sagte es leichthin – nicht wirklich ironisch und doch mit einer Stimme, der Kestrel anhörte, dass er bezweifelte, auch nur eines von beidem zu besitzen.

Aber er *war* gefällig. Er gefiel ihr. Und seine Schönheit hätte sie nie vergessen können. Sie hatte sie zu gut kennengelernt.

Sie wurde rot. »Das ist nicht gerecht.«

Er bemerkte ihre Verlegenheit. Seine Mundwinkel verzogen sich. Kestrel war sich nicht sicher, ob er wissen konnte, welche Wirkung er auf sie hatte, indem er einfach hier stand und die Worte *gute Manieren* in den Mund nahm. Doch einer Sache war sie sich sicher: Er wusste immer, wann er im Vorteil war.

Er ließ nicht locker. »Gehört zu den Kriegsstrategien deines Vaters nicht auch die, dass man die andere Seite für sich gewinnt, indem man ihr kleine Geschenke macht? Nein? Das muss er wohl übersehen haben. Ich frage mich ... ob ich wohl *dich* bestechen könnte?«

Kestrels Finger krümmten sich. Es sah wahrscheinlich nach Wut aus, doch das war es nicht. Es war die instinktive Geste von jemandem, der kaum der Versuchung widerstehen kann, etwas zu tun.

»Mach deine Hände auf«, sagte Arin. »Mach deine Augen auf. Ich habe dir seine Liebe nicht gestohlen. Schau.« Es stimmte: Javelin hatte sich im Laufe ihres Gesprächs enttäuscht von Arin abgewandt, weil die Tasche leer war. Das Pferd schnüffelte an Kestrels Schulter. »Siehst du?«, sagte Arin. »Er kennt den Unterschied zwischen leichter Beute und seiner Herrin.«

Arin *war* leichte Beute. Er hatte angeboten, sie zu den Stallungen zu bringen, und dies war das Ergebnis: Von dort, wo Kestrel stand, konnte sie die offene Sattelkammer sehen, konnte sehen, wie sie eingerichtet war, und alles, was sie brauchen würde, um Javelin rasch zu satteln. Es würde auf Geschwindigkeit ankommen, wenn sie floh. Und fliehen würde sie, *musste* sie, da war nur noch die Frage, wie sie zum richtigen Zeitpunkt auf die richtige Weise aus dem Haus kam. Javelin war die schnellste Möglichkeit, den Hafen und ein Schiff zu erreichen.

Als Arin und Kestrel die Stallungen verließen, hatte der Schneefall aufgehört und alles glitzerte. Kestrel war sich nicht sicher, ob es kälter geworden war oder nur so wirkte. Sie fröstelte in Arins

Mantel. Er roch nach ihm. Nach dunkler Sommererde. Sie war froh, ihn bald zurückgeben zu können. Zu sehen, wie Arin ihn anzog, während er sich auf welche Mission auch immer, fern von hier, vorbereitete. Er vernebelte ihr das Hirn.

Sie atmete die kalte Luft ein und befahl sich, so wie dieser Atemzug zu werden ... von unbarmherziger, eisiger Reinheit.

✦

Was hätte Kestrels Vater gedacht, hätte er gewusst, wie wankelmütig sie war, wie nahe sie manchmal dem Wunsch kam, eine privilegierte Gefangene zu bleiben? Er würde sie enteignen. Ein Kind von ihm ergab sich niemals.

In Begleitung von Wachen besuchte sie Jess.

Das Gesicht des Mädchens war grau, aber sie konnte sich schon allein aufsetzen und essen. »Hast du etwas von meinen Eltern gehört?«, fragte Jess.

Kestrel schüttelte den Kopf. Ein paar Valorianer – Zivilisten, Personen des öffentlichen Lebens – waren unerwartet früh aus der Überwinterung in der Hauptstadt zurückgekehrt. Sie waren auf dem Pass in den Bergen angehalten und gefangen genommen worden. Jess' Eltern waren nicht darunter gewesen.

»Und Ronan?«

»Ich darf ihn nicht besuchen«, erwiderte Kestrel.

»Du darfst doch mich besuchen.«

Kestrel fiel Arins einsilbige Nachricht wieder ein. Vorsichtig sagte sie: »Ich glaube, Arin betrachtet dich nicht als Bedrohung.«

»Ich wünschte, ich wäre eine«, murmelte Jess und verstummte wieder. Ihr Gesicht schien einzufallen. Kestrel konnte es kaum fassen, dass Jess – *Jess* – so verblüht aussehen konnte.

»Hast du geschlafen?«, fragte Kestrel.

»Zu viele Albträume.«

Auch Kestrel hatte welche. Sie begannen mit Prellers Hand in ihrem Nacken und endeten damit, dass sie im Dunkeln und nach Luft schnappend erwachte und sich ins Gedächtnis rufen musste, dass der Mann tot war. Sie träumte von Irex' kleinem Sohn, dessen dunkle Augen auf sie geheftet waren und der manchmal wie ein Erwachsener sprach. Er klagte sie an, ihn zur Waise gemacht zu haben. Es sei ihre Schuld, sagte er, weil sie blind dafür gewesen sei, wer Arin wirklich war. *Du darfst ihm nicht trauen*, sagte der Kleine.

»Vergiss deine Träume«, sagte Kestrel zu Jess, obwohl sie ihren eigenen Rat selbst nicht befolgen konnte. »Ich habe etwas, das dich aufheitern wird.« Sie überreichte ihrer Freundin einen Stapel zusammengefalteter Kleider. Früher wären ihre Kleider zu eng für Jess gewesen. Jetzt würden sie locker an ihr herunterhängen. Kestrel grübelte darüber nach. Sie grübelte über Ronan nach, der im Gefängnis saß, und über Benix und Kapitän Wensan und den Säugling mit den dunklen Augen.

»Woher hast du die?« Jess strich mit der Hand über die seidigen Stoffe. »Lass gut sein, ich weiß schon. Arin.« Sie verzog den Mund, als würde sie noch einmal Gift trinken. »Kestrel, bitte sag mir, dass es nicht stimmt, was sie reden – dass du mit ihm zusammen bist, dass du auf *ihrer* Seite bist.«

»Es stimmt nicht.«

Mit einem Seitenblick, mit dem sie sichergehen wollte, dass niemand sie belauschte, beugte Jess sich vor und flüsterte: »Versprich mir, dass du sie dafür bezahlen lassen wirst.«

Kestrel hatte gehofft, dass Jess das sagen würde. Deshalb war sie hergekommen. Sie sah ihrer Freundin, die dem Tode so nahe gewesen war, in die Augen.

»Das werde ich.«

✦

Doch als sie zum Haus zurückkehrte, hatte Sarsine ein Lächeln im Gesicht. »Geh in den Salon«, sagte sie.

Ihr Klavier. Seine Oberfläche schimmerte wie Tinte. Ein Gefühl wallte in Kestrel auf, aber sie wollte ihm keinen Namen geben. Es war nicht recht, dass sie das fühlte, einfach weil Arin ihr etwas zurückgegeben hatte, was er ihr zuvor mehr oder weniger weggenommen hatte.

Kestrel hätte nicht spielen sollen. Sie hätte sich nicht auf die ihr so vertraute Samtbank setzen oder daran denken sollen, dass es eine beachtliche Leistung war, ein Klavier quer durch die Stadt zu transportieren. Menschen waren dafür nötig. Flaschenzüge. Pferde, die sich ins Zeug legten, um einen Karren zu ziehen. Sie hätte sich nicht fragen sollen, warum Arin sich die Zeit dazu genommen und an den guten Willen seiner Leute appelliert hatte, ihr Klavier hierherzubringen.

Sie hätte die kühlen Tasten nicht berühren und auch jene wunderbare Spannung zwischen Stille und Musik nicht spüren sollen.

Ihr fiel ein, dass Arin sich wer weiß wie lange geweigert hatte zu singen.

Kestrel besaß diese Stärke nicht.

Sie setzte sich ans Klavier und spielte.

✦

Letztendlich war es nicht schwer zu erraten, welche Räume vor dem Krieg Arin gehört hatten. Sie waren still und verstaubt. Die Kindermöbel waren entfernt worden und die Gemächer, an deren

Fenstern man tiefrote Vorhänge angebracht hatte, wirkten wie alle anderen auch. Es sah ganz danach aus, als hätten sie in den letzten zehn Jahren als Unterkunft für nicht ganz so wichtige Gäste gedient. Ungewöhnlich daran war lediglich, dass die äußerste Tür aus einem anderen, helleren Holz gezimmert war als die restlichen Türen des Hauses ... und dass im Salon Instrumente an den Wänden aufgehängt waren.

Dekoration. Vielleicht hatte Irex' Familie die Instrumente in Kindergröße drollig gefunden. Eine Holzflöte hing über dem Kaminsims. An der Wand gegenüber war eine Reihe kleiner Geigen angebracht, die immer größer wurden bis zur letzten, die halb so groß wie die eines Erwachsenen war.

Kestrel kam oft hierher. Eines Tages, als sie durch Sarsine von Arins Rückkehr erfahren, ihn aber noch nicht gesehen hatte, begab sie sich in die Gemächer zu den Geigen. Sie griff verstohlen hin und zupfte die oberste Saite des größten Instruments an. Der Ton klang schief. Die Geige war ruiniert – zweifellos waren das alle. Das passierte nun einmal, wenn man ein Instrument über Jahre hinweg aufhängte und nicht im Geigenkasten wegschloss.

Eine Bodendiele ächzte irgendwo in einem der äußeren Zimmer.

Arin. Er trat in den Raum und sie begriff, dass sie auf ihn gewartet hatte. Warum sonst wäre sie so häufig hierhergekommen, fast täglich, wenn sie nicht die Hoffnung gehabt hätte, dass es jemandem auffallen und er es Arin erzählen würde? Aber auch wenn sie zugab, dass sie sich gewünscht hatte, zusammen mit ihm in seinen alten Räumen zu sein, hatte sie sich doch nicht vorstellen können, dass es so wie jetzt sein würde.

Dass er sie dabei ertappte, wie sie seine alten Sachen anfasste.

Sie schlug die Augen nieder. »Tut mir leid«, murmelte sie.

»Schon gut«, sagte er. »Das macht mir nichts aus.« Er nahm die Geige von der Wand und legte sie ihr in die Hände. Sie war leicht, aber Kestrels Arme sackten nach unten, als wäre das hohle Instrument schrecklich schwer.

Sie räusperte sich. »Spielst du noch?«

Er schüttelte den Kopf. »Ich habe fast ganz vergessen, wie es geht. Ich war sowieso nicht gut darin. Ich habe viel lieber gesungen. Vor dem Krieg hatte ich Angst, dass mich diese Gabe verlassen könnte, wie es oft bei Jungen der Fall ist. Wir wachsen, wir verändern uns, wir kommen in den Stimmbruch. Weißt du, es spielt keine Rolle, wie gut du singst, wenn du neun Jahre alt bist. Nicht, wenn du ein Junge bist. Wenn der Stimmbruch kommt, kannst du nur hoffen ... dass deine Stimme sich in etwas verwandelt, das du wieder lieben kannst. Bei mir war es zwei Jahre nach dem Einmarsch so weit. Götter, wie ich krächzte. Und als sich meine Stimme endlich eingependelt hatte, erschien es mir wie ein grausamer Witz: Sie war zu gut. Ich wusste kaum, was ich damit anstellen sollte. Ich war so dankbar für dieses Geschenk ... und so wütend, dass es so wenig Bedeutung haben sollte. Und jetzt ...« Er zuckte die Achseln. »Na, ich weiß, dass ich eingerostet klinge.«

»Nein«, sagte Kestrel. »Das tust du nicht. Deine Stimme ist wunderschön.«

Das Schweigen danach war zart.

Ihre Finger krümmten sich um die Geige. Sie wollte Arin eine Frage stellen, konnte es aber nicht ertragen, es zu tun – konnte ihm nicht sagen, dass sie nicht begriff, was mit ihm in der Nacht des Einmarschs passiert war. Es ergab keinen Sinn. Der Tod seiner Familie war das, was ihr Vater »Verschwendung« nennen würde. Die valorianische Streitmacht hatte keine Gnade mit dem herranischen Militär gekannt – aber sie hatte versucht, die Anzahl der Todesopfer in der Zivilbevölkerung so klein wie möglich zu halten. Eine Leiche kann man nun einmal nicht zur Arbeit zwingen.

»Was ist los, Kestrel?«

Sie schüttelte den Kopf und hängte die Geige zurück an ihren Platz.

»Frag mich.«

Ihr fiel ein, wie sie vor dem Palast des Statthalters gestanden hatten und sie sich geweigert hatte, seiner Geschichte Gehör zu schenken. Einmal mehr schämte sie sich dafür.

»Du kannst mich alles fragen«, sagte er.

Jede Frage kam ihr falsch vor. Schließlich stellte sie doch eine: »Wie hast du den Einmarsch überlebt?«

Er sprach nicht gleich. Endlich erwiderte er: »Meine Eltern und meine Schwester haben sich gewehrt. Ich nicht.«

Worte waren sinnlos, erbärmlich sinnlos – sogar frevlerisch, denn sie konnten Arins Kummer nicht erfassen und nicht rechtfertigen, wie Kestrels Volk sich auf dem Untergang seines Volkes eine Existenz hatte aufbauen können. Dennoch sagte Kestrel erneut: »Es tut mir leid.«

»Es ist nicht deine Schuld.«

So fühlte es sich aber an.

Arin führte sie aus seinen alten Gemächern. Als sie in den letzten Raum kamen, den Empfangssalon, zögerte er vor der Eingangstür. Sein Zaudern war fast unmerklich. Aber innerhalb dieses winzigen Zeitraums begriff Kestrel, dass die letzte Tür nicht heller als die anderen war, weil sie aus anderem Holz bestand.

Sie war neuer.

Kestrel nahm Arins abgearbeitete Hände, ihre raue Hitze in ihre Hände. Unter den Fingernägeln saß noch immer Kohle vom Feuer in der Schmiede. Seine Haut sah aus, als wäre sie wund: sauber gescheuert, viele Male sauber gescheuert. Doch der Ruß saß zu tief.

Sie verflocht ihre Finger mit seinen. Kestrel und Arin traten zusammen durch die Tür, durch den Geist jener alten Tür, die ihr Volk vor zehn Jahren eingetreten hatte.

✦

Danach suchte Kestrel seine Nähe. Als Vorwand gab sie die Dinge an, die er ihr schon beigebracht hatte. Sie sagte, sie wolle noch mehr lernen. So erwarb sie sich eine Reihe von Dienstbotenfertigkeiten, zum Beispiel wie man Stiefel wienerte.

Arin war leicht zu finden. Obwohl die Raubzüge aufs Land weitergingen, überließ er sie immer häufiger seinen Leutnants und verbrachte mehr Zeit zu Hause.

»Ich habe meine Zweifel, ob er weiß, was er da tut«, bemerkte Sarsine.

»Er gibt Offizieren unter seinem Kommando Gelegenheit, sich zu beweisen«, entgegnete Kestrel. »Er beweist ihnen sein Vertrauen und lässt sie Selbstvertrauen entwickeln. Das ist vernünftige Militärstrategie.«

Sarsine warf ihr einen vernichtenden Blick zu.

»Er delegiert«, fuhr Kestrel fort.

»Er drückt sich. Den Grund dafür kennst du ja sicher.«

Dies entfachte ein helles Zündholz der Freude in Kestrel.

Doch wie ein Zündholz brannte sie auch rasch ab. Kestrel fiel das Versprechen ein, das sie Jess gegeben hatte: die Herrani bezahlen zu lassen.

Aber daran wollte sie jetzt nicht denken.

Ihr kam in den Sinn, dass sie sich bei Arin noch nicht für das Klavier bedankt hatte. Sie fand ihn in der Bibliothek und wollte sagen, wozu sie gekommen war – doch als sie ihn eine Landkarte am Kamin studieren sah, beleuchtet vom Funkenflug, den ein fallendes Holzscheit verursachte, fiel ihr wieder ihr Versprechen ein, und zwar gerade deshalb, weil sie sich so sehr bemühte, es zu vergessen.

Was sie sagte, hatte mit nichts irgendetwas zu tun. »Weißt du, wie man Honighalbmonde bäckt?«

»Ob ich *was* weiß?« Er ließ die Karte sinken. »Kestrel, ich enttäusche dich nur ungern, aber ich war nie Koch.«

»Du weißt, wie man Tee brüht.«

Er lachte. »Dir ist schon klar, dass es so ziemlich jedem gegeben ist, Wasser zu kochen?«

»Oh.« Kestrel kam sich dumm vor und wollte schon wieder gehen. Was hatte sie nur geritten, so eine lächerliche Frage zu stellen?

»Ich meine – ja«, sagte Arin. »Ja, ich weiß, wie man Halbmonde bäckt.«

»Wirklich?«

»Äh ... nein. Aber wir könnten es versuchen.«

Sie gingen in die Küche. Ein Blick von Arin fegte den Raum leer und dann waren nur noch sie beide übrig. Sie gaben Mehl auf den hölzernen Arbeitstisch und Arin nahm ein Honigglas aus einem Schrank.

Kestrel schlug ein Ei in eine Schüssel und wusste plötzlich, warum sie um das hier gebeten hatte.

Damit sie so tun konnte, als hätte es nie einen Krieg gegeben, als gäbe es keine verschiedenen Lager und als wäre dies ihr Leben.

Die Halbmonde wurden so hart wie Feldsteine.

»Hmmm.« Arin befühlte einen davon. »Ich könnte sie als Waffen einsetzen.«

Sie lachte, bevor sie sich sagen konnte, dass das nicht lustig war.

»Eigentlich sind sie genauso groß wie die Waffe deiner Wahl«, fügte er hinzu. »Was mich daran erinnert, dass du mir nie erzählt hast, wie du dich mit Nadeln im Duell gegen den besten Kämpfer der Stadt durchgesetzt hast.«

Es war ein Fehler, es ihm zu sagen. Es verstieß gegen die einfachste Regel der Kriegskunst: die eigenen Stärken und Schwächen so lange wie möglich geheim zu halten. Und doch erzählte Kestrel Arin die Geschichte, wie sie Irex geschlagen hatte.

Arin bedeckte das Gesicht mit einer mehlbestäubten Hand und spähte zwischen den Fingern hindurch. »Du bist furchterregend. Die Götter mögen mir helfen, wenn ich dich einmal verärgern sollte.«

»Das hast du doch schon«, entgegnete sie.

»Aber bin ich dein Feind?« Arin trat auf sie zu. Leise wiederholte er: »Bin ich das?«

Sie antwortete nicht. Sie konzentrierte sich darauf, die Tischkante zu spüren, die gegen ihre Wirbelsäule drückte. Der Tisch war einfach und echt, Holz und Nägel und rechte Winkel. Kein Schwanken. Kein Nachgeben.

»*Du* bist nicht meine Feindin«, sagte Arin.

Und küsste sie.

Kestrels Lippen öffneten sich. Dies hier war echt, jedoch keineswegs einfach. Arin roch nach Holzrauch und Zucker. Süß unter dem Brandigen. Er schmeckte nach dem Honig, den er sich kurz zuvor von den Fingern geleckt hatte. Ihr klopfte das Herz bis zum Hals und es war sie, die sich gierig dem Kuss entgegendrängte, sie, die ein Knie zwischen seine Beine schob. Ihm stockte der Atem und der Kuss wurde dunkel und tief. Er hob sie auf den Tisch, sodass ihr Gesicht auf gleicher Höhe mit seinem war. Und während sie sich weiterküssten, schien es, als würden Worte in der Luft um sie her schweben, unsichtbare Geschöpfe, die sie und Arin wie Federn streiften, summend anstupsten und an ihnen zupften.

Sprich, sagten sie.

Sprich, antwortete der Kuss.

Liebe, lag Kestrel auf der Zunge. Aber sie konnte es nicht aussprechen. Wie hätte sie es je aussprechen können nach allem, was zwischen ihnen vorgefallen war, nach fünfzig Silberlingen, die sie dem Auktionator bar auf die Hand gezahlt hatte, nachdem Kestrel stundenlang heimlich darüber nachgedacht hatte, wie es wohl klingen würde, wenn Arin zu ihrem Klavierspiel sang, nachdem Hände gefesselt worden waren und ihr Knie unter einem Stiefel geknirscht hatte und Arin sich ihr in der Kutsche am Erstwinterabend offenbart hatte.

Wie eine Selbstoffenbarung hatte es sich jedenfalls angehört. Aber das war es nicht gewesen. Er hatte nichts von der Verschwörung erzählt. Und selbst wenn er es getan hätte, wäre es zu spät gewesen, da doch alle Umstände zu seinen Gunsten standen.

Kestrel fiel einmal mehr das Versprechen ein, das sie Jess gegeben hatte.

Wenn sie dieses Haus jetzt nicht verließ, würde sie sich selbst betrügen. Sie würde sich jemandem ausliefern, nach dessen Erstwinterkuss sie geglaubt hatte, sie sei alles, was er wollte – während er insgeheim die Hoffnung gehegt hatte, die Welt auf den Kopf stellen zu können, mit dem Ergebnis, dass er nun ganz oben war und sie ganz unten.

Kestrel wich zurück.

Arin entschuldigte sich. Fragte, was er falsch gemacht hatte. Sein Gesicht war gerötet, der Mund geschwollen. Er sagte, dass es vielleicht noch zu früh sei, aber dass sie hier ein Leben haben könnten. Gemeinsam.

»Meine Seele gehört dir«, sagte er. »Das weißt du.«

Sie hob abwehrend die Hand, um seinen Worten Einhalt zu gebieten, und auch, um sein Gesicht nicht mehr sehen zu müssen.

Sie ging aus der Küche.

Sie brauchte ihren ganzen Stolz, um nicht zu laufen.

✦

Sie begab sich in ihre Gemächer, streifte hastig ihre schwarze Kampftracht und die Stiefel über und holte das behelfsmäßige Messer aus dem Efeu ein. Sie band es sich an dem Stoffstreifen um die Hüfte. Dann ging sie in den Garten und wartete auf den Anbruch der Nacht.

Kestrel hatte immer den Dachgarten für den besten Fluchtweg gehalten. Und doch wusste sie nicht, wie sie es anstellen sollte.

Sie ließ den Blick über die vier Steinmauern gleiten. Wieder entdeckte sie nichts. Kestrel starrte auf die Tür, aber was sollte sie ihr nützen? Sie führte zu Arins Gemächern, und Arin –

Nein. Nein, dachte Kestrel, sie würde nicht durch diese Tür gehen, sie konnte es nicht – da ging ihr plötzlich auf, dass sie ihre Antwort hatte.

Es hatte wenig Sinn, die Tür als Weg *durch* die Mauer in Betracht zu ziehen. Die Tür war vielmehr ein Weg *auf* die Mauer.

Kestrel legte die rechte Hand auf den Türknauf und stellte die Zehen des linken Fußes auf die untere Türangel. Ihre linke Hand stemmte sich gegen die steinerne Kante des Türpfostens und sie stieß sich ab, hinauf auf die untere Türangel, und balancierte auf diesem kleinen Vorsprung, der nicht viel mehr als ein Stück Metall war. Dann hob sie den rechten Fuß bis zu ihrer rechten Hand auf dem Türknauf. Sie verlagerte das Gewicht und streckte sich nach der oberen Türangel, um dann in den Spalt zu greifen, dort, wo der obere Rand der Tür an die Mauer stieß.

Kestrel kletterte die Tür hinauf und von dort auf die Mauer, die ihren und Arins Garten trennte. Sie lief darauf entlang, bis sie das Dach erreichte.

Dann folgte sie der Dachschräge nach unten, rasch, bis sie wieder festen Boden unter den Füßen hatte.

38

Arin träumte von Kestrel. Er wachte auf und der Traum verflog wie Duftwasser. Obwohl er ihn sofort vergaß, veränderte er die Luft um ihn her. Arin blinzelte in die Dunkelheit.

Als er das Geräusch hörte, begriff er, dass er etwas in dieser Art schon seit Langem erwartet hatte.

Leichtfüßige Schritte auf dem Dach.

Eilig kroch Arin aus dem Bett.

✦

Kestrel sprang auf das Dach des Erdgeschosses, rutschte auf dem Bauch hinunter, die Beine voran, und fühlte ihre Zehen in eine Vertiefung gleiten. Die steinerne Regenrinne. Sie drehte sich um und packte sie, und schon hing sie ein Stück über dem Erdboden daran. Sie ließ sich fallen.

Bei der Wucht des Aufpralls fuhr ein stechender Schmerz in ihr schlimmes Knie. Doch sie fand ihr Gleichgewicht wieder und rannte auf die Stallungen zu.

Javelin wieherte, als sie hereinkam.

»Schsch.« Sie führte ihn aus seiner Box. »Ruhig.« Sie brauchte keine Lampe, die man vielleicht vom Haus aus gesehen hätte. Kestrel fand im Dunkeln tastend alles, was sie benötigte. Das war leicht. Sie hatte sich an jenem Tag im Stall den Aufbewahrungsort von Zaumzeug und Kandare und allem anderen eingeprägt. Schnell sattelte sie Javelin.

Als sie an die Nachtluft traten, warf Kestrel einen Blick zurück zum Haus. Es lag in tiefem Schlummer. Kein Warnruf, keine Soldaten, die aus Türen und Toren strömten.

Aber da war ein kleines Licht im westlichen Flügel.

Es war nichts, sagte sie sich. Arin war wahrscheinlich eingeschlafen, während die Lampe noch brannte.

Kestrel atmete tief den Geruch des Pferds ein. So roch ihr Vater, wenn er von einem Feldzug heimkehrte.

Sie konnte das hier schaffen. Sie konnte es bis zum Hafen schaffen.

Sie stieg auf Javelin und grub ihm die Fersen in die Flanken.

✦

Kestrel jagte durch das Parkviertel und lenkte Javelin auf Reitwegen Richtung Stadtmitte. Erst als sie fast die Lichter erreicht hatte, hörte sie einen zweiten Reiter in den Hügeln hinter sich.

Es lief ihr eiskalt den Rücken hinunter aus Angst, der Reiter könnte Arin sein.

Aus Angst über ihre plötzliche Hoffnung, dass er es war.

Sie brachte Javelin zum Stehen und schwang sich vom Pferd. Es war besser, zu Fuß durch die engen Gassen zum Hafen zu gehen. Unbemerkt zu bleiben war nun wichtiger als Geschwindigkeit.

Hufgetrappel erscholl in den Hügeln. Nun schon näher.

Sie umarmte Javelin innig, dann stieß sie ihn weg, solange sie noch die Kraft dazu besaß. Sie gab ihm einen Klaps auf die Kruppe, damit er nach Hause lief. Ob er zu ihrer oder Arins Villa laufen würde, konnte sie nicht sagen. Aber er trabte davon. Vielleicht würde er den anderen Reiter fortlocken, falls tatsächlich jemand sie verfolgte.

Sie tauchte in den Schatten der Stadt unter.

Und es war wie Zauberei. Es war, als hätten sich die Herrani-Götter gegen ihr eigenes Volk gerichtet. Niemand bemerkte, wie Kestrel an Mauern entlangschlich, oder hörte, wie die dünne Eisschicht einer Pfütze unter ihrem Gewicht brach. Kein spätabendlicher Fußgänger blickte ihr ins Gesicht und erkannte in ihr eine Valorianerin. Niemand sah die Tochter des Generals. Kestrel gelangte bis zum Hafen, zu den Kais.

Wo Arin wartete.

Sein Atem wölkte weiß in die Luft. Sein Haar war schwarz von Schweiß. Es hatte Kestrel nichts genutzt, dass sie auf dem Reitweg einen Vorsprung gehabt hatte. Arin hatte sich frei durch die Stadt bewegen können, während Kestrel sich durch dunkle Gassen hatte drücken müssen.

Ihre Blicke begegneten sich und Kestrel fühlte sich vollkommen wehrlos.

Doch sie hatte eine Waffe. Er hatte keine, jedenfalls nicht, soweit sie sehen konnte. Ihre Hand senkte sich instinktiv auf den gezackten Rand ihres Dolchs.

Arin sah es. Kestrel wusste nicht genau, was zuerst da war: sein Schmerz, so klar und scharf, oder die Gewissheit – genauso klar, genauso scharf –, dass sie niemals eine Waffe gegen ihn würde richten können.

Er stand kerzengerade da. Sein Gesichtsausdruck veränderte sich. Bis dahin hatte Kestrel den verzweifelten Zug um seinen Mund nicht wahrgenommen. Sie hatte die wortlose Bitte nicht erkannt, bis sie fort war und sein Gesicht vor Traurigkeit alterte. Vor Resignation.

Arin sah weg. Als er wieder ihren Blick suchte, fühlte es sich an, als wäre Kestrel Teil des Holzstegs unter ihren Füßen. Das Segel auf einem Schiff. Eine schwarze Strömung im Wasser.

Als wäre sie überhaupt nicht da.

Er wandte sich ab, ging in das erleuchtete Haus des Herrani-Hafenmeisters und schloss die Tür hinter sich.

Einen Augenblick lang konnte Kestrel sich nicht rühren. Dann rannte sie zu einem Fischerboot, das weit genug entfernt von den anderen vertäut war, sodass sie unbemerkt von den Seeleuten auf den anderen Booten ablegen konnte. Sie sprang an Deck und machte sich rasch mit allem vertraut. In der winzigen Kabine fanden sich keinerlei Vorräte.

Während sie den Anker lichtete und das Tau losband, mit dem das Boot am Kai festgemacht war, wusste sie, dass Arin mit dem Hafenmeister sprach, um ihn abzulenken, damit Kestrel in See stechen konnte.

Im Winter. Ohne Wasser oder Lebensmittel, mit sehr wenig Schlaf, wenn sie diese Reise schaffen sollte, die im besten Falle drei Tage dauern würde.

Wenigstens war der Wind stark.

Sie hatte Glück, sagte sich Kestrel. Glück.

Sie legte ab und nahm Kurs auf die Hauptstadt.

✦

Sobald sie die Bucht hinter sich gelassen hatte und die Lichter der Stadt kleiner geworden und dann erloschen waren, konnte Kestrel kein Land mehr sehen. Aber sie kannte die Sternbilder, und die Sterne schienen weit droben so klar und hell wie weiße Klaviertasten.

Sie segelte westwärts. Kestrel bewegte sich ohne Unterlass über das kleine Deck und machte die Leinen fest, damit das Hauptsegel stand und sich im Wind blähte. Es gab keine Verschnaufpause, und das war gut. Wenn sie sich ausgeruht hätte, wäre sie ausgekühlt. Hätte sich gestattet zu grübeln. Sie wäre vielleicht sogar eingeschlafen und hätte riskiert, davon zu träumen, wie Arin sie hatte ziehen lassen.

Sie lernte auswendig, was sie sagen würde, wenn sie den Hafen der Hauptstadt erreichte. *Ich bin Lady Kestrel, General Trajans Tochter. Herrani haben die Halbinsel eingenommen. Ihr müsst meinen Vater aus dem Osten zurückrufen und ihn ausschicken, die Revolution niederzuschlagen.*

Ihr müsst.

✦

Eine leuchtende, spröde Morgendämmerung. Ihre Farben waren wie Sinnestäuschungen und Kestrel ertappte sich dabei, dass sie dachte, Rosa sei kälter als Orange und Gelb auch nicht viel besser. Dann bemerkte sie, dass das kein vernünftiger Gedanke war und dass sie in ihrer dünnen Jacke schlotterte. Sie zwang sich, in Bewegung zu bleiben.

Ihre Hände sprangen bei der Arbeit mit den Tauen im eisigen Wind auf und bluteten. Ihr Mund wurde zu einer trockenen Höhle. Durst und Kälte waren quälender als Hunger oder Erschöpfung. Sie wusste, dass es einen Menschen umbringen konnte, mehrere Tage lang kein Wasser zu trinken, selbst wenn er in bester Verfassung war.

Aber hatte Kestrel nicht gelernt, sich gegen jedes Bedürfnis zu stählen?

Sie erinnerte sich an Arins Gesichtsausdruck, als sie nach ihrem Messer gegriffen hatte.

Sie zwang sich, dieses Bild zu vergessen. Konzentrierte sich auf den Wellengang, steuerte an einem nackten, felsigen Eiland vorbei und wiederholte im Geiste immer und immer wieder, was sie in zwei Tagen sagen würde, wenn der Wind anhielt.

✦

Er tat es nicht. Die Segel erschlafften in der zweiten Nacht. Ihr Boot trieb dahin. Sie versuchte, nicht zum Himmel hinaufzusehen, denn manchmal nahm sie ein Aufblitzen wahr, obwohl sie wusste, dass die Sterne sich hinter den Wolken verbargen.

Ein gefährliches Zeichen. Sie wurde schwächer.

Ihr Körper tobte vor Durst. Sie nahm die Kabine auseinander, weil sie dachte, dass doch irgendwo eine Flasche Wasser zu finden sein müsse. Alles, was sie fand, waren ein Blechnapf und ein Löffel.

Dann also schlafen. Sie würde schlafen, bis der Wind wieder auffrischte. Kestrel band die Segel mit Kurs auf die Hauptstadt fest, dann schnitt sie zwei Schnüre zurecht. Aus Napf und Löffel bastelte sie ein Windspiel, das sie aufwecken sollte, wenn der Wind zurückkehrte.

Kestrel schlüpfte in die Kabine. Alles war still. Kein Wind. Keine Wellen. Kein Schwanken und Schlingern des Bootes.

Sie konzentrierte sich auf dieses Nichts, stellte es sich als Tinte vor, die sich über alles ergoss, was zu denken oder zu fühlen sie imstande war.

Dann schlief sie ein.

✦

Es war ein fahriger, ruheloser Schlaf, in dem sie immer wieder die Worte durchging, die sie sagen wollte, wenn sie die Hauptstadt erreichte.

Sie rang mit Bildern von Arin, der eine Pflanze hielt, ein blutiges Schwert, ihre Hand. Sie versuchte, der Erinnerung von ihrer Haut an seiner die Lebendigkeit zu entziehen. Stattdessen strahlte sie nur noch heller in Kestrels dunklem Geist, zog sich in die Länge, als wäre sie ein flüssiger Edelstein, konzentrierte sich wie Alkohol oder ein flüchtiger chemischer Stoff, der nur noch stärker wurde, wenn man ihn eindampfte.

Ihr halb schlafendes Ich sagte sich: *Arin hat dich ziehen lassen, weil ein valorianischer Einmarsch unvermeidlich ist. Wenigstens weiß er so, wann er mit ihm rechnen muss.*

Kestrel hörte Musik, und die Musik schimpfte sie eine Lügnerin.

Lügnerin, läutete die Glocke.

Und sie läutete weiter und weiter, bis Kestrel hochschreckte und aus der Kabine stürzte, um Napf und Löffel im Wind tanzen zu sehen.

Vor einem giftgrünen Himmel.

Grüner Sturm.

✦

Wellen brachen sich über dem Deck. Kestrel hatte sich an der Ruderpinne festgebunden und konnte wenig mehr tun, als sich festzuhalten, zuzusehen, wie der Wind die Segel zerfetzte, und zu hoffen, dass sie noch immer gen Westen segelte. Währenddessen wurde das Boot auf Wellenkämme gehoben und krachte nach unten und zur Seite und wieder nach unten.

Arin hat dich ziehen lassen, damit du stirbst, und zwar genau so.

Aber obwohl ihr schwindelig war, erkannte sie keinen Sinn in diesem Gedanken.

Kestrel arbeitete sich erneut durch die Worte, die sie sagen sollte, zog sie in die Länge wie Strickzeug, an dem sie Sklavinnen hatte arbeiten sehen. Sie prüfte das Gespinst der Worte, ihre Beschaffenheit, und wusste, dass sie sie nicht aussprechen konnte.

Sie wollte es nicht tun.

Kestrel schwor bei Arins Göttern, dass sie es nicht tun würde.

✦

Kein Wind. Sie konnte nicht viel sehen. Salzwasser trübte ihre Augen. Aber sie hörte das Boot gegen etwas schaben. Dann Stimmen.

Valorianische Stimmen.

Sie stolperte von Bord. Hände fingen sie auf und Menschen stellten ihr Fragen, die sie nicht verstand. Bis endlich eine einen Sinn ergab: »Wer bist du?«

»Ich bin Lady Kestrel«, krächzte sie. Ungebeten – elend, *falsch* – entströmten sie ihrem Mund, bevor sie ihn wieder schließen konnte. All die Worte, die sie auswendig gelernt hatte. »General Trajans Tochter. Herrani haben die Halbinsel eingenommen ...«

39

Sie wachte auf, als ihr jemand Wasser auf die Lippen träufelte. Sie kam sofort zu sich und bettelte um mehr, während es ihr in unerträglich kleinen Schlucken gereicht wurde. Kestrel trank und dachte an Dinge, deren Schönheit rau und kalt war.

Regen auf silbernen Schalen. Lilien im Schnee. Graue Augen.

Sie hatte etwas getan, fiel ihr ein. Etwas Grausames. Unverzeihliches.

Kestrel drückte sich auf die Ellbogen hoch. Sie lag in einem großen Bett. Sie sah immer noch schlecht, aber doch gut genug, um zu bemerken, dass die Weichheit, die ihren Körper umfing, ein Fell war – so selten und kostbar, dass das Tier, dem es gehört hatte, fast bis zur Ausrottung bejagt worden war. Der Mann, der den Pokal mit Wasser in Händen hielt, trug das Gewand des Leibarztes des valorianischen Imperators.

»Tapferes Mädchen«, sagte er. Sein Lächeln war freundlich.

Kestrel begriff, dass sie am Ziel war. Sie hatte die Hauptstadt erreicht, war erkannt worden und man hatte ihr Glauben geschenkt.

Nein, versuchte sie zu sagen. *Ich habe es nicht so gemeint.* Aber ihr Mund gehorchte ihr nicht.

»Ihr habt sehr viel durchgemacht«, sagte der Arzt. »Jetzt müsst Ihr Euch ausruhen.«

Auf ihrer Zunge lag ein sonderbarer Geschmack, eine schwache Bitterkeit, die zu einem Gefühl der Taubheit in ihrem Hals wurde.

Ein Medikament.

Die Taubheit hielt sie umfangen, bis Schlaf sie übermannte.

✦

Sie träumte von Enai.

Kestrels schlafendes Selbst wusste, dass dies nicht real war, dass die Toten nicht wiederkehrten. Aber sie sehnte sich so sehr danach, sich an Enai zu schmiegen, wieder zu einem kleinen Mädchen zu werden, das nicht nach oben blickte, nicht im Gesicht der Frau nach dem Tadel suchte, der doch dort zu finden sein musste.

Kestrel fragte sich, wie Arins Geist sie ansehen würde.

Er würde sie in ihren Träumen heimsuchen. Er würde ihr Bilder von sich als Gefallenem im Kampf zeigen. Er würde seinen Mund zu einem Zerrbild des Mundes machen, den sie kannte. Seine Augen wären erfüllt von Hass.

So sah man eine Verräterin an.

»Du bist gekommen, um mich zu verfluchen«, sagte Kestrel zu Enai. »Das ist nicht nötig. Ich verfluche mich schon selbst.«

»Kleines Schlitzohr«, erwiderte Enai, wie sie es getan hatte, wenn Kestrel ungezogen gewesen war. Aber Kestrel hätte gern gesagt, dass das hier nicht dasselbe war, wie Musiknoten zwischen die Dachsparren von Rax' Übungsraum zu stopfen und sie hervorzuziehen und zu lesen, wann immer sie allein war und sich eigentlich im Kampf hätte üben sollen. Es war nicht dasselbe wie ein scharfes Wort. Wie ein Streich, den man anderen spielte.

Kestrel hatte ein Leben gekauft und geliebt und es wieder verkauft.

Enai sagte: »Ich denke, ich erzähle dir eine Geschichte, damit es dir besser geht.«

»Ich bin nicht krank.«

»Doch, bist du.«

»Ich muss keine Geschichte hören. Ich muss aufwachen.«

»Um was zu tun?«

Kestrel wusste es nicht.

Enai fuhr fort: »Es war einmal eine Näherin, die aus Gefühlen Stoffe weben konnte. Sie schneiderte Kleider aus Freude: hauchzart, glänzend, seidig. Sie wob Stoffe aus Ehrgeiz und brennendem Eifer, Müßiggang und Fleiß. Und sie wurde in ihrem Handwerk so geschickt, dass sie die Aufmerksamkeit eines Gottes erregte. Er beschloss, ihre Dienste in Anspruch zu nehmen.«

»Welcher Gott war das?«

»Still«, wies Enai sie zurecht. Und wie es in Träumen so zugeht, fand Kestrel sich plötzlich in ihrem Kinderbett wieder, das mit Schnitzereien von jagenden Tieren verziert war. Enai saß neben ihr, die Schultern so elegant und gerade gestrafft, wie Kestrel es stets nachzuahmen versucht hatte. Die Frau fuhr fort mit ihrer Erzählung. »Der Gott kam zu der Näherin und sagte: ›Ich wünsche mir ein Hemd aus Trost.‹

›Götter brauchen so etwas nicht‹, sagte die Näherin. Der Gott blickte sie an.

Die Näherin erkannte eine Drohung, wenn sie sie sah.

Sie tat, was er verlangte, und als der Gott das Hemd anprobierte, passte es ihm wie angegossen. Die Farben veränderten ihn, sie ließen sein Gesicht nicht mehr so blass wirken. Die Näherin musterte ihn und hatte Gedanken, die ihm gegenüber zu äußern nicht klug gewesen wäre. Das wusste sie.

Der Gott bezahlte sie großzügig mit Gold, obwohl sie keinen Preis genannt hatte. Er war zufrieden.

Und doch genügte ihm das nicht. Er kehrte zurück, bestellte einen Mantel des Miteinanders und ging, noch bevor die Näherin zusagen konnte, dass sie ihn schneidern würde. Sie beide wussten, dass es so wäre.

Sie legte gerade letzte Hand an den Mantelsaum, als eine alte Frau die Nähstube betrat und sich all die Kleider ansah, die sie sich nicht leisten konnte. Die Frau griff über den Tresen, hinter dem die Näherin bei der Arbeit saß. Runzelige Finger fuhren über den Mantel des Miteinanders. Ihre trüben Augen wurden so starr vor Begehrlichkeit, dass die Näherin ihr den Mantel gab und nichts dafür verlangte. Sie konnte ja schnell einen neuen machen.

Der Gott war jedoch noch schneller. Er kehrte eher in ihr Dorf zurück, als er gesagt hatte. Und wen sah er da? Die alte Frau, die an ihrem Feuer schlief, in einen Mantel gehüllt, der viel zu groß für sie war. Und was fühlte er da? Die Klauen des Betrugs, den flinken, bohrenden Stachel des Neids, für den sich ein Gott hätte schämen sollen.

Er ging zum Laden der Näherin in seiner lautlosen Art, wie Eis, das sich des Nachts bildet. ›Gib mir den Mantel‹, verlangte er.

Die Näherin hielt sich an ihrer Nadel fest. Sie war keine Waffe gegen einen Gott. ›Er ist noch nicht fertig‹, gab sie zurück.

›Lügnerin.‹«

Das Wort wog schwer. Kestrel fragte: »Bin ich die Näherin in dieser Geschichte oder der Gott?«

Enai fuhr fort, als hätte sie sie nicht gehört. »Er hätte sie fast getötet, doch dann fiel ihm ein anderer Weg der Rache ein. Ein besseres Mittel, sie ins Elend zu stürzen. Er wusste, dass sie einen Neffen hatte: einen kleinen Jungen, den einzigen Angehörigen, der ihr noch geblieben war. Von dem, was sie verdiente, kam sie für seinen Unterhalt auf. Er lebte nun in der Nachbarstadt unter den wachsamen Blicken einer Kinderfrau, die der Gott ablenken und täuschen und in den Schlaf wiegen konnte.

Und das tat er. Er verließ die Nähstube und schlüpfte zu dem schlummernden Jungen. Er hatte kein Mitleid mit den kleinen, rundlichen Gliedern, den vom Schlaf geröteten Wangen, dem Fleck zerzausten Haars im Dunkeln. Der Gott hatte schon vorher Kinder gestohlen.«

Kestrel sagte: »Er ist der Gott des Todes.«

»Als der Gott die Decke zurückschlug, streiften seine Finger das Nachtgewand des Kindes. Er erstarrte. Niemals in all seinen unsterblichen Jahren hatte er etwas so Schönes berührt.

Das Hemd war aus dem Stoff der Liebe gemacht. Er befühlte die Weichheit des Samts, die seidige Oberfläche, das nachgiebige Gewebe, das sich niemals abwetzte. Und doch war da etwas, das nicht dorthin gehörte: ein kleiner, feuchter Kreis von der Größe einer Fingerspitze.

Oder der Träne eines Gottes.

Sie trocknete. Der Stoff wurde wieder glatt. Der Gott ging.

Die Näherin wurde unterdessen unruhig. Sie hatte seit Tagen nichts von ihrem besten und schlimmsten Kunden gehört. Es war ja nicht möglich, dass sie ihm so leicht entkommen sein sollte. Man forderte die Götter nicht heraus, und schon gar nicht diesen Gott. Ein Gedanke tat sich wie eine klaffende Erdspalte in ihrem Kopf auf. Ein Verdacht. Die Spalte wurde breiter, und ein Erdbeben erschütterte die Näherin, denn plötzlich sah sie genau wie der Gott den sichersten Weg, sie in Verzweiflung zu stürzen.

Sie eilte in die Nachbarstadt und zum Haus der Kinderfrau. Ihre Hand pochte zitternd an die Tür, denn der Tod war es, den sie dahinter finden sollte.

Die Tür sprang auf. Der Junge warf sich in ihre Arme und schalt sie, dass sie diesmal so lange fort gewesen sei, und fragte sie, warum sie so hart arbeiten müsse. Die Näherin umschlang ihn und drückte ihn an sich, bis er sich beschwerte. Mit bebenden Fingern fuhr sie über sein Gesicht, überzeugt, dass der Tod in ihn gekrochen war und in einer Stunde oder einer Minute hervorbrechen würde, wenn nicht gar sofort. Doch dann sah sie, dass die Stirn des Jungen gezeichnet worden war.

Gezeichnet mit dem schützenden Mal des Gottes. Mit seiner Gunst. Es war ein Geschenk, das keinen Preis kannte.

Die Näherin kehrte in ihren Laden zurück und wartete. Ihre Hände waren zum ersten Mal nicht geschäftig. Sie waren ruhige Fremde. Auch sie warteten, doch der Gott kam nicht. Deshalb tat die Näherin etwas Erschreckendes. Sie flüsterte seinen Namen.

Er kam und blieb stumm. Er trug nichts, was sie genäht hatte, sondern seine eigenen Kleider. Sie waren klar geschnitten und passten wie angegossen. Und doch wusste die Näherin nicht, warum ihr bis jetzt ihre Fadenscheinigkeit entgangen war. Der Stoff war ganz und gar abgewetzt und verblichen.

›Ich will dir danken‹, sagte sie.

›Ich verdiene deinen Dank nicht‹, entgegnete der Gott.

›Dennoch will ich, dass du ihn bekommst.‹

Der Gott antwortete nicht. Ihre Hände bewegten sich nicht.

Er sagte: ›Dann web mir den Stoff deiner selbst.‹

Die Näherin legte ihre Hände in seine. Sie küsste ihn und der Gott stahl sich mit ihr davon.«

Die Geschichte bewegte Kestrel, als wäre sie eine unvermittelte Windbö, die ihre Augen brennen ließ und ihr die Tränen über die Wangen trieb.

»Ach, Kind«, sagte Enai. »Ich dachte, die Geschichte würde dich aufmuntern.«

»Aufmuntern? Aber die Näherin stirbt!«

»Das ist eine düstere Deutung. Sagen wir lieber, dass sie eine Wahl trifft. Der Gott lässt sie wählen, und das tut sie. Du, Kestrel, hast deine Wahl noch nicht getroffen.«

»Doch. Weißt du das nicht? Inzwischen hat der Imperator seine

Brieffalken zu meinem Vater geschickt. Der Krieg hat schon begonnen. Es ist zu spät.«

»Wirklich?«

✦

Kestrel erwachte. Ihr Körper war matt vor Hunger und zerschlagen von den Träumen, aber sie stand auf, denn sie hatte ein Ziel. Sie zog sich an. Sklaven kamen zu ihr und ihre Gesichtszüge bildeten eine Landkarte des Imperiums ab, der nördlichen Tundra und der südlichen Inseln, der herranischen Halbinsel. Sie achtete nicht darauf, dass die Vielzahl der Sklaven die Ehrerbietung widerspiegelte, die der Imperator ihr erwies. Sie achtete nicht darauf, dass die Decke ihres Zimmers so hoch war, dass sie nicht erkennen konnte, in welcher Farbe sie gestrichen war. Sie machte sich darauf gefasst, dem Imperator gegenüberzutreten.

Kestrel wurde in einen Prunksaal gebracht und mit dem Mann allein gelassen, der über die halbe Welt herrschte.

Er war dünner als seine Statuen, sein silbriges Haar militärisch gestutzt. Er lächelte. Das Lächeln eines Imperators ist aus Gold und Diamanten, eine Festung, ein Schwert, das mit dem Knauf nach vorn gehalten wird – zumindest, wenn das Lächeln von der Art ist, wie er es ihr schenkte. »Seid Ihr gekommen, Eure Belohnung zu fordern, Lady Kestrel? Der Sturm auf Herran hat vor zwei Tagen begonnen, während Ihr schlieft.«

»Ich bin hier, Euch zu bitten, den Sturm zu beenden.«

»Beenden?« Seine Stirn legte sich in tiefe Falten. »Warum sollte ich das tun?«

»Eure Imperiale Hoheit, habt Ihr je vom Fluch des Gewinners gehört?«

40

»Das Imperium leidet unter diesem Fluch«, sagte Kestrel. »Es kann sich nicht länger leisten zu erhalten, was es errungen hat. Unser Herrschaftsgebiet ist zu groß geworden. Die Barbaren wissen das. Das ist der Grund, warum sie es wagen anzugreifen.«

Der Imperator winkte ab. »Sie sind Mäuse, die ein paar Getreidekörner fressen.«

»Ihr wisst es doch auch. Deshalb greift Ihr *sie* an – es soll so aussehen, als wären die Mittel des Imperiums unerschöpflich, als wäre unser Militär unbesiegbar, während wir in Wahrheit so verschlissen sind wie alter Stoff. Die ersten Löcher zeigen sich bereits.«

Das Lächeln des Imperators wurde messerscharf. »Vorsicht, Kestrel.«

»Wenn Ihr die Wahrheit nicht hören wollt, ist es nur eine Frage der Zeit, bis das Imperium auseinanderfällt. Die Herrani hätten sich nie gegen uns erheben dürfen.«

»Dieses Problem werden wir lösen. Während wir hier sprechen, schlägt Euer Vater gerade die Rebellion nieder. Die Mauern der Stadt werden fallen.« Der Imperator lehnte sich zurück auf seinem Thron. »General Trajan führt keinen Krieg, sondern einen Vernichtungsfeldzug.«

Kestrel sah jeden verletzlichen Teil von Arins Körper vor sich, und sein Gesicht ging unter in einer Woge aus Blut.

Arin hatte sie ziehen lassen.

Er hätte sich ebenso gut selbst die Kehle durchtrennen können.

Angst stieg so zäh wie Galle in ihrer Kehle auf. Sie schluckte sie herunter. Im Geiste nahm sie ihre Gedanken und ordnete sie wie Spielsteine.

Sie würde spielen, und sie würde gewinnen.

»Habt Ihr die Kosten eines zweiten Herranischen Kriegs bedacht?«, fragte sie den Imperator.

»Sie werden weniger gravierend sein als der Verlust unseres Territoriums.«

»Solange die Stadtmauern halten, könnten die Herrani eine lange Belagerung aussitzen. Die aber wird Eure Schatzkammer ausbluten lassen.«

Der Mund des Imperators wurde schmal. »Es gibt keine andere Möglichkeit.«

»Was, wenn Ihr das Territorium ohne Krieg halten könntet?«

Er musste, wie sie selbst, die Stimme ihres Vaters aus ihrem Mund gehört haben. Den Tonfall kalkulierter Gewissheit. Die Haltung des Imperators veränderte sich nicht, ebenso wenig sein Gesicht. Doch er hob einen Finger und tippte auf die marmorne Armlehne des Throns, so wie er gegen eine Glocke tippen würde, um zu prüfen, wie sie klang.

Kestrel sagte: »Gebt den Herrani ihre Unabhängigkeit.«

Da fuhr dieser Finger durch die Luft, um auf die Tür zu zeigen. »Hinaus!«

»Bitte hört mich an –«

»Eures Vaters Dienste für das Imperium werden mir nichts bedeuten, Eure Dienste werden mir nichts bedeuten, wenn Ihr auch nur ein einziges weiteres unverschämtes, irrsinniges Wort sprecht.«

»Herran würde noch immer Euch gehören! Ihr könntet das Territorium behalten, solange Ihr ihnen erlaubt, es zu verwalten. Gebt ihnen die Bürgerrechte und sorgt dafür, dass ihr Anführer Euch

Gefolgstreue schwört. Nehmt Steuern vom Volk. Nehmt ihre Waren. Nehmt ihre Ernte. Sie wollen ihre Freiheit, ein Leben und eine Heimat. Über den Rest lässt sich verhandeln.«

Der Imperator schwieg.

»Unser Statthalter ist ohnehin tot«, fuhr Kestrel fort. »Lasst die Herrani den neuen stellen.«

Er sagte noch immer nichts.

»Der neue Statthalter würde natürlich Euch berichten«, fügte sie hinzu.

»Und Ihr glaubt, die Herrani würden dem zustimmen?«

Kestrel dachte an die beiden Schlüssel, die Arin ihr in die Hand gegeben hatte. Eine Freiheit mit Grenzen. Doch immer noch besser als keine. »Ja.«

Der Imperator schüttelte den Kopf.

»Ich habe noch gar nicht das Beste an einem raschen Ende der herranischen Revolution erwähnt«, sagte sie. »In diesem Augenblick glaubt der Osten, dass Ihr Euch zurückgezogen habt. Die Barbaren beglückwünschen sich selbst. Sie haben durch Spione oder eingefangene Brieffalken von Euren Schwierigkeiten in Herran erfahren.« Es waren nur Vermutungen, aber sie verwandelten sich in Erleichterung, als sie das Gesicht des Imperators sah. Kestrel machte weiter. »Die Barbaren wissen, dass eine Belagerung von solide gebauten Stadtmauern Zeit brauchen wird, daher weichen sie hinter die Frontlinien, an denen wir sie bekämpft haben, und kehren zu ihrer Königin zurück, um ihr die guten Nachrichten zu überbringen. Sie lassen einige Bataillone als Unterpfand dort, um Land zu besetzen, von dem sie glauben, dass sie es nicht werden verteidigen müssen. Aber wenn Ihr unsere Streitkräfte zurückschicken und die Barbaren überraschen würdet ...«

»Ich verstehe.« Der Imperator faltete die Hände und stützte das Kinn auf die Knöchel. »Aber Ihr überseht, dass Herran eine *Kolonie* ist. Die Häuser, die die Herrani zurückhaben wollen, gehören nun meinen Senatoren.«

»Die Barbaren haben Gold. Gebt den enttäuschten Senatoren Raubgut aus dem Osten.«

»Selbst dann: Was Ihr vorschlagt, würde nicht sehr viele Freunde finden.«

»Ihr seid der Imperator. Was kümmert Euch die öffentliche Meinung?«

Er zog die Augenbrauen hoch. »Bei Bemerkungen wie dieser muss ich mich fragen, ob Ihr naiv seid oder versucht, mich zu manipulieren.«

Kestrel hütete sich, etwas darauf zu erwidern.

»Ihr seid die Tochter des berühmtesten Generals in der valorianischen Geschichte.«

Sie wusste nicht, worauf der Imperator hinauswollte.

»Ihr seid auch nicht unansehnlich.«

Ihr Blick schoss zu ihm.

Er sagte: »Ich habe einen Sohn.«

Ja, das wusste sie, aber was hatte der Erbe des Imperiums zu tun mit –

»Eine imperiale Hochzeit«, fuhr er fort. »Eine, für die das Militär mich lieben würde. Eine, die die Senatoren und ihre Familien ablenken würde, sodass ihre größte Sorge nur noch die wäre, wie sie an eine Einladung kämen. Mir gefallen Eure Pläne mit Herran und dem Osten, Kestrel, aber sie würden mir noch mehr gefallen, wenn Ihr meinen Sohn heiraten würdet.«

Man geriet vor einem Imperator nicht ins Stottern. Kestrel holte tief Luft und hielt sie so lange an, bis sie wieder ruhig sprechen konnte. »Vielleicht würde Euer Sohn jemand anderen vorziehen.«

»Das würde er nicht.«

»Wir sind uns noch nie begegnet.«

»Na und?«

Das Gesicht des Imperators wurde von etwas verzerrt, das Kestrel im selben Augenblick als Grausamkeit erkannte, als ihr einfiel, dass ihr Vater immer Respekt vor ihm gehabt hatte. Er sagte: »Gibt es einen Grund, warum Ihr nicht die Gelegenheit ergreift, meine Tochter zu werden? Einen Grund, dass Ihr Euch so glühend für die Herrani einsetzt? Gerüchte gehen in der Hauptstadt um und ich bin nicht der Einzige, der von Eurem Duell mit Lord Irex gehört hat.

Nein, Kestrel, ein unschuldiges Gesicht wird es nicht tun. Wir sind uns einig, dass Ihr zu intelligent für Unschuld seid. Ihr könnt froh sein, dass ich bei meiner Schwiegertochter nicht darauf bestehe. Ich bestehe allerdings auf einer Entscheidung. Willigt ein, meinen Sohn zu heiraten, und ich werde die Belagerung aufheben, unsere Streitkräfte in den Osten zurückschicken und die politischen Konsequenzen tragen. Weigert Euch, und es wird einen zweiten Herranischen Krieg geben – und andere Konsequenzen.

Entscheidet Euch.«

41

Als Arin sah, wie sich die gewaltige valorianische Flotte die Zufahrt in den Hafen erzwang, war er erleichtert. Als sie die wenigen Schiffe zerstörten, die er am Winteranfangsabend gekapert hatte, war er erleichtert, und auch, als überall auf dem Wasser brennendes Holz trieb und die verkohlten Wracks sanken.

Den Herrani machte Mut, was sie für Arins Furchtlosigkeit hielten. Er mochte sich nicht vorstellen, wie sie reagiert hätten, wenn sie gewusst hätten, dass er selbst den Krieg nach Hause eingeladen hatte und dass der Ausdruck auf seinem Gesicht Freude war.

Mehr gefühlt als gesehen hatte er den grünen Sturm, der die Küste zwei Tage nach Kestrels Aufbruch verwüstet hatte. Der Sturm hatte auch in seinem Inneren getobt, alles aus ihm herausgeschwemmt, bis Arin nur noch eine leere Höhle war, von deren Wänden heulend das Wissen um das widerhallte, was er getan hatte. Darauf flimmerte das Bild eines kleinen Fischerboots, das von den Wellen umgeworfen und unter Wasser gedrückt wurde. Er sah einen Mund voller Meerwasser, sah, wie Kestrel sich wehren würde. Wie ihr Körper erschlaffen und sie sich in den wilden Wogen verlieren würde.

Der Beginn der Belagerung bedeutete wahrscheinlich für Arin den Tod. Aber er bedeutete auch, dass Kestrel am Leben war.

Die Herrani dachten also, dass sein Gesicht die irrwitzige Freude eines Kriegers im Angesicht der Schlacht zeigte. Er ließ sie in dem Glauben. *Du bist der Gott der Lügen,* hatte Kestrel gesagt. Er sah auf seine Leute und lächelte, und dieses Lächeln war eine Lüge – wie Schrift in einem Spiegel, der die Umkehrung einer Wahrheit abbildete.

Als Kestrel fortgesegelt war, hatte Arin die Zerstörung der Kais im Hafen angeordnet.

Aber als die Valorianer eintrafen, warfen sie so nah wie möglich am Strand Anker und schickten Pioniere in kleinen Booten an Land. Unter ihrer Aufsicht waren die Anleger rasch wiederhergestellt. Die Herrani konnten wenig mehr tun, als zuzusehen und hinter ihren Stadtmauern zu warten. Arin hatte Geschütze auf den Zinnen postieren lassen, doch der Hafen lag außer Reichweite. Es wäre Selbstmord gewesen, die Stadttore zu öffnen und Leute hinauszuschicken, um den Wiederaufbau der Kais zu stören. Deshalb mussten die Herrani mit anschauen, wie die Sonne unter- und wieder aufging über den valorianischen Streitkräften, die Belagerungsgerät an Land brachten. Sie zogen Geschütze. Sie rollten Fässer mit Schwarzpulver heran. Sie brachten Pferde und Fußsoldaten in Stellung. Und sie hatten bereits Soldaten um die Stadt herum auf jene Seite entsandt, die den Bergen zugewandt war. Arin wurde von den Abzeichen berichtet, die auf ihre Jacken gestickt waren, und da wusste er, dass sie die Waldläufer waren, eine auserlesene Abteilung Soldaten, die als Kundschafter dienten und deren Spezialität List und Täuschung waren. Sie konnten zur Tarnung im Handumdrehen mit Felsen und Bäumen verschmelzen.

Einen Monat zuvor hatte Arin das Ausheben eines Grabens rund um die Stadt angeordnet. Als die Tage vor dem grünen Sturm warme Winde herangetragen hatten, die den Winterboden auftauten, warfen die Herrani sperrigen Schutt in den schlammigen Graben – Möbel, zersägte Bäume, zerbrochene Flaschen. Dann war der Boden wieder gefroren.

Arin beobachtete, wie ein Mann an die Kante der tiefen Furche trat. Sein Gesicht verbarg der Helm, aber Arin hätte auch ohne die imperiale Flagge auf der Rüstung des Mannes gewusst, wer er war. Er kannte den gemessenen Schritt des Generals, seine gewichtige Gangart.

General Trajan inspizierte den Graben. Er warf einen Blick zu den Pferden, die gerade von Bord eines Bootes geholt wurden. Arin sah, wie dem General klar wurde, wie schwierig es werden würde, sein Heer über diesen Graben zu bringen – das Durcheinander, die gebrochenen Pferdeläufe, das Glas, das sich unter Hufen verkeilte und durch Stiefel bohrte. Er ging, um mit einem Haufen Pionieren zu sprechen.

Holzplanken tauchten auf. Fundamente wurden gelegt. Binnen einer Woche überquerten die Valorianer ihre behelfsmäßigen Brücken und standen vor den Mauern.

✦

Sie hielten wachsam Abstand, als die Herrani brennende Klumpen aus dem Pech der Schiffswerften, das sie um Papier und Holz gewickelt hatten, auf sie herabregnen ließen. Es gab Todesopfer. Ein valorianisches Fuhrwerk mit Nachschub wurde getroffen und verbrannte. Aber andere Soldaten traten vor, um die Lücken in der Formation zu schließen, und die verbleibenden Fuhrwerke wurden in die hinteren Reihen gezogen.

Die Pioniere begannen, drei Hügel anzulegen.

»Tötet sie«, befahl Arin seinen besten Bogenschützen. Es waren nur wenige, die ein angeborenes Talent für Bögen und Armbrüste hatten und über das bisschen Übung verfügten, das die Überfälle auf dem Land gebracht hatten.

Der Gott des Kriegs war ihnen gewogen. Die Pioniere fielen.

Doch Soldaten übernahmen. Die Hügel aus Erde und Steinen wuchsen und wurden mit Holz aus den abgebauten Brücken verstärkt. Sie begannen, Türme zu errichten. Arin wusste, dass es nur noch eine Frage der Zeit war, bis die Türme die Höhe der Stadtmauer erreicht hatten, Brücken gezimmert wurden, um die Lücke zu schließen, und die Valorianer die Mauer stürmten.

»Grabt euch unter der Mauer durch«, sagte Arin zu seinen Soldaten. »Grabt, bis ihr diese Türme erreicht. Dann höhlt sie von unten aus.«

✦

Es dauerte nur ein paar Tage, bis die Valorianer begriffen, warum die Türme abzusinken schienen. Arin hörte den General einen Befehl bellen. Schaufeln bohrten sich in das Erdreich um die Türme herum. Als sie zu den Tunneln durchstachen, fielen Soldaten hinein.

»Versiegelt die Tunnel!«, schrie Arin.

Die Herrani gehorchten. Den Valorianern gelang es nicht, auf diesem Weg in die Stadt zu kommen. Er blieb ihnen verschlossen, ebenso wie den Herrani in den Tunneln nichts anderes übrig blieb, als dort zu sterben.

✦

Die Türme wurden höher und höher. Arin verfügte nur über ein kleines Arsenal an Kanonenkugeln und Schwarzpulver, aber er verwendete dennoch einen Großteil darauf, die Türme in die Luft zu jagen.

Die Valorianer zogen Katapulte nach vorn. Sie schossen Feuer in die Stadt.

Sie begann zu brennen.

✦

Schnee fiel zischend auf das Feuer und half, es zu löschen. Es war nun drei Wochen her, dass Kestrel aufgebrochen war, und Arin – erschöpft und rußverschmiert – fiel ein, wie zuversichtlich er ihr verkündet hatte, dass die Herrani ein Jahr Belagerung durchhalten würden.

Als wären nur ausreichende Vorräte an Getreide und Wasser dafür nötig.

Mit den letzten Kanonenkugeln vernichtete er die Katapulte. Danach hatten die Herrani nur noch die Mauer zu ihrem Schutz, und sie begannen alles, was sie zur Hand hatten, hinunterzuwerfen.

Die feindlichen Aktivitäten gerieten mit einem Mal ins Stocken. Arin dachte, dass der Schneefall ihre Entschlossenheit gedämpft hätte oder dass der General gerade seinen nächsten Schachzug austüftelte. Aber als auf der den Bergen zugewandten Seite die Stadtmauer von einem gewaltigen Aufprall erbebte, als wäre sie ein lebendiges Wesen, begriff Arin, dass das Stocken Teil des Plans gewesen war.

Waldläufer brachen durch die Mauer.

✦

Herrani gossen kochendes Wasser und Teer auf die Waldläufer hinab. Sie schrien. Sie fielen. Doch General Trajan hatte ebenso wie Arin den Donner des Erfolgs gehört. Er brachte seine Soldaten – die nur auf diesen Augenblick gewartet hatten, wie Arin nun aufging – um die Stadt herum in Stellung. Bald würden sie mit aller Macht gegen die geschwächte Mauer anbranden. Sie würden den Rammbock gegen die Steine richten. Sie würden gegen die bröckelnde Wand stoßen, bis sich ein Loch bildete, das sich rasch verbreitern ließ. Sie würden das Loch mit Enterhaken aufreißen, die mittels Kurbeln von Belagerungsmaschinen aus betätigt wurden. Sie würden in die Stadt einfallen.

Es würde ein Massaker geben.

Arin hatte sich auf der Bergseite der Mauer postiert. Er sah nicht, wie ein Schiff in den Hafen einlief.

Aber er sah einen Falken – einen kleinen Jagdfalken – über die Stadt fliegen und zum General hinunterschießen.

Der Mann zog dem Raubvogel ein Röhrchen vom Bein und öffnete es. Er erstarrte.

Er verschwand in den Reihen der Soldaten.

Der Angriff des valorianischen Heers kam zum Erliegen.

Da setzte sich Arin in Bewegung und lief oben auf der Mauer entlang bis zur Seeseite, und obwohl er nicht hätte sagen können, dass er genau wusste, was passiert war, wusste er doch, dass sich etwas verändert hatte. Und in seiner Vorstellung gab es nur eine Person, die seine Welt verändern konnte.

Ein zweiter Falke saß auf den Zinnen, die aufs Meer blickten. Er beäugte ihn mit geneigtem Kopf und scharfem Schnabel, die Klauen um die Mauer gekrümmt. Schnee bestäubte seine Federn.

Die Nachricht, die er trug, war kurz.

Arin,
lass mich herein.
Kestrel

42

Kestrel sah zu, wie sich das Tor hob. Arin trat hindurch und es schlug hinter ihm wieder zu. In seinem Rücken war nun eine geschlossene Wand und in ihrem Rücken das Meer. Er ging auf sie zu. Dann flog sein Blick wie der ihres Vaters, als er ihr nur Augenblicke zuvor begegnet war, zu ihrer Stirn. Arins Gesicht wurde kreidebleich.

Quer über ihre Stirn lief eine glitzernde Linie aus Goldstaub und Myrrheöl. Es war das valorianische Erkennungszeichen einer verlobten Frau.

Sie zwang sich zu einem Lächeln. »Du traust mir nicht genug, um mich in die Stadt zu lassen, Arin? Gut, das verstehe ich.«

»Was hast du getan?«

Angesichts der Brüchigkeit seiner Stimme zerbrach auch etwas in Kestrel. Dennoch hielt sie die Scherben ihrer selbst zusammen.

»Aber Ronan ...« Arin versagte die Stimme. »Warum, Kestrel? *Wer?*«

»Du kannst mir gratulieren. Ich werde den Erben des Imperiums heiraten.«

Sie sah, dass er es glaubte. Sie sah Verrat über sein Gesicht huschen, dann Begreifen. Sie sah seine Gedanken.

Hatte sie sich nicht seiner Umarmung entzogen und war über sein Dach entkommen, und hatte sie dann nicht fast eine Waffe gegen ihn gezogen?

Wer war er für sie?

Und Kestrel liebte es zu gewinnen. War die Rolle einer künftigen Imperatorin nicht ein verlockender Einsatz? Macht mochte überzeugen, wo Ronan es nicht vermocht hatte.

Was Arin glaubte, war grausam. Doch sie sagte nichts, um das zu ändern. Wenn er die wahren Bedingungen dieses imperialen Angebots kannte, würde er es niemals hinnehmen.

»Wie angenehm es auch wäre, die Einzelheiten meiner bevorstehenden Hochzeit zu besprechen«, sagte sie, »so gibt es doch drängendere Fragen. Der Imperator hat eine Botschaft für dich.«

Arins Blick wurde finster und sein Ton beißend. »Botschaft?«

»Freiheit für dich und dein Volk. Er ernennt dich zum Statthalter. Du musst dem Imperator natürlich Gefolgstreue schwören, seine Abgesandten empfangen und ihm berichten. Aber wenn etwas das Imperium nicht direkt betrifft, darfst du dein Volk regieren, wie es dir beliebt.« Kestrel überreichte ihm ein Blatt Papier. »Eine Liste der Steuern und Tribute, die von Herran erwartet werden und die für die Ehre zu entrichten sind, Teil des Imperiums zu sein.«

Arin zerknüllte das Papier in seiner Faust. »Das ist eine List.«

»Ergib dich jetzt und nimm sein großzügiges Angebot an oder ergib dich sehr bald, wenn mein Vater eure Mauer niederreißt, und sieh das Ende des herranischen Volks mit an. Es könnte eine List sein, aber du wirst dich dafur entscheiden.«

»Warum sollte der Imperator das tun?«

Kestrel zögerte. »Warum?«

»Wenn es echt ist, ist es wirklich ein großzügiges Angebot. Und es ergibt keinen Sinn.«

»Ich rate dir, die Weisheit des Imperators nicht infrage zu stellen. Wenn du eine gute Gelegenheit siehst, ergreife sie.« Kestrel wies mit einer fließenden Handbewegung auf ihren eigenen Aufzug: den weißen Pelz, das Gold, die Juwelen. »Ich *habe* es getan.«

Arin war eine schreckliche Anspannung anzusehen, die Kestrel an seine Kindergeige erinnerte. Er war viel zu lange mit zu großem Zug gespannt worden. Als er endlich antwortete, klang seine Stimme wie ein tiefes Knurren. »Einverstanden.«

»Dann gib Order, das Tor zu öffnen. Mein Vater wird die Stadt betreten und alle Valorianer in deiner Stadt in die Hauptstadt geleiten.«

»Einverstanden«, wiederholte Arin. »Unter einer Bedingung. Du hast Abgesandte erwähnt. Es wird *eine* Abgesandte des Imperiums geben. Und das wirst du sein.«

»Ich?«

»Du. *Dich* verstehe ich. *Dich* kann ich lesen.«

Kestrel war sich da nicht so sicher. »Ich glaube, das ist akzeptabel«, sagte sie. Sie wollte lieber nicht daran denken, wie sehr sie sich diese Bedingung selbst wünschte. Daran, dass sie jede Gelegenheit ergreifen würde, ihn zu sehen, selbst wenn sie dafür offiziell das Ziel verfolgte, den Willen des Imperators durchzusetzen.

Da sie sich nicht von ihren eigenen Wünschen abwenden konnte, wandte sie sich von ihm ab.

»Bitte tu das nicht«, sagte er. »Kestrel, du weißt nichts. Du verstehst nichts.«

»Ich sehe die Dinge ziemlich klar.« Sie setzte sich in Bewegung, um zu ihrem Vater zurückzukehren, in dessen Augen sie endlich etwas getan hatte, das ihn stolz machte.

»Das tust du nicht«, rief Arin ihr nach.

Sie tat so, als hätte sie ihn nicht gehört. Sie sah zu, wie der weiße Himmel sich in Schnee auflöste und diesen über dem bleifarbenen Meer ausschüttete. Sie spürte eisige Funken auf ihrer Haut. Der Schnee fiel auf sie, er fiel auf ihn, aber Kestrel wusste, dass keine einzige Schneeflocke jemals sie beide gleichzeitig berühren würde.

Sie sah nicht zurück, als er noch einmal sprach. »Das tust du nicht, Kestrel, auch wenn der Gott der Lügen dich liebt.«

Anmerkung der Autorin

Die Idee zu diesem Roman kam mir, als ich mit meiner Freundin Vasiliki Skreta auf einer dunkelblauen Gymnastikmatte im Spielzimmer unseres Apartmenthauses saß. Vasiliki ist Volkswirtin und wir sprachen über Auktionen. Sie erwähnte das Konzept des »Fluchs des Gewinners«. Einfach ausgedrückt beschreibt es, dass der Gewinner einer Auktion zugleich auch ein Verlierer ist, denn er hat ja gewonnen, indem er mehr bezahlt hat, als der Gegenstand in den Augen der anderen Bietenden wert war. Natürlich kann niemand wissen, wie viel etwas in der Zukunft wert sein wird. Der Fluch des Gewinners bezieht sich (zumindest in der Wirtschaftstheorie) nur auf den Augenblick des Gewinnens, nicht auf das, was danach kommt.

Ich war fasziniert von dieser besonderen Variante eines Pyrrhussiegs – gleichzeitig zu gewinnen und zu verlieren. Mich verlockte die Schönheit des Begriffs »Fluch des Gewinners«, der zum ersten Mal 1971 in einem Aufsatz von E. C. Capen, R.V. Clapp und W. M. Campbell mit dem Titel »Competitive Bidding in High-Risk Situations« verwendet wurde. Ich versuchte, mir einen Roman vorzustellen, in dem jemand eine Auktion für sich entscheidet, die einen hohen *emotionalen* Preis fordert. Ich fragte mich: Was, wenn der Gegenstand der Auktion kein Objekt wäre, sondern ein Mensch? Was mochte der Gewinn der Auktion dann kosten?

Mein erster Dank für *Spiel der Macht* geht an Vasiliki. Ich muss außerdem mehrere Texte erwähnen, die mich beim Schreiben begleiteten. Obwohl die Welt, die ich auf diesen Seiten ausgebreitet habe, meine eigene ist und keine konkrete Verbindung zur realen Welt hat, ließ ich mich von der Antike inspirieren, insbesondere von der griechisch-römischen Epoche. Damals hatte Rom Griechenland erobert und seine Bevölkerung versklavt, wie nicht anders zu erwarten gewesen war – Sklaverei war eine weitverbreitete Folge des Kriegs. Zwei Bücher halfen mir, die Mentalität jener Zeit zu begreifen: Marguerite Yourcenars Roman *Ich zähmte die Wölfin* und Thukydides' Geschichtswerk *Der Peloponnesische Krieg* (den ich an einer Stelle paraphrasiere). Das Gedicht, das Kestrel in der Bibliothek liest, ist an die Anfangsverse von Ezra Pounds *Canto I* angelehnt, in dem wiederum Homers *Odyssee* nachklingt: »And then went down to the ship, / Set keel to breakers, forth on the godly sea.«

Deshalb danke ich meiner Lektüre ... und meinen Lesern. Viele Freunde haben *Spiel der Macht* gelesen und kommentiert. Einige haben ein Kapitel gelesen, andere ganze Abschnitte und wieder andere mehrere Versionen. Dank an: Genn Albin, Marianna Baer, Betsy Bird, Elise Broach, Donna Freitas, Daphne Grab, Mordicai Knode, Kekla Magoon, Caragh O'Brien, Jill Santopolo, Eliot Schrefer, Natalie Van Unen und Robin Wasserman. Euer Rat war unbezahlbar.

Dank auch an all jene, die mit mir über dieses Projekt diskutiert und Ideen beigesteuert oder mir moralische Unterstützung gewährt haben (oft sogar beides!): Kristin Cashore, Jenny Knode, Thomas Philippon und Robert Rutkoski (dem ich den Ausdruck »Losungsruf« zu verdanken habe). Nicole Cliffe, Denise Klein, Kate Moncrief und Ivan Werning hatten wirklich Hilfreiches über Pferde zu sagen. David Verchere war wie üblich mein Experte der Wahl, wenn es um Schiffe und Segeln ging. Tiffany Werth, Georgi McCarthy und viele Facebook-Freunde sprangen ein bei Fragen zu Sprachen.

Ich habe zwei kleine Söhne und hätte dieses Buch nicht schreiben können, wenn mir nicht zeitweise ihre Betreuung abgenommen worden wäre. Dank an meine Eltern, Schwiegereltern und die Babysitter: Monica Ciucurel, Shaida Khan, Georgi McCarthy, Nora Meguetaoui, Christiane und Jean-Claude Philippon sowie Marilyn und Robert Rutkoski.

Ich bin ferner all jenen sehr dankbar, die auf mich achtgeben. Meiner klugen und herzlichen Agentin Charlotte Sheedy und ihrem Team: Mackenzie Brady, Carly Croll und Joan Rosen. Meiner einfühlsamen Lektorin Janine O'Malley, die jedes Buch so viel besser macht. Simon Boughton dafür, dass er Einzelheiten recherchiert hat. Joy Peskin dafür, dass sie so eine wunderbare Fürsprecherin ist. Allen anderen bei FSG und Macmillan für ihre Begeisterung und Freude daran, Bücher das Licht der Welt erblicken zu lassen, allen voran Elizabeth Clark, Angus Killick, Kate Leid, Kathryn Little, Karen Ninnis, Karla Reganold, Caitlin Sweeny, Allison Verost und Ksenia Winnicki. Danke.

Die Eisige Einöde
Tundra
(Tath)
Schwefelminen
Arbeitslager
VALORIA
Hauptstadt
(Val)
Stadt
(Lahirrin)
HERRAN
Die Leeren
Eilande
Insel
Ithyra
Südliche Inseln
(Cayn Saratu)